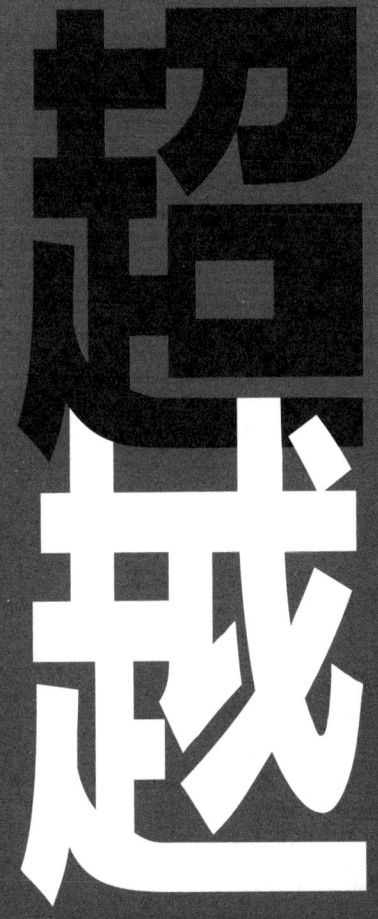

超越

中国通信业发展纪实

余少华 主编　中国通信学会 组编

浙江出版联合集团
浙江科学技术出版社

版权所有　侵权必究
图书在版编目（CIP）数据

超越：中国通信业发展纪实 / 余少华主编；中国通信学会组编. — 杭州：浙江科学技术出版社，2024.4
ISBN 978-7-5739-1178-0

Ⅰ．①超… Ⅱ．①余… ②中… Ⅲ．①纪实文学－中国－当代 Ⅳ．①I25

中国国家版本馆CIP数据核字(2024)第076776号

浙江文化艺术发展基金资助项目
PROJECTS SUPPORTED BY ZHEJIANG CULTURE AND ARTS DEVELOPMENT FUND

超越：中国通信业发展纪实
主编　余少华
组编　中国通信学会

出版发行	浙江科学技术出版社
	杭州市拱墅区环城北路 177 号　邮政编码：310006
	办公室电话：0571-85176593
	销售部电话：0571-85062597
	E-mail: zkpress@zkpress.com
排　　版	杭州真凯文化艺术有限公司
印　　刷	杭州捷派印务有限公司
经　　销	全国各地新华书店
开　　本	710mm×1 000mm　1/16　印　张　21.75
字　　数	298 千字　插　页　10
版　　次	2024 年 4 月第 1 版　印　次　2024 年 4 月第 1 次印刷
书　　号	ISBN 978-7-5739-1178-0　定　价　98.00 元
责任编辑	罗　璀　张祝娟　方　晴　责任校对　赵　艳　陈宇珊
责任美编	金　晖　装帧设计　顾　页
责任印务	叶文炀

编撰委员会

顾　　问	朱高峰　邬贺铨　尹　浩　方　新
主　　编	余少华
副 主 编	张延川　申江婴
编委委员	（按姓氏笔画排序）
	王志勤　文　剑　朱　峰　刘　沛　刘树苹　刘殿杰
	余晓晖　宋　彤　张　进　陈山枝　陈家春　欧阳武
	闻　库　贺成文　钱庭硕　钱晋群　鲁春丛
总 撰 稿	武锁宁
撰 稿 组	季　婷　李景亚　武　晨　张国宪　何　伟　魏丹云
	刘　凯　彭　林　张　鸣　包　珂　王浩森　张佳丽
	薄　旸　李　兵　宋则寰　左铠瑞　张　丽

本书出版工作委员会

主　　任	方　新
副 主 任	韩建民　刘春早　汤弘亮　毛建锋　宋　东　莫沈茗
成　　员	黄宗伟　刘润坤　王　卉　蒋琤琤　李　婷　付　玉
	张祝娟　罗　璀　方　晴　叶文炀

序

百年征程波澜壮阔，百年初心历久弥坚。我国通信业乘改革开放的东风，适应经济社会发展的需要，抓住从模拟技术向数字技术变革的机遇，从无到有、从小到大、从落后到先进、从追随到引领，一步步实现了伟大的历史性跨越，书写出一幕幕奋力崛起的发展篇章。

党的十八大以来，在习近平新时代中国特色社会主义思想指引下，通信业深入贯彻落实习近平总书记关于网络强国的重要思想，加强信息基础设施建设，加快行业监管体系和能力现代化建设，建立健全网络安全保障体系，推动信息通信技术与经济社会各领域深度融合，支撑网络强国建设迈出坚实步伐。党的二十大对加快建设制造强国、网络强国和数字中国进一步作出了重要部署，强调要促进数字经济和实体经济深度融合，构建新一代信息技术等一批新的增长引擎，优化基础设施布局、结构、功能和系统集成，强化网络、数据等安全保障体系建设。2024年政府工作报告多处提及通信业，提出要积极培育新兴产业和未来产业，深入推进数字经济创新发展，适度超前建设数字基础设施，加快形成全国一体化算力体系；要以广泛深刻的数字变革，赋能经济发展、丰富人民生活、提升社会治理现代化水平，通信业肩负着新的光荣使命和重大职责。

通信业要抓住新一轮科技革命和产业变革深入发展带来的战略机遇，深刻把握中国式现代化的中国特色、本质要求、重大原则，充分发挥信息化驱动现代化的主力军、先锋队作用，坚持推进通信业现代化发展，加快新型基础设施建设，推动关键核心技术攻关，健全完善治理体系，推动平台经济健康发展，筑牢国家网络安全屏障，促进数字经济与实体经济深度融合，为制造强国、网络强国、数字中国建设提供有力支撑。

时代的号角已经吹响，前行的步履愈发铿锵。回顾百余年来中国通信业发展历程，对于我们坚定道路自信、理论自信、制度自信、文化自信，以及在实践中摸索完善推进信息通信领域的创新体系，坚定全面超越的自信，具有十分重要的意义。

新时代新征程上，通信人正承前启后、踔厉奋发、锐意进取、创新争先，更好地发挥对新质生产力赋能的引擎作用，为制造强国、网络强国、数字中国的繁荣与进步再添浓墨重彩的一笔，为以中国式现代化全面推进强国建设、民族复兴伟业而不懈奋斗。真诚希望本书的出版，将给正在踏上新征程、建设奋力数字中国的人们，提供一些历史启迪和智慧，为推动中国通信事业的高质量发展贡献更大力量。

中国工程院院士
2024年2月

前言

通信业在经济社会发展大局中发挥着战略性、先导性作用。近一百年来，从烽火岁月到社会主义现代化，通过几代通信人在一穷二白的基础上自力更生、艰苦奋斗，中国通信业从夯基垒台到积厚成势，取得了跨越式发展。

1921到1949年，我们的前辈从"半部电台"起家，靠崇高理想信念和过硬的业务素质，在无线电领域白手起家，用"千里眼、顺风耳"，支撑人民军队取得了一场又一场的胜利，为中华民族的解放做出了贡献。

1949到1978年，赓续了红色通信血脉的新中国通信事业前辈，筚路蓝缕、艰苦创业，创立了包括运营、设计、施工、教育、科研、制造在内的完整的通信产业发展体系，为我国通信业持续发展创新奠定了完整的产业基础。

1978到1997年，在党的十一届三中全会精神指引下，中国通信业抓住机遇，选择"三步并成一步走"的技术路径和"引进消化吸收再创新"的创新策略，采用以市场换技术和"借钱买鸡、下蛋还钱"的发展模式，经过20多年的持续高速发展，在通信网络规模和产业规模两方面双双跃居世界第一，从国民经济发展的瓶颈变成了国家现代化事业的先行行业和支柱产业，为国家改革开放事业做出了突出贡献。

1997到2012年，中国通信业又抓住国际电联征集3G技术标准的机遇，勇敢地开启了"问鼎国际标准"的追梦之旅。经过十多年的不懈努力和艰难探索，从1G空白、2G跟跑，到3G追赶、4G并跑，最后，终于在移动通信技术领域实现了对网络技术标准的赶超，为我国通信业深度参与5G及未来信息技术领域的创新争得了主动。

　　2012年党的十八大以来，信息通信业肩负网络强国建设使命，以推广"全光网"和铁塔共建共享为突破口，建设"宽带中国"；以5G网络为龙头建设新一代数字经济网络基础设施，实现"数字中国"创新发展良好开局；以5G应用为先导全面铺开数字应用，并向经济社会各行业渗透。信息通信业成为带动科技创新、传统产业转型升级和经济社会繁荣发展的重要引擎和关键支撑。

　　历史不仅蕴藏我们"从哪里来"的密码，也是标定我们"走向何方"的路标。前辈们不仅为我国通信事业打下了坚实的基础，还在艰苦卓绝的探索中，留下了许多宝贵的经验。在新中国成立75周年之际，我们回眸中国通信业走过的百年历程，展开深入的历史溯源和面向未来的研究探索，并以研究的成果为基础，用尽可能生动的纪实手法，撰写了这本《超越：中国通信业发展纪实》。希望通过本书，深度揭示通信业跨越式发展的内在逻辑；启示信息通信业进一步增强国际竞争力、推动中国式现代化的发展路径；激励广大通信工作者以党的二十大精神为指引，将个人奋斗目标融入强国建设、民族复兴的宏伟蓝图。

编者

2024年1月

目录

第一编
红色岁月　白手起家

第一章　振臂疾呼交通网　001
第二章　短波风口切入快　017
第三章　"半部电台"当宝贝　025
第四章　精心打造"鲁班石"　030
第五章　娴熟应用显身手　041

第二编
艰苦创业　改天换地

第一章　破旧立新换新颜　059
第二章　甘当绿叶辅大局　072
第三章　栉风沐雨建体系　087
第四章　跋山涉水送电波　102
第五章　追星逐光上九天　128

第三编
改革开放　规模跨越

第一章　高屋建瓴绘蓝图　147
第二章　电话一步跨百年　156
第三章　八纵八横贯神州　171
第四章　移动通信新探索　190
第五章　一步到位上程控　202

第四编
双轮驱动　标准赶超

第一章　国际标准中国造　219
第二章　克难攻坚闯新路　231
第三章　临危受命挑大梁　241
第四章　冲出狭路加速度　255
第五章　跟跑并跑到领跑　273

第五编
数字时代　5G 超越

第一章　网络强国筑基业　279
第二章　"宽带中国"砥砺行　288
第三章　宽带架桥越鸿沟　298
第四章　数字底座正夯实　310
第五章　数字中国已扬帆　321

CHAOYUE

第一编
红色岁月　白手起家

1927年，蒋介石发动反革命政变后，中华大地陷入一片白色恐怖之中。国民党几乎占据了所有国家资源和通信设施，而红军经过千寻万觅，到1930年年末才缴获了国民党军队的"半部电台"。

然而，从第二次反"围剿"到建立起辐射97个县的中央苏区，从四渡赤水到抢渡金沙江跳出敌人百万重兵的围追堵截，从翻越鸟儿飞不过的雪山到穿过人迹罕至的草地，从平型关大捷到百团大战，从转战陕北到三大战役，从雄师过江到进军全国，中国共产党人眼观六路、耳听八方，料敌如神，逆势反转，以小胜大、以弱胜强，硬是用小米加步枪打败了日本侵略者，用信息战、运动战，战胜了敌人的飞机加大炮，最终把国民党军队赶出了中国大陆。

在革命战争年代，中国共产党靠缴获来的二手电台和自制的设备，组成"一流"的无线电网络，实现了对反动派的一次次超越。

第一章　振臂疾呼交通网

中国共产党能够取得信息应用的竞争优势,首先得益于毛泽东在八七会议上关于建立全国交通网的振臂疾呼。

通信薄弱起步维艰

中国共产党对通信工作的认识和重视,是以血的代价换来的。从建党初期到大革命失败,党的事业经历过一段苦难的探索,曾留下了一段通信弱、事业难的历史。

履职不久,就被带走

1921年,中国共产党成立,这是开天辟地的大事变,中国革命的面貌从此焕然一新。然而,建党初期,党的组织工作缺乏经验,交通通信工作起步较慢。

史料表明,中国共产党正式成立之初,由于经验不足和经费有限,党的组织联络工作薄弱。不管是"南陈"(陈独秀)还是"北李"(李大钊),早期共产党人研究和传播马克思主义的经费主要靠他们自己在大学教书领取的薪水和写作的稿酬等来维持,没有人力、财力,更没有经验来组织自己的通信网络。

党的一大期间，上海代表李汉俊、李达等都为筹备会议做了不少通信联络工作。开会时李达的夫人王会悟女士，一直为会场"望风"，发现不速之客，及时发出报警信息，避免了更大的损失；会议中止后，她又建议会议转移到浙江嘉兴南湖的一条游船上继续举行。包惠僧在会前会后也做了不少"穿针引线"的联络工作。但是，他们的这些工作总的来说都是临时的、兼职的，没有建立自己的通信渠道。

李汉俊他们给各地早期党组织的信件、通知，都是通过公开邮局发寄的。党的一大以后，为了解决中央机关"群龙无首"的问题，包惠僧南下广州请陈独秀回上海主持中央工作。

1921年秋，陈独秀从广州回上海开始履行中央局书记职责。各地来信仍然是通过公开的邮政系统，直接寄到他在法租界的家中，各地来人也是直接在他家中见面。如此集中的书信邮递和人员往来，致使巡捕房很快盯上了他家。

10月4日，老渔阳里2号的黑漆大门，突然响起急促的敲门声，正在家中与包惠僧、杨明斋等人谈话的陈独秀和妻子高君曼一起被带到了巡捕房。不久，到老渔阳里来找陈独秀的邵力子等人，也被巡捕"打了埋伏"。

本来陈独秀还想以假名字周旋一下，没想到，褚辅成一见他不慎直呼其名，陈独秀的身份当即暴露。就这样，回沪主持中央工作不久的陈独秀被捕了。

"钟英"女士她是谁

10月26日案件审结后，陈独秀被释放出狱。为了避免新住址被巡捕房盯上，中央决定把《小说月报》作为联络点，主编沈雁冰（茅盾）为交通员，以公开身份做掩护，建立了中国共产党第一个"交通联络点"，沈雁冰因此成为中国共产党历史上第一个红色"交通联络员"。

1896年出生在江南水乡乌镇的沈雁冰，17岁考上北京大学预科班。1916年，20岁的沈雁冰进入商务印书馆。1920年，年仅24岁的他受聘担任商务印书馆当家期刊《小说月报》的主编。也就在这一时期，小有名气的沈雁冰结识了陈独秀、李达等上海早期共产党人，加入了党组织，并为李达主编的理论刊物《共产党》翻译了《共产党的出发点》，以及列宁的《国家与革命》第一章等重要文献。

沈雁冰在《我走过的道路》中回忆：

因我在商务印书馆主编《小说月报》，是个很好的掩护。党中央就派我担任了直属中央的联络员，编入了中央工作人员的一个支部。外地给中央的信件都寄给我，外封写我的名字，内封则写"钟英（中央之谐音）收"，我则每日汇总后送到陈独秀出狱后的新住所。外地有人来上海找中央，也先来找我，对过暗号后，问明来人住什么宾馆，我就叫他回去静候，我则把姓名住址报中央。

就这样，设在上海闸北宝山路的商务印书馆编译所实际上就成了中国共产党建党初期的"交通枢纽"。

1921年11月陈独秀签发了《中国共产党中央局通告》，中国共产党中央局开始运转。党中央和各省党组织之间的信件和人员往来日渐频繁。随着沈雁冰代收信箱的邮件逐步增多，混在来稿里的邮件常被误拆。因为"钟英"很像女士的名字，书馆同事以为他结识了新的女朋友。沈雁冰的挚友、后来接替他主编《小说月报》的郑振铎还以此和沈雁冰开玩笑。直到有一天，他无意拆看了一封邮件，方知其中"奥秘"。好在郑振铎也未泄露秘密，薄弱的交通枢纽方得以维持。

三大、四大仍未成网

党的三大、党的四大前后，随着革命事业的发展，中国共产党开始了对党的交通工作的探索，有了一些功能单一的交通站和数量稀少的交通线，但尚未形成交通网络。

1923年6月12—20日，党的三大在广州召开，大会选出9名正式委员、5名候补委员组成新的中共中央执行委员会，陈独秀为委员长，毛泽东为秘书，大会通过的《中国共产党中央执行委员会组织法》规定，秘书员负本党内外文书、通信及开会记录之责任，并管理本党文件。本党一切函件须由委员长及秘书签字。1924年5月由中共中央执行委员会制定《党内组织及宣传教育问题决议案》，发表在5月20日的《中国共产党党报》上。其中在提出必须使我们的党及其各个机关能有更明显的组织形式的同时，明确要求党的地方委员会在组织部之下另有"统计分配"及"交通"的职务，还对"交通"职务的工作内容作了明确规定，"交通"职务便是发送秘密宣传品，组织群众及示威运动等。

党的三大后，国共合作步伐加大加快。中国共产党的交通工作实际上是在国共统一战线的体系下发展的。

1926年1月，沈雁冰作为上海代表团成员到广州参加了国民党二大后，留在了广州，在毛泽东任代理部长的国民党中央党部宣传部做秘书期间，他曾被派往上海接手交通站的工作。这个交通站负责分发宣传资料，实际上就是一个在国共合作的宣传部领导下、服务国共统一战线的宣传品发放中转站。

1925年1月，党的四大在上海召开。这次会议明确提出无产阶级在民主革命中的领导权问题和工农联盟问题，会后，党组织在工农运动中蓬勃发展，党员人数快速增加。为与之相适应，中国共产党的交通工作第一次被提上了日程。

1925年1月31日，中央组织部在《中央组织部工作进行计划》中明确提出：使本党宣传品广布全国，也是中央组织部重要工作之一。因此，中央组织部须设一交通干事，其任务是：（1）指导出版部向各地扩张公开的宣传品之销路；（2）筹划向各地秘密输送本党宣传品及函件；（3）担任中央各机关间及中央与所在地地委之间之交通。

交通和通信，在英文中同出一词，都是"communication"，它既有运输的含义，也有通信的意思。在革命战争年代，中国共产党的交通工作，主要是指党的书刊宣传资料的发送，文件、信件及人员的接送。

党的四大不仅把交通工作提上了日程，并且将其具体写入了《对于组织问题之议决案》中。在交通职责的第2点中，把"输送宣传品"的职能拓展为"输送宣传品及函件"；在第3点中提出，担任中央各机关间及中央与所在地地委之间之交通，并要求将其列为组织部的一项工作。这是一个很大的进步。

1925年4月30日，中共中央又发出了《关于建立和健全党内交通问题的指示》（即中共中央第28号通告），强调了党的秘密交通工作的重要性。

然而，直到1926年，中山舰事件、"整理党务案"等事件发生后，中国共产党才开始启动发展真正意义上的交通。

据新中国成立后曾担任国务院机要交通总局局长、中共中央局第一位干线交通员的王凯回忆：

1926年春，我在中央机关见到了王若飞秘书长，他对我说，为了加强与各地联系，决定调我到中央专搞地下交通工作。当时从中央到大区仅有三条交通线，一条是上海到北方局的，一条是到南方局的，还有一条是到长江局的。除了与北方局的交通由上而下外，其余两条线都是由下而上。这样中央的专职交通员就我一个。①

可见，当时全党的交通干线仅有三条线，其中由中央局直派的仅有一条线，而且仅仅只有王凯一名专职交通员。

血雨腥风中，难寻回家路

1927年，在北伐战争取得节节胜利的情况下，蒋介石发动四一二反革命政变。轰轰烈烈的大革命形势急转直下，中国共产党人很快身陷险境，中华大地陷入了一片白色恐怖之中。党组织被迫全面转入地下，由于缺乏严密的组织和有效的通信，党组织一再遭到破坏。一些人对革命前途感到悲观失望，登报声明退党；有的人甚至向敌人投降，出卖组织和同志；然而更多的同志，则是因为与党组织失联，找不到"回家"的路。据1927年11月统计，党员数量由党的五大召开时的近5.8万人，锐减到1万余人。

沈雁冰从武汉去南昌时没有赶上起义，辗转回到上海，竟然也无法与党组织取得联系，后来还是在商务印书馆的好友叶圣陶等人的帮助下，秘藏于法租界的景云里。

其实，不仅沈雁冰，当时很多党员都有一段与组织"失联"后艰难接头的历险记。

---

① 江西省邮电管理局邮电史编辑室：《苏区邮电史料汇编（下）》，人民邮电出版社1988年版，第8页。

武装斗争呼唤通信

在八七会议上,毛泽东提出"枪杆子里面出政权"的著名论断。在这次会议上,他还提出在全国组成交通网。

全面开启红色通信

1927年8月1日,在以周恩来为书记的中共中央前敌委员会(简称前委)的领导下,中国共产党所掌握和影响的军队2万多人,在南昌打响了武装反抗国民党反动派的第一枪。

南昌起义时,由叶挺领导的第十一军第二十四师的电话队在周恩来、叶挺、朱德、刘伯承等领导人的住所安装了磁石电话机,加上其他起义部队的简易通信,构成了通信指挥系统,为南昌起义提供了支撑。

起义部队撤出南昌时,虽然带出了部分电话器材,但这些有线电话很难适应部队的运动状态,加之经验不足,部队之间主要还是靠传统的传令方式联络,内外信息都很不灵通。前委书记与各军师之间,师与师之间,几乎无法联络。以至于潮州失守时,前面的部队已经撤走,后面的部队还在涌向潮州。

时任第十一军党代表的聂荣臻在回忆录中写道:

> 敌人袭来,队伍很乱……第二十四师撤下来的部队,与军(前)委的人混在一起,各单位插得稀烂,一个成建制部队也找不到,想调挺机关枪也没有办法,有了枪管又找不到机架,真是一片混乱。[①]

[①] 聂荣臻:《聂荣臻元帅回忆录》,解放军出版社2005年版,第58页。

南昌起义时承担了整个南昌起义通信联络任务的第十一军第二十四师的联络状况尚且如此，其他部队的联络状况更是可想而知。

10月，大部队在潮汕地区失败时，南昌起义部队仅剩下留在赣粤交界处的三河坝担任阻击任务的第十一军第二十五师的800多人。得知南下失败、前委已分散突围的消息后，他们在朱德率领下转战到湘南一带开展游击，得以保存。一直到周恩来、叶挺等人经香港辗转回到上海后，中央才知道南昌起义的详细情况。

南昌起义后的第六天，中共中央在湖北汉口秘密召开了八七会议。经过讨论，会议确定了实行土地革命和武装反抗国民党反动派的总方针。毛泽东当选政治局候补委员。

会议记录显示，下午在研究组织问题时，毛泽东特别就交通通信问题发表了重要意见，指出交通问题是一贯的问题，不单是中央与省的交通问题，应在全国组成交通网。任弼时、李维汉也在发言中呼应毛泽东的主张。

会议采纳了毛泽东的意见，在《"八七"中央紧急会议文件》之《D.党的组织问题决议案》中增加了第5点，明确提出：

中央临时政治局应当建立全国的秘密交通机关，与出版委员会散布宣传品的工作相联络，担任传达通告指令输送宣传品等等的职任；并兼办探听反革命线索及其他各种消息各地环境的特务工作。各省亦应有此等机关之组织，务使本党有一全国的交通网。[①]

---

① 江西省邮电管理局邮电史编辑室：《苏区邮电史料汇编（上）》，人民邮电出版社1988年版，第31页。

恢复组织，加强交通

根据这次会议的决议，1927年8月9日，中共中央临时政治局会议决定调整中央机关组织，建立中央直属的交通处。

8月21日中央以"吴世荣"的署名发出了中共中央根据八七会议精神制订的《中央通告第三号——建立党内交通网》。

南方局北方局各省委临委：

八七紧急会议议决中央须建立通达各省的交通，各省委建立通达各县的交通，各县委建立通达各乡的交通——构成一个党的全国交通网，此交通网的职任有二：

①传达党的一切文件，输送党的一切宣传品。

②兼探听各地反动派的消息及其他各种消息。

中央因为经费困难，暂于中央所在地设立中央交通处，于上海设立交通分处，为中央与南方局及江浙间交通之总枢纽，暂时北方局所辖各省交通由北方局办理，南方局所辖各省由南方局办理，江浙则由上海分处办理，其余各地由中央交通处直接办理，全国交通组织系统表如下：

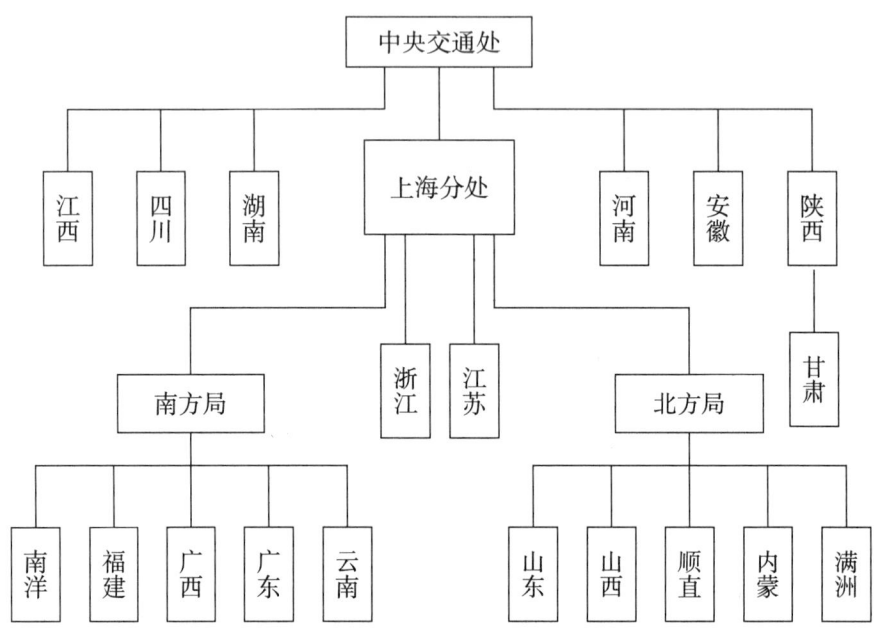

交通员到达各地时，不得在当地逗留二日以上，免妨碍交通，如因当地党部特别原故不得已延至二日以上者，须由当地党部给予证明书并供其延留期间之用费。各地党部于接到交通员带到之物件时须立即给予回条，所有交给交通员递送之件，必须尽可能使之轻便易带，望特别注意为要。①

八七会议以后，中央派出许多干部分赴各地，恢复和整顿党组织，发动武装起义，并部署在工农条件较好的湘鄂粤赣等地发动秋收起义。为了适应武装斗争和土地革命的需要，从中央到各地都明显加强了红色交通工作的部署。中央军事部在给各省军委的文件中，要求"军事通信，须依据需要的程度，设立独立的交通网，因为军事消息，应特别采用单独的秘密，与一般组

---

① 江西省邮电管理局：《华东战时交通通信史料汇编·中央苏区卷》，人民邮电出版社1995年版，第35—36页。

织的宣传的秘密,丝毫不能混乱"。①

从此,红色通信事业和中国革命事业一样进入了一个自觉、自主的发展时期。

密信牵线发现井冈

八七会议后,毛泽东受中共中央委托,赴湖南组织领导秋收起义,开始了创立农村革命根据地的探索。就在秋收起义部队最困难的时候,八七会议播种的交通网络,为部队进入井冈山架起了信息桥。

一封密信

发动秋收起义后,毛泽东带领起义部队来到浏阳的文家市,毛泽东在里仁学校主持召开了前委会议,集中讨论了起义后部队下一步的行动方向。在毛泽东的坚持下,大家最终同意放弃攻打长沙,带领起义部队到敌人力量相对薄弱的湘赣边界地区建立根据地。

9月29日,秋收起义的部队几经曲折来到江西省永新县三湾村,进行了具有重大意义的三湾改编。部队由一个师缩编为一个团,党的支部建到了连上。这支仅剩不足千人的队伍还在考虑下一步到哪里建立根据地。就在众人一筹莫展的焦急时刻,从江西赶来的宋任穷带来了一封由江西省委书记汪泽楷通过秘密交通网辗转送来的"密写"信。信中告知,在罗霄山脉中段的井冈山一带,有中共江西党组织领导的袁文才部和王佐部两支农民武装,建议

---

① 江西省邮电管理局邮电史编辑室:《苏区邮电史料汇编(上)》,人民邮电出版社1988年版,第44页。

毛泽东带领部队到赣西的宁冈去。

根据这封宝贵的来信，10月3日，起义部队离开三湾村；10月7日，工农革命军在袁文才、王佐的帮助下到达井冈山北麓的茅坪，开始创建井冈山革命根据地。

井冈山，位于江西省的西南部，地处湘赣两省交界的罗霄山脉中段，东边是江西泰和、遂川两县，南邻湖南的酃县，西靠湖南的茶陵县，北接江西的永新县。虽然隶属遂川县，但县城通向井冈山仅有一条狭窄通道。特别是井冈山区，山高林密、沟壑纵横、层峦叠嶂、地势险峻，外围五大哨口，锁住了进山的通道，形成了一个大大的山间村落群。加之周围的宁冈地区，有党的早期组织和农运基础，完全符合创立农村革命根据地的条件。

一封信，给秋收起义部队找到了落脚点，为中国革命的星星之火找到了"红色政权能够存在"的根据地。

全知天下事

井冈山虽有易守难攻的山形地貌，但也带来了信息闭塞的难题。居此大山中，毛泽东何以能知天下事？这首先得益于红军对信息渠道的重视。

上井冈山路经宁冈城关砻头市时，毛泽东在那里发现了一个邮政代办所，从中获得了大量的报纸。随后，毛泽东就派人接管了砻头市这个邮政代办所。

那段时间，每逢红军攻占一座城镇，毛泽东无论多么忙，总是带着警卫员先到当地邮局看看有无新来的报纸、杂志，有就买回来一些，并剪贴保存，通过这些资讯了解分析外界情况。

贺子珍到毛泽东身边工作后，很重要的任务就是收集信息。红军每打下一处，贺子珍总是抢先冲进敌司令部和政府机构，头一件大事就是把敌人的文件、档案、地图，桌上以及散落在地上的报纸，不论新旧、不分品种，不管是《民国日报》《中央日报》《申报》，还是广东、福建、江西、湖南等地的地方报纸，都如获至宝地捆上，装进麻袋，满载而归。

贺子珍还做报纸的剪贴整理工作，一把剪刀，一碗糨糊，把毛泽东看过且做了各种记号的文章和自己细心阅读后认为有用的材料剪下来，分成政治、经济、军事、社会动态等门类，精心地贴在剪报本子上，供毛泽东随时查阅。

随着根据地的扩大和工农兵政权的建立，1927年年底，茶陵、攸县等地相继建立了赤色邮局。1928年1月，遂川县工农兵政府也建立了赤色邮局；5月，永新县、莲花县工农兵政府在县城设立赤色邮局，并配备了直达井冈山的专职交通员2名。

通信结网星火燎原

毛泽东在积极保护和利用邮政网络获取公开信息的同时，还非常重视连接井冈山根据地内外秘密交通网的建设。不断拓展的网络为根据地的巩固发展和"朱毛会师"发挥了重要作用。

交通遍及井冈内外

红军进入井冈山后，前委就深入发动群众，依靠赤卫队、暴动队，借鉴并改进过去农民武装的一些做法，在井冈山区组织了传山哨、递步哨等简易通信网。采取"眺高、守夜、鸣锣、放铳"等办法，发现敌情就一村传一村、一山传一山地传给工农革命军和工农兵政府。随着根据地的扩大和革命政权的建立，他们在县、区一级设立交通站（处），派专职交通员担负县际、县内的通信联络工作，为党、政、军部门传递公文。规定公文上打3个"+"号或插鸡毛的，要随收随发，跑步送到，并取回收条作为收讫凭证。

与此同时，毛泽东还积极推动井冈山周围各地红色交通网的建设，加强周边地区红色交通网的建设和衔接。

1928年5月下旬，湘赣边界工农兵政府在宁冈茅坪苍边村成立后，边界政府和红军部队组成了联合通信站，共同完成政府和部队的通信任务，并传递干部和战士的家信。

联合通信站还重视并开拓了与边界各县的通信联络网，加强与全国红色交通网的衔接。在莲花县，党组织设置了2名专职交通员直送井冈山的信件。中央发给井冈山的文件到达安源后，中共安源市委再派交通员经莲花县等地送到井冈山。

中共江西省委派肖志铎建立从永新到吉安的秘密交通线，沿途共设10个交通站。在井冈山的边缘，还设立了石嘴山联络站、安源交通站。

1928年6月，中共中央分别寄信给中央前委和江西省委、湖南省委，指示两省委设立交通处专门负责与前委的通信联系。7月，中共湖南省委决定：省委所在地设总交通局，安源设交通局，各特委各市县委均设交通处。省委和各特委之间分别设立秘密接头处和秘密联络站。

1928年11月25日，毛泽东在《井冈山前委对中央的报告》中指出，交通机关的建设极为重要，并提到，已派袁德生在萍乡利用"春和生"药店，建立交通机关"赣西采运处"，以便和上海、武汉的党组织沟通联系，传递密信，为井冈山根据地采购物资。

从1928年年底毛泽东经江西省委转中央的一封长信中也可以看出，这一阶段毛泽东为推动周边地区的交通联系付出了很大心血，也取得了很好的成效。信中写道：

中央六月四日来信，经过江西省委、吉安县委，于十二月二日才到井冈山。这封信好得很，纠正我们许多错误，解决了许多争执的问题。

……

交通及其他：1.交通机关的建设极为紧要，兹付二百元（金四两）交袁、肖两同志，即由两同志负设立机关的完全责任。续需经费由此间担负，地点在萍乡。吉安方向亦须建设一交通机关，由江西省委负责……①

飞信促成"朱毛会师"

交通网的建立和不断完善，对推动朱德和毛泽东分别领导的两支红军队伍的胜利会师发挥了穿针引线的作用。

1928年1月，朱德和陈毅等率领南昌起义军余部转战湖南，在湘南地方党组织和农军的配合下，发动湘南起义，在永兴成立了湘南苏维埃政府。先后在宜章、郴县、资兴、永兴、耒阳等县打土豪、分田地，建立工农革命政府，部队不断壮大。

轰轰烈烈的湘南起义吓坏了国民党反动派。3月底，在湘、桂、粤军阀的"会剿"下，朱德率领的部队被迫撤出。为了打破敌人的"会剿"，经联络，朱德、陈毅等率领起义部队开始向井冈山方向转移。毛泽东得知后，立即派出特派员何长工前往接应。

何长工刚到湖南资兴的一个交通站，就得知国民党军队图谋夜里偷袭起义部队。他立即写了一封急信，插上鸡毛，交由秘密交通员，迅速赶到湖南郴县送交朱德。朱德收到鸡毛信，连夜率领部队安全撤到酃县，与前来接应

---

① 江西省邮电管理局：《华东战时交通通信史料汇编·中央苏区卷》，人民邮电出版社1995年版，第44页。

的何长工会合。通信又一次发挥了关键作用。

为了掩护朱德领导的部队安全转移,毛泽东率部队在汝城一带击溃了追击敌军。1928年4月下旬,朱德、陈毅等率领南昌起义军和湘南起义农军的1万余人顺利到达永新。4月28日与毛泽东率领的工农革命军在宁冈砻头市胜利会师,组成了当时最大的一支工农武装——工农革命军第四军(后改称工农红军第四军)。朱德任军长,毛泽东任党代表,陈毅任政治部主任。

此后,"朱毛红军"以井冈山为依托,用游击战连续打破了国民党对井冈山的第二、第三次"进剿",井冈山根据地不断巩固扩展。

风助火势,火助风威。红色通信网络的初步形成,保护了秋收起义的星星之火;通信网络的不断完善发展,使红军的星星之火,在"敌军围困万千重"的环境中越燃越旺。

第二章　短波风口切入快

秘密交通网的建立，维系了星星之火的生存，而中国共产党在与国民党的信息应用比拼中胜出，还得益于中国共产党人敏锐发现并快捷切入了短波无线电的技术风口。

看似偶然的机缘

中国共产党与短波无线电的巧遇，起于一场看似偶然的大火，却也折射出了历史的必然。

1921年，意大利罗马城的郊区发生了一场火灾。情急之下，一位无线电爱好者用碰巧处在短波频段的设备，发出一条紧急呼救信息。没想到，这组发自南欧的信号被地处北欧丹麦哥本哈根的另一个无线电爱好者的刚巧也处在同一短波频段的业余电台收到，于是他报了警。

哥本哈根警方接警后，四处找寻却没有发现任何火情，在查问"虚报火情"者的过程中，发现无线电爱好者报告的"火情"竟然和那天意大利罗马城发生的一场大火的时间、地点完全一致。

偶然的一收一发，引起了人们的好奇：这组"业余电波"究竟是怎么从南欧罗马翻山越岭传到一千余公里以外的北欧哥本哈根的？

经过科学家们近两年时间的反复研究和实验，直到1923年人们终于发现，原来处在波长100米至10米的电波——短波，可以在地球表面和地球的电离层之间，通过多次折射，把信号翻山越岭传到遥远的地方。

如今我们都知道，无线电波是个庞大的家族，其成员按波长可分为长波、中波、短波、超短波、微波，以及在5G时代掀起研发热潮的毫米波。这些不同波段的无线电信号，拥有各不相同的本领和传播特点。1895年，当意大利人马可尼和俄罗斯人波波夫，根据赫兹的电磁波理论发明无线电通信时，人们普遍认为无线电波是直线传播的，一旦偏离直线，电波就会在传播过程中被地面吸收，而且无线电的波段越长传送的距离越远。因此，无线电发展之初，首先开发使用的是长波无线电波。但因为长波通信对无线电台的选址和设备要求都比较高，因受阻挡而不能"直达"的地方还需要建设中转设施，这样一来，无线电与那时已经普遍使用的有线电报相比，性价比不高，因此，发展推广的速度不快。

装备简单、成本极低的短波通信被发现后，顿时降低了无线电的成本，拓宽了其应用空间，引来了短波电台的爆发式增长。一时间，全球军界、商界纷纷购买无线电设备，建立自己的无线电台。

在中国，短波无线电大规模使用是北伐战争前后的事。

1924年创立的黄埔军校，第一期到第三期不仅没有无线电通信这个专业，就连无线电通信课程也没有。直到1926年年初（第四期），才开始有了无线电通信的课程。

1926年秋，短波电台在北伐战场得到初步应用。便于野战通信的短波无线电台，一经试用就引起了关注。国民党阵营内部党、政、军、特各部门，都觉得短波无线电需求多、投资少，纷纷出手争夺无线电设备采购权和建设发展权，"打"得不可开交。

为平息矛盾，1928年6月，国民党中央临时政治会议召开并做出决议，把无线电台发展权全部转归新成立的建设委员会。对此，主管电信政务的交通部当然不服，拒不移交。僵持到1929年6月，国民党三届二次全会只好又开会做出决定，把民用无线电的发展和管理转归交通部，争端才算稍稍平息。

黄埔军校迁到南京改为中央陆军军官学校后，于1928年6月，通过兼并刚成立半年的国民党军事交通技术学校，有了无线电通信专业。第一批学员于1929年2月提前毕业后入伍，国民党军队才开始大规模装备无线电台。

国民党的"内斗"，拖延了短波无线电在国民党军队的推广进程，客观上给1927年以后走上武装斗争道路的中国共产党制造了一个无线电领域弯道追赶的切入机遇。

发现机遇敏锐切入

无线电技术"风口"很快被1924年回国、曾担任黄埔军校和北伐第一军政治部主任的周恩来敏锐发现并把握。

大革命失败后，曾在西北军做兵运工作的中共党员钱壮飞辗转回到上海，在报上看到一则无线电培训招考广告，就报名参加考试，最终以第一名的成绩被录取。

钱壮飞入学后，很快便掌握了无线电技术，展示出过人的才华，被选入上海无线电管理处任职。入职后才知道，所谓上海无线电管理处，实际上是国民党中统的特务机构，处长就是国民党中央组织部党务调查科主任徐恩曾。

与钱壮飞同乡的徐恩曾，看钱壮飞做事干练、稳当，提出要调他到身边做机要秘书。钱壮飞感到此事重大，通过他的好朋友胡底找到李克农，向党中央请示。

周恩来感到机会难得，指示钱壮飞把李克农、胡底都拉进去，在中统内成立一个直属中央特科的党小组，让国民党特务组织的无线电网络为我党所用。随后，经钱壮飞介绍，李克农、胡底相继经过考试、培训进入了中统，分别成了中统驻上海、天津的"通讯社"的负责人。于是，他们三人就在中统最核心的南京、上海、天津，形成了中国共产党打入敌特无线电关口的"铁三角"。因工作出色，周恩来称赞他们是"龙潭三杰"。

1928年6月至7月，党的六大和共产国际六大相继在莫斯科举行。先期到达莫斯科筹备会议的周恩来，代表中国共产党向共产国际提出代培无线电人员的申请，很快得到了共产国际的支持。

在6月18日至7月11日党的六大召开期间，中共中央做出决定：在上海建立中共秘密电台。党的六大闭幕后，交通科改为通讯科，专门负责建电台的工作。

周恩来在领导无线电斗争的实践中，还主持编制了中国共产党第一套结构独创的无线电密码。无线电通信是一种广播式的通信，一个电台发出的信息，其他同频电台都可以同时收到。通信双方只能通过约定密码的方式来保证信息的传递和内容的保密。比如双方约定"1234"代表"你"，"4321"代表"好"，如果对方收到"1234/4321"后又回复"1234/4321"，双方就实现了相互问好的通信。而别人如果不知道这个约定，即使抄收了这两组数字，也不会知道电报表示的内容。当然，实际密码的约定要比这复杂多了。周恩来在苏联专门学习研究了编码的规则，结合中国古代的一种传递暗语的方式，提出了一种核心涉密领导和业务操作层分层加密，业务层不了解核心层加密方式的特殊密码方案。因为早年从事革命活动时，周恩来的秘密代号是"伍豪"，所以这套密码就取名"豪密"。由于这套密码设置方法很特别，周恩来等高层涉密人员和张沈川等业务层涉密人员各掌握一半，通过分别约定随时方便调整的图书页码找字的方式加密，国民党专业机构跟踪研究了几十年也一直没能破解。

秘密电台多艰险

1928年10月，中央特科交通科科长李强接到中央部署的任务后说干就干，立即全身心地投入电台的设备研制和秘密电台的创立工作中。

那时，无线电还是一项新技术，找不到相关的中文书刊，李强就凭着外语功底，找来一些国外的科技期刊，自学无线电知识。同时，他请朋友帮忙，混进一家无线电公司"闲逛"，观摩装配工人操作。晚上就在挂着"绍敦电气公司"牌子的中国共产党的一个地下联络站，自己动手做试验。后来又设法通过内线，从私营的大华科学仪器公司借回一台发报机，连夜解剖、测绘，接着"按图索骥"，购买零部件，买不到的就自己摸索着制作。

就这样，1929年春末，不到半年时间，李强就研制出了中国共产党的第一台短波无线电收发报机。

1929年秋，张沈川和从苏联学成回国的蒲秋潮假扮夫妻，住进了上海沪西极斯菲尔路（现万航渡路）福康里9号，在弄堂里建立了中国共产党的第一个秘密电台。

为加快进度，1929年下半年，李强和掌握了无线电收发报技术的张沈川在上海组织了第一期小型培训班，培训了王子纲等一批无线电报务员。后来又由王子纲协助张沈川，小批量培训了一批报务员。

1929年12月，李强、黄尚英又带着发报机前往香港，创建南方局电台，实现了南方局与党中央的第一次通报。第一份电报就是用"豪密"收发的。

李强在香港创建南方局电台时，正赶上邓小平经香港去广西组织百色起义。李强就把电台的呼号、频点等告诉邓小平，并约定了联络时间。百色起义成功后，起义部队按约定通过这条电报线，经南方局电台及时向中央转报了起义情况并得到了中央的指示。

但是，在白色恐怖笼罩下的上海建立秘密无线电台，始终面临着巨大的危险。

在弄堂里建立的秘密电台，天线不能架高，只能将天线从窗户拉到房檐边用瓦片压住固定，发完电报又得悄悄抽回，风险很大。市内公共用电电压不稳，影响发报功率，张沈川等人试用大功率变压器加强电压，但电键一按，邻居的电灯就闪烁不停，引来"谁家烧电炉啦"的叫喊，他们只好和远在香港的黄尚英约定，每晚到四周邻居熟睡的后半夜再通电报。

由于天天后半夜通电报，时间久了，黄尚英和张沈川的身体都先后出了问题。黄尚英得了肺炎，经常咳血，后经组织批准，他从香港到杭州治疗，却不幸在路上逝世。

1930年1月的一个晚上，小偷"光临"了张沈川的家。翻窗进屋后，小偷将二楼窗前的衣服装进了一个袋子，然后又到三楼工作间偷走了张沈川的棉袍、毛衣和长衫。考虑到电台的安全，张沈川既不能惊动邻居，也不能去报案。其实，他们这个貌似富裕的家庭，生活很清苦。除了那几件摆在外面装样子的衣服，衣柜里空空如也。衣服被小偷席卷而空后，张沈川只好穿着蒲秋潮仅剩的一件毛衣，咬紧牙关坚持在寒夜中收发电报。

5月，李强派翁英、王子纲等带了一部50瓦电台到天津，租好房子准备建立秘密电台，却因顺直省委受到破坏，电台人员被迫撤回。

10月，为了适应革命形势发展的需要，中央决定在上海加大无线电人员培训力度。李强和张沈川接到任务后，本想按此前组织小型培训的经验，继续分散居住、单线施教。但特科负责人顾顺章否定了他们的方案，自吹他在法租界巡捕房有内线，集中办个大的培训班没有问题。

就这样，10月中旬，他们在上海法租界巨籁达路四成里12号的一座三层楼内办起了地下无线电学校。门口堂而皇之地挂了个牌子"福利电器公司工厂"。

结果，1930年12月17日，开班不到两个月，租界巡捕突然闯入。20位老师、学员全部被捕。那天正在讲课的张沈川也被捕入狱。在张沈川等同志的组织下，始终没有一个人招供和叛变，最后有4人被折磨致死。1935年冬，其余16人被移送苏州"反省院"。直到抗战爆发后,他们才陆续出狱。16人受尽折磨,始终无一人变节泄密。

钱壮飞截密救中央

1931年4月,掌握着大量中共中央机密的中央特科负责人顾顺章在武汉被捕叛变。他的叛变不仅危及无线电台,更严重的是危及了整个中共中央机关!

顾顺章原为上海南洋兄弟烟草公司工人,1926年曾到苏联接受过特工机构"契卡"的系统训练,掌握了化装、魔术、双枪射击等特技。1928年11月,中国共产党决定成立中央特委,领导全国的隐蔽战线工作,顾顺章成为特委三位领导之一。但是,由于顾顺章在特殊的环境中放松对自己的要求,贪图享乐、缺乏自律,坏习气逐渐恶性膨胀。

1931年4月,顾顺章根据中共中央的指示护送张国焘、陈昌浩前往武汉。其间,他违反秘密工作纪律,擅自刊登表演魔术的广告,结果被一个叛徒发现,报告给中统派驻武汉的特务头子蔡孟坚。

4月24日晚,顾顺章被捕并很快叛变。他向蔡孟坚提出条件:必须面见蒋介石才会和盘托出。而且他还提醒蔡孟坚,不要用电报向南京报告他被捕的事。

但是,蔡孟坚求功心切,给南京发了多份急电,报告了自己的"前期战果"。顾顺章被押解上船离开武汉时,得知蔡孟坚已给南京发了电报,便说他坏了大事。

了解了其中原委后,蔡孟坚如梦初醒、火冒三丈,但仍侥幸地认为,他发报时用的是加密码,整个国民党党务调查科,除了徐恩曾,没有几个人知道。

蔡孟坚失算了。他于25日晚发给徐恩曾的特级密电，当晚就被钱壮飞截获了。

4月25日晚，正在值班的钱壮飞一连得到武汉发给徐恩曾的几封特级密电，当即拆译，得知顾顺章被捕叛变，要到南京见蒋介石，供述中共机密。钱壮飞极为震惊，连夜回家让自己的女婿、地下交通员刘杞夫速往上海送信。

4月26日黎明前，钱壮飞赶到自己负责的中统南京通讯社，撕破墙上的地图，向同志发出警报。

26日上午，明知即将暴露的钱壮飞仍把密电重新封好，10时左右交给刚从上海玩乐回来的徐恩曾，然后以"倒休"名义从容离开了敌营。

李克农收到刘杞夫连夜送来的情报后，通过特科陈赓辗转找到周恩来，报告了情况。周恩来立即决定把顾顺章知道的所有联络关系全部掐断，原定的联络暗号和接头方式全部作废，将顾顺章知道的中央机关、江苏省委机关、共产国际在上海的机关全部撤离。中央领导和机关工作人员改由交通局局长吴德峰负责组织转移人员。

八七会议后成立的中央交通局，是一个与特科体系单列的秘密系统。中央特科的通讯科负责与情报有关的无线电业务，交通局负责各地的书信、文件的传递。吴德峰担任交通局局长后，规定交通局人员及业务与中央特科严格分开、互不交叉。因此，中央特科负责人顾顺章对交通局的站点一无所知。

结果，4月27日一早，当陈立夫、徐恩曾等在顾顺章的引导下像饿狼一样扑向上海抓人时，大多联络点已人去楼空，我党避免了很大的损失。

无数像钱壮飞这样的英雄，用他们无私无畏的奉献，在"看不见的战线"书写了一个个令人钦佩的传奇，维系着"永不消失的电波"。

第三章 "半部电台"当宝贝

上海地下电台遭受致命破坏时,靠"半部电台"起家的红军无线电事业迅速崛起,挑起红色无线电通信事业的大梁。

战火中认知无线电

1930年8月,毛泽东、朱德率红一军团不仅获得了"文家市大捷",而且初识了无线电。

这次战斗,红一军团首创了一战歼敌整个旅的战绩。毛泽东、朱德原打算乘胜突袭浏阳,但是战斗刚结束,却得知敌方迅速调整战术,把驻守浏阳的守军全部撤回了长沙。

敌人的反应何以如此迅速?部队反馈:当红军战士冲进敌人旅部时,发现敌方旅长的机要副官在发无线电报。红军战士一枪将其击毙,并用枪托砸烂了电台设备。

红一军团参谋处处长郭化若把这个情况报告给毛泽东,引起了毛泽东对无线电技术的关注。听了当时情况和无线电技术的介绍后,毛泽东对砸坏电台设备非常惋惜,当即叮嘱郭化若,今后下达作战命令时要加上一条:注意收集无线电设备。

1930年8月23日,毛泽东、朱德率领的红一军团和彭德怀、滕代远率领的红三军团在距文家市50公里的浏阳县永和镇胜利会师,随即按中央要求,部署展开了战斗。

当时军阀之间的中原大战已经平息,驻守长沙的何键拥兵十万、据城不出,加之城防坚固,红军攻城十分艰难。无线电通信的缺失也使红军信息不通、指挥失灵。在战斗中,两个军团的攻城部队之间虽然只隔一条铁路,却因为没有电台而难以联系沟通,彼此不清楚对方已打到哪里、正进攻何处,更谈不上配合作战。9月12日,根据毛泽东的意见,红一方面军决定主动撤出战斗,向江西转移。

9月17日,在写给中共中央的总结报告中,毛泽东深刻总结了攻长沙不克的原因,其中第三条为:技术条件不具备……交通器具如无线电等我们也没有,以致两个军团联络不好,因而失机。①

保护电台声声紧

1930年10月,蒋介石调集10万多人,发动对中央根据地的第一次"围剿"。

12月30日,红一方面军在龙冈地区一举全歼国民党军第十八师近1万人,活捉师长张辉瓒,首次缴获了无线电台。然而,发报电子管被弄坏了,成了"半部电台"。

不过更难能可贵的是,由于高度重视、细心查问,张辉瓒师属电台的所有报务人员全部被找到,并送至红一方面军总部。

到了总部后,报务员们被待若贵宾,总部参谋处长郭化若和他们一一谈心,热情鼓励他们留下来参加红军。

红军的重视和诚意感动了报务员们。郭化若与其中一名叫吴人鉴的交谈

---

① 《毛泽东军事文集》编写组:《毛泽东军事文集(第一卷)》,军事科学出版社、中央文献出版社1993年版,第169—170页。

后,吴人鉴明确表示愿意参加红军,并给自己起了一个新的名字——王净。他的选择,影响和带动了其他报务,结果,10名报务人员全部参加了红军。

王净是黄埔首期无线电专业的佼佼者。他加入红军,缩短了红军与国民党军在无线电方面的差距。

"半部电台"挑大梁

1931年1月3日,在江西宁都小布镇赤坎村红军总参谋处所在的龚氏祠堂,毛泽东和朱德亲切接见了刚参加红军的王净、刘寅等无线电通信人员。这时,前方传来了捷报:妄图逃跑的谭道源师,遭红军突袭,被歼半数。这次追击战不仅俘敌三千,而且完整缴获了1部15瓦电台。这样红军就有了"一部半电台":2部收讯设备、1部发讯设备。

1月6日,王净、刘寅将修理后的"半部电台"小心翼翼地搬到了桌上,又将天线高高悬挂窗外。王净示意刘寅接上电源后,打开电台开关,瞬间就听到耳机里发出"滴滴滴滴"的蜂鸣。这清晰而又令人企盼的响声,向人们宣告:红军有无线电台了!

开始,无线电台和技术人员由红一方面军司令部特务连管理。因特务连主要担负首长机关的保卫和紧急派遣的任务,大家军事素质良好,但对无线电的作用、技术原理、工作方式不了解,感到平时保障和战时转移都很麻烦,所以,电台人员有事就让他们直接请示郭化若。郭化若经过认真考虑,认为电台长期放在特务连不合适,应该建立一个独立的无线电队,便向上级做了汇报,并得到认可。

最初,"一部半电台"中仅有一部发讯设备,不能组织通信联络。王净等人急切地想要早点开展工作,就向郭化若建议先用收报机抄录电讯新闻。从此,王净等人就开始了两项工作,一是抄收国民党中央社的新闻电讯稿,供总部首长参阅;二是侦听敌军的往来电报,供总部首长掌握敌人动向。

当时,红军和革命根据地消息闭塞。毛泽东、朱德看到郭化若送来的电台抄收整理的"参考消息"如获至宝,连连称赞。

1931年1月13日,第一次反"围剿"胜利后,尽管红军有"一部半电台",但还不具备组织通信的基本条件;毛泽东、朱德采纳了郭化若的建议,决定组建包括无线电人员、监护排、运输排、炊事班在内的编制100人的红军无线电通信队。

之后,国民党军队开始对中央革命根据地发动第二次"围剿"。1931年5月12日黄昏,正当毛泽东、朱德为捕捉战机、搜寻敌人动向而焦急的时候,王诤突然监听到一段敌公秉藩第二十八师师部电台与该师设在吉安留守处电台的明语交谈。王诤马上将这个监听稿整理好,送给红军指挥部。在敌人夹缝里隐蔽20余天、寻不着战机的毛泽东和朱德看到这一情报后十分高兴,并根据无线电台侦获的敌人到达的时间、地点、番号、分布与行动意图,立即下达命令,连夜调动部队,设置了伏击圈。

5月16日早晨,敌人如期来犯。结果,准备充分的红军一鼓作气,大获全胜,而且在战斗中完整地缴获了公秉藩第二十八师师部的100瓦的大电台。

在第二次反"围剿"的整个战役中,"初出茅庐"的无线电通信队就这样侦听到大量国民党军的往来电报,源源不断地送到红军指挥部。红军据此准确地掌握了敌人的行动方向、指挥命令、到达位置、退却路线和求援呼救的情况,以此作为指挥战斗的依据,纵横驰骋15天,实现横扫700里、五战五胜,以5万红军对敌20万,取得歼敌3万、缴枪2万余支的重大胜利。

第二次反"围剿"期间,红军除缴获敌公秉藩第二十八师师部那部100瓦的大电台外,还缴获了两部15瓦的完整电台,电台总数达到"四台半",具备了组织无线电通信网的初步条件。

6月2日晚上7时,无线电通信队用新缴获的15瓦电台与设在江西兴国后方的100瓦电台通信联络，实现了红军历史上第一次无线电远程通信。红军从此真正结束了没有无线电通信的历史。

首次通报当天，郭化若再次向毛泽东提出一个更大胆的建议：为了适应远程通信的需要，建议把无线电通信队扩为无线电通信大队，把电台分队建到每一个军。毛泽东非常重视，当夜召开了前委会，批准此事。

1931年6月，无线电通信大队成立，王诤担任大队长。他们上任后，又组织带领各分队，全面发挥电台侦听和联络的作用，为第三次反"围剿"七战六捷、歼敌17个团的胜利荣立了多次新功。

担任大队长后，王诤很快起草制定了红军第一个无线电规则。一方面，他充分发挥自己掌握敌人发报规则的优势，总结出了一套针对敌人相互呼叫规则的侦听技巧；另一方面，他从侦听角度认识到国民党军的电报相互呼叫信息冗长、容易被捕捉而泄密的漏洞缺陷，从一开始就创立了一套红军无线电台之间的快捷呼叫和避免被跟踪的通报规程，使红军的无线电操作一出手就比对手略高一筹。

第四章 精心打造"鲁班石"

红军从无线电事业一起步就把政治坚定、赤胆忠诚，技术精湛、恪尽职守，强健体魄、英勇顽强，艰苦奋斗、自强不息作为队伍建设的根本。

重视教学育人才

1931年1月中旬，无线电通信队开始筹备首期无线电训练班。

1月28日，毛泽东、朱德联合签发红军第一方面军关于《调学生学无线电》的命令，阐明准备扩充无线电队、加强通信工作的意义。

2月，各部队共选送了17位优秀青年进入无线电训练班学习，其中12位重点学报务，5位重点学机务。这些经过精挑细选的学员，政治文化基础都很优秀。比如胡立教，在进入训练班之前，已先后担任赣西南少先队中路副指挥、红三军政治部宣传委员、特务团的连指导员；曹丹辉，进入培训班之前，已经任红十二军的师政治部青年科长。

红一方面军总部领导对训练班的教学很重视。毛泽东还担任了第一期训练班的"政治教员"。

有一次，毛泽东去给训练班讲课时说：

很久很久以前，老乡在一条河上修座石桥，找了不少能工巧匠。桥身修好了，但桥洞的脊梁处缺少一块坚固合适的石块，于是石匠四处寻找，终于在一个打草鞋的老公公家里找到了。原来,是鲁班师傅路过此地,看见修桥,知道需要一块坚硬的嵌石,就偷偷地按尺码凿好一块石头留下后便走了。等老乡们抬来往桥中间一放,不大不小正合适。从此,人们就把这座桥上的嵌石叫鲁班石。现在革命气势汹涌澎湃,这里要点火种,那里要点火种,全国十多块被分割的革命根据地,都要靠无线电从空中架起一座桥梁把它们连结起来。①

毛泽东对战士们说,红军缺少电台,就好比缺了鲁班石,勉励红军通信战士"你们是革命事业的鲁班石"。

毛泽东的政治课极大地调动了教员和学员的热情。后来"鲁班石的故事"成了一期接一期训练班的经典学习内容,"鲁班石"成了红色通信兵的座右铭。

在无线电训练班学习期间,曹丹辉加深了对学习无线电的认识。那时训练班条件很简陋,不到4个月就搬了4次家,从小布到黄陂,又到青塘和宁都。打麦场、树荫下,搬来小板凳、支起小黑板,就是课堂了。没有电键供大家练习发报,就请铁匠打了几把模拟电键,大家轮着练。曹丹辉看到电键不够用,干脆就用自己的左手大拇指当电键,跟着教员的模拟声音练习发报。

1931年5月,经过4个月集训的曹丹辉被派到王诤身边实习。5月27日晨,红军直逼广昌城下。城内守敌第五师依托坚固的工事负隅顽抗,战斗空前激烈。下午2时,曹丹辉一行人赶到广昌城外,架起电台侦收敌情。收报机刚打开,曹丹辉就听见敌第五师电台在拼命呼叫:"SOS!"接着,敌台用明码发出求救电:公鉴,共军主力来攻广昌,现在激战中;胡师长身负重伤,生命危殆!SOS!②

---

① 张进:《历史天空的红色电波(上册)》,长城出版社2013年版,第114—115页。
② 曹丹辉纪念文集编辑委员会:《丹心永辉——曹丹辉纪念文集》,文汇出版社1997年版,第33页。

曹丹辉一听，城内敌军最高指挥官重伤垂危！立即意识到这条信息有价值，赶紧报告！随即，敌师长命在旦夕的消息在城内外立即传开，攻城部队士气大增、节节胜利，守城敌军再无斗志、弃城逃跑。晚上9时，红军攻克广昌城，歼灭了第五师一部。曹丹辉因此立下战功！

1931年6月，蒋介石带着德、日、英等国的军事顾问来到南昌，亲自担任"围剿"总司令，命何应钦为前敌总指挥，调集23个师另3个旅，约30万兵力，发动第三次"围剿"。

7月23日下午4时，已派到红三军电台独立值班的曹丹辉，在密切跟踪中准确捕捉到何应钦发给各路白军的火急密电——限十天扑灭共军的作战命令。抄收电文后，曹丹辉立即用第二次反"围剿"后期刚缴获的国民党的新密码——"壮密"，破译了这份电报。324字的命令全面披露了敌人"分兵合击"的意图和各路兵力的部署。

曹丹辉译出电文，迅疾上报。电报很快经军长黄公略阅转红一方面军总部，总部领导根据电报信息，制定了诱敌深入的战略方针，并通过总部电台急电通知正在闽西地区开展群众工作的红一、红三军团主力，从两侧绕道千里，回师赣南兴国地区。在白军发起进攻时，红军避其主力、选其虚弱，灵活调遣、乘胜追击，最终取得了六战五捷（一战打成对峙）的战果。共击溃敌人7个师，歼敌17个团，毙伤俘敌3万余人，缴枪2万余支，彻底粉碎了敌人的第三次"围剿"。

1931年1月中旬，从红一方面军建立第一个无线电队开始，就设立了政治委员、建立党支部和政治学习教育制度，从根本上加强了党对无线电队的政治领导。

第三次反"围剿"胜利后，中央苏区出现了一年多相对稳定的环境。这时，无线电装备和无线电人员的需求大量增加。无线电通信大队根据需求，于12月下旬建议，将无线电训练班从无线电通信大队中分离出来，单独开办学校，专门进行教育培训工作，以提高培训质量，得到中革军委批准。1932

年1月，无线电通信总队将已经在福建长汀开办了2个月的第三期训练班转移到瑞金的洋溪村办学，并以此为基础正式组建中革军委无线电学校。

学校组建后，设置了专职教员、编写了训练教材，建立了比较正规的教学制度。无线电学校沿用无线电训练班的期数，简称第三期，学员编为一个排，钟夫翔为学员排长。

由于洋溪村的中央直属单位比较多，住房紧张，加之学校准备增加司号专业，担心数十把军号一吹，影响其他单位工作，因此亟须另选地方，适应扩大后的教学规模。

当时，在邓小平的建议下，无线电学校就迁到了坪山岗，并正式命名为红军通信学校。

红军通信学校组建后，专业由原来的无线电一个专业，发展成无线电、有线电、司号和旗语4个科。1933年秋，学校举办了一个小型的通信设备展览。"前言"中写道："一个红色的技术人员，一定要做到三个条件：政治要坚定，技术要精明，体格要健壮。"学校领导觉得这几句话写得好，指明了当好红军通信兵的三项基本条件。学校政治处受此启发，编写了一段歌词："一个红色的技术人员，一定要做到三个条件：政治坚定，学习马克思列宁主义武装我头脑；技术精明，精明，还要精明，学习工作联系最要紧；体格健壮，才能战斗顽强。通信学校的同志要努力！"歌词确定后，配上了当时在红军中流行的一首歌的谱子，很快在学校传唱开来，成了红军通信学校的校歌。

从1931年2月至1934年10月，红军通信学校培养了无线电报务、机务，有线电话，司号，旗语等各类通信人员2100余人。为红军培养出大量通信骨干，为长征和以后的革命事业奠定了人才基础，因此被誉为"红色通信摇篮"。

创立三局铸大业

随着革命形势的发展和中央苏区通信的不断发展，靠"半部电台"起家的红色通信，逐步成长为红色通信的神经中枢。

早在1931年2月，为打通中央与苏区中央局的联络通道，中央派曾三、伍云甫、涂作潮3位中国共产党早期培养的无线电技术人员，前往中央苏区。

他们途经香港、汕头、福建三河坝，走了1个多月，于1931年3月辗转进入苏区。在宁都青塘找到了红一方面军时，红一方面军已建立无线电通信队，正在开办首期无线电训练班。他们一方面积极参与无线电通信队的培训工作，另一方面按照临行前强记的联络波长、暗号和时间，开始尝试与上海党中央进行无线电联络。

但是根据地的电台功率太小，再加上1931年4月底发生了顾顺章叛变事件，党中央在上海的电台被迫从4个压缩为2个，还多次搬迁，工作状态很不稳定。因此，中央苏区与上海党中央的无线电联系一直未能实现。

无线电通信大队成立后，将第二次反"围剿"缴获的电台留在后方，负责探索与中央的远距离沟通。曾三、刘寅等同志日夜守听了2个多月。

1931年9月，电台驻扎在赣县、兴国和万安交界处的一个小山村。一天夜里，正在值班的刘寅透过许多干扰信号，终于听到了目标电波的呼叫，随后曾三与对方建立了联络，并用"豪码"给上海党中央发了一份秘密电报。这份电报在上海方面的译码人是邓颖超，苏区译码人为任弼时，内容是：任弼时安全到达。

这是中央苏区与上海党中央的第一次通报，标志着在上海的中共中央与在江西的中央苏区实现了远程无线电联络。这为后来周恩来等中央领导陆续到达中央苏区架起了空中桥梁。

无线电大队变总队

第二次反"围剿"胜利后，红一方面军缴获的无线电台和通信器材迅速增加。王诤指派涂作潮组织几个机务人员，在瑞金后方专门进行无线电台、充（发）电机等器材的维修工作。

1931年夏天，由于太阳黑子活动剧烈，抛射出大量粒子，红军缴获的国民党军队的二手电台及杂牌军的自制电台，受到明显干扰，很多电台在工作波长内不能工作。左权、郭化若指示无线电通信大队进行改装。王诤又把这项工作交给涂作潮。涂作潮把那些电台统一改装为"哈特莱"式，增设了40—70米之间的波长，既可以利用国民党新闻台的公开波长进行校正，又和上海特科的电台使用了统一频段，既方便了我方联系，又避开了与敌人电台的同频干扰，还避免了被侦听的风险。

1931年11月7日，中华工农兵苏维埃第一次全国代表大会在瑞金叶坪村开幕，大会宣布中华苏维埃共和国临时中央政府成立，同时成立了中华苏维埃共和国中央革命军事委员会（简称中革军委），临时中央政府设在瑞金。至此，中央革命根据地正式形成，开始统辖和领导全国苏区斗争。与之适应，红军的无线电事业也进入了一个全面发展的新时期。

王诤被推选为中华苏维埃第一次代表大会代表，并获得了一枚红星二等奖章。会议期间，王诤等人加强新闻抄收工作，并翻译、编辑为《无线电日讯》，油印发给大会代表参考，得到了一致好评。同时，他们还利用100瓦电台，开辟了定时新闻播报，中国共产党的第一个文字新闻广播电台就此宣告诞生。

中华苏维埃共和国临时中央政府在瑞金成立后，为了统一领导无线电事业，中革军委决定在瑞金成立无线电通信总队，任命王诤为无线电通信总队队长。

同年11月25日，中革军委决定设立通信材料处，涂作潮任主任。红军从此有了第一个通信器材的专业机构。1932年4月13日，中革军委决定，在通信材料处的基础上，组建红军通信材料厂，建制隶属于中华苏维埃共和国临时中央政府的军工局，命涂作潮兼任厂长。红色通信制造业从此起步。

1931年12月14日，第三次反"围剿"后被蒋介石留在宁都驻守的国民党第二十六路军，发动宁都起义。40名无线电通信人员带着8部电台参加红军，使中央红军的通信人员和设备翻了一番，中央红军的电台由6部增加到14部。除无线电通信总队直属电台以外，设立了9个分队、1个侦查台、1个联络上海党中央的专用台。

红色电波，联通三军

中华苏维埃共和国临时中央政府成立后，红一方面军在搞好自身无线电通信联络的同时，积极展开了与各红军方面军和各根据地的联络。

红二方面军是由红二军团、红六军团及红三十三军于1936年长征到达四川后组建的。在此之前，红二军团、红六军团相互独立，分别创建了湘鄂西、湘赣及湘鄂赣等革命根据地。

1928年年初，周逸群、贺龙受党中央委派，到湘鄂西一带组织武装斗争，不久开辟了洪湖根据地，成立了中国工农红军第四军。1930年7月，湘鄂西根据地的红四军和红六军在湖北公安会师，组成红二军团，由贺龙任总指挥、周逸群任政治委员，不久改由邓中夏任政治委员。

1930年9月至1931年1月，邓中夏多次给在上海的党中央写信，要求中央派人来建立无线电台。他在1930年10月15日的信中写道：请派无线电话（台）的同志来，并携带应用电器，又须与中央长江局约好密码。在1931年1月2日的信中再次请求：无线电报的人才和材料，望速送来。通过以上信件，足以看出邓中夏盼望无线电的心情多么迫切。

1931年1月底，党中央根据红二军团的要求，委派喻杰生等同志携带1部50瓦电台从上海抵达洪湖苏区，建立起湘鄂西根据地第一部电台。但不久喻杰生因病逝世。党中央于1931年10月又派刘进、胡白天和李文采到洪湖苏区。在他们的努力下，1932年，洪湖苏区与上海党中央和中央苏区、鄂豫皖苏区分别建立了无线电联络。

1932年下半年，因湘鄂西根据地第四次反"围剿"失败，红二军团改编为红三军并退出洪湖实施转移时，电台被埋掉，工作人员失散，红二军团刚刚建立起来的无线电通信中断。

红六军团是在湘赣苏区组建的。1931年10月26日，在红六军团组建之前，湘赣苏区在给苏区中央局的报告中，提出派遣无线电的需求。

根据湘赣省委的要求，王诤按照中革军委的指示，于1932年6月，派徐萍（台长）、肖英（政委）和报务员、机务员各1人，携带50瓦电台1部，由中央苏区到达湘鄂赣根据地，创建了湘鄂赣军区电台，担负起与中央苏区通讯联络任务。

军区电台建立后，中革军委无线电总队又两次向根据地派遣电台和人员。

1933年6月，中国工农红军第六军团在江西省永新县成立，与此同时，红六军团成立了无线电中队。

1934年8月，红六军团遵照中革军委命令，为给中央机关和中央红军主力战略转移探路，退出湘赣根据地，向湘西地区挺进，寻找与中央失去联系的贺龙领导的部队。

在西进寻找过程中，由于当时贺龙部已无电台，红六军团无线电中队就通过侦听国民党"围剿"红军的信息，实施"反向侦察"，终于找到了贺龙部活动的区域和轨迹，促成了1934年10月红二、红六军团在黔东印江县的木黄胜利会师。两军会师前后，红二、红六军团陆续缴获了敌军电台7部、收报机1部。

为了适应发展，红二、红六军团决定，将无线电中队扩编为无线电大队，下辖5个无线电分队分别配属到各师，还在总部专门成立了1个侦查科。这为后来长征的胜利和三军会师奠定了信息联络的基础。

红二、红六军团在木黄会师的电报发回瑞金，促成了中央红军下定跳出敌人即将合拢的包围圈、实施向湘西战略转移的决心。

红四方面军总指挥徐向前在创立鄂豫皖根据地和红四方面军的过程中，非常重视通信工作。1931年3月，红四军在鄂豫皖苏区双桥镇战斗中，歼灭敌第三十四师，获得了一大批有线电器材。红四方面军大规模有线通信的发展就是从这个时期起步的。

至1931年年底，鄂豫皖根据地就已经建成了50公里的半永久电话线路，电话通达每个军、每个师和根据地各级政府。作战时，电话可通达前沿阵地，徐向前用得得心应手。

1932年10月，红四方面军主力撤出鄂豫皖根据地时，为了尽快摆脱敌人的围追堵截，徐向前指示部队丢弃了一些辎重，甚至还埋掉了一些迫击炮，但给电话队拨了十几匹骡子用来驮电话线等通信器材，还特别交代情况紧急时，枪炮可以丢，通信器材不能丢。

也许正是因为有线电话解决了通信急需，而且用得顺手，加之没有无线电人才，红四方面军无线电通信的发展起步较晚。

在鄂豫皖洗马畈歼灭国民党第四十八师、在香火岭打败国民党第四十师时，红四方面军都曾缴获几部电台，但由于前方战士缺乏无线电知识，并且国民党通信兵故意破坏，以致缴获的电台没有一部完整的。

直到1931年10月，党中央从上海派遣宋侃夫、王子纲、蔡威、徐以新等分两批到鄂豫皖苏区，红四方面军才开始培训无线电人才，筹建无线电队伍。

当蔡威向有关人员打听是否有缴获来的无线电器材时，军委会参谋部主任表示历次战斗都有缴获的各种破损器材、电线。蔡威随即和王子纲带着几名学员和战士扎进乱糟糟的器材堆，把可用的东西一件件挑出来，将零零碎碎、污秽不堪的部件拾掇得干干净净。

蔡威在上海亚美无线电培训班学过无线电台组装技术。零件清洗干净后，他另做了一块面板，把零件一件件安装上去，调试后居然收到了一组无线电信号。报务能力很强的王子纲很快把收到的明码译了出来，表示这是国民党中央社发自南京的一则新闻。

在莫斯科接受过无线电技术培训的陈昌浩判断，能接收到南京电台的新闻，必定能收到共产国际电台播发的新闻。

于是，宋侃夫、蔡威、王子纲等人就开始利用这台设备收听抄录国民党中央社的新闻。所以说，红四方面军的无线电通信也是从"半部电台"起家的。

1932年年初，红四方面军在商（城）潢（川）战役中，又缴获了1部完整的电台设备。在新集钟家畈的一个旧祠堂，王子纲、蔡威等人利用缴获的电台建起了红四方面军的第一部全功能电台。虽未能与上海党中央建立直接联系，但电台开通那天，就抄收到了红色中华通讯社播发的关于中华苏维埃政府成立的文字新闻广播，并实现了与苏区中央局的信息联系。

红四方面军的通信从有线到无线不断成长，很快实现了与中央苏区的信息联络，并在关键时刻发挥了关键作用。

1932年10月，红四方面军撤出鄂豫皖根据地，向平汉线以西转移，经鄂北、豫西，最后到达陕南一带。这时中革军委通过无线电侦听，得知四川军阀田颂尧、刘湘等正在成都一带展开混战，川东一带兵力空虚。朱德就让军委电台给红四方面军发报：四川军阀田颂尧、刘文辉、邓锡侯等部正在成都混战，川东地区比较空虚。建议在陕南立足未稳的红四方面军，向敌人力量空虚的川东北发展。接到电报后，徐向前立即率主力翻过大巴山，进入川东北，于12月下旬一连攻占了通江、南江和巴中三县大部分地区，为建立川陕根据地奠定了基础。1933年2月，中共川陕省党代会和工农兵代表大会相继召开，宣告了川陕根据地的成立。

军委三局，正式组建

经过不懈的努力，到1934年，通过中央苏区电台连接，中革军委逐步形成联络指挥全国三大主力红军和大部分根据地的无线电报网。从此，中共中央的各项决议、指示和情报可以及时传达到各根据地，瑞金成为全党、全军和各根据地的信息中心。

1934年1月，党的六届五中全会后，根据党中央决定，中革军委机关进行整合扩编，形成了以局为单位的架构。一局、二局组建较早，一局主要负责作战指挥；原无线电总队从事侦收工作的电台及人员与侦查科合并组建了二局，主管无线电侦察。新成立的通信联络局开始编为四局，1934年10月长征前，调整为三局，主管包括无线电通信、有线通信和简易信号通信在内的各项通信联络工作。王诤被任命为三局局长。原负责队列管理的三局调整为四局。从此，军委三局就肩负起统领党、政、军通信联络事业的领导机构的重任。

军委三局机关的成立，下设组织通信联络、有线电与简易通信、通信器材保障和通信训练4个科，直属单位有各无线电队、通信材料厂、红军通信学校、电话总队。据统计，此时中央红军的通信实力达到：军委三局33人，无线电营344人，电话队151人，通信队91人，通信教导队425人，总计无线电台总数36个、人员总数1044人。实现了各部队通信力量、各种通信专业技术手段的集中统一领导，标志着通信兵这一技术兵种的形成，为红色通信事业的进一步发展奠定了组织基础。

第五章　娴熟应用显身手

老一辈无产阶级革命家，不仅在血雨腥风、艰苦卓绝的斗争环境中，超前部署、高屋建瓴，缔造了红色通信，而且在解放战争实践中，娴熟运用无线电网络，在世界战争史上留下了旷世绝伦的通信信息运用经典。

四渡赤水显神通

四渡赤水是红军长征中最惊心动魄的军事行动，是以少胜多、变被动为主动的光辉典范。在川、黔、滇三省东西南北不足200公里的狭小地域内，红军四渡赤水、两占遵义，迂回穿梭于敌军中间，一次次巧妙地跳出蒋介石编织的合围圈，一举扭转了被围追堵截的局面，实现了中国革命战争的历史性转折。

遵义会议后，红军指挥中心，提出组织土城战役、开辟北上四川与红四方面军会合道路的主导意见，但是因为信息不准确，土城战役打得很不顺利。原以为敌人是6个团的"杂牌旅"，谁知是8个团的"模范师"；加之川军电码诡谲多变，红军一时破译不了，战斗很快打成了胶着状。1935年1月29日，红军主动撤出战斗，一渡赤水。

过了赤水后，红军试图改从叙永方向入川，但打了3天都没有攻下，而且敌军从后面围了上来。红军根据无线电侦得的"黔东遵义敌人空虚、王家烈回家探母"的信息作出判断，由红一、红三军团搭建浮桥，趁夜从太平渡、二郎滩二渡赤水，于包围圈缝隙中穿出，直奔遵义方向杀了一个回马枪，最终打了长征开始以来第一个大胜仗。

二渡赤水后，红三军团于26日占领娄山关，28日红一、红三军团再占遵义城，顺利实现了围歼黔军2个旅的预定目标。等吴奇伟率中央军2个师赶回，把所有力量强压到红三军团设在遵义城外的老鸦山和红花岗的阻击阵地时，红一军团根据"电波密集"的信息，判定了吴奇伟指挥部的位置，迅疾发起侧击，尖刀直插敌军心脏。后方空虚的吴奇伟一下子乱了阵脚，慌忙带着身边人员狼狈逃窜。红军各部随即展开反击、追击。2个师的中央军，逃到乌江边只剩1个团。而惊慌失措的吴奇伟逃过乌江后，命令斩断浮桥保险索，那最后的1000多名官兵也成了红军的俘虏。

就这样，5天时间，红军取桐梓、占遵义，再夺娄山关，歼灭敌人2个师又8个团，取得了长征以来的最大胜利。

就在敌人对过河后的红军形成新的包围态势、企图在黔西北"围歼"红军的时候，3月20日，中革军委向各军团下达了四渡赤水的行动部署。

英勇的红军指战员坚决听从中革军委的命令，立即分别从两个方向迅速展开行动。一方面，红一军团的1个团带着总部电台，疾奔古蔺方向，虚张北上四川的声势；另一方面，各路红军沿着二渡赤水时搭建的太平渡、二郎滩浮桥，不声不响、衔枚夜渡，从敌人尚未形成的碉堡缝里跳出，进入乌江和赤水之间的广阔区域，与敌人展开新的周旋。

关键时刻，敌总指挥薛岳一下找不到红军主力了。3月24日，蒋介石自重庆飞抵贵阳亲自督战，开始指挥各部在乌江以北大范围修筑碉堡，试图构筑新的包围圈。当敌人把兵力全部调回到乌江与遵义之间，忙着修新的碉堡阵地时，红军却突然兵锋一转，开始南渡乌江。

3月29日，正要渡乌江的红军侦听得知：国民党中央军周浑元、吴奇伟两个纵队主力突然掉头向渡口方向赶来。

关键时刻，军委二局局长提出，利用我军已经掌握的敌人密码和电文格式的有利条件,冒用刚到贵阳督战的蒋介石的口气,给这两路国民党军发电报。由于蒋介石经常朝令夕改,越级指挥,因此此法得到党中央认可。于是红军参谋部就以蒋介石的口气给周浑元、吴奇伟各拟发了一封"委员长急电",命令其偏离追击路线。两股嫡系蒋军收到电报后,果然按照"电令",偏离了原定的尾追路线。红军大队人马抓住机遇,开始南渡乌江。红军一部带着多部主力电台,并沿途张贴"拿下贵阳城,活捉蒋介石"的标语。

蒋介石把滇军主力孙渡纵队从滇黔边调到贵阳支援,红军总部随即向红九军团下达"伪装主力、向东引敌"的任务。接到命令后,红九军团的两三千人立即打着红军主力的旗号开始"东进"。他们一路上风风火火、虚打虚闹,大量生火垒灶,还零星丢弃标识番号。前敌指挥部电台台长肖开龙更是娴熟地冒用总部电台的频率和呼号,一路上不停地"收发电报"。

4月4日,有电报称,红军先头部队已过息烽,离贵阳仅有百里。4月5日夜,郊外响起枪声,传言红军已经占领机场。国民党飞机侦察发现,红军在东进方向搭建浮桥。4月6日,又发现红军已开始东渡清水河。

蒋介石误以为红军又要向东会合了。于是,将全部兵力调往东线。为躲避空城贵阳可能存在的风险,4月7日,蒋介石秘密飞往昆明。

看到敌人的各路兵马已被红九军团的"主力电台"调到东线,就在蒋介石秘密逃离贵阳的那天,中革军委给真正的红军主力红一、红三、红五军团发出了"跳出贵州,进军云南"的命令。4月8日起,红军大部队迅速南进。

三军巧渡金沙江

红军主力进入云南后,把蒋介石围追堵截的几十万兵马远远甩在了后面。

1935年4月28日晚,中共中央、中革军委在滇东的鲁口哨一带宿营地开会,并提出,云南境内地形平缓,不利于开展运动战,应趁沿江敌军空虚,尾追敌人还有三四天的行程,迅速抢渡金沙江,北上川西。

4月29日,中革军委以"万万火急"向各军团发出《关于野战军速渡金沙江转入川西建立苏区的指示》,要求野战军争取迅速渡过金沙江,转入川西消灭敌人,建立起苏区根据地。

为做好强渡金沙江的通信联络,军委三局对担负主要联络任务的第一、第六、第二十九分队的通信能力进行了充实和调整。

但是,当军委三局渡过金沙江,在中屋山的一个石洞里架设电台开始工作时,相继收到了来自红一军团和红三军团的告急电报。原来他们的渡江行动都遇到了难以克服的困难。

红一军团首先受挫。红一军团的一师一团抢占龙街渡口时,发现船只已被敌人拉到对岸烧掉了。组织搭桥,又因水流太急,试了几次都没有成功。

在红一军团受阻的同时,红三军团也遭遇了同样的情况。他们倒是搭起了浮桥,但是仅仅过了一个团,浮桥就被激流冲垮了,无法再渡。

红军两大主力都陷入了危急之中。红一军团发电报称龙街渡水深流急,无法架桥,又找不到船只,敌机不断侦察骚扰。中革军委立即通过无线电第一分队回电:

军委纵队在本日已渡河完毕,三军团七号上午可渡毕,五军团在皎西以南作掩护,定于八号下午渡江。万敌八号有到皎西可能。我一军团务必不顾疲劳于七号兼程赶到皎平渡,八号黄昏前渡河完毕,否则有被隔断危险。①

同时,尚在滇东北冒充"红军主力"牵制任务的红九军团也经无线电第一分队收到命令,从树节、盐井坪地区择机渡江。

---

① 张进:《历史天空的红色电波(上册)》,长城出版社2013年版,第217页。

由于命令下达及时、部队行动迅速,至5月9日,党中央、中革军委及红一、红三、红五、红九军团全部安全渡过金沙江,彻底摆脱了数十万敌军三个多月的围追堵截,粉碎了蒋介石"围歼"中央红军于川、黔、滇的幻想,取得了战略转移中具有决定意义的胜利。

红军渡江两天后,国民党追兵才赶到金沙江边。这时,船只已经被烧毁,在金沙江南岸只捡到红军留在岸边的一双破草鞋。

好马金鞍震敌胆

1937年7月7日深夜,日本侵略军发动卢沟桥事变。7月底,日军占领北平、天津后,分兵三路向华北进犯。抗日战争全面爆发,华北危急、上海危急、全国危急……

装备主力,奔赴前线

7月8日,中共中央向全国发出通电,号召全国各界结成抗日民族统一战线,坚决抗击日本侵略。

8月25日,中革军委发布命令,宣布红军改名为国民革命军第八路军(简称八路军),下辖第一一五、第一二〇、第一二九师3个师,全军约4.6万人。

然而,八路军就要跨过黄河到抗日最前线打仗了,国民政府军政部却仅答应配给八路军3部小型无线电台。

为了保证八路军出征抗战,中共中央明确指示军委三局采取"压缩后方、确保前线"的方针,竭尽所能把"家底"集中起来,支援八路军出师抗日。军委三局接到命令，立即紧急动员，给八路军总部及第一一五、第一二〇、第一二九师各配备了5部电台。加上八路军留守兵团与前线对应的7部电台，八路军系统配备的电台达到27部。

同时，军委三局给八路军司令部和各师旅都选派了经验丰富的大队长和4位中队长、10多位分队长及经过长征考验的96名报务员、16名机务员；同时，把红军通信学校到达陕北后紧急培训即将毕业的84名学员全部派往前线。

平型关下，打破"神话"

八路军到达抗战前线五台县时，山西抗战进入紧要关头。在日军疯狂的攻势下，绥远丢了，大同丢了，外长城防线全线垮了，日军甚嚣尘上。

9月23日，刚到达前线的八路军总指挥部经与第二战区指挥部沟通，根据战局，即命最先到达前线的第一一五师东出敌后，侧击正在向平型关进攻的日军。

第一一五师接到命令后立即展开侦察，提出利用平型关东北有利地形，在灵丘河南镇至距平型关约10公里的狭长山沟伏击日军。当天下午，他们通过无线电网络把作战方案报送给八路军总部，并请总部与第二战区指挥部协商，由已在峡谷西侧一带的国民党部队负责堵住日军从峡谷西侧逃窜的通路。得到回应后，第一一五师连夜秘密向临近平型关的冉庄一带集结。

24日，第一一五师营以上指挥员到平型关现场勘察，研究确定作战方案。任务确定后，第一一五师通信营对通信联络工作迅速作出部署：将第三四三旅的机动电台调给负责打援的独立团及骑兵营；把第三四四旅的机动电台调到师指挥部，负责与中革军委和八路军总部及独立团保持联系。师部电台和第三四三、第三四四旅的电台构成东、中、西之间的无线电联络网。同时东、西部的2个旅（团）部与各营、连阵地建立有线电话联系，中部的第一一五师指挥部与第六八六团部、第六八六团部至各营、连阵地建立有线电话联系，形成一个完整的作战信息系统。

9月24日夜晚，第一一五师各参战部队冒着大雨出发，25日拂晓前分别到达设伏地点。师、旅指挥部的无线电全部开机，有线电话与各营、连阵地接通。

此役第一一五师主力一举歼灭敌人1000余人，击毁汽车百余辆，缴获步枪1000余支、轻重机枪20余挺和大炮等各种军用物资。

战斗结束后，师部电台立即向八路军总部发电，报告了胜利信息。新华社当晚向国内外播发了平型关大捷的电讯。此次胜利，一举打破了日军所谓的"不可战胜"的神话，大大提振了中国军民的抗日信心。

百团大战信息畅

1938年汪精卫公开叛变，国内抗战形势发生变化，一方面国民党内悲观情绪上升，另一方面日本人开始调集重兵向我党领导的敌后根据地展开围困进攻。1940年夏秋，为粉碎日军的"囚笼政策"，振奋全国人民的抗战信心，八路军向华北日军展开了史称"百团大战"的大规模破击战役。在这场战役中，迅速成长起来的八路军通信保障体系发挥了重要的作用。

1940年7月22日，八路军总部致电各部队，发布了《关于大举破击正太路战役的预备命令》，决定举行一次以正太铁路为主要目标的大破击战。

八路军总部三科和无线电大队，按照战役部署和任务分工，立即拟定通信保障方案。指定专台与晋察冀军区，第一二〇、第一二九师司令部电台组成战役通信指挥网；晋察冀军区和各师司令部三科及无线电中队，也对电台做了调整，给各参战主力团都安排了电台设备和人员，对根据地电话线进行检修，并向战役区域架设了电话线；除总部统一规定的信号外，规定本地区、本系统的呼号、口令，明确无线电使用的纪律，规定战役发起前控制电台发信，规定调整部署以有线电为主，战役过程中有线无线并用。团以下战斗部队主要使用野战电话和运动通信指挥。后方勤务、一般文件主要沿兵站线由骑兵通信员转送。

8月8日，总部正式下达了《战役行动命令》，随着信号弹从总指挥部升起，各破击部队全线出击，立即在几百公里广阔战线上，对敌人展开了第一阶段的猛烈攻击和破坏，并取得初步战果。由于敌人的顽固抵抗和疯狂反扑，我方投入的部队也不断增加，战役越打越大。第一阶段战役完成后，八路军总部一统计，参战部队达到了105个团，一场交通破袭战打成了威震全国的"百团大战"。

1940年9月22日，中革军委参谋部副部长郭化若在《论百团大战及其胜利》一文中总结指出：

> 统一指导与协同动作是此次作战顺利开展的条件之一，在数千里战线上，指挥百余团军队，能够如脑使臂、如臂使掌、如掌使指那般的灵活，没有快便的通信工具，是不可设想的；而百余团的大兵，奔走于数千里战场，要求彼此间互通情报，以达到相互配合，没有快便的通信工具是不可设想的。这种通信工具，今天看来，只有无线电台的灵活安全的使用。①

10月19日，根据战局变化，总部下达了反"扫荡"作战命令，与日军展开犬牙交错的游击战。通信系统以变应变，将通信保障方式进行了调整，作战指挥转为无线为主、秘密交通通信为辅，对敌人展开了机智灵活的反"扫荡"。日寇在打击交通网的同时，还展开诡谲的电波战，也被我军见招拆招、将计就计。

---

① 张进：《历史天空的红色电波（上册）》，长城出版社2013年版，第440—441页。

以小调大转乾坤

1946年6月26日，国民党军队在完成内战准备后，以22万人悍然进攻鄂豫边境的中原解放区。其后，国民党军队向其他解放区展开大规模进攻。全面内战由此爆发。

7月，国民党政府宣布还都南京时，国民党的总兵力约430万人，其中正规军约200万人；解放区人民解放军的总兵力只有约127万人，其中野战军61万人。双方总兵力的对比为3.4：1。国民党军队拥有装备较好的陆、海、空军；人民解放军不仅没有海军和空军，而且装备基本是缴自日、伪军的步兵武器，仅有少数火炮。国民党政府统治着约占全国76%的面积、3.39亿人口的地区，控制着几乎所有大城市和绝大部分铁路交通线，拥有全国大部分近代工业和人力、物力资源；解放区的土地面积只约占全国的24%，人口约1.36亿，近代工业很少，基本上依靠传统的农业经济。[1]对人民革命力量来说，形势相当严峻。

1947年3月18日，中共中央和中央军委撤出延安，开始了艰苦的陕北转战。中央前委组成了一支精干的队伍，整个中央支队由4个大队、500多人组成。其中，除了一大队是由4个连的警卫作战人员组成外，其他3个大队实际上都是无线电队：二大队是情报大队，主要是应用无线电手段侦听、破译敌人情报；三大队是通信联络大队，负责中央与各方面的通信联络，更是无线电专业队；四大队是新华社广播电台随前委行动的工作班子，收发稿件工作也由军委三局派出的电台提供保障。

军委三局对全国通信指挥网做出了科学的调整，在中央后委所在地临县，以足够数量的大功率设备建立固定通信基地；在中央工委所在地河北平山建立辅助固定通信基地；留在陕北的中央前委，配备多部移动小电台，确

---

[1] 中共中央党史和文献研究院：《中国共产党的一百年》，中共党史出版社2022年版，第277—278页。

保中央随时灵活收发信息。军委三局随中央的变化分为三个部分：由中央军委总台副台长带4部15瓦电台和精干的报务、机务人员，随中央前委在陕北行动，保证中央前委对全国各战场的作战指挥通信；组成中央工委通信科，在工委驻地组建通信中心，保证中央工委对中共中央、中央军委以及各下属大单位的通信联络；军委三局本部及军委通信总台随中央后委转移到山西临县的三交镇附近开设集中发信台、收信台，负责各大战略区、各分局战略台、各地党台联络，并负责收发新闻，承担中共中央电台的转报任务。

各野战军和各根据地用的是灵活机动的小型移动电台；而中央后委和中央工委驻地建立起固定的通信基地，以中间的固定台服务两头的移动台。两头的移动台之间能通则通，若不能直通，则经中间的固定台转报。

从1947年3月至1948年3月，军委三局构想并实施的这个独创的网络，畅顺地保障了中共中央、中革军委对各战略区、各地党政军稳定、可靠和不间断的通信联络，也保障了陕北新华广播电台一天也未中断过的播出。

中国人民解放军总部发表宣言提出"打倒蒋介石，解放全中国"的口号。

小山村决胜大战役

1948年1月，为了及时反映情况，使中央有可能在事先或事后帮助各地不犯或少犯错误，争取革命战争更加伟大的胜利起见，中央对全党全军下发了《关于建立报告制度》的内部通知，向各地提出了明确的报告制度，并对各地报送情况的时间、内容细目和报送责任人作了严格要求。这一规定实际上大大提升了数据的结构性和抽样的科学性。

到达西柏坡后，在逐级呈报情况的基础上，根据我军战略布局的变化，中央军委又明确指示扩大信息报送单位，提倡各战略单元、各兵团、各纵队越级向军委报送和抄送信息。军委电报总台的联络对象由41个扩大到59个，大大增加了总指挥部一线最新信息的来源。这就使中央军委在获取各地结构性数据的同时，降低了结构性数据的主观性，丰富了信息触角。

大量、及时、双向的数据汇聚，使身处小小山村的党中央，实现了通过电报了然全局的效果。

西柏坡村是冀西太行山东麓、滹沱河北岸的一个几十户人家的小山村。三大战役发起时，西柏坡确实"少枪没炮"，整个西柏坡一带仅有1000来人的警卫部队。

10月23日，北平的地下党组织侦获了敌人的偷袭计划，并经地下党电台急报华北局，转报中央。24日早晨，北平地下党又获取并报送了敌人的部队番号、军用物资列车发车方向和开动时间等重要情报。中央针对我军在西柏坡兵力不足的现实，依据地下党发来的情报，"唱"了一出电报时代的"空城计"，最终把敌人吓了回去。

从1948年9月12日开始，到1949年1月31日结束，三大战役历时4个月零19天，共歼敌154万余人。

第二次世界大战盟军诺曼底登陆战役的总指挥、英军陆军元帅蒙哥马利为搞清三大战役的奥秘，于1960年、1961年两次深入访问中国，要当面讨教三大战役的奥秘。

周恩来点出了其中的奥妙：在西柏坡，不发枪、不发炮，就是天天发电报。电报成了中央军委运筹帷幄指挥千军万马的主要手段。

大决战的100多天里，军委三局的无线电总台及各野战军的无线电台人员工作量剧增。大家严谨细致、密切配合，以精湛的技术和过硬的作风，按照信息的轻重缓急，及时流畅地收发各类往来电报，为确保中央领导运筹帷幄做出了重要的贡献。

此前，军委三局对电报的等级曾做过明确的分类，规定：4A为特级电报，限6小时内发出；3A为加急报，限定1日内发出；2A为急报，2日内发出；1A为平报，最晚也不得超过3日；并规定了4A的比例不许超过20%。

到三大战役时期，特级电报数量大增，一般占35%左右。送到总台的电报大多是4A，甚至是一大串A，有时还在A字后面加上"毛"字，意为毛泽东交代要立即发出的电报。对此，军委三局要求各台特事特办、绝不延宕。

据统计，三大战役期间，仅军委三局无线电总台的收发报数量，就从延安时期的每月90万字增加到140万字。

永不消逝的电波

共产党人战胜蒋介石集团，靠正确的路线方针、英明的战略战术、灵活的技术保障，更靠共产党人大无畏的革命精神和崇高的理想信念。电影《永不消逝的电波》中李侠的原型——李白，就是一位为理想信念英勇献身的杰出代表。

深入敌后建秘台

1910年5月，李白出生在湖南浏阳县白石乡板溪村一个贫苦农民家庭。他15岁参加农民运动，加入中国共产党，1927年参加秋收起义。1930年8月，李白率领赤卫队配合攻打长沙后参加红军，任红四军通信连连长；1931年，参加红一方面军第二期无线电训练班学习，任班长。在这次培训中，他聆听了毛泽东关于"通信是革命事业的鲁班石"的教导，树立了为革命的通信事业奋斗的理想和信念。

虽然只有小学文化，但经过发奋努力，李白很快掌握了英文字母缩写简语和收发报技术。毕业后配属到红五军团司令部电台工作，1933年任电台分队政委。在第四次反"围剿"战斗中，他率领电台监护排英勇抗击逼近电台的敌人，保证电台及时向红军总部通报了紧急情况，使红五军团及时得到增援。

长征开始时，李白任红五军团的电台政委。红一、红四方面军会合后，为了加强红四方面军的无线电力量，他被调任红四方面军第三十一军无线电分队政委，后任新编第四军电台台长。长征中三过雪山草地，1936年10月在三大方面军会师后到达陕北。

1937年七七事变后，为保障国共谈判，经军委三局选派，李白随中共代表团到南京建电台。他到达南京后，由于国民党阻挠，设台未成，又改派到上海建立敌后电台。10月10日，李白逆着日军的战火，来到上海，化名李侠，开始了秘密电台工作。

到达上海后，组织上先安排他入住旅社，熟悉上海的社会环境。几天后，李克农派王少春和涂作潮到旅社与他接头。涂作潮是李白在中央苏区学习无线电时的老师。组织上让李白以"房客"身份搬进了辣斐德路与建国西路之间的陈医生家，开设了临时电台。

1938年初春，李白架起了延安与上海之间"永不消逝的电波"，与延安台建立了联系，开始源源不断地向党中央报告上海党组织和上海人民抗日救亡的情况，拍发情报部门收集的日、蒋、汪和英、美、法等各方面的情报。

1939年，根据上海敌特加强侦察等新情况，组织上考虑李白年已三十，仍单身一人容易引起怀疑，就通过地下党组织物色了政治上可靠的女党员、上海锦孙绸厂的女工裘兰芬（后改名裘慧英），与李白假扮夫妻。组织安排他们搬到了地处法租界的蒲石路（现长乐路）18号底楼的一处民房，还给他们置办了家具，故意热热闹闹地给他们贺喜，邻居信以为真。

开始裘慧英对扮太太，成天干一些买菜做饭的家务事很不习惯，想回工厂去。李白就开导她："党把电台交给我们，我们就要对党的事业负责；别看这工作单调，可每一个信号都与革命事业相关；所以，干这一行得有高度的责任心和甘当无名英雄的精神才行。"[1]后来,裘慧英不仅买菜做家务,还跟着李白学习收发报技术,成了他的助手。为了减少交通员露面,李白和裘慧英经常假装散步,把情报送给约定等候的交通员。时间长了,他们在工作中建立了感情,结为真正的革命伴侣。

两次入狱终不悔

抗日战争进入相持阶段后,李白负担的报务工作大量增加。每次通报的电文,短则几百组字码,多则几千组字码。盛夏酷暑,李白在阁楼上全身汗透;严冬时节,深夜室温降到零摄氏度以下,每次发完报冻得浑身发抖。

1942年,日寇进占法租界,大肆搜捕共产党人。尽管李白把电台功率从50瓦降到了15瓦,仍被日军侦测到。这年中秋节的前夜,李白正在阁楼发电报。在二楼的裘慧英听到附近有动静,急忙通知李白。李白用最快速度将最后一段电文发完,拉开一块地板,把拆散的发报机藏进去,然后抱起收报用的收音机跑回二楼。日本宪兵特务进门后,到处乱翻,结果在阁楼地板下找到了发报机。虽然李白矢口否认,但一个可能懂无线电的日本特务从李白的手就能看出其经常从事发报工作,不容分说就把李白、裘慧英捆起来押走。日本人对李白严刑拷打,还把裘慧英押到审讯房,让她看李白坐"老虎凳"、受电刑。李白被折磨得几次昏死过去,但始终咬紧牙关,坚决不招。

1943年,经党组织营救,李白获释。组织担心日本人是"放长线钓大鱼",决定把李白夫妇调往浙江,安排他打入国民党设在浙江的国际问题研究所,让他利用该所的电台为党工作。从此,李白化名李静安离开上海,往返于浙江的淳安、场口和江西的铅山之间,利用公开的身份,为我党秘密传

---

[1] 张进:《历史天空的红色电波(上册)》,长城出版社2013年版,第502—503页。

送日军、伪军、蒋军的情报。

一天，李白带着电台过淳安时，藏在箩筐里的发报机被查获，他第二次陷入了"魔掌"。日本人把烧红的木炭烙在他的身上，给他灌辣椒水，甚至用老虎钳拔去他的指甲，鲜血洒了一地。李白始终坚持说自己的电台是私人商用的，他是为生意人发报。敌人查无实据，只好把他关在牢里。后经党组织的营救，他又一次脱离虎口。

1945年10月，日本投降后，组织上派人来浙江征求李白的意见，告知其可以去新四军根据地，也可以回上海。李白坚决要求到上海继续坚守地下电台。

甘以生命守电波

1946年，李白偕同夫人裘慧英回到上海。他白天还是以国际问题研究所职员的身份做掩护工作，晚上从事上海秘密电台与中央的通信联系工作。

1947年上半年，国际问题研究所撤销。为了避免敌人怀疑，也为减轻组织的经济负担，李白凭着无线电技术，取得了善后救济总署渔业管理处电气设备修理工的公开职业，他每天一早出门，傍晚才能回家。深夜，又一如既往地进行秘密通报。

1946年6月，内战爆发。为了配合解放战争，战斗在敌人心脏的情报人员获取的军事情报数量不断增加，一份份标有"十万火急""万万火急"的密电通过李白发往军委三局。这一时期，敌人对电台的侦测也不断加强，李白电台的危险日益增加。

一天深夜，李白正在发电报，突然停电，联络中断。过了几分钟，电又来了，他又接着工作。不久，又停电几分钟，然后再来电。李白心头一惊：这是敌人在用分区停电的方式，侦测地下电台的具体位置，显然电台的大致位置已经被敌人"锁住"。在那之后的一段时间,他一方面把情况报告组织,提出了万一自己被捕的电台备用方案,并抓紧组装了一部备用电台,并帮助备用电台进入了调测阶段;另一方面坚持发报联络,把后方急需的国民党军的部署序列、舰艇驻地、江防计划等重要情报发往西柏坡。

1948年12月30日凌晨,国民党淞沪司令部稽查处人员突然包围了李白家一带,凌晨2时30分,开始挨家挨户搜查。裘慧英感到情况紧急,催李白快收电台。李白停了一下,马上又埋头工作,发完了最后一段电码,并给远方的战友发出了告警信号。随后,他撕碎了电文底稿,扔进厕所冲走。

这时敌人已在敲楼门,住在楼下的掩护人员故意大声问话拖延时间。李白刚拆除天线、收完电台,敌人就冲到了楼上。老练的敌人发现收音机是热的,将藏在壁橱里的一只装有电器零件的木箱搜了出来。内行的敌人在一堆零件里发现了一只电键,不由分说就把李白带回了稽查大队。

当晚开始,敌人动用了30多种刑具,连续进行了30多个小时的刑审,李白被打得死去活来。但他坚贞不屈。敌人见任何刑具都摧毁不了李白的意志,就将他的妻子裘慧英和儿子抓来诱供,让他们看着李白受刑,同样,也逼不出任何有价值的东西。31日,李白从稽查处被押解到了警备司令部,后又转到警察局看守所。

1949年4月,转到南市蓬莱路的警察局看守所后,李白托人给裘慧英送来一封信,告知:"听说这里每逢星期一、五上午九至十时、下午三至四时可以送东西……我在这里一切自知保重,尽可放心。家庭困苦,望你善自料理,并好好抚养小孩。"[①]裘慧英见信后,带着儿子去探望。脸色苍白的李白由两个难友搀扶着出来见了他们母子,尽管身体已被摧残,但他目光依然平静,宛若平常。裘慧英最后一次见到李白,是地下组织安排她在李白牢房对面的一个平台上隔窗相见的。李白让裘慧英以后不要来了。

---

① 张进:《历史天空的红色电波(上册)》,长城出版社2013年版,第700页。

1949年5月30日，上海解放后，李克农给刚刚上任的上海市市长陈毅发来一份电报，请他们帮助查找李白的下落。6月中旬终于查到，1949年5月7日，国民党在浦东戚家庙秘密杀害了一批共产党"嫌犯"，其中就有李白。

6月20日，最终在找到的敌人杀害烈士的现场，挖出了12具尸体，个个都是五花大绑，身上多处弹孔。赶到现场的裘慧英通过她亲手给李白裤子上缝的一处补丁认出了丈夫。

1949年5月7日，就在上海解放的前夕，当胜利的曙光就要照耀淞沪的时候，我党忠诚的通信战士、年仅39岁的李白，拖着遍体鳞伤的身子，勇敢地走上了敌人的刑场，用鲜血、用生命实现了他为了崇高的理想"勇于牺牲、永不叛党"的誓言，守住了一个红色通信战士誓死保护通信秘密的信念！

CHAOYUE

第二编
艰苦创业　改天换地

从洋务运动到民国时期，出洋学习通信业务技术的生员并不算少，但旧中国一直没有形成自己的通信设备研制体系，从简单的电话机到电话交换机，甚至简单的插塞子的人工电话交换台都得从国外重金购买。

1950年1月，新中国刚刚成立不久，美国又纠集西方国家组成"巴黎统筹委员会"（简称"巴统"），对社会主义国家实施包括通信在内的技术和设备全面封锁……

赓续了红色血脉的新中国通信事业，在中国共产党和中国政府的领导下，白手起家、自力更生、筚路蓝缕、艰苦创业，在1949—1978年的20多年里，不仅通信运营的网点数量、电路数量和业务总量超过旧中国10倍，而且在一穷二白的基础上，创立了包括设计、施工、教育、科研、制造在内的完整的通信产业创新发展体系，实现了对旧中国邮电的体系超越，为新中国通信业持续发展奠定了完整的产业基础和宝贵的人才基础。

第一章 破旧立新换新颜

1949年，在党中央的领导下，军委三局总部和各野战军红色通信战线派出骨干阵容，陆续接管全国通信业。在那激情燃烧的岁月里，数千名来自人民解放军和老解放区的红色通信前辈，哪里需要就奔赴哪里，把红色通信的基因和宝贵的"三局精神"，深深根植于新中国的邮电通信事业，实现了红色通信的血脉赓续。

从军委三局到电信总局

1948年9月上旬，中共中央召开政治局扩大会议（九月会议），拉开了解放全中国的大幕，也揭开了接管和建立新中国通信体系的序幕。

提前一年，超前筹划

1948年9月12日起，中国人民解放军发起了对解放全中国具有决定性意义的三大战役。就在三大战役正式打响前夕，1948年9月8日，对胜利充满信心的中共中央，在平山县西柏坡召开了自日本投降以来参加人数最多的一次中央会议——九月会议。

紧接着，9月16日至10月15日，红色通信总指挥部——军委三局在平山县王家沟召开关内部队通信会议，研究解放战争后期的通信工作，对决战时期通信保障和通信接管工作作出全面部署。会议决定：（1）掌握多种通信手段，全面支撑战略决战；（2）准备大批接管地方城市通信的骨干力量，研究团结改造旧技术人员政策；（3）采用缴获、采购、自制相结合的方式，搞好通信器材协调保障；（4）进一步严明通信纪律和制度；（5）切实加强通信保密和对敌暗战。

10月13日，军委副主席兼秘书长周恩来出席会议并讲话，对通信战线提出明确要求：要提高技术，加强纪律，加强保密，要把现有的约6000名通信战士变成骨干，使其将来能管理整个中国的通信工作。

会议结束之后，军委三局根据指示，梳理了关于接管大城市电信企业的准备工作，为中共中央、中央军委起草了相关文件。

11月2日，中共中央发出了《关于建立政府系统电信管理机构与统一电信工作领导问题的指示》，对如何接收管理全国电信行业的工作作出了组织安排和政策规定。

中央决定先分别接管各地电信、邮政，由军委三局组建电信接管部，负责新解放区的电信接管工作；由各地财经办负责建立邮政接管机构。

同期，军委三局相继决定组建华北、东北、华东地区通信学校及电讯工程学校，加速培训电信技术人员5000多人，为接管时期的人员流动储备了一批专业力量。

领袖题写，人民邮电

此前，中央财经工作委员会在河北省平山县西柏坡举行了有各大解放区政府、邮政总局负责人和军邮代表参加的华北交通会议，提出了在华北解放区建立统一的邮电管理机构的意见。

1948年12月10日，此前已成立的华北邮政总局更名为华北邮电总局。恰在此时，原来晋察冀和晋冀鲁豫的机关报合并组建人民日报社，并明确该报是中共中央的代机关报，毛泽东为报纸题写了报头——"人民日报"。华北邮电总局看到后，决定在原来晋察冀邮政交通系统主办的《邮讯》小报的基础上，创办一张华北邮电总局机关报，并决定取名为《人民邮电》。

12月24日，《邮讯》编辑部的孙志平执笔给毛泽东写了一封信，并附上了一张米字格纸，通过当时专门服务中共中央机关的石家庄山河邮局局长，把信交给了中共中央秘书处处长，请他转呈主席。

12月28日，孙志平等人刚刚躲过国民党飞机的轰炸回到办公室，华北邮电总局局长苏幼农高兴地将毛泽东题写的"人民邮电"交给了他。

虽然因战事紧张，以及华北邮电总局很快又更名为华北邮政总局等原因，《人民邮电》没能及时出版，但毛泽东的题字很快在通信战线传开，指明的"人民邮电为人民"的方向，成了通信全行业的宗旨。

接管平津，通信先行

1949年1月初，军委三局局长王诤和副局长王子纲、刘寅从西柏坡出发，来到河北省获鹿县白沙村，与华北军区三处处长钟夫翔、政委林伟会合，研究北平、天津解放后的通信接管工作，明确：通信接管在两市军事管制委员会的统一领导下进行；军委三局总部负责北平通信接管工作，华北军区通信处负责天津通信接管工作。

1949年1月上旬，天津战役发起前，成立了天津军事管制委员会，下设电信广播、交通邮政在内的多个接管处。钟夫翔率领100多名红色通信人员负责接管天津电信局的6个分局、18个营业处、1个收信台，以及天津广播电台及原国民党资源委员会下属的工厂和1个军用电讯仓库。天津交通接管处处长负责带队接管天津交通和邮政机构。

1月15日，天津总攻突破，各接管工作队在地下党的配合下迅速到达各指定位置。枪炮声还没停，就进入各通信机构，宣布政策、安定人心，很快恢复了全市通信。

参加天津长话台接管，后来担任了邮电部科技局局长、研究院书记的梁健回忆：我们冲进电话交换台时，看到话务员都躲在工作台下面不敢出声，温和地把他们一个个扶起来，给他们宣传我们党保护通信和通信人员的政策，大家的情绪很快安定了下来，电话也随之恢复。那情景很像电影《列宁在十月》里接管电话交换台的情形。

1月21日，国民党与中国人民解放军达成《关于和平解决北平问题的协议》，国民党军开始陆续撤出北平，接受改编。北平军事管制委员会宣布成立，王诤兼任军管会电信接管部部长，三位副局长李强、王子纲、刘寅兼任军管会电信接管部副部长。

1月30日，中国人民解放军先头部队进驻北平。王诤、王子纲率局机关部分人员组成接管小组进驻京郊良乡，提前展开了接收北平电信的工作。

1月31日，北平实现和平解放。王诤、王子纲提前进城，来到北平电信局附近的"憩村"（电信局宿舍）会见中共北平市政工委领导人及北平电信局部分地下党员，连夜研究部署人民解放军入城式通信保障方案，并对接了北平电信局的接管步骤和方法。

2月1日，北平军管会各接管部门的工作人员入城，电信局立即开通了城内外相关接管单位的电话，无线电收发讯台开机待命，为新华社、人民日报社等单位的广播和报道备好通信条件。

2月3日上午10时整，随着4颗红色信号弹从正阳门城楼上腾空而起，设在前门箭楼指挥所里的无线电话机、有线电话机一齐向各方向入城部队发出指令：开始入城。当晚，王诤率领相关人员来到西长安街3号院，接管了原国民党政府的中华电信第七区管理局，在此架起电台，开始指挥北平和全国的通信接管工作。

同日，北平电信局军代表王子纲、李玉奎等率队接管了北平电信局；此前已担任华北邮政总局副局长的成安玉带队接管了北平邮政局。

缩编三局，创建总局

进京之后，军委三局根据中央部署和新中国建设的需要，及时调整工作重心和机构。

1949年4月，按照中央军委决定，军委三局撤销了原来的3个办公室和工程处、卫生所等机构，仅保留了军队通信联络科、军用器材科和总务科3个科，继续专注服务军事通信。无线电总台由西柏坡直接进驻了京西八大处的灵光寺办公。

5月18日，中共中央决定成立中央军委会电信总局（简称军委电信总局），由王诤任局长。电信总局下设局务处、业务处、技术处、器材处、工业处、干部处6个处和1个器材公司。

不久，中央决定军委三局和军委电信总局分别领导管理全国军事通信和全国地方通信工作。电信总局机关继续在西长安街3号院（现工信部机关大院）办公，军委三局机关迁至广宁伯街和机织卫胡同的2个前后门相对的四合院办公。

为了有计划地组织抢建北京联络各大区的电信线路和部署对新解放区电信的接管工作，1949年7月12日至8月8日，军委电信总局在北平召开了总局副科以上干部、华北各大城市电信局与电话局局长及老区电信工作机构干部、华北各军分区通信科长、华北军区与东北军区通信部门领导及东北邮电总局负责人参加的工作会议。

7月12日,王诤作主报告,对华北和全国电信工作应解决的主要问题提出了初步意见。接着,会议讨论确定了关于国营电信工作的方针和任务,华北电信的组织领导问题,农村和城市的通信联系问题,统一各项规章制度、建立经济制度和人事制度问题,华北今后一年的电信恢复和新建计划。

8月6日,朱总司令到会讲话,强调:

建设新中国,电信部门是一个很重要的部门。电信建设要走经过新民主主义到社会主义的道路,应有计划有组织地统一经营,想办法把各大城市的电信工厂逐渐统一起来。希望大家齐心协力,努力发展电信事业,努力学习业务,提高技术,提高效率,学会经营管理;艰苦创业,公私兼顾,精兵简政,节约奉公;要看到困难,看到光明,要戒骄戒躁,把事情办好。[1]

会议结束后,军委三局和军委电信总局先后起草了3份重要的文件,不仅统一了华北地区的电信工作,也为接管全国的电信系统做了进一步部署。

从全线进军到全面接管

在解放大军势如破竹的"大进军"进程中,各野战军通信机构领导先后率领骨干阵容转入地方通信战线。

中央指示,邮政和电信两大系统实行短期军事管制,再由政府部门予以接收。较大的城市由当地军管会接管,较小的地区无军管会组织的,由当地驻守部队接管,或由当地军民联合机构接管。

红色通信战线的各级指战员坚决执行中央军委的命令,在做好解放军进

---

[1] 张进:《历史天空的红色电波(上册)》,长城出版社2013年版,第604页。

军全国的通信保障工作的同时，调集骨干力量，迅速展开各地通信机构接管工作。

战略决战以来，从华北军区到第一、第二、第三、第四野战军的通信指挥系统"一把手"及各野战军通信系统领导班子的大部分成员都相继转入了地方通信管理部门。

1949年2月，西北野战军改称中国人民解放军第一野战军后，第一野战军司令部通信处处长高度重视接管工作，陆续安排副处长及通信系统的骨干参加了西北各地电信机构的接管领导工作，他们后来都转业进入地方邮电系统。

根据中央军委决定，由第一二九师发展而来的中原军区暨中原野战军改称中国人民解放军第二野战军，原中原野战军通信联络分局改称第二野战军司令部通信处。

华东野战军改称中国人民解放军第三野战军，华东军区通信联络局随之改称第三野战军兼华东军区通信局。

解放战争期间，东北野战军战线最长，从哈尔滨一直打到海南岛。在接管过程中大批骨干转入地方。1948年辽沈战役胜利前后，当时东北军区的通信处处长率领数百名来自延安三局和各根据地通信战线的老红军、"老交通"听从组织安排，转业地方，开创东北邮电管理体系。

从"南下干部营"到"西南服务团"

从"南下干部营"到"南下工作团"，从"长江支队"到"西南服务团"，一大批红色通信骨干随军南下、落地生根，留下许多感人的"南下故事"。

早在1949年3月，渡江战役准备阶段，第三野战军就组建了由500多名骨干组成的"南下干部营"，随军渡江南下，一路走一路培训，展开了对苏浙沪新区电信机构的接管工作，并迅速恢复通信。6月，中央决定，完成接管南京工作的第二野战军转战西南，随即一批干部赶往南京接手电信管理机构。

1950年6月，苏南电信指挥局与南京电信特别局等机构合并组成江苏电信管理局，皖南、皖北电信指挥部合并组建安徽省电信管理局。

1949年6月，中央在命令第二野战军西进、第三野战军接管南京的同时，还给第三野战军下达了派第十兵团迅速南下解放福建的任务。这样一来，第三野战军接管工作量骤然增大，不仅要接手此前由第二野战军负责的江苏、江西的地方工作，还要迅速展开福建的接管工作。而他们渡江前从山东和苏北解放区调集的1.7万名"南下干部"已经基本用完，接管力量严重不足。恰在此时，由第二野战军从太行、太岳革命老区挑选并培训好，原打算配合第二野战军接管江苏的4000多名干部组成的"长江支队"，千里迢迢到达南京。

正在苏州牵头筹建福建省委班子的华东局组织部部长提出，能不能把第二野战军培训好的接管队伍转给第三野战军，以解燃眉之急。第二野战军政委邓小平知道后，立即表示支持。就这样，来自太行、太岳革命老区的"长江支队"就成了"闽江支队"。

在动员大会上，华东局组织部部长号召南下来找第一二九师老部队的老区干部参与接管福建，可以响应党的号召，去福建生根开花；也可以到福建工作三年后，返回老区家乡；不愿意去的，可以提出来，返回老家。

当得知"尽快解决福建问题"是党中央的战略部署时，4000多名老区干部没有一人打退堂鼓，短暂培训后就开始继续南下，随第三野战军第十兵团开赴山高路远、敌情严峻的福建前线。

第四野战军从东北一直打到华中，一路激战、一路接管，任务十分繁重。为此，中央决定把接管华南的工作交由刚刚完成了北京接管工作的叶剑英负责。

毛泽东向叶剑英交代任务时，叶剑英提出华南解放晚，能够分配的干部不多了。毛泽东在要求叶剑英依靠原华南局东江纵队的力量自力更生的同时，指示中央组织部尽量给华南多分配一些干部。

接到中组部通知后，军委电信总局非常重视，从军委电信总局和北京、天津等地通信战线调集了一批骨干，组成了近百人的"南下工作团"，迅速赶往赣南与地下电台的战友们会合，迅速南下广州接管广东电信机构。"南下工作团"召之即来、来之能战，很快打开了局面。广东局面稳定后，他们又马不停蹄地转战广西，参与广西电信的接管工作。

"长江支队"南下福建后，第二野战军进军西南的接管干部怎么解决？第三野战军随即指示大后方——山东老区，再挑选5000名老区干部，分批赶往南京向第二野战军报到。同时，从上海、南京的大学生和工人优秀分子中招选一批后备干部。

在研究进军西南干部队伍的名称时，邓小平提议叫"西南服务团"，这更能体现为西南人民服务的宗旨。在调集人员的过程中，邓小平特别提出，除了党政干部，还要配齐公安、邮电和新闻专业干部。于是，作为"西南服务团"重要组成部分的通信接管服务队伍也很快组成。

1949年10月2日，开国大典第二天，当第二野战军主力开始转身挺进大西南的时候，"西南服务团"也从南京出发，开始一日百里追赶西南解放大军。那段时间，人民解放军每解放一座县市，服务团立即跟进接管。很多县市头天解放，第二天就恢复邮电业务；有的县城过去从来没有电信业务，服务团就借助原有的邮政机构，用无线电手段，很快开辟了电报业务。

他们就这样，服从大局，像革命的种子，撒到哪里就和哪里的邮电人员结合起来，在人民中生根开花，把红色通信的基因，深深地根植于邮电通信行业。

从共商国是到共襄大业

1949年10月,随着五星红旗在天安门广场高高升起,圆满完成了支撑全国解放使命的红色通信人,随即开启了组建新中国邮电事业的新篇章。

组建邮电部

1949年下半年,在全国政协筹备期间,中央军委电信总局把原国民党第七区管理局(华北电信局)的办公楼整理出来,将此前成立的华北邮政总局(原华北邮电总局)接进了西长安街3号院办公,并和华北邮政总局、华东邮政总局等一起开会研讨,建议在新中国政务院设立邮电部,对全国邮政和电信实行统一领导。

其原因:一是考虑邮政、电信的社会功能一致,都是传递信息的机构;二是考虑邮政、电信都是覆盖全国的网络,组织结构相似,邮电合一,管理效率高;三是考虑到当时全国75%的县设有邮政网点,而通电信的县不到全国总数的20%,实行邮电合营,可以利用邮政网点,快速开办电信业务。

而且,在东北,1946年10月就成立了东北邮电管理总局,尝试邮电合一;在华北,1948年也进行过邮电合一的筹划;在华东,1948年济南解放后也成立过邮电合一的济南特别市邮电局,1949年2月还一度组成了山东省邮电管理局。

1949年9月7日,周恩来在北京饭店向已经到达北京的全国政协代表作关于新政协组成的报告,当晚将写有"改善并发展邮政和电信事业"的《共同纲领》草案分发给代表。在《中华人民共和国中央人民政府组织法》中,提出政务院设立邮电部。

我国杰出的爱国民主战士和政治活动家朱学范出席了政协筹备会议,参加了《共同纲领》和《中华人民共和国中央人民政府组织法》讨论。那天会后，陈云到北京饭店看望朱学范并告诉他，中共中央希望他在中央人民政府里担任邮电部部长。朱学范诚恳推让，建议部长一职还是由中国共产党的老同志担任，自己做一个副手，协助工作为好。陈云则以他懂邮政业务为由请他不要推辞。

9月27日，《中华人民共和国中央人民政府组织法》在全国政协会议上正式通过。

10月19日，中央人民政府委员会第三次会议决定任命朱学范为政务院邮电部部长，王诤任副部长。同期，中共中央决定任命王诤为邮电部党组书记。

10月21日，邮电部开展办公选址等筹备工作，商定邮电部就在西长安街3号院办公；研究确定办公厅负责人和总务处负责人，由二人牵头展开部机关前期筹备工作。

10月24日，邮电部开始在北京市西长安街3号院挂牌办公。

10月29日，邮电部举行首次扩大部务会议，通过邮电部组织系统草案。因为当时朱学范社会兼职较多，所以决定由王诤负责邮电部日常工作。

11月1日，正式启用"中央人民政府邮电部"印信。

11月3日，中央军委电信总局改组为邮电部电信总局。

11月6日，华北交通部邮政总局改名为邮电部邮政总局。明确两个总局在邮电部领导下开展工作。

就这样，来自人民解放军通信战线、各根据地的红色交通战线的革命前辈和来自地下战线及爱国民主战线的革命进步力量，如滚滚的洪流汇在一起，形成了新中国的邮电大军。

敞开胸怀纳贤才

在新中国邮电事业的组建过程中，中央军委十分注意团结原有邮电人员，尤其是电信技术人才。在上海通信业接管工作中的这段"敞开胸怀、广纳贤才"的佳话，很有代表性，值得永载史册。

上海解放初，国际电台在清理登记各电台人员时，发现有一批临时在电台领薪水的特殊"冗员"，他们大多是来自南京国民党政府交通部电政司及相关机构的技术"官僚"。国民党政府逃离南京时，他们和一大批通信设备一起被裹胁来到了上海。到上海后，李宗仁的"政务院"动员他们带着设备去广州，上海的汤恩伯又奉命"传话"，让他们带着设备去台湾。而这些专家大多对国民党当局信心全失，不少人已心向北方。于是，他们一会儿说设备需要重新打包，一会儿说运输车辆不够，有的干脆说身体不好或家眷需要安置，就是"软磨硬拖"。结果，上海解放时，这些人就滞留在上海了。

"南下干部营"党委书记感到此事重大，及时报告给了曹丹辉。曹丹辉随即让参谋周华生去了解详情，很快搞清楚了具体情况。当时，不仅国际电台有这种情况，上海电信局和海岸电台等单位也滞留着一批人员，总共有110多人，其中有"交通部"的帮办，"电信总局"的副局长兼总工程师，大多是业务处长、技术主管，还有不少是刚留学归国的技术人才。

曹丹辉听了汇报后，觉得这些人不能作为"冗员"遣散，应争取他们参加新中国建设。这个意见被呈报给正在筹备邮电部的电信总局后，得到了王诤的支持。于是，曹丹辉明确指示，这些人不仅不能遣散，而且要薪水照发、安排好生活。

随后，曹丹辉又让黄萍带领几位上海电信接管处的参谋，在天潼路的海岸电台组织这批专家集中学习，展开工作。经过学习、讨论、谈心、交流，消除了他们的顾虑，绝大多数专家均表示愿意留下来为新中国电信事业服务。

学习班结束后，根据军委电信总局的指示，上海电信接管处把他们中的一批专家和当时上海3家电信单位的部分技术骨干分批送到北京。王诤亲自接待大家，和大家亲切座谈。虽然桌上仅有清茶一杯，但王诤的胸怀和诚恳，深深打动了专家们，大家纷纷表示响应国家号召、听从国家安排。

座谈后根据工作的需要和个人意愿，这些技术骨干都陆续得到了安排和重用。

就这样，在党中央正确方针的指引下，在老一辈无产阶级革命家的关心指导下，在军委三局的精心组织下，从1949年年初到10月，红色通信前辈圆满实现了对旧中国通信业的接管，开启了新中国通信业政通人和、共襄大业的新局面。

第二章　甘当绿叶辅大局

邮电部成立后，迅速展开了国家干线通信网的恢复和建设工作，并取得了初战报捷的开门红。然而，此时朝鲜战争爆发了。国家根据"确保重点、兼顾一般"原则，压缩了公共电信网络的投资比重，加大投资保障国防通信和156项重点建设项目的通信配套建设。

电信行业发扬红色通信前辈服务大局的传统，主动把通信工作重心转向加强网络维护和改进操作方法，千方百计挖掘线路潜力，用有限的资源为抗美援朝和新中国建设提供优质服务。

迅速架起干线网

1949年11月，邮电部成立后，在红色通信前辈的带领下，通信战线立即组织起几十个电信工程队，马不停蹄地展开了以北京为中心的干线通信网建设，用一年多的时间建成了有线覆盖全国、无线辐射全球的新中国第一代通信干线网络。

八个月，建成架空干线骨干网

旧中国，仅有的一些电信设施，大都集中在南京、上海等少数大城市。除华东、中南、东北外，中西部大部分地区几乎没有像样的电信干线网络。西部省会城市也大多仅靠无线电报联络。全国通电话的城市不到三分之一，市内电话交换机总容量仅31万门，其中自动交换机总容量为20.8万门，其余都是人工接续的摇把子电话。全国还有约三分之一的县城连无线电报业务也没有。而且，经过多年战争的破坏，原本就稀疏薄弱的通信线路更加残缺不全、支离破碎。

首都北京的干线通信能力十分薄弱。新中国成立之初，北京和各省会与大中城市之间的电信联络依然主要靠无线电台。1949年12月，毛泽东首次出访苏联的沿途通信联络，只能靠无线电台联络，一度被敌特电台跟踪，安全性低。

为了适应全国经济恢复发展和新中国外交的急需，1950年1月，邮电部召开首次全国电信会议，确定了国内通信"有线为主、无线为辅"的方针，决定迅速建设以北京为中心沟通全国各大区的明线架空干线网。1950年3月6日，邮电部召开了全国长途干线工作会议，下达了1950年全国长途明线建设工程计划，并决定在天津、北京、上海、郑州、重庆、西安组建6个长途通信干线工程总队，分别承担京沪、京汉、京津、陇海等干线的建设工程；组建2个国际工程总队，分别负责东北、西北两个方向通往苏联的国际干线施工任务。

两次会议确定了1950年全国电信恢复建设计划和实施办法：（1）建设北京通信中心，恢复建设联通北京、沈阳、上海、汉口、广州、重庆、西安七个大区中心间的电信干线；（2）开通七个大区中心间的直达电路；（3）建设北京至莫斯科的中苏国际长途线路；（4）建设北京国际电台，解决国际通信和对外广播的需要；（5）加强整修首都的市内电话；（6）恢复加强江岸、海岸电台。由此拉开了新中国第一代有线无线、国内国际通信干线网络艰苦创业的大幕。

邮电部一声令下，由红色通信前辈组成的、各大区电信管理局牵头的8个长途通信线路工程总队相继组成，这些工程总队发扬红色通信"召之即来、来之能战、战之能胜"的光荣传统，迅速组建了32个工程队、1500名线务施工人员和3000多名民工的建设队伍，在全国各地展开了新中国通信干线建设的第一个高潮。

在东北，当年延安三局有线电话队的两位排长——老红军王昌荣和叶志堂担起了东北电信管理局国际通信工程的建设组织工作；一批红色通信骨干担任工程队队长；来自辽宁、吉林、黑龙江及内蒙古、热河等省区电信企业的施工人员和民工组成的工程队，迅速展开了修复国内干线、新建国际干线的工程。

在华北，由300多名职工组成的北京长途线路工程总队，和在天津建立的第一长途线路工程总队分工配合，承担起了北京至石家庄、北京至东北方向的架空干线修复工程，还把架空干线修到了当时的平原省省会新乡。

在华东，曾参与过山东解放区有线电话线网建设的一批骨干工程人员，随着华东解放，从济南迁到上海，扩大组建成第三长途线路工程总队，迅速展开了京沪干线的恢复和新建工程。

在中南，最早由中原局在郑州领导组建的第四长途线路工程总队，随着中原局与华南局的合并迁到了武汉，迅速展开了北京至广州的架空干线的恢复整修。

第二野战军解放大西南后，在重庆建立了第五长途线路工程总队，并与第三、第四长途线路工程总队一起，展开了重庆至上海的架空干线的建设。

在西北，最早为配合解放西北、西南，在汉中成立的第六长途线路工程总队，开启了陕西至华北、华中的架空干线建设。

工程建设中，各工程队克服困难、艰苦奋斗，以平均1个队1天立杆2公里、架线5公里的速度，全面展开工程施工。有的工程队甚至创造了1天立杆7.7公里、挂线20多公里的速度。

1950年雨水很大，京沪、京汉、京沈沿线不少地段都遇到河水泛滥的困扰，施工人员为了保证工期，站在水中打洞立杆。西部地区杂石路面多，挖坑埋杆难度很大，仅双石至南郑一段，就打了900多个石洞。

经过几个月的连续奋战，北京对外有线通信阻断的情况迅速改变，北至沈阳，东至上海，西至西安、兰州，西南至重庆并转昆明、贵阳，南至汉口并转接长沙、广州，以及北京至太原、归绥（今呼和浩特）的干线，均陆续架通，开通了北京至六大行政区及大部分省会的有线载波电话和有线电报网。全国的电信报话业务，由原来约80%靠无线电路传递，变成了约80%通过有线电路安全传递。

东北国际干线新建工程全长2400公里，沿途地形复杂，有的是崎岖的山路，有的是沙漠和水害地区。夏季，洼地、草甸子、烂泥塘成片相连，车马难行，运送木杆、器材都靠施工人员蹚着水肩扛背负；冬季，施工人员冒着刺骨寒风，在零下二三十摄氏度的环境下，在1米多的冻土层里打洞埋杆。边远地区人烟稀少，施工人员只能风餐露宿住帐篷。就这样，经过6个多月艰苦的杆线施工、2个多月电路调测，1950年12月12日，北京至莫斯科全长1.2万公里的国际有线载波电路开通了。

1951年2月起，在邮电部的调度指挥下，第六长途线路工程总队又与来自华北、华东、中南、西南各大区局派来的工程队组成的第七、第八长途线路工程总队一起，展开了东自郑州，途经西安、兰州、乌鲁木齐，西至伊犁霍尔果斯，连接阿拉木图的西北国际干线建设。经全体施工人员的艰苦奋斗，工程于当年11月底建成开通，标志着新中国第一代对内覆盖大部分省会、对外联通苏联的有线干线网络形成。

国际台，大功率电波辐射世界

与此同时，为了适应对外宣传和国际交往，以北京为中心的国际无线电台枢纽工程也迅速展开。

在北京建立的中央国际无线电台，是新中国成立后我国第一项大型无线电重点建设工程，由大兴中央发讯台（简称三台）和黄村中央收讯台（简称五台）组成。大兴台装发报讯机30多部，最大单机输出功率为60千瓦；黄村台安装多重分集式收讯机20多部。这项工程早在邮电部筹备期间就开始勘察酝酿，王铮、李强亲自主持了前期筹备工作。1950年1月正式决定建设，2月设立筹备处，4月动工，1951年3月和6月相继建成。

引人瞩目的是，这项工程除房屋建筑与室外高压电力系统由相关专业单位承办外，整体功能规划设计、收发报机和电力设备的设计安装及调测工作，都是由邮电部从全国各地原电信机构中选调的技术专家承担的。

设备还是那种设备，专家还是那些专家，但是，在新中国的旗帜下，技术人员的干劲和智慧得到了充分的发挥，在电台设计施工中取得了不少创新成果：他们设计的工程总体方案，采取的双层L形机房加1座多层八角亭式结构，既便于集中式监、测、控，又有利于正常运行和日常维护；他们还改造了发讯机的冷却系统，采用集中统一"水冷水"双循环系统代替了大功率发讯机各自采用的不同类型、分散的"风冷水"系统，具有经济、可靠、简便、噪声低等优点，大大提高了冷却效率；该工程还采用了陶尚平提出的"注入锁定振荡技术"，提高了频率稳定度，解决了黄村收讯台装用的CRD-150短波三重分集式收讯机公共振荡器频率不稳定问题。

北京国际电台建成后，邮电部将上海国际电台的一些业务转移过来，撤销了南京国际支台，迅速形成了以北京为中心的国际无线电通信枢纽。后来，这两座电台与其他陆续建成的基座电台相互配套，为打破帝国主义对中国的信息封锁，支撑周恩来1954年参加日内瓦国际会议、1955年出席万隆亚非会议发挥了重要的作用。

服务大局促发展

1950年年中，正当党中央领导中国人民倾力恢复国民经济，展开新中国建设事业的时候，朝鲜战争爆发，国际形势突然变化。为应对变化，1952年前后，国家对通信建设作出重大调整，投资重点转向了国防通信和保证国家重点项目的弱电系统。邮电部门发扬红色通信"胸怀全局、服务中心"的光荣传统，甘当绿叶支撑大局，为抗美援朝和经济建设起步作出了新的贡献。

国家通信投资重点调整

新中国成立之初，邮电部曾向党中央、国务院提出了新中国"一公二专"的通信网发展思路，打算建立一个以公用的国家通信网为基础，又可给军队和铁路提供专用通信保障的网络体系。

朝鲜战争爆发后，国防通信需求迅速上升。中央决定军委作战部第三局升格为中央军委通信部，这实际上恢复了战争年代军队通信管理体制；后又决定由军队负责建设管理以军用为主、兼顾党政机关及地下指挥所的有线干线网。

从此，国家对邮电公网的基建投资相应减少，国家干线通信投资重点转向了国防通信。国家邮电基建投资占全国基建投资总额的比重，1950年为3.55%，1951年降为1.86%，1952年降为0.95%。随着苏联援建的156项重点建设工程的启动，一部分国家通信投资又划转到与重点项目配套的企业弱电系统，一般公用通信网的投入进一步紧缩。[①]

面对日渐收紧的投资变化，邮电部积极组织工程设计、建设力量支援国防通信建设，配合国家重点工程建设。

1952年开始，邮电部对新中国成立之初形成的8个工程总队进行压缩整编。东北、西北的2个国际长途线路总队的大部分施工人员下放到地方电信部门，转做干线维护工作。1952年4月，原北京、天津2个长途线路工程总队合并，改组为邮电部市内电话建设工程总队。"一五"期间，原设在上海的第三长途线路工程总队迁到武汉与中南第四长途线路工程总队、西南的第五长途线路工程总队陆续合并，组成邮电部长途线路工程总队；总部分别设在西安、兰州的第六、第七长途线路工程总队及第八长途线路工程总队的部分骨干力量合并，组成了专门服务国家156个重点项目中工矿弱电工程的邮电部电讯工程总队。部所属的长途线路工程总队由8个长途线路工程总队逐步缩编为3个特色明确的工程总队和公司，支援国防通信建设和国家重点工程成了施工企业的服务重点。

为了支持国防通信网的建设，1951年年初，邮电系统首先用1个多月的时间配合军队系统，在刚刚建成的全国第一代架空干线杆路上，各加挂了一对军线，迅速形成了北京到各大军区的国防指挥专用有线通信网。

为了支持国防通信科研工作，根据中央军委的部署，1952年10月，邮电部将新中国成立之初筹建的邮电系统的第一个电信科学研究所，划给了国防通信科研战线。

1953年1月起，邮电部所属工程总队开始实行经济核算，鼓励转制后的工程总队积极参建国防通信工程。同时，邮电部还积极探索与通信兵工程部队开展网络联合建设。

20世纪50年代末60年代初，为了保障西南边疆的安全，中央军委决定

[①] 当代中国丛书编辑委员会：《当代中国邮电事业》，当代中国出版社2020年版，第37页。

以通信兵部为主，联合邮电部组成建设指挥部，共同建设沿川藏公路的架空干线网络。邮电部所属3个工程总队和部分省属电信建设公司都派出工程队参与施工。他们和通信兵混合编队，共同生活、共同施工。生活中、工作中，邮电工程队处处以解放军通信兵为榜样。早晨，在军号声中起床，吹着哨子列队出发；施工过程中，和通信兵部队一样严格遵守"三大纪律八项注意"、积极开展群众工作。各邮电工程队的表现，受到通信兵部队领导赞扬，先后有20多人荣立三等功。军民携手，奋战一个冬春，建成了川藏干线，第一次把有线电路修进了雪域高原，连通了拉萨。

大力支撑工矿弱电工程

中讯邮电咨询设计院的前身是邮电部成立时最早创立的直属单位——邮电部设计院。从新中国成立之初，该院的前辈就全程参与了我国第一代干线网络的建设工作，后组成了邮电部通信工程设计局。

为了适应新中国成立之初国家从苏联引进的156项国家重点建设项目对电话、广播、控制系统在内的弱电建设的紧迫需求，1954年，设计局增设了10多名技术人员组成工矿弱电设计室。1955年，他们承担了长春第一汽车制造厂、洛阳第一拖拉机制造厂等大型工程的弱电通讯设计工作。1956年弱电通讯设计任务又增加到1955年的3.66倍，工矿设计人员已由10多人增加到100多人，超过全院工程设计技术人员总数的三分之一。该部门一年就承担了机械、冶金、化工、纺织、石油、航运、海运等各工业交通部门的34个工矿企业的行政管理电话、调度电话、子母电钟、有线广播及各种控制信号系统的设计任务。

弱电系统，实际上是工业自动化控制系统的前身。为了规范推广工矿弱电系统的设计技术，邮电部设计院的专家们还翻译、编制了141种工矿弱电设计资料、20套定型设计标准图纸，不仅熟练地掌握了当时弱电通讯设计的先进技术，还为国家带出了第一批工业自动化人才。1956年，国家计划委员会（简称国家计委）又组织邮电部设计院冶金部编制了我国最早的工矿弱电通讯设计技术规范、标准及设计资料、手册等，以供工矿建设工程技术人员使用，成就了一段20世纪50年代通信业与工矿产业合作创新的佳话。[1]

竞赛挖潜争贡献

朝鲜战争爆发后，中国电信工人积极响应"抗美援朝、保家卫国"的号召，以各种方式踊跃开展爱国支前活动。1950年11月，中国邮电工会全国委员会发出了"把爱国主义生产竞赛推广到全中国"的号召，在全国发起了以"坚持岗位、服务需要、消减差错、保证畅通"为主要内容的一条龙劳动竞赛。

加强维护，优化网络

网络建设投资减少，网络维护和挖潜的责任倍增。邮电部及邮电工会首先根据职工高涨的热情和通信网络投资紧缩的实际，着力加强线路维护和线路新技术推广，使已建网络的电路数量和质量不断提升。

在爱国劳动竞赛中，大西北涌现出一个坚守线路通畅的先进集体——新疆苦水线务站。

苦水，是哈密长途电信线务站维护线路段上一个巡房所在地。这里是全

---

[1] 中讯邮电咨询设计院：《中讯邮电咨询设计院院史（1952—2002）》，2002年编印，第19页。

站工作条件最艰苦的地方。一望无际的戈壁上，无树无草无人烟，只有孤零零的一个线路巡房。巡房门前唯一的一口井里的水又苦又涩。

第一个到苦水线务站驻段的线务员是吴朝智。他来驻段时，新疆刚解放不久，国民党残匪仍在四处骚扰，抢杀掳掠，破坏线路。为了防止敌人破坏，吴朝智经常带着干粮，吃在戈壁，睡在电杆旁，和伙伴们一起昼夜维护线路。

不久，青年线务员唐自廉来到苦水驻段，成了吴朝智的徒弟。1952年冬季的一天，狂风卷着暴雪，气温下降至零下30多摄氏度。天山风口的七角井附近线路突发故障，唐自廉和师傅出去抢修。唐自廉爬上电杆，刀子一样的寒风刺割着他的双手，不一会儿，他的手指就冻得不听使唤了。"党的通信联络被阻断，一分一秒也不能耽误。"他咬牙忍耐，坚持把线路接好。完成任务到医院后，他双手的皮肉组织已经全部冻坏，10个指甲全部脱落。面对可能会失去双手的危险，唐自廉却坚强地说："手冻掉了不要紧，还有脚，照样干革命！"

青年线务员邢世华刚到苦水查修线路时，不幸被残匪掳去。匪徒想从他嘴里获得解放军的活动情况。但邢世华立场坚定，英勇不屈，直到就义，始终没有吐露一字一句军事机密。

20世纪五六十年代，线路维护人员就是这样，为保障通信不畏艰辛、以苦为荣，用生命捍卫着通信干线网络的畅通。苦水线务站的事迹经过总结和宣传，后来成了干线维护战线的一面旗帜，带动了整个维护战线的工作。

许兴柱是辽宁省绥中县邮电局一名新中国成立后成长起来的线务员。朝鲜战争爆发后，刚刚入党的他找到组织要参军。领导告诉他，通信工作很重要，维护好长途通信线路就是抗美援朝、保家卫国。

为了确保干线安全运行，第一代架空干线建成后，长途电信总局决定实行干线驻段维护体制，安排线务员到条件艰苦的荒郊野外驻点维护干线。许兴柱主动表态："我愿到段上去。"就这样，许兴柱成了新中国第一代驻点线务员。

驻点后，许兴柱常常顶风冒雨处理突发的线路故障。他不怕吃苦、从不耽搁，每次都能及时修通电路。但是，每次事故发生，多少都要影响出事电路一段时间的通信。许兴柱心里琢磨："怎样才能使线路不出故障？"受到老乡耕田的启发，他想到，如果能提前到线路上去检查，发现隐患及时处理，线路就不会在坏天气里突发故障了。之后两个半月的时间里，他把544根电杆逐一巡修了一遍。果然，之后将近半年时间，线路没有出现过问题。

第二年春天，许兴柱又发现了新的情况。原来，过了一个冬天，由于建设时各条线路捆扎的松紧程度不同和热胀冷缩的原因，电线会变得有长有短，一遇刮风天气，长线就会缠绕短线，造成电路相互干扰。由此，许兴柱想到，光是逐杆检修、发现问题及时处理还不够，还需要按季节隔一段时间逐杆整修，拉齐电线。这个想法实施后，果然大大减少了线路缠绕隐患。

就这样，每当在工作中碰到新问题，许兴柱就会琢磨出针对性的解决办法，从巡回检查到提前上杆检修，再到季节性整修，逐步形成了一套线路维护作业方法。

1949年12月至1952年6月，许兴柱维护的长途线路没有发生过故障，保证了电报、电话的畅通，为国家节省了大修费用。许兴柱因贡献突出被评为全国劳动模范。1953年1月，他又被提升为锦州长途中心站副站长兼包线组组长。上任后，他发挥包线组的集体力量，和大家一起研究形成了一整套线路维护工作制度。

邮电部和邮电工会发现许兴柱的事迹后，深入现场总结他的做法和典型经验，1954年召开全国干线维护经验交流会，之后许兴柱干线维护作业法在全国推广开来，从而带动了全国通信干线维护质量的提高。

电波干扰是架空明线传输质量和效率提升的主要障碍，电路交叉布局是减少电磁干扰、提高线路效率的通行办法。但旧中国长途线路的交叉程式，一部分采用美国人设计的"K8"式交叉技术，一部分采用日本的交叉技术。

因美国的技术是用十线木担的,而新中国采用八线木担,美国交叉技术显然不适用于中国;而日本的技术也不能使每对线开通载波电路,线路利用率较低。为克服这些问题,侯德原经过试验发明了"88"交叉式防干扰技术。这项技术不仅使通话串线率降低了30%,还使每对线都具备了开通三路载波的能力,大大提高了线路的利用率。因贡献突出,1950年9月,侯德原当选全国劳动模范,出席了首次全国群英大会,后升任长途电信总局副局长。

在全国支援抗美援朝的爱国活动热潮中,刚成立不久的长途电信总局召开工务会议,大力推广"88"交叉式防干扰技术。这项技术在全国各条干线推广后,不仅大幅度增加了已建成干线网络开通电路的数量,而且经过工艺改进,还大量减少工程用材的使用。据统计,仅少用"H"型钢板一项,为国家节省的投资就折合近95万斤小米。

操作方法,创新推广

1953—1956年,由于国家紧缩电信公网的建设投资,我国电报、电话的电路年增长仅为5%左右,但是,同期电信业务量的增长速度一直保持在年增10%以上。为何电信业务量的增长比电路的增幅高出一倍多?这得益于通过劳动竞赛涌现出的电信业务操作新方法的推广。

20世纪50年代初,《毛泽东选集》由人民出版社陆续出版,全国掀起了学《毛泽东选集》,尤其是学习《实践论》和《矛盾论》的热潮。

在结合实际学习"两论"时,中国邮电工会全国委员会对电信业务发展面临的矛盾和困难进行了深入研讨。认识到当时全国电报电路,基本可以满足业务需求,面临的主要问题是质量隐患。

电报词语简练,发错一个字就可能引起很大歧义。因此,电报工作的主要矛盾和改进重点在"减少差错、提高质量"上。为此,邮电工会在电报工种全行业重点总结推广了哈尔滨市电报电话局报务员王维本"收发电报百万字无差错"的经验和做法。

在以创造生产新纪录为中心内容的劳动竞赛中，18岁的王维本发扬冷静沉着、长期不懈、细心负责的工作作风，创造了1年7个月拍发、抄收35700多封电报，约计107.1万字无差错的纪录。1950年9月，王维本与各行各业涌现的生产纪录创造者一道，赴北京参加全国工农兵劳动模范代表会议，成为第一批全国劳动模范。王维本"收发电报百万字无差错"的经验和做法推广后，报务战线的劳动竞赛逐步进入了以质量为中心的轨道。

在学习"两论"的过程中，中国邮电工会全国委员会还认识到，电话尤其是长途电话生产面临的主要矛盾和问题与电报业务的情况大不一样。由于国家的公网通信投资紧缩，长话电路的供需矛盾突出，一时很难改变，必须把转化矛盾的着力点，放到提高长途电话人工接续速度和效率方面。

正当邮电工会领导通过"层层剥笋"，找到长途电话业务发展面临的主要矛盾和解决矛盾的主攻方向时，天津电信局工会总结推广的"郭秀云操作法"材料送到了中国邮电工会全国委员会，立即引起了工会领导的高度重视。

郭秀云是天津长途台的一位话务员。1952年，这位21岁的姑娘创造了一项全国第一！她接通一次长途电话的平均时间为58.8秒，比一般话务员少耗时150秒，成为当时全国的最高纪录。

"郭秀云操作法"的核心就是"一心多用、交叉操作"。简单来说，就是在接进一条线的同时，兼做其他线路的通话记录、通话时间结算等工作，一心多用、争分夺秒，在相同的时间里接通更多的话路，最大限度地提高线路利用率，让更多用户能更快地用上长途通话。

郭秀云当时主接上海长途电信台，负责人工处理天津的去话和上海的来话。为了提高线路使用效率，她特别注意和对方话务员的配合，还主动学习上海方言，摸索出一套用最简练、最明确的语言与对方沟通的办法，从而大大提高了接续效率。

　　天津电信局工会对郭秀云的长话台操作法进行系统总结后,先在本局推广,很快取得很好效果。随后,他们把郭秀云的典型事迹和"郭秀云操作法"报告给了中国邮电工会全国委员会。邮电工会很快会同部有关部门组成专家工作组,到天津电信局实地考察并进一步总结,正式提炼命名了"郭秀云操作法",并整理成可以规范推广、考核的《长途话务值机操作法》。

　　1952年五一节,郭秀云和总结郭秀云经验的天津电信局工会干部周宏双双被评为"全国劳动模范"。1952年7月30日,邮电部和中国邮电工会全国委员会联合发出《关于在全国企业中开展爱国增产节约竞赛运动的通知》。1952年10月,邮电部在北京召开"郭秀云操作法"推广会议,向全国长话台推广。一场学习推广"郭秀云操作法"的热潮正式在全国推开。

　　在推广"郭秀云操作法"的过程中,中国邮电工会全国委员会作风扎实、工作深入,他们不满足于一般地发个通知和文件,而是由点到线、由线到面,一步步扎实推进。

　　电信业务都是点对点联合作业的业务,在天津长话台实行"郭秀云操作法"取得成效后,邮电工会随即来到上海电信局长话台,组织他们在新的规范操作的基础上,和天津长话台开展对口交流。通过双方的深入配合,天津与上海之间的话路利用率很快从48.68%提高到64.35%;话单平均处理时长由293.07秒缩短到157秒。"两点一线"见到成效后,邮电工会立即组织邮电报记者及时采访,通过报纸向全国推广,进而实现了津沪一条龙经验"由线到面"在全行业复制推广。

　　很快,学习"郭秀云操作法"的热潮在全国20多个大中城市展开。山东烟台的一位名叫田丽娟的年轻话务员在活动中不断革新操作技术,又创造了一套长途电话值机操作经验,丰富了"郭秀云操作法"。工会干部和邮电报记者立即深入总结。经过报纸宣传推广,田丽娟也很快成为山东和全国长途话务员的一面旗帜。

不久，各地还涌现出了"宁可自己费脑筋、不让用户伤脑筋"、下苦功熟记常用电话号码、被称作"活电话簿"的服务台先进生产者宋慧琴；在接待用户时提出"三不烦"保证、被树立为营业工种一面旗帜的覃本秀，等等。

服务好、质量高，十五年如一日，培养出一支有高度政治觉悟和业务技术素质的、专门为党中央服务的北京市话三九局（中南海电话局），也成为通信战线上的一面红旗。

在全行业的共同努力下，到1956年，全行业提前一年实现了第一个五年计划的目标，涌现出了罗淑珍、郭秀云、王维本、许兴柱、侯德原等一大批劳动英模。为了表彰先进，1956年五一前夕，邮电部在北京隆重举行了全国邮电先进生产者、先进集体表彰大会。4月25日，毛泽东以及多位中央政治局领导，在中南海亲切接见了全体会议代表并和大家合影留念。

第三章　栉风沐雨建体系

旧中国通信事业落后，产业创新能力更是一穷二白。"一五"开始，尤其是党的八大以来，为了适应社会主义建设发展的需求，邮电部门开始系统探索电信产业创新发展之路，并在实践中经风历雨，逐步培育形成了从设计施工到教育科研，再到设备制造的完整产业创新发展体系，实现了对旧中国、旧邮电的体系性超越。

打造施工设计国家队

旧中国电信发展一直处在外国产业主导的状况，不仅设备研发一片空白，而且"舶来"设备的安装能力也很薄弱。为改变这种状况，20世纪50年代初，邮电部抓住国家撤销大区制、建立统一计划管理体制的机遇，首先展开了电信设计、施工体系的正规化、系统化建设。

基建体系，快速形成

新中国成立之初，邮电部机关仅有一正一副2位部长及一厅四处5个职能管理机构，总部机关一共只有几十个人；全国邮政、电信的管理运行，主要靠部属电信总局、邮政总局及华北、东北、华东、中南、西南、西北六大行政区的电信管理局和大区邮政总分局管理。

1950年7月,根据国家既定部署,全系统开始实施"邮电合一":首先将各大区的电信管理局和邮政总分局合并,组成了大区邮电管理局;同时,将电信总局拆分为长途电信总局、无线电总局和市内电话总局3个专业局并入部机关;邮政总局的职能朝着业务管理局方向做了重大调整后并入部机关,邮电部在强化计划、财务、人事、劳资统一管理的同时,增设了统一支撑邮电发展的机构——物资供应局。

1952年11月15日,根据中央人民政府《关于改变大行政区人民政府(军政委员会)机构与任务的决定》,邮电部作出了关于缩减大行政区邮电管理机构的决定。各大行政区邮电管理局改为代表邮电部检查督导与联络性质的机构(一年多后相继撤销),全国邮电系统开始实施邮电部统一领导、邮电合一的部、省、地(市)、县管理体制。

1952年下半年,邮电部抓住大区邮电管理局撤销、一批大区邮电管理机构领导人集中到邮电部的机遇,放眼长远建设发展需要,在邮电部机关一次增设了基本建设局、设计局和工程局3个专门负责通信建设发展的机构;并且在基建三局的基础上,组建了统一的党总支,通过党的工作把大家组织起来;还着力打造了通信建设战线设计、施工两支"国家队"。新中国通信业"扩大再生产战线"由此发轫。

新中国成立之初,在党和国家的高度重视和物资支持下,行业前辈筚路蓝缕、艰苦奋斗,用短短三年时间,相继建成了四大架空干线,联通了北京至莫斯科的国际明线载波电路,建成了一批大中型国际无线电台,迅速形成了以北京为中心的我国第一代干线网络。但是,当时通信建设工程没有设计文件,通信建设主要靠紧急组建的8个工程总队、30多个工程队,凭着艰苦奋斗的热情,按照类似战争年代那样的"作战地图"进行的。设备安装就是按照"88"交叉式防干扰技术和"T1"交叉技术直接进行的;北京国际无线电台建设则任凭技术人员才智,边想边干、摸索建设。因此,在施工过程中会不可避免地发生一些返工，以及器材、工时的浪费现象。

为扭转类似问题，邮电部根据政务院当时提出的"基本建设前期准备工作关键在设计""设计是决定工程命运的关键"的指导意见，首先抽调力量，于1952年12月16日，在部机关成立了邮电部设计局。

设计局成立后，局领导和设计人员一起，从零开始深入调研，群策群力制定规范。局长亲自带队到重庆进行市话建设的现场勘察，研究市话工程设计方案；副局长带领有经验的工务技术人员和10多名新招来的大学生，组成第一支长途测量队，从北京到唐山，一路风餐露宿，从培训使用测量仪器绘制工程图开始，一步步摸索线路工程的设计方法。然后，在实践的基础上，召开业务技术研讨会，总结设计经验，制定设计规范。就这样，经过一批中小型项目的设计，市话和长途线路工程初步设计和技术设计的规范逐步形成，实现了设计工作零的突破。

1953年7月，为了加强项目的规划储备，设计局分别在北京、上海、武汉、重庆、沈阳等地成立了5个长途线路勘察队和6个市话线路勘察队。邮电部随后把全国的通信建设业务技术管理工作、通信工程的项目审核工作，以及通信设计的标准、规范、定额和工程预算的编制工作，都交给了设计局，奠定了通信设计勘察国家队的基础。设计局成了当时推进通信网络技术创新发展的主力军。

1955年，随着业务和人员的增加，设计局搬到北京月坛北街11号院独立办公；1956年3月，正式改称为邮电部设计院，侯德原担任院长兼总工程师，红色通信前辈吴元亮担任党委书记。邮电设计院成为邮电部创新发展战线的第一个直属事业单位。

施工企业，专业整编

1952年年底，在基建总局的指导下，各省、市、区于1953—1954年相继成立了基本建设处，从而形成了部、省两级基本建设管理体系。此后，部基建系统的具体管理机构虽然做过多次调整，但是，作为一条统一领导、分级负责的基建战线，一直延续发展。

为了适应国家通信建设投资重点的调整变化，邮电部首先对第一代国家干线网建设中形成的8个干线工程总队进行了整编。一方面把大部分工程队下放到各省邮电管理局，从事本地中小型通信工程的建设和线路的整治维护工作，形成通信施工的"地方部队"；另一方面把干线工程中成长起来的一批骨干工程队划归工程局直接领导，担当部管大中型项目及跨省干线的建设任务，开展新技术及复杂工程施工探索，形成了通信施工的"野战军"。

1952年年底，邮电部工程局成立，原由各行政区邮电管理局领导的一批工程总队划归邮电部工程局领导。1952年12月，邮电部将工程局与部基本建设局合并，成立邮电部基本建设工程局，对各工程总队进一步实行企业化、专业化管理。

改变隶属管理后，工程局首先将工程总队的管理方式由预算拨款制改为经济核算制，促使各工程总队精打细算、严格管理。虽然，"一五"初期，国家对邮电公网特别是长途电信干线的投资力度明显下调，但因为企业管理水平的提高，施工企业的运行效率、完工项目和效益继续保持较快增长。

此后几年，基本建设工程局根据国家投资重点和通信需求的变化，陆续对施工企业进行了专业化调整：将第一和第二两个原长途工程总队合并，转型为市话建设工程总队（后改为公司），专注于市话管道和设备安装工程；根据国家156项工程建设的需要，将设在西安的第六工程总队和第七、第八这两个国际工程总队的骨干人员合并，组成了部属电讯工程总队（后改为公司），主要任务是承担苏联援建的156项厂矿的内部通讯、调度、消防告警等系统的安装建设施工；又将第三、第四、第五3个长途线路工程总队分两步合并组成部属干线建设工程总队（后改为公司），继续专注长途干线建设和设备安装工程。这种结构调整和分工，大大促进了施工企业"专、精、新"施工能力的提升，把综合的野战部队，变成了具有较强学习能力的"技术兵种"。

20世纪60年代中期，基建总局具体主管工程公司的机构也转化成了独立核算企业总部——邮电部电信工程公司，强化了施工资源的统一调度能力，为后来逐步形成对内可以"总包"特大型通信工程，对外具有承揽国际先进工程能力的全功能通信铁军奠定了基础。

部领导挂帅建高校

创新发展，人才是基础，教育是关键。在旧中国，邮电专业院校是一张白纸。新中国成立后，邮电部发扬红色通信重视队伍培训的传统，从一开始就十分重视邮电专业培训学校的建设，很快在各大野战军的无线电训练班的基础上，在北京、长春、南京、武汉、西安、重庆等地办起了一批部属中等通信专科学校，还在天津、重庆等地的地方综合院校开办了急需人才的代培班。"一五"期间，为了适应新中国经济建设需要，加强专业技术人才的培养，邮电部适时启动了邮电高校的建设工作。

1953年年初，为了加强对国防通信的领导，身兼军地二职的王诤正式调离邮电部，专任军委通信部部长。邮电部新任领导对教育工作非常重视，在建立健全通信运营企业思想政治工作体系的同时，开始紧锣密鼓地筹备邮电高校。1953年，邮电部向政务院提交报告，请求批准成立北京邮电学院。

在高等教育部的积极支持下，1956年7月，以天津大学电信工程系和重庆大学电机工程系的电话电报通信专业为基础组建的北京邮电学院正式成立。我国第一所高等邮电学府的设立，是我国邮电部门的大事，既迫切而重要，又光荣而艰巨。我们必须培养自己的高级技术人才和管理干部，培养出适应社会主义建设需求的各类邮电专家。北京邮电学院成立之初，设立有线电通信、无线电通信和工程经济3个系，第一批招收本科生501人、专科生112人。9月1日，北京邮电学院举行首届开学典礼。

北京邮电学院的工作步入正轨后，邮电部又以此为基础，循序渐进地在各大区筹建了5所邮电高校。

1958年，北京邮电学院党委第二书记受命到南京，在具有10多年老区办学历史、后随军南下成为隶属华东大区邮电管理局的华东邮电学校的基础上，筹建了南京邮电学院。

1959年3月，北京邮电学院合并了此前成立的北京电信学校，并成为教育部重点高校；同时，北京电信学校与北京邮电学院专业重叠的部分教研力量来到西安，与隶属西北大区管理局的西安邮电学校合并，组成了西安邮电学院。

同期，邮电部任命四川邮电管理局原副局长到重庆，在曾隶属西南大区邮电管理局的西南邮电学校的基础上，吸纳了一批重庆当地的通信技术专家，创建了重庆邮电学院。

1959年6月，邮电部任命北京邮电学院筹备组副组长到武汉，在曾隶属中南大区邮电管理局的武汉电信学校的基础上，筹建武汉邮电学院。

在解放战争初期创立、后隶属东北邮电管理总局的东北邮电学校，于1953年迁到长春改名为长春邮电学校并划归邮电部直管。20世纪50年代末，该校通过和北京邮电学院联合办学的方式实现专升本。1960年4月，经国务院批准，正式更名为长春邮电学院。

到20世纪50年代末，全国邮电系统就形成了每一个大区一所邮电高等学院的教育格局。那段时间，全国大部分省市的邮电管理局也在职工培训班的基础上创建了一批高质量的邮电中专学校，邮电系统形成了完整的专业教育体系。

在邮电高校的创建过程中,邮电部既重视邮电院校的专业建设,又十分重视红色基因的传承,6所邮电高校的首任院长、党委书记都是来自红色通信战线的专家型前辈。

几十年来,这些邮电高校,为通信事业培养了大批技术和管理人才。据统计,仅北京邮电学院就培养了数以万计的博士、硕士和本科毕业生。如今从邮电运营企业到通信科研、工业、设计和基建战线,到处都活跃着这些邮电院校的毕业生。

"八大调研"再启科研

旧中国仅有过一些持续时间很短的临时性电信设备试验所,但没有一个正规的电信科研机构。新中国成立初期,邮电部团结一批"滞留"专家白手起家,创立了邮电部首个电信科学研究所。朝鲜战争爆发后,为了支持国防通信,这个研究所划给了国防通信战线,邮电部的科研机构又一下子回到了"起点"。

科学春风催生邮电科研

1954年,北京邮电学院筹建工作步入土建阶段时,北京邮电学院筹备组开始了邮电科学研究院的前期调研工作。1954年9月,研究院筹备组在北京邮电学院建设工地的一间临时办公室组成,并开始了前期调研工作。1955年9月,筹备组成员专门赴莫斯科考察了苏联的邮电科研体系。

1956年1月14日,在中共中央召开的全国知识分子问题会议上,周恩来作了"关于知识分子问题"的报告，代表党中央发出了"向现代科学进军"的号召，要求各有关部门，制定1956—1967年科学发展的远景计划。①

邮电部随即集中了30多位专家，用3个月时间编制了《十二年邮电科研长远计划》，提出了23项重大科研项目规划，编制了《十二年邮电经济科学研究长远计划》，还就这些科研项目的国际水平、我国状况和对国民经济的作用意义等做了分析和阐述。这一长远计划，经邮电部同意后报送国务院。后经国务院科学规划委员会电子通信广播组讨论，将"建立全国统一的邮电通信网络及其设备的研究"作为第34项内容汇入了《全国科技发展十二年长远规划》。研究院筹备组还在《十二年邮电科研长远计划》的基础上，编制了邮电科学研究院建院规划。

1956年2月起，为筹备党的八大，中央领导用43天时间听取了国务院35个部门的汇报。2月18日，邮电部系统汇报了全国邮电部门基本情况和通信网发展的远景规划，并特别强调：全国18.33万名邮电职工中，只有工程师332名、技术员3025名，邮电部仅有几个人抓科研，一个科研机构也没有。

中央领导听后当即指示：邮电部门是技术很高的部门，特别是电讯方面，必须采用最新的技术。这就需要加强科学研究。科学研究不是只靠自己，主要是好好向人家学习，把人家最先进的科学技术学到手，就有基础了。

邮电部立即传达学习中央领导指示精神，在此前筹备的基础上，很快向国务院提交了组建邮电科学研究院的请示和方案。

1956年4月24日，国务院以"国六办周字46号文"批准成立邮电部邮电科学研究院筹备处；7月1日，筹备处正式成立。邮电科学研究院的筹备工作从此正式启动。

---

① 邮电部电信科学技术研究院：《继往开来——院庆四十周年文集（1957—1997）》，1997年编印，第93—94页。

艰苦建院造就院风

邮电科学研究院的建院史，是一段发扬革命传统、艰苦奋斗的历史。1957年4月1日，邮电部邮电科学研究院宣布成立，但研究院院址还未落实。

由于研究院的规划不断扩大，经过"三选院址"才确定下来现院址。开始筹备时期，准备在建设中的北京邮电学院里割出一块地建院，但长远规划一出来，就感到不够用了；第二次选了北郊清河，可是筹备组进驻后发现，那里不仅路途遥远、交通不便，而且水、电支线都需要研究院自行远程拉线、配套建设，难度很大。后来在北京市委、市政府的大力帮助下，最终确定了在学院路东侧的"十间房"一带建院。

实际上，从1956年4月24日研究院前期筹备组成立，到1958年7月开始陆续搬进新址，除了在邮电学院小西天校区的"院总部"外，没有一处科研办公场地。陆续从全国调来的近500位科研技术人员组成的电报、长途、无线、市话、仪表和线路5个研究室和实验工厂分散"借住"在北京电信学校、邮电医院、邮电建筑公司、中国邮电工会全国委员会干校，以及北京电信工程队等单位腾借的临时房屋里。

当时线路实验室"借住"在西南北蜂窝的北京电信工程队。院子地势低洼，常常被水浸泡，但研究人员坚持在潮湿、寒冷的环境中展开科研工作。实验工厂的车间"委屈"在邮电建筑公司的临时工棚中，冬不挡冰雪风寒，夏不遮烈日雨淋，工人们把精密设备视同自己的生命，一遇风雨，便把自己的雨衣盖在机床上，自己淋得浑身是水。冬天拥挤不堪的研究室、办公室靠科研人员生煤球炉取暖；车间工棚因缺乏取暖条件，工人们的双手都冻肿了。

由于建院工程起步仓促，加之当时到处都在"大干快上"，施工队伍、建筑材料都很紧张，连材料运输都是大问题。那时，研究院全院仅有一辆卡车，好不容易联系到一批钢筋水泥砖瓦材料却运不回来。后来，邮电部向红色通信的老部队——总参通信兵部一团借了5辆军车，才日夜不停地把材料运到工地。可运回的一批砖头不知怎么粘上了坚硬的灰浆，工程队拒用。院筹备组只好发动全院职工，利用早晚工余时间到工地义务劳动清理砖面。无论干部职工、男女老少，一干就是十几天，硬是把偌大一堆"次品砖"清理得干干净净，施工单位看了赞不绝口。不仅保证了工期，还节省了一大笔材料费。

就这样，一边建院、一边展开科研，在全院职工的艰苦努力下，到1958年下半年陆续搬进新的办公区时，研究院已经取得了一批科研成果。

调整中形成制造体系

旧中国的通信制造能力几乎为零，连人工电话交换台都依赖进口。在新中国电信行业创新发展体系建设中，制造体系的历程是最为曲折的。

通信发展一度高歌猛进

1956年，党的八大提出把党和国家的工作重点转到技术革命和社会主义建设上来，激发了全国人民建设社会主义、投身技术革新和技术革命的热情。全国经济发展呈现出一个加快发展的"黄金时期"，各行各业"一五"计划目标普遍提前实现。

随着邮电设计、施工和科研的进步，1956年5月开始动工的我国第一个大型综合通信枢纽——北京电报大楼于1958年建成。这项工程，除了大楼建筑是委托建工部北京工业建筑设计院设计、北京市第一建筑工程公司施工建设的，大楼内部的工艺设计和业务流水线都是邮电部相关单位的技术人员，在苏联专家的指导下,由邮电行业的相关部门和人员自主完成。

大楼的电报业务,采用了当时先进的齿控纸条、机械传送等半自动转报方式;电报终端机除国际电传电路收报和用户专线采用纸页式电传机外,都采用了我国自行研制的电传电路68-D型纸条式电传机。

大楼工艺设备的安装由邮电部北京电信工程公司承担。中继电缆及通信管道工程于1957年4月开工,电报机械及电力设备于1958年4月开工,全部安装工程于9月竣工。1958年9月29日,北京电报大楼正式开通。屹立在北京长安街的这座雄伟建筑,是新中国建设的第一座大型通信枢纽。楼顶钟楼每天准时发出悠扬的《东方红》乐曲和钟声,已经成为新中国标志性的声音。

违背规律,欲速不达

1958年,党的八大二次会议通过"鼓足干劲、力争上游、多快好省地建设社会主义"的总路线后,"大跃进"运动在全国范围内开展起来。受"左"倾错误的严重影响,1958年年中,邮电部提出了"长途电路到年底翻一番",报纸两三年内实现"中央当日到省、省当日到县、县当日到村"的目标。

1958年,在当时中央国营工业企业纷纷下放的形势下,邮电部抱着"争取更多地方投资,让通信运营和通信工业发展更快"的愿望,向中央提交了改变邮电管理体制的报告,提出:比照工业企业下放的办法,除北京通信企业和国家一级干线仍由邮电部为主领导外,所有省、自治区、直辖市的邮电企业全部下放给地方政府,实行地方为主的领导体制。明确邮电部负责一级通信干线的建设和指挥调度;省、自治区、直辖市的通信网络建设,列入地方计划。

1958年6月17日，中央批准铁道、交通、邮电、地质4个部机构、企业下放的请示报告。从当年7月1日起，除北京市邮电企业、部属院校和科研设计单位外，将各省、自治区、直辖市邮电管理局以邮电部为主的管理体制改为以地方为主的管理体制，省、自治区、直辖市邮电管理局成为各地政府的组成部分。

这次邮电体制下放是在"大跃进"的高潮中进行的。从中央批准下放到完成下放不到半个月，而且是通过电话会议布置的。管理体制下放违背了邮电通信网全程全网的运行规律，加之各地政府和企业对下放没有准备，工作粗糙，要求也不一致，有的地方还把各级邮电企业层层下放，甚至一直下放到县和人民公社。完整的通信系统被人为分割，统一的、行之有效的规章制度遭到破坏，别说加快发展了，就连日常通信业务和主要通信干线都难以确保畅通。

一方面，因地方各条战线技术人员缺乏，邮电企业下放后，一批系统内的技术人员、业务骨干被调到其他行业参加"大跃进""大办工业"和"大炼钢铁"运动，造成邮电专业人才外流，甚至有的机房无人值机，正常业务难以维持。

另一方面，过度下放，导致基本建设失控，盲目上马的许多工程不能及时投产，战线越拉越长。在技术创新方面，层层"大办工厂"、低水平重复研究，开展"大搞载波机运动"。由于没有统一的技术标准，又缺乏可靠的元器件供应，造出来的载波机，技术性能差、质量低劣，能长期使用的极少，造成了巨大浪费。

在调整中形成制造体系

1961年5月，邮电部向中央提出《关于调整邮电体制的请示报告》。同年12月2日，中央对国家经济贸易委员会（简称国家经委）《关于调整企业隶属关系问题的请示报告》批复，同意邮电体制上收，各省、市、区邮电管理局由邮电部和各省、市、区党委、政府双重领导，以邮电部为主；各县（市）邮电局实行省、市、区邮电管理局和县（市）党委、政府的双重领导，以省、市、区邮电管理局为主。

新的管理体制从1962年1月1日起实行。邮电体制收回后，在邮电系统内实行部、省、县三级管理。此后，邮电部先后召开了3次邮电工作会议，进行了持续3年的"纠偏"工作。

在机构紧缩和管理方面，1958—1960年，邮电机构膨胀、人员增加，到1960年年底，职工人数达到43.4万人，比1957年的27.8万增长了56%。根据中央指示精神，邮电部决定，撤销省、自治区、直辖市一批不必要的附属机构，对大市局的职能部门进行合理兼并，对行署机构进行缩编，只保留督促检查的职能。到1962年年底，邮电部门共精简了6.7万余人。同时，按照中共中央制定的《国营工业企业工作条例》的精神，加强了现业局的管理，建立了以"定设备规模和服务水平，定人员和机构，定主要材料工具的消耗额和供应来源，定固定资产和流动资金，定业务指挥调度关系"五定为核心的岗位责任制。1963年制定了《邮电通信企业技术管理若干规定》，具体规定了总工程师的职责和权限。邮电部经过调查研究，总结编写的《县邮电局管理工作手册》正式印发各地，受到基层企业普遍重视和欢迎，大大推进了县局工作。

在基本建设方面，缩短基建战线，削减基建投资，严格按计划办事、按程序施工。226项不符合条件、不符合建设程序的项目停建缓建，集中资金用于重点工程和花钱不多、需时不长的收尾项目。67项重点合规和见效快的项目很快完成，其中66项达到了规定的施工质量标准。

在设备生产方面，对邮电工业按"全面规划、合理布局"的原则进行整顿。1958—1960年，各省、自治区、直辖市的邮电部门开办工厂达295个。这些工厂很多是在企业修机室的基础上搞起来的，生产的产品大多质量低劣、成本也高。1961—1963年，邮电部按照"全面规划、合理布局"的原则，对邮电工业进行了"关停并转"的整顿，邮电部所属的工厂保留了19家技术条件较好、工艺水平较高、产品质量和企业管理较稳定的骨干工厂，加强管理。这些工厂能够批量生产邮政机械、载波设备、电话交换机、电传机、无线收发信机、电源设备、通信电缆、通信仪表等邮电通信所需的主要设备和专用元器件。对于各地自办的295个工厂，根据大行政区范围内不重复生产的原则，在各地保留了20多个生产条件较好的管理局所属工厂。省以下企业所办工厂都改为修机室。

1960年4月，中共中央在批转国家计委关于《各行各业办机械是高速发展机械工业的好办法》的会议纪要中，充分肯定了邮电部门自行生产通信装备的做法，并把邮电部列为小机械工业部门之一。

经过广大员工的努力，特别是1962年以后的积极努力，到1965年邮电事业仍然在曲折中取得了来之不易的成绩。值得欣慰的是，邮电工业在调整、整顿的过程中，兴利除弊、优化整合，形成了部属邮电工业体系。

1962年9月，邮电部正式成立邮电部工业管理局。从此，经风历雨的邮电工业进入了一个正规化、规模化发展时期。

彩虹总在风雨后，坎坷踏平成大道。经过20世纪50年代末60年代初的执着探索和不断优化，到20世纪60年代初，我国通信行业终于在旧中国留下的一张白纸上形成了包括设计施工、科研教育和设备制造在内的完整产业创新体系，奠定了中国通信业持续创新发展的基础，并很快取得了一大批产业创新成果。

为何"授人以鱼不如授人以渔"？因为学会了捕鱼的方法，才有可能有源源不断的鱼。从洋务运动到民国时期，旧中国向国外派送了很多留学生，还买进了很多洋设备，但是，为什么连简单的电话机和人工电话交换台也生产不了？因为没有产业体系。有了产业链、生态圈，才可以衍生出生生不息的创新源泉。

改革开放后，我们为什么能够在引进外国先进通信设备的同时，迅速实施"消化吸收再创新"战略？就是因为新中国成立以来，经过坚韧的努力和艰苦的历练，中国已经形成了完整的产业创新体系，有了消化吸收再创新的能力。中国通信产业体系来之不易、弥足珍贵！

第四章　跋山涉水送电波

　　载波和微波，曾经是全球通信技术创新的制高点。20世纪60年代前后，中国通信人依托一步步成长的产业创新体系，以电缆载波和大容量微波为主攻方向，展开了一次比一次层次更高的干线会战，取得了电信大通路发展的可贵成就，使新中国从无到有创立起来的研发创新体系得到全面磨炼，也留下了许多不该忘却的记忆和经验。

载波微波列为重点

　　在已进入数字宽网时代的今天，模拟载波、微波已经是一代被替代和遗忘的技术。但是，在20世纪50年代前后，它们却是全球通信业瞩目的通信"高科技"。

电缆载波，曾是电信技术制高点

　　载波通信，是运用调制、解调技术，提升传输质量、电路容量和实现不同业务承载的通信传输技术。这项技术最早产生于20世纪30年代，那时人们就在架空明线的两端加设载波机，提高了电线的传输质量，还在一对电线上形成多条电路，使线路的容量成倍增长。20世纪40年代，随着载波技术的进步，一对电信线路的传输容量已增至12条。但是，由于电磁波信号相互干扰，裸露在空中的电线载波容量的增长受到限制。20世纪50年代初，发达国家开始研究通过架设或埋设穿上"铠甲"的对称电缆或同轴电缆，进一步提升传输效率，载波容量已经达到几十路甚至几百路。

新中国成立前，我国通信业在仅有的一些长途通信传输线路上，使用了从英国、美国、德国、日本等国进口的多种单路或3路载波机；在京津和东北的部分线路上加挂对称电缆，开通过5路载波电路。

新中国成立初期，我国先后利用从日本、美国、英国购进的库存载波机和从苏联、匈牙利新引进的载波设备，在新建的长途架空干线网上，开通了大量的3路明线载波电路。20世纪50年代中期，我国不仅引进建设了一些12路载波系统，还自主研发出了12路明线传输载波机并普遍推广，为架空明线网络的传输质量和线路容量的持续增长做出了重要贡献。

然而，当新中国通信业基本掌握了明线载波技术并研发出高质量的架空电路载波机的时候，大容量的微波技术已经成为全球电信传输技术创新新热点。

大容量微波成为新焦点

微波是一种比架空电路建设速度更快、设施也更加牢固的无线传输技术。它是通过建设远距离、面对面的锅形天线，实现远程接力的无线传输技术。

1931年，在英国多佛与法国加莱之间建起了世界上第一条微波通信电路。刚开始，由于微波技术不成熟，传输容量仅有十几路，加之雨衰等因素导致质量不稳定，微波与架空明线相比，性价比优势不明显，所以发展不快。

第二次世界大战结束后，随着电路需求的增长和微波传输容量的不断上升，微波建设速度快、每条电路相对成本低的优势逐步显现，微波创新发展开始加速。1950年9月，美国在纽约与芝加哥之间建成世界第一条民用大容量微波通信系统，可传送480路电话和1路电视节目，由此引发了全球微波热。

旧中国，微波通信是一张白纸。1956年，正在筹建的邮电部邮电科学研究院组建了无线研究室——二室，开始了微波设备的研究工作。1957年引进了一套24路微波传输设备；11月，在北京至保定间开通了我国第一条24路微波通信线路。

由于建设微波站比建设架空明线速度快很多，随着传输容量的上升，每条电路的平均造价又比架空明线低很多，尤其是在综合传输电视信号方面有优势，因此，微波很快成为中国通信创新发展追逐的一个前沿焦点技术。

技术路线的战略抉择

1957年，就在邮电部邮电科学研究院正式成立，中国通信科技人员在党中央"向现代科学进军"的号召下，按照《十二年邮电科研长远计划》，踏上追赶世界通信技术征程的时候，中国电信技术创新又赶上了一个国际合作的机遇。1957年，世界社会主义国家邮电合作组织在莫斯科成立，开启通信技术国际合作的空间。

邮电合作组织成立的宗旨是加强社会主义国家间的邮电通信联系、科学技术合作和新技术研究，统一邮电技术标准和业务规范。该组织成立时还决定此后每年组织一次社会主义国家邮电研究院院长会议。这个机制的建立，无疑给起步追赶的中国通信科技界带来了一个开展国际合作的难得机遇和途径。

1957年12月，社会主义国家邮电合作组织成立暨首次邮电部部长会议在莫斯科举行。中国政府非常重视，邮电部部长率团全程参加了这次会议。邮电部设计院院长、研究院院长等一批专家也参加了会议及参访活动。会议前后，代表团不仅了解了各社会主义国家通信发展和技术进步的概况，而且分别访问了苏联的邮电研究院和邮电设计院，深入掌握了苏联通信业前沿科技的进展情况。

访问归来，对照1956年制定的《十二年邮电科研长远计划》以及与各国交流中了解到的全球通信技术创新信息，邮电部在综合分析了内外条件后，形成了以载波、微波为突破口，加快我国通信科技创新发展的战略思路。

当时，邮电部作出这一战略决策主要考虑了以下因素：根据邮电研究院情报室的信息，那时全球通信技术前沿创新主要集中在长途自动系统、纵横制交换机、载波、微波及电报传真机等领域。

在电报传真机等终端技术方面，研究院前期筹备组一成立就开始了中文电传机的自主研发并取得了成功。用户传真机研究和世界发达国家也处在同一起跑线上，已具备自主创新的能力。

在长途自动交换系统和纵横制交换技术方面，那时苏联和东欧国家也刚刚起步。在电话交换机方面，苏联能支援中国的技术是已经开始落伍的步进制技术，而且此前在156项援建项目中已经包含了电子738厂引进的步进制交换机生产线项目；在正在兴起纵横制交换机和长途自动网方面，苏联当时还正在跟踪研究爱立信等企业的动向，他们在长途自动网创新方面，仅仅写出了一个《长途自动化技术体制的研究》文件，处在沙盘推演阶段。

当时帝国主义国家正在对中国实施严格的技术封锁，即使通过外交努力和特殊渠道去购买西方的通信设备进行研究，对方开出的天价，中国也无力承受。研究院成立之初，曾考虑向法国购买一台600路微波设备以便解剖研究，结果一询价，对方提出：一个高频机架就要90万美元。而1957年国家给邮电研究院一年的总经费仅有245.5万元人民币。按当年2.46的汇率计算，研究院全院一年的总经费仅够购买一个高频机架。显然，当时中国的追赶不可能奢望西方，只可能向苏联、东欧借力。

相对来看，在全球正在加快创新步伐的电缆载波和大容量微波领域，苏联已经有了24路的载波、微波产品，正在开发60路载波微波机。当时苏联、东欧各国对中国很友好，愿意向中国提供资料、样机和配件。而对于"全国一盘棋"的中国，这方面的持续增长也是刚需，显然从这方面入手是一个可行的切入口。

载波和微波又是一对姐妹技术。我国是一个贫铜国家，发展微波是一个"短、平、快"的捷径；而微波增容和适配业务必须通过大容量载波技术来支撑，所以，要突破，必须双突破。

正是基于以上分析，邮电部在认真听取专家意见的基础上作出决定，把电缆载波和大容量微波的研发，作为我国电信科技追赶的突破口。

双双突破"60路"

无论是电缆载波，还是大容量微波；无论是东方国家的技术制式，还是西方主导的国际标准体系，都把60路作为大容量载波、微波技术的起增点，因此，从1958年开始，邮电部首先瞄准60路载波、微波，吹响了科技创新冲锋号。

设备研制，相继突破

邮电部的创新路线确定后，邮电科学研究院载波研究室（第一研究室，简称一室）和微波研究室（第二研究室，简称二室），以及相关的工厂和设计施工部门，立即根据分工展开了相关研究工作。

邮电科学研究院一室一成立就致力于载波技术研究。1957年，一室研制出了单路、3路载波机；紧接着在一大批专家和技术人员的共同努力下，以上海邮电器材一厂（后称519厂）的312-1型载波机为基础，完成了我国第一部定型的国产12路312-4载波机，并得到广泛推广，为架空明线网络传输质量和容量的提升作出了重要贡献。这项成果成了研究院建院后的第一个获奖项目。因此，邮电部指定60路电缆载波系统由研究院一室和上海邮电器材一厂共同负责。

60路电缆载波系统比12路载波机的技术难度增加了一个数量级，需要攻关的大课题就有载波系统、三遥系统、电平自动调测系统和线路放大器、滤波器等多个项目。作为关键的载波系统又包括晶体主振器、谐波发生器、分频器和载波放大器等。其中，低频晶体主振器要求频率稳定度达到2×10^{-6}/月，又必须从晶体、振荡电路和恒温器3个方面着手研究。研究院一室科研人员首先根据理论研究，确定晶体的切型、尺寸和工艺处理程序；接着在分析的基础上，设计了适合弯曲振动的低频晶体桥式电路；随后，对恒温控制电路恒温槽进行设计、加工和反复试验，提出了恒温槽的结构设计和工艺规范。最后，经过长达半年多的稳定观察，低频晶体振荡器终于达到了优于1×10^{-6}/月的稳定度。

经过千辛万苦，1958年年底，研究院终于成功研制出了60路电缆载波骨干样机，交由上海邮电器材一厂开始生产实验设备。1959年，研究院一室又配合该厂，解决了生产过程中提出的各种技术问题。双方紧密配合，终于在1960年年中，生产出了第一批60路载波设备。

60路微波设备是由研究院二室为主研发，由邮电部北京邮电器材厂（后称506厂）制造的。研究院的微波设备研究起步较早。研究院创建之初就判断，无线通信的增长点是微波通信，所以负责无线技术研究的二室，一起步就把微波作为主攻方向。

1956年，研究院二室就开始对从东德购买的24路电话微波机和黑白电视传送微波机及天馈线系统展开仿制研究。但是，因为国内买不到相关部件，通过有关渠道找到东德生产厂询购时，发现这种设备东德已经不生产了，提供不出所需部件。于是研究室只好从配件开始仿制，结果直到1958年年初，仍然没有取得进展。科研人员上班，主要还是翻看外国书籍和产品说明书，大家心里焦急万分。

一位年轻科研人员根据当时中央倡导的"破除迷信，解放思想"的精神，提出一个大胆的想法：放弃仿制东德已经淘汰的落后设备，干脆以国际上已使用的、4000兆赫用波导系统的、参考距离为2500公里的960路干线微波机为目标，从基础理论和器件入手展开研究。大胆的创新得到了方方面面的大力支持。于是，研究院的微波研究又从先进波导管的自主研发开始一点点起步了。试验工厂成立了器件制作青年突击队，主攻器件制造工艺；北京邮电学院做了噪声计算推导。在大家的支持下，不久，研究院二室的研究人员设计了波导测量线（槽线）和速调管电源、波导滤波器、中频放大器、喇叭抛物面天线和极化分离器等天馈线系统、行波管放大器和电源……

1958年，在邮电部确定中国以苏联"春天牌"240路微波机为基础展开大容量微波创新后，研究院二室就对照院情报室找到了一本苏联"春天牌"240路微波机使用说明书，按照苏联"春天牌"微波机的尺寸和器件规格，开始做总体设计。接着，他们开出了需要购买的配套元器件清单，利用第一次社会主义国家邮电研究院院长会议的机会，从苏联采购到了一批部件。

1960年年初，从苏联订购的"春天牌"微波机到京。不久，苏联专家柯罗里又带着十几本"春天牌"微波机的技术设计说明书来到研究院。当他见到研究院二室前期的研发成果时，当即表示惊奇和满意。看到二室还缺少中频扫频仪，柯罗里马上给他在莫斯科的实验室打电话，把他们正用着的一台扫频仪打包运了过来。

大容量微波的串杂音测试仪，技术指标要求很高。其中带阻滤波器要求阻带80dB以上即泄漏信号要小于一亿分之一，制作难度很大，研究院二室找到一室请求协助。一室积极配合，很快就做了出来。柯罗里看了实验数据后连连称赞。

就这样，半年多时间，所有机架、仪表都做了出来，具备了生产实验样机的条件。

与此同时，在苏联专家指导下，邮电部设计院和北京邮电器材厂按照苏联P-60微波设备图纸，制出了2GHz比路微波机，由此拉开了微波设备制造的序幕。

1960年年中，在苏联专家的指导下，我国科技人员研发生产的60路微波设备，具备了安装试用的条件。

上网实验，遇难搁浅

在研发战线紧锣密鼓展开设备攻关的同时，设计院展开了干线建设的前期设计工作。一开始准备以北京电报大楼为中心，一次修建"一纵一横"两条干线大通路。"一纵"是北京到武汉的京汉长途高频对称电缆工程；"一横"是从沈阳经天津、北京到太原、西安的大容量微波干线。后来，通过实地勘察和测算，建议纵向先在北京至石家庄间建个试验段，横向先建北京至天津这一段，得到批准后，这两个试验工程分别命名为"101"和"201"工程。

然而，当邮电部设计院牵头展开工程后，却遭遇到重大变化和困难：一是苏联专家相继撤回。先是来研究院的苏联专家柯罗里于1960年年底回国后，约定的接替专家再没派来；不久，派到设计院的苏联专家在工程进行到一半，面临一大堆问题的情况下就奉命撤离了。二是等地下电缆铺好、微波天线架起，由上海邮电器材厂和北京邮电器材厂根据科研样机生产的设备安装好后，两个试验段都出现了"横竖"调不通电路的严重情况。

为了解决纵向的电缆载波系统开通问题，设计院组织国内专家开了3次研讨会，也没能解决电缆平衡的问题，只好撤人回院；横向的微波天线和设备安装好后，因电路时通时断，传送的电视画面时隐时现很不稳定，不知该如何调测，不久也被迫停了下来。

消息传回邮电部，基建总局局长得知"101""201"工程"出师不顺、横竖不通"的情况后，直奔工地现场查看，发现情况确实严重。那年正赶上华北地区雨水多，电缆沿线灾情严重，不仅电路调不通，而且埋到地下的无人增音站也被水淹了，亟须抽水、撤出、烘干。因为调不通电路，微波工地新到的设备堆在机房，无人开箱验收，一问才知道是安装调测人员对设备已经失去信心。基建总局局长向邮电部领导做了汇报，并提出了建立工程指挥部，组织各部门协同攻关的建议。

1960年11月2日，邮电部在机关召开专题会议，除部党组全体成员外，设计院、研究院、工业局、工程公司、物资局等部门主要领导都参加了会议。

邮电部党组书记指出："101""201"工程已经耗费几千万元，至今没能通话。为加强领导，邮电部决定成立101/201工程指挥部。

党组专题会一结束，工程指挥部召开领导成员会议，一起分析了工程存在的问题，商讨解决办法，并决定针对存在的主要问题，组建3个大队：一大队负责电缆的修复和平衡；二大队负责载波设备的攻关和改善；三大队负责微波设备的攻关和改善。同时明确载波工程由研究院牵头，微波工程由设计院牵头。强调研究院、设计院与工业制造企业要密切配合、合作攻关。

鏖战三年，双获突破

总指挥部一声令下，通信建设公司的施工人员立即冒着寒风奔赴工地，抽干积水，把无人增音站一个个抬出、烘干，并给电缆充气排湿，改进增音站穴的防水功能，然后把电缆设施一一复装到位，为研究院调测人员的进驻做好前期准备。

一室对60路载波设备进行了复测，肯定了上海邮电器材一厂生产的设备的单项功能是符合设计要求的，同时也提出了一些完善意见。上海邮电器材一厂又结合现场检测中发现的问题，展开了二型实验设备的改进。

研究院一室在全面了解了前期设备检测结果和工程调测所遇问题后，提出"101"工程相关的设备和电缆的技术指标单项测试基本符合要求，上线后却调不通、通不好，可能是载波频率和电缆平衡的协同存在问题。基于这个分析，一室提出"建立总体组，加强系统优化"的意见，从全系统的角度来统筹优化各单元设备的指标配置。这个意见，对于60路载波系统的技术突破和后来我国载波技术的持续进步起了关键的作用。

很快，工程指挥部一大队在北京建立了"03电缆试验场"，结合京石段电缆，展开了数百次调测试验，积累了上万个数据，并用数理统计、概率论和线性代数等现代数学和统计学方法，对数据进行系统分析，优选出在高频对称电缆中选择交叉的最佳算法——特种平衡法，减少了高频电缆中系统性耦合不佳造成两条电缆之间串音的问题。1963年年底，又计算出了高频电缆制造长度和增音段电气标准，推导出了电缆内噪声功率值，根本解决了电缆系统的动态平衡问题。接着，一、二大队应用科研成果展开了"101"工程京石段的全线复测平衡工作。那段时间，正赶上国家经济困难时期，工地生活条件非常艰苦。

就这样一连奋斗了3年多，科技人员硬是凭着科学精神和奋斗精神，一点点摸清了电缆载波系统优化规律，一段段克服困难顽强推进检测调整工作，终于在1964年年初全线调通了"101"工程。

为了攻克微波调测难题，由设计院、研究院和北京邮电器材厂领导组成的三大队研究决定，成立技术组开展攻关。技术组接到任务后，先在厂内进行对测和环测，再利用过去的经验和仪表条件，提出了现场测试方案。然后带了一台吸收式频率计开始一站一站分段调测。因为设备不稳，常常在上一站调好后，乘火车赶到下一站时，上一站的频率早就跑掉了，只好回来再调、再测；从第一站到最后一站，来回跑了8次，竟然没能全程调通过一次。技术组不气不馁，经过反复测试对比，终于发现微波衰落和全电路杂音主要集中在杨村和天津间。找到原因后，他们调整了杨村万庄的反射性天线的下镜装置，化解了主要障碍点的问题。接着他们又购买了一台不停电燃油发电机，解决了电压不稳、沿线漏电导致的信号波动问题。在实测中发现的带通滤波器问题，经过研究院技术专家逐节调测修整，装上后也顺利地过了关。

邮电部门以往没有用通信线路传送过电视节目，对我国电视的规程指标不熟悉。电路打通后，三大队就请电视台的工程师来现场考察提要求。他们查看了微波机器和测试数据，认为技术上完全可以满足。于是，双方就决定每天深夜，在电视台节目停播后合作调试，调试了几次终于打通了节目通道。接着，双方配合在正常广播时间试传节目。当天津群众坐在电视机前看到从北京传来的样板戏演出直播、中国乒乓球队大获全胜的现场转播，特别是国庆15周年天安门广场游行实况后，都很开心，纷纷给电视台写信，称赞国家的进步。之后双方又联手做了一次反向试验，在天津特别组织了一场晚会，邀请著名演员登台演出，画面通过微波传到北京，同样引起热烈反响，受到群众称赞。

不久，北京电视台就找邮电部商量，希望将微波作为电视节目传送的主要手段，电信总局积极响应并很快研究推出了此项业务，从此就开始通过60路微波试传黑白电视节目。试播当天，三大队又做了电视传送和电话电路的同步试验，测试结果都能达到标准，两地的话务员也都反映很好。

就这样，经过近4年的协同会战，60路载波、微波工程终于打通电路，通过了初验。

发起600路大会战

20世纪60年代中期，在"大庆油田"和"两弹一星"会战精神的鼓舞下，邮电科研建设战线在"双60路成果"经验基础上，乘胜前进，展开了以600路载波、微波为主攻目标的"6401工程"大会战。

"6401工程"起宏图

1963年年底，101/201工程指挥部向邮电部汇报了60路载波、微波工程胜利在望的喜讯。在即将召开的全国邮电工作会议前夕，组织全体代表到电报大楼观摩"双60路成果"和电视转播实况。

1964年1月，全国邮电工作会议开幕前，邮电部首先组织各地邮电管理局局长观摩了"双60路成果"汇展，还特别邀请了一批担任过邮电部领导、后任通信兵部和四机部领导的军委三局老同志出席了观摩活动。

一向低调的邮电部，为何如此高调地组织这次"双60路成果"观摩活动？因为，当时他们正在酝酿一个目标更高、规模更大，需要各方参与的大会战。

那段时间，邮电部经过分析看到：一方面，随着国民经济恢复，社会对通信需求增长很快；另一方面，经过后期会战，邮电科研建设单位不仅掌握了60路载波、微波技术，而且积累了经验，具备了冲击更大容量载波、微波的技术实力。邮电部认为，尽管当时帝国主义的封锁没有解除、苏联的外援也已不存在，但经过新中国成立后的持续努力，我国电子产业基础已经形成，国内配套能力大大增强，如果联合邮电部内外，特别是四机部和清华大学等国内一流产学研单位的参与，完全可以向更高层次、更大容量的载波、微波技术高峰发起新的冲刺。

观摩活动成功举办，邮电部上上下下受到了很大的鼓舞，也增强了邮电部组织会战的信心。1964年1月14日，全国邮电工作会议开幕，经会议讨论形成了《关于邮电工业组织大会战规划的初步意见》。1月26日，作为把学习石油大会战精神贯彻到实际工作中的具体举措，邮电部制定了《关于夺取600路微波通信新技术的会战计划》，明确提出会战内容：研制成600路微波全套中继通信设备、载波电话终端设备和配套测试仪表，建成600路三波束（一个波束能通600路电话、一个波束能通电视节目、一个波束作备用）试验段，保证通信可靠地进行，并相应做好工厂投产的准备工作，可以进行批量生产。会战进度为：600路微波全套设备和电路建设从1964年开始，到1967年完成。

1月29日，邮电部正式向国务院有关部门上报了组织以600路微波为目标的新的微波载波会战计划，并起名"6401工程"，意思是1964年邮电部的1号工程。

1964年2月初，国家正式批准了邮电部《关于夺取600路微波通信新技术的会战计划》。一场以600路微波为主攻目标的微波载波创新战役由此拉开。

"会战"归来抓"会战"

1964年2月8日，邮电部决定成立"6401工程"总指挥部，开展"夺取双600路的6401大会战"。

组织工程会战是我国20世纪50年代末60年代初形成的一种产、学、研、用相结合的创新工作方式。双600路创新工程有以下几点重要部署：

一是借鉴"两弹一星"的科学精神，明确科技创新的主战单位和主要技术负责人，明确邮电部研究院为600路创新主战单位。

二是模仿"两弹一星"会战指挥保障体系，建立了作风务实的"600路会战"组织协调班子。

三是按"半军事化"方式，明确各参战单位的职责分工。从会战一开始就采用组建半军事化的创新大队的建制，明确各部门的职责。战役期间陆续组建了10个职责明确的大队：一大队为研究院一室，主要负责600路微波载波终端设备的研制工作；二大队为研究院二室，主要负责600路微波设备的研制工作；三大队为519厂，负责600路微波载波终端设备的试制生产工作；四大队为西安邮电器材厂（503厂），负责600路微波设备的试制生产工作；五大队为北京邮电器材厂，负责行波管、速调管等电真空器件的研制生产工作；六大队由研究院一室、二室抽调的和各省市选派的技术人员组成，主要负责微波、载波和长途自动化的中间试验工作；七大队为研究院三室，负责数传、中文译码机等的研制工作；八大队为研究院四室，主要负责晶体、铁氧体和半导体管的研制生产工作；九大队为长春邮电器材厂，负责长途自动化设备的研制工作；十大队为北京邮电学院，负责数据传输设备的研制。由于组织到位，很快将几百项相关创新课题和任务一一落到实处。

四是吸取"60路攻关"中合作滞后造成曲折的经验，将科研、制造的合作大幅度前移，从一开始就明确研发和制造的对口合作关系，双方交叉介入、全程紧密互动。为促进载波科研和制造的结合，从一开始就让负责设备研制的一大队和负责设备试制的三大队的领导交叉任职。

1964年8月，北部湾战事爆发，中美关系再度被拖入战争边缘，加之中苏分歧和矛盾日深，党中央从备战考虑，作出推动"三线建设"的战略决策。为落实中央决定，邮电部于1964年9月9日向中央提出，将电信技术研究和设备制造工厂配套西移"三线"：研究院二室迁往西安，一室和六室（电缆）迁往成都地区；将生产制造微波设备的主力企业北京506厂和制造载波设备的主力企业519厂都一分为二，分别迁往西安和四川。11月2日，该决策得到国家计委、国家经委的批复。

为了集中使用搬迁经费、适应"6401工程"急需，邮电部决定首先集中财力，将主攻微波研发制造资源迅速向西安集结，同步安排506厂承担大容量微波机生产的设备和人员迁往西安组建503厂；安排研究院二室一并迁往西安，组建主攻微波通信的邮电部第四研究所。同时，明确设在西安的邮电部通信建设二公司将业务重点转向微波设备安装。1966年1月，又在西安组建了主攻干线和微波工程设计的部设计院西安分院。很快，一个便于"短传配合"的微波研究、制造、设计和施工的完整体系在西安形成了。

1965年，邮电部又决定把研究院一室和519厂电缆载波机的制造力量一起迁到距离成都90公里的眉山县，组成505厂。此前，研究院六室（电缆通信研究所）与成都电缆厂（515厂）已经在成都形成了同城配套的格局。到1969年，在成都地区就形成了一个相距不到100公里的电缆、载波研发和制造的创新产业圈。

由于科研领先、组织有力、任务落实、合作前移，"6401工程"科研攻关迅速展开。

1964年，研究院仅载波滤波器一个课题就测试了约2.7万个数据，完成了约4万次计算，突破了"6401工程"的23个技术难点。

1965年1月7日，"6401工程"总指挥部组织鉴定组对一、三大队研制的600路微波用载波电话终端设备骨干机进行了鉴定，认为：该样机系统制式基本合理，电器性能和结构工艺基本良好，可以据此试制600路微波用载波电话终端机样机。

同年12月21日，519厂试制成功600路微波用载波电话终端机生产样机，并通过了邮电部鉴定，结论是：质量优良，电器性能符合要求，可以提供京津试验段进行电路试验。

1966年2月11日,"6401工程"前线指挥部组织部内外17家单位,对由武汉邮电器材厂、二大队、通信兵部、北京电机厂、北京自动化研究所共同研制的600路微波用不停电电源设备进行了鉴定。测试结果为:设备的电器性能全部达到原定设计指标要求,可以满足市电和柴油发电机发电相互转换时,微波机仍能正常工作的需要。同日,"6401工程"总指挥部和前线指挥部组织部内外有关单位,在503厂对该厂试制的600路微波中继通信设备进行了出厂鉴定,结论是:这套600路微波中继通信设备和配套仪表主要指标达到设计要求,性能基本稳定,可以提供电路试验,继续进行考验,微波收发信机可以进行生产。600路微波中继通信设备于1966年一季度完成。

在此期间,很多参加了600路微波工程协同会战的单位捷报频传,仅四机部就解决了110项关键器件,冶金部配合拉制出合格的行波管,清华大学、中国科学院电子所和四机部十二所等单位派出专家解决了行波管试制中的问题,上海电子仪器厂帮助解决了制作软波导的技术关键。

靠会战规避大干扰

就在"6401工程"在指挥部科学严密的组织下高歌猛进的时候,"文化大革命"开始了。

1966年6月4日,作为全国通信枢纽的北京长途电信局电报大楼,贴出了全国邮电系统第一张"大字报"。一夜之间,电报大楼便成立了三四十个群众"造反"组织,随后分为两派,相互争夺领导权和通信指挥权,很快又冲击到一墙之隔的邮电部机关。到1967年年初,北京电报大楼已不能正常工作。

为保障通信安全,邮电部报请中共中央和国务院批准,于1967年4月8

日对北京电报大楼实施军管，一度对稳定局势起了一些作用。由此，1967年8月，中共中央、国务院、中央军委决定对邮电部实行军管。"6401工程"攻关会战的正常科技工作因"文化大革命"受到了很大干扰。

关键时刻，"6401工程"总指挥部第一副总指挥挺身而出，在一次会议上大声疾呼：抓革命，也要促生产，科技攻关会战不能停！邮电部的军管干部是来自通信兵部队的内行，对于通信的重要性有着很深的认识。于是，1967年12月25日，邮电部军管会向国务院提交了《关于600路微波会战工作的请示报告》，提出参加会战的电路试验人员以正面教育为主，不回原单位参加运动。这个报告得到了中央领导的批准，从而在一定程度上规避了干扰，保证了会战试验继续推进。

1966年年初，4000兆赫频段600路电子管微波通信设备通过邮电部鉴定，并安装到"北京—天津"和"北京—太原"段试验运行。在此基础上，邮电部革委会又批准建设更长距离微波电路。1969年，将"北京—太原"600路微波线路延伸至西安，代号为"202"的"京—太—西"600路微波工程顺利竣工。此后，邮电部又陆续建设了"襄樊—广州""西安—成都""重庆—南宁""贵阳—昆明"等几条600路微波干线。

600路微波通信系统的成功研制，使中国微波通信技术与当时国际水平的差距缩短到10年左右。

风雨难阻大通路

"文化大革命"期间，在周恩来十多次重要批示的督促和指导下，大通路会战顶风傲霜、顽强前行，最终取得了960路微波覆盖全国20多个省市、1800路中同轴载波系统实现突破的重要成果。

连夜谋划克冰凌

1969年1月底，一场罕见的暴雪、冻雨天气席卷全国。广西气象台站资料显示：1月27日，当地气温为22.9摄氏度，风和日丽；而后冷空气开始南下，至30日，当地气温骤降至零下2.9摄氏度。暴雪、冻雨产生的冰凌挂满架空明线杆路，不堪重负的杆线被成批压垮，有些路段被冰凌压倒线路长达几十公里。

随后，灾害不断蔓延，致使北京通往东北、华东、中南、西南、西北地区的通信线路部分中断，修复线路、恢复通信工作短则十几小时，长则两三天。这场严重的自然灾害造成大半个中国长途通信相继瘫痪，暴露了邮电通信技术、设施落后的问题。

1969年1月28日晚，邮电部军管会将《关于因冻雨中断有线通信，拟开放无线通信的请示报告》递交国务院。周恩来于29日凌晨3时批示：同意。当天下午，周恩来同两位副总理及计委主任，一起听取了邮电部关于冰冻对长途通信影响情况的汇报。

当天晚上，周恩来又约见了气象、铁道、邮电部门的负责同志。邮电部副部长和军管会副主任向周恩来汇报了冰冻对通信线路的破坏和修复情况。

当邮电部副部长讲到我国的长途通信目前仍然主要依靠明线传输，易受气候、外力等因素影响后，周恩来指出，这种现象是传统的保守、严重的落后。当前最重要的是要通过先进通信技术和设施改变落后面貌，回去抓紧做个改变面貌的建设计划。当得知因担心微波泄密而停开微波话路时，周恩来指示，微波通信失密到什么程度，在多大范围内可以保密，要进行测试，拿出数据来，不要轻易否定微波通信。他指示邮电部立即组织技术力量，并请空军、海军方面的协助，对微波通信在陆地、海上和空中的保密问题进行了测试。

2月7日，周恩来又在有关文件上指示：要加快干线电缆和微波的建设，从1969年就开始，头一年可以建得小一点，就是倒宝塔式的。

3月3日，邮电部军管会向国务院递交《关于通信建设五年规划的报告》，周恩来又在报告上批示：五年内用电缆和微波联通二十九个省市。当月，国家计委批复了研制960路微波设备和1800路中同轴电缆载波系统的计划。

风雨中坚守两波科研

然而，就在邮电部革委会按照周恩来的指示、批示，谋划研发建设960路微波和1800路中同轴电缆载波"电信大通路"的时候，邮电部却遭遇了磨难。

1969年6月，国务院和中央军委通知撤销邮电部，分别成立中华人民共和国邮政总局和中华人民共和国电信总局，从上到下实行邮电分设。邮政总局属国务院领导，由铁道、交通、邮政合并后的交通部管理；电信总局由军委总参通信兵部管理。

1969年12月31日，邮电部正式撤销。1970年1月1日，新组建的、通信兵部主管的中华人民共和国电信总局启用新印章。

这样的调整打乱了1962年后恢复起来的邮电体制，电信领域出现了从上到下更加分散多头的混乱状况。北京长途电信局直属电信总局领导，北京市内电话局改称北京市电信局，实行以北京卫戍区为主、北京市革命委员会为辅的双重领导。各省、地、县级行政区的电信工作分别划归各省军区、地区军分区和县人武部领导。原来全国统一的电信系统，变成了几个层次不同的多头领导，组织体系、规章制度、指挥调度秩序完全打乱。

在这种巨大变迁中，原邮电部直属的科研、设计、施工、教育、工业及其他直属单位一次次受到冲击，有的被划转，有的被解散。1969年3月，邮电科学研究院所属研究室、研究所分别下放到对口的工厂、企业；5月7日，研究院本部625名干部被下放到湖北"五七"干校；1970年1月1日，研究院总部所剩机构和人员，又接到命令全部迁到山西侯马。

1969年10月25日，驻设计院军代表突然宣布，根据上级指示，决定撤销邮电部设计院及其西安分院，所有干部和技术人员连同家属，一起迁往郑州，一周之内全部搬完。

研究院、设计院两个龙头单位的撤销，彻底动摇了电信的创新发展体系。幸亏，周恩来亲自布置通信"大动脉"建设的任务，给了电信建设战线一个保留下来的理由和机遇。

1970年1月，通信兵部所属的电信总局立即把落实周恩来建设通信大通路的指示作为重中之重的工作来抓。2月，通信兵部下达了"研究院机关总部迁回北京创立电信总局电信科学研究院"的命令。于是，刚撤销一个月的研究院机关又在北京开始筹备恢复。一年后，下放到工厂的10个科研机构，重新划归研究院领导。

1971年，是我国第四个五年计划的第一年。电信研究院抓住以电缆、载波、微波为重点的11个大项、49个分项的科研项目，很快展开了工作。一年多时间，就在前期研究的基础上，研制出13种样机，提出了12项总体方案，其中最重要的就是960路微波载波系统和1800路中同轴电缆载波系统。

电信建设离不开勘察设计。微波和电缆大通路发展，很快辐射到设计战线，把刚迁到郑州的设计院的业务工作也带动了起来。当时，匆忙撤到郑州的原设计院人员及家属都临时借住在一个停课的学院里，几十户员工家属挤住在一个大体育馆里，生活艰难。

正在这时，干线建设规划的任务来了。1970年3月27日，电信总局下达了筹建"勘察设计施工研究所"，展开工程设计和施工科研的任务。筹备领导小组很快重新聚集了原设计院的96名设计人员。随着电缆、微波、载波、专案、电源、档案6个设计组的组建，人员很快又扩大到200人。

1971年11月，经周恩来批准，要在半年内将京津地区明线改为地下电缆，工程任务一下加大，电总建设指挥部又决定从干校撤回原设计院部分人员，加强设计力量；随着设计工作的展开，1972年2月，"研究所"又名正言顺地改回了"设计所"。随着"四五"计划的实施，电信科研和建设工作顶风冒雨、逐步恢复，很快又动了起来。

960 路微波翻山越岭

1969年年中，大通路战役首先从取得"6401工程"会战胜利不久的微波战线展开。

由于600路微波设备不能满足传输彩色电视的要求，"6401工程"会战后期，第二、第四大队就开始酝酿研制更大容量微波系统，不久就决定放弃电子管改用晶体管，研发960路微波技术。

1970年1月14日，电信总局发出了《研制4000兆赫960路晶体管微波中继设备的通知》，要求中继站实现无人值守和天线小型化，并计划利用该通信系统建设代号为"211工程"的京沪杭国家微波通信干线。

国务院批准960路微波研发建设任务后，研究院立即带队来到微波科研制造力量聚集的西安现场调研，形成了攻关方案。

1970年8月29日，电信总局决定成立960路微波攻关会战连，代号为"708-1工程会战连"。9月10日，参战的电信总局504厂（原邮电部第四研究所）6人、电信总局506厂5人、电信总局516厂（后改为电信总局535厂）2人、电信科学研究院1人，集中到503厂展开攻关。

经过日以继夜的紧张奋战，技术攻关很快取得突破。1970年12月10日，电信总局在北京召开会议，对电信总局503厂和506厂各自试制的样机进行了鉴定，同时审定通过了《4000兆赫960路电话/彩色电视微波中继通信体制》。研发工作取得初步成果后，很快就转入设备生产。

在960路微波研发工作展开的同时，微波通信干线建设的设计人员就开始了微波站选址工作。设备还没鉴定，初步设计和站址土建就陆续展开。

1971年，随着设备研发成功，全长1942.8公里的京沪杭微波干线工程正式启动；1972年1月19日，京沪杭模拟微波电路全线试通；2月10日，试开国际报话业务；5月，上海电视台利用微波试转中央电视台的黑白电视节目；1973年5月26日，上海电视台试转中央电视台彩色电视节目。

1973年6月，根据国内外形势的发展变化，在周恩来的推动下，中央决定恢复邮电部。9月3日，周恩来在听取邮电部工作汇报后，对中国微波通信网建设又作了十分重要的指示，要发挥地方积极性，克服一切困难，加速微波和电缆建设，尽快开通京沪杭、京成渝、京汉广三条微波干线。为贯彻落实周恩来的"九三指示"，邮电部采取一系列措施，对通信建设做出了全面部署。

为加强领导，刚刚恢复的邮电部成立了微波领导小组，成员有部电信总局、基建局、科技局、工业局、物资局等相关领导，并成立微波办公室作为领导小组的办事机构。微波办公室设在基本建设局，办公室工作人员均为科研、设计、工厂、施工等单位和部内相关局抽调的精兵强将。

1973年9月6日，邮电部在北京召开微波工作会议。京沪杭、京成渝、京汉广三条微波干线沿线的各省、市邮电管理局，微波科研、设计、工厂、施工及物资供应单位相关负责人参加了会议。会议传达了周恩来的重要指示，对贯彻落实这一指示提出了要求，并对微波建设进行了具体部署。

针对前期微波研发建设中存在的技术和质量问题，微波领导小组作了专题报告，提出了"整治、续建、配套、改造"的任务，进一步严格了微波干线"四通"（通电视、电话、电报、传真）、"一稳"（稳定工作)的投产使用要求。

邮电部微波工作会议精神迅速下达到各地，各级领导都十分重视。生产微波设备的503厂和506厂，生产微波终端载波设备的522厂、524厂、528厂，生产电源设备的535厂，都动员起来，把设备整治放在各项工作的首位。很快在Ⅰ型机的基础上，展开了4000兆赫960路微波Ⅱ型机的研制。1974年12月4日，503厂试制的960路微波Ⅱ型机设备单机通过邮电部鉴定；12月25日，506厂试制的960路微波收发信机和联络架通过邮电部鉴定。

1977年1月29日—2月9日，由中国科学院院长方毅为主任委员，国家计委、邮电部、四机部、中央广播事业局等单位的领导任副主任委员的国家鉴定委员会，对960路微波Ⅱ型机进行了国家鉴定，结论是：该系统达到了国际上同类设备的先进水平。

随后，960路微波建设翻山越岭全面铺开。至1978年，北京微波站已向全国26个省会城市传送彩色电视节目；各省台的电视新闻也由微波电路回传到中央台供《新闻联播》选用。

在此之前，还全面开放了报纸大样微波传真业务，使报纸实现了异地印刷，全国大部分地区看到了当日出版的《人民日报》。

1800 路电缆载波扎实推进

早在60路电缆载波突破后，下一步电缆载波如何发展的课题就被提了出来。但当时考虑，电缆载波容量要继续提高，传输载体必须转为同轴电缆，需要大量使用铜材，而中国作为一个贫铜国家，面临资源瓶颈；所以，邮电部把"6401工程"会战的主攻目标定在了600路微波，而600路载波仅作为微波业务落地的配套技术。

1969年年初发生大冰凌压垮架空电路的事故后，邮电部制订了大通路建设规划，包括微波大通路和电缆载波大通路两个方面。

接到研发大通路电缆载波的指示后，1969年7月，研究院立即召开了相关工程人员参加的大通路载波总体方案研讨会，决定在60路电缆载波和600路微波载波技术积累的基础上，一步到位研发中同轴1800路电缆载波系统。9月开始，又在极其困难的情况下举办了3个月的1800路中同轴载波会战学习班。

当时研究院电缆载波技术的研究环境受"文化大革命"影响严重。一批老专家去了"五七"干校；一批新中国培养起来的主要载波专家，1965年根据"大三线"建设规划已迁往距离成都90公里的眉山，到达后还没等组建好原定的载波研究所（五所），就受当时政治气候的影响，被并进了同期搬到眉山的505厂（原519厂一部），成了505厂的一个研发车间。

然而，原研究院一室的载波研究人员不在乎研究室的机构级别，利用与制造企业连为一体的条件，以扎扎实实的作风展开了对中同轴载波系统的深入研究。在1969年年初国务院批准1800路攻关计划时，他们实际上已经取得了一批研究成果。同年9月，中同轴1800路载波通信系统主设备样机就试制成功。

1800路载波通信系统使用的同轴电缆通常称"中同轴"，每个同轴管内导体直径为2.6毫米，外导体铜管的直径为9.5毫米。一套1800系统需要一根同轴电缆中的两个同轴管，分别供两个方向传输之用，即一管发送、一管接收。该系统一次直达通信的最长距离为1500公里，最多可允许4次音频转接，若将5个转接段连通运用，最长通信距离可达7500公里。整个系统包括终端机、增音机、远供电源等配套设备。除了电话通信外，还可以用来传送电报、传真、广播、数据和电视节目，可供国内通信网的重要干线使用。

为了验证科研成果，1969年12月8日，邮电部决定先在北京到天津之间建设一个代号为"210-9"的试验段。

为加强指挥，邮电部指派科技司司长，从湖北阳新直接到1800路攻关主战场——四川眉山505厂加强现场组织领导，和干部职工一起展开试验用设备生产会战。

1970年9月，电信总局505厂已研制出12种63架样机，并在厂内进行了联试。

1971年8月，样机、配套设备陆续安装在"北京—天津"试验段。由于前期工作扎实，设备安装后试用效果良好。

1972年10月，"210-9"工程办公室在天津召开了试验段工作会议。现场观摩后，研发单位把试验中暴露出的一些问题——梳理出来，提出了改进的意见。这些问题的提出既引起了领导部门的重视，也增加了研发单位改进的动力。试验现场协调会开成了Ⅱ型机工作会议，为更完善的Ⅱ型机的研发，更为后期1800系统在全国推广应用的质量稳定打下了坚实的基础。

在京津试验段经多次改进取得预期效果后，1973年4月15日，周恩来对电信总局《关于京津地区和京津间地下电缆工程竣工投产的报告》作了重要批示。根据批示精神，国务院成立了电缆工程领导小组。

邮电部也于8月25日下发《济南—上海—杭州中同轴电缆载波工程计划任务书》，中国第一条自主设计、自行建造的中同轴电缆载波通信工程——"4201工程"由此开始。

1973年9月3日，周恩来在听取邮电部等单位汇报时，指示由邮电部负责铺设中同轴电缆，主要领导要亲自到各地调查研究，抓紧、抓好电缆网的建设。

9月21日，邮电部在上海召开会议，对上海和浙江电信部门提出的沪杭电缆工程设计方案进行了会审。会议首先传达和学习了周恩来对电缆建设的重要指示，决定沪杭电缆工程由上海、浙江两地的电信部门负责建设。至此，1800路京沪杭干线工程宁沪杭段建设全面展开。

1975年3月25日，京沪杭中同轴电缆建设工程在芜湖敷设长江水线成功。1976年3月31日，代号为"4201工程"的京沪杭中同轴电缆1800路载波通信工程全线贯通。

受"文化大革命"等因素的影响，我国电缆载波和大容量微波大通路的建设曾走过一段曲折的发展道路,但科研技术人员劈波斩浪、艰苦鏖战,终于凭借自己的力量,建成了一代高质量的电信大通路。

第五章　追星逐光上九天

20世纪70年代前后，中国通信人在锲而不舍推进载波微波攻关的同时，还"追星""逐光"，展开了卫星通信和光通信的探索，为我国在这两个前沿技术领域形成优势奠定了重要基础。

卫星通信风雨兼程

1957年10月4日，苏联将人类历史上第一颗人造地球卫星送入太空轨道；1958年2月1日，美国发射了"探索者一号"人造地球卫星。1958年5月17日，毛泽东在党的八大二次会议上发出了"我们也要搞人造卫星"的号召。

1964年10月16日，我国第一颗原子弹爆炸成功。不久后，箭载导弹技术取得突破。1965年5月，周恩来主持中央"两弹一星"专委会议，原则批准了中国科学院《关于发展我国人造卫星工作规划方案建议》；10月，命名为"东方红一号"的卫星工程立项，中国卫星的飞天之路正式开启，中国通信人的追星之路随之启航。

护航卫星升太空

卫星发射是一个复杂的系统工程，不仅包括火箭发射运载能力、星体功能，还必须建立完备的地面观测联络控制系统，才能确保卫星抓得着、测得准、控得住、飞到位。为此，周恩来明确指示卫星研制发射要开展"全国大协作"：运载火箭由七机部负责；卫星发射场由国防科委试验基地负责；卫星本体和地面监测系统由中国科学院负责。

为确保"东方红一号"于1970年发射，中国科学院给庞大地面保障工程起了一个简明的代号——"701工程"。1966年3月中旬召开的"701工程"地面系统方案论证会议研究决定，卫星地面跟踪观测台站系统中的3项主要工作由邮电部承担：一是组建发射基地、测控中心、地面跟踪观测台站之间的通信指挥和数据联络系统；二是研发生产工程所需电信联络设备、数据通信设备及指挥调度中心的控制设备；三是建立统一的标准授时系统。

应该说，中国科学院把地面台站及基地的整个通信系统的研发、建设任务交给电信部门是非常科学明智的。但是，这对于当时仅有架空明线为主的电信传输网的邮电部来说，也是一个工程和技术难度都极大的重担。从网络覆盖角度看，原有的连接酒泉发射基地的大西北电信网络很薄弱，而相关的20多个研发基地又分散在全国数省，要把它们连接起来，加挂电线和新建杆线的工程量巨大；从监控网络技术要求来看，该工程还须把以酒泉为起点，面朝太平洋方向，北起九台，南及海口，半径2000多公里的巨大扇面内分布的众多地面监测站点，用同步数据网络连接起来，支撑对火箭卫星同步实时监测控制，这更是一个前所未有的挑战。

面对国家赋予的重任，邮电部勇挑重担，迅速成立了"701工程"办公室，组织技术司、计划司、电信总局及设计院、研究院等单位的专家展开了方案研究编制工作。经过半年的调研、勘察，提出了《701地面系统通信工程总体设计方案》。

整个方案分为有线、无线、数据和"时统"四大部分。该方案提出,一方面要调集部电信科学研究院、北京邮电学院、邮电设备企业的精兵强将,组织技术攻关,研制能满足"701工程"需要的数据通信设备。另一方面,分两步组织网络工程:第一步先通过加挂电线和新建杆线的方式,用1.3万公里的线路把酒泉基地及20个研发基地连接起来,开通具有电报、电话等功能的专用电信业务,服务前期研发试验工作。第二步,待相关部门地面监测站点部署方案确定和数据设备研发成功后,再用综合通信网络将发射指挥中心、统一的时钟节点及各个地面地空监测点连接起来,提供电报电话、数据专线和地空无线通路,确保地对地、地对空万无一失的信息联络。

1967年3月中旬,在国防科委领导下,"701工程"办公室召开会议,对邮电部提出的方案进行评审给出积极的评价,认为:邮电部设计院编制的《701地面系统通信工程总体设计方案》,符合"701工程"所提出设计任务的要求。地面台站通信工程总体方案,充分利用邮电部门原有通信设备,又可带动基础通信网向边远地区延伸,贯彻了勤俭建国的方针和平战结合的原则。

会上明确规定:约占全部工程量三分之二的第一期工程,要在1967年年底建成,1968年1月进行电路测试,第一季度内提交使用;第二期工程要在1968年第三季度进行电路测试,第四季度提交使用。

然而,就在"701工程"一期工程和设备研发启动的时候,邮电部受到了"文化大革命"的严重冲击和干扰,甚至被撤销。总部领导机构变成了通信兵部主管的电信总局,各地通信部门划归各地军区、军分区和人武部管理。

面对接连不断的冲击干扰,"701工程"战线的通信人,始终胸怀发展大局,百折不挠,坚守岗位,顽强推进技术攻关和工程建设。

1967年4月4日,就在邮电部机关受到严重冲击即将瘫痪之际,部党组召开了第六次党组会,决定成立由当时还未受到冲击的司局领导组成的新的

"701工程"领导小组，继续组织实施该工程。

1967年5月20日，邮电部"701工程"领导小组顶着风险召开会议，对工程任务作了全面部署。6月13日，部设计院人员立即分赴工程现场，展开工程勘察设计工作；部属工程公司和各地电信施工队伍随后开赴工地，展开加挂电线和新建杆路工程；物资局根据工程进度统筹调度通信器材；保证了"701工程"通信建设工作在动乱中顽强推进。

与此同时，数据设备研发工作扎实推进。1967年，完成150比特/秒数据通信系统的研发。1968年年中，完成科研性样机；7月，在京沪间进行8个月的短波信道实验测试；8月，邮电部科学研究院完成关键设备误码仪科研样机。电信科技人终于自力更生研制出了我国第一代数据设备，也从此开创了我国数据通信的事业。后来，负责研制生产的科技人员、管理人员组建了北京邮电器材二厂，后改名为电信总局507厂，1971年11月正式命名为邮电部数据通信技术研究所，成为我国数据通信发展的科研基地。他们研制的有线600/1200、无线150、600/1200比特/秒数传机，曾荣获全国科技大会奖。

1968年3月19日，经党中央批准，"701工程"第二次会议如期在京召开。会议在总结分析了一期工程进展的基础上，研究确定了二期电路建设调整方案：在渭南测控中心未建成前，以甘肃酒泉为中心局；湖南邵阳为辅助中心局；南宁、昆明、通什、喀什、莱阳、九台、将乐为终端局；北京、天津、济南、西安、兰州、乌鲁木齐、西宁、湛江、长春、重庆、衡阳、襄樊、武汉等地为通信转接中心，形成以酒泉基地为中心的连接各观测台站的电话、电报、数据通信网络。为确保万无一失，会议还研究提出再增加一套备用网络，形成"一组一备"的通信保障体系。据此决定，二期工程再新立1330公里杆路，架挂1750对公里铜线、1073对公里铝线和1177对公里铁线，安装12路电话载波机23端、增音机86部、3路载波机5套。完工时间调整为1969年一季度。

会后，经过夜以继日的紧张奋战，到1969年一季度，"701工程"地面线路保障网络全部完成；载波设备、数据通信设备、无线电收发信设备基本就绪，进入使用前调测阶段。终于赶在1969年5月邮电部绝大部分机关干部下放"五七"干校和1969年12月31日邮电部机构撤销之前，完成了"701工程"建设任务。

邮电部机关下放和邮电部撤销后，"701工程"办公室的一批同志依然坚守岗位，指挥全国各地的通信保障工作。为了顺利组织通信系统的联试和地面观测系统的"合练"，他们先后到海南、湖南、广西、云南等地，检查协调当地邮电部门配合各台站的系统演练。卫星发射前夕，他们又前往国防科学技术委员会（简称科委）设在总参通信兵部的通信指挥所值班，并前往发射基地司令部通信处，现场协助电路调度工作。

1970年4月24日晚9时35分，"东方红一号"按照预定计划点火升空。晚上9时48分，发射指挥部根据观测台站传送的测轨数据，宣布"星箭分离，卫星入轨"，"东方红一号"发射成功。

"借船出海"探天路

1970年4月"东方红一号"人造地球卫星发射成功后，通信卫星研制提上日程。不久，美国总统尼克松访华，给我国提供了一个"借船出海"探路国际卫星通信的机遇。

1971年10月，为接待首次访华的尼克松一行，中央成立接待小组，下设礼宾、安全、住房、新闻、电视、通信几个分组。根据中央接待小组指示，邮电部撤销后组建的电信总局设立了通信领导小组。

1972年1月3日，美国国家安全事务副助理黑格带先遣人员来华具体商谈尼克松访华的相关勤务。其间，黑格及白宫通讯处指挥官雷德曼等人，与中方通信组组长等相关人员，就尼克松访华期间的通信联络问题进行会谈。

美方对总统访华通信安排提出了三种方案：（1）自带大型的卫星通信地面站。（2）自带短波、小型卫星通信设备。（3）建立中美直达电路和经第三国接转。交流中，美方提出卫星电路租金比较高，需要一百万美元，建议中国不必租用，由美国自带。

中方提出：第一，请美方代为中国政府租用通信卫星（电路），明确租用的起止时间；第二，在租用期间，卫星（电路）所有权属于中国政府，美方必须事先向中国申请使用权，中国政府向使用者收取使用费；第三，租用费和使用费都要合理。随后，双方按照这个原则进行了细化谈判，并签订了合作协议。

双方考察人员到达上海后，上海电信部门考虑到尼克松访华后地面站可长期使用，提出用购买方式建立上海站。1月15日，参与美方通信执行工作的美国RCA环球交通公司代表到京与中方商谈，表示可出售卫星通信地面站设备。

1月22日，中国机械进出口公司与美国RCA环球交通公司签订天线直径为10米的移动式卫星通信地面站设备购买合同，并就技术人员培训之事达成协议：在卫星设备安装工作中，每一名美方工技人员负责带领两名中方技术人员一起工作，美方技术人员负有传授操作技术的责任。

为了尽快学习和掌握好卫星通信技术，上海电信管理局从长话局、无线处、电报局、第一研究所调集了无线电研究和操作所需的各类人才，组成了由长话局高级工程师为总负责的18人接收组，内设天线、发信、收信、终端、电力、电视6个小组。

1月24日，北京31名工作人员进驻首都机场，建好了地面站线路接口，开通了机场至市内的各种电路，开设了通信中心和通信业务接待厅。2月1—2日，美方通信人员和地面站设备相继运达北京。设备安装到位后，很快通过临时卫星通信地面站开通国际电话电路23条，国际电报电路8条，电视电路1条。

2月3日下午4时许，搭载移动式卫星通信地面站设备的美国专机抵达虹桥机场，18人接收组跟随美国工技人员一起拆箱、安装、操作，边干边学。2月15日，上海移动式卫星通信地面站设备全部安装完毕。

2月18日，技术部门对设备进行调测，通过太平洋3号通信卫星与美国夏威夷地区波马罗地面站进行报话对通，测试结果显示质量良好。与此同时，电信部门在虹桥机场与泰兴大楼间建立微波中继电路，两端各装用模拟微波收发信机1套和24路载波机1部，可提供电话电路24条，以及传真电路、多路载报用电路和彩色电视电路各1条。

2月21日11时27分，尼克松乘坐的飞机平稳地降落在首都机场。据统计，尼克松访华期间，京、沪两地通过卫星为主的电信网络，人工接通国际长话1314次，通话时间22289分钟，多数在三四分钟内接通；传递到美国的电报1078份，386400余字，一般都在一个半小时内发出；共向美国传送电视53小时。

这次通信部门不仅圆满完成了通信保障工作，而且通过租、购卫星通信地面站，了解了国际卫星通信的规则，初步掌握了国际卫星通信的使用方法，开阔了眼界。

1972年4月16日，电信总局联合外交部、外贸部向国务院报告，拟以尼克松访华期间所建的临时性的卫星通信地面站为基础，扩建2座更大口径天线的标准化卫星通信地面站。随后，2座大型国际卫星通信地面站分别在北京沙河和上海莘庄相继寻址动工。5月23日，中国机械进出口公司与美国RCA环球交通公司签订进口直径30米天线的地面站设备协议。7月4日，位于沙河的北京2号站投产，通过太平洋上空的国际卫星开通国际通信业务；8月22日，位于莘庄的上海国际卫星通信地面站也正式开通。

北京、上海的2个30米大口径地面站建成后，我国相继通过国际卫星组织的卫星，与伦敦、罗马、巴黎、瑞士开通直达电话电路。从此，卫星通信成了我国国际通信的主渠道，通达的国家和地区由此前的20多个扩大到88

个，遍及世界各大洲。

此外，"借船出海"探路国际卫星通信合作，还对我国邮电部的恢复起了重要的推动作用。

1972年8月8日晚12时多，电信总局领导在人民大会堂汇报有关工作后，周恩来明确地提出：恢复邮电部，邮电通信是一个国际关系问题。这受到一众与会人员的赞成。[①]

经过一段时间的筹备，1973年5月23日，国务院、中央军委下达了《关于恢复邮电体制问题的通知》。6月1日，邮电部正式挂牌恢复。

王诤兑现军令状

1973年年初，命名为"东方红二号"的我国通信卫星的研制工作启动不久，周恩来给王诤布置了一项重要工作——在中国通信卫星发射前，建成卫星通信地面站。王诤当即立下了军令状：1975年拿出中国自己研制的卫星通信地面站设备。

立下军令状后，经过认真思考，王诤找有关人员开会，提出了三点想法：

第一，关于技术体制，通信专家们开始有两种意见。王诤明确表示，应该与"国际卫星组织"使用相一致的频段，这样有利于将来加入国际卫星网，开通国际通信。另外，从安全的角度考虑，与国际卫星组织相一致，任何国家不敢轻易干扰这段频率，可减少人为破坏的风险。保密问题可从终端上解决。

第二，关于地面站的建设运行时间。王诤提出，必须保证先于卫星发射

---

① 信息产业部邮电离退休干部局：《回忆——邮电离退休干部回忆文集》，人民邮电出版社2004年版，第7页。

一至两年的时间,以便先接收国际卫星的信号、考验卫星站的性能、培训技术骨干。这样,当我们的卫星发射成功,地面站就能立即投入工作。

第三,关于研制能力。王诤提出我们有南京电子工业基础,有成套的整机厂、微波器件厂,有雷达通信研究所,又有新建成的贵州"083"电子工业基地,具有加工高精度产品的条件,技术力量也可以,应该有充分的信心,3年把卫星通信地面站搞出来。

为了落实周恩来的嘱托,1973年三四月份,王诤带领部机关相关同志和技术人员,在南京、无锡、苏州、镇江进行了49天专题调研,几乎遍访了当地的电子工厂和研究所,有时一天考察六七个点。白天,现场考察相关的技术设备能力,提出问题同技术人员商量;晚上他请随行的卫星通信专业技术人员给他讲课,不懂就问,并认真记笔记,经常忙到深夜十一二点。

经过深入调研,1973年5月,王诤召集邮电部、广播事业局、七机部及有关科研单位的人员进行座谈,还组织大家参观了尼克松访华后邮电部进口的设备和日本首相田中角荣访华时带来的设备。

之后,王诤以四机部的名义,向周恩来、叶剑英写了《关于在1975年突破卫星通信技术,力争尽快解决我国卫星通信问题》的报告。

在调研的基础上,四机部研究决定,以江苏省南京市为基地,由南京的"七厂二所"(南京无线电厂、长江机器制造厂、南京有线电厂、南京电子管厂、华东电子管厂、金宁磁性材料厂、新联机械厂和电子部第十四所、二十五研究所)协同研制地面站的系统设备,南京无线电厂负责总装配,全国150多家电子元器件企业提供配套元器件。

试制工作开始时,王诤又前往南京检查落实情况,要求有关人员解放思想,大胆实践,苦干、实干、巧干,于1975年年底拿出卫星通信地面站。在试制期间,王诤除派专人往返北京、南京保持联络外,还两次到南京把有关元器件厂领导找来,协调进度,解决问题。

经过两年多的奋战,1975年12月,我国自行设计、试制的全部国产化的卫星通信地面站问世了。王诤带上试制成功的卫星通信地面站照片向重病中的周恩来汇报。照片背面写着：第一，卫星通信地面站的元器件，全部国产化；第二，成功地接收到位于印度洋上空、距地面36000公里的国际Ⅳ号卫星的信号，图像清晰，色彩协调，伴音清楚；第三，接收到24路电话信号。

12月26日，在南京人民大会堂召开了隆重的祝捷大会，宣布我国第一座卫星通信地面站试制成功！

会后，为了抓紧卫星通信研制、生产工作，王诤又着手组建了"331"办公室，负责组织协调厂、所合作，在南京、贵州开辟建立了2个地面站的生产基地。

1976年冬，王诤患癌症住进了301医院，虽重病在床，但他仍然放心不下卫星通信地面站建设。他对前来探视的通信兵部的同志们说："我现在放心不下的就是卫星通信问题，地面站设备搞出来了，当务之急是地面站的工程建设要早开工。对于运载工具和测控系统，张爱萍同志正在集中人力、物力解决，我们不能等卫星上天再建地面站。国家专项经费拨不下来，又不能等，只有动员大家发扬共产主义风格，挖掘潜力。其中，设备生产由四机部垫支，分给通信部建设的北京、昆明、乌鲁木齐3个地面站可否先由通信部垫支，分配给邮电部的9个站也想请他们先建几个。这是周总理亲自交给我们的任务，是国家的大事，也是军队的大事，请通信部的领导同志研究一下。"①

几天后，在通信兵部的办公会议上，与会同志一致同意王诤的意见，地面站的工程建设被列入1977年的通信工程计划。随后邮电部分担的卫星地面站的工程也陆续开工建设。

1984年4月8日，我国"东方红二号"试验通信卫星成功发射时，一批国产卫星通信地面站随即开通试用。1986年7月1日，以北京为中心，覆盖全

---

① 鲁之玉、于致田、张伯义等：《王诤传》，电子工业出版社1998年版，第203页。

国各省、自治区、直辖市的国内卫星通信网全面建成投用。

光纤通信互动前行

如果说，中国的卫星通信是一个自上而下、协力突破的成果，那么，中国光纤通信则走过了一条自下而上、深入互动，实现突破的创新历程。

一次互动列入规划

兴起于20世纪70年代初的光纤通信，是利用比头发丝还细的石英光导纤维为传输媒介传送激光信号的通信系统。它具有容量大、中继距离长、抗干扰性能好、保密性强，以及能节省大量有色金属等优点，是电信传输的一次革命。

1954年，赵梓森被分配到邮电部武汉电信学校。后来这里变为军管电信总局所属的从事邮电设备研制的528厂。1971年，电信总局将此前在北京邮电科学研究院立项的大气激光通信项目转移到了528厂。不久，厂领导安排赵梓森担任该项目的课题组组长，全面接手这一项目。

凭借过硬的技术实力和创新的实验方法，赵梓森带领课题组很快取得了一系列突破性进展。他们校准了光学天线，提升了光放大器功能，改进了激光器，研制出了脉冲相移通信装置，在实验室成功实现了短距离激光通信。

为了验证这套系统的长距离通信效果，赵梓森提议把实验搬到室外。他们爬上了武汉当时最高的建筑——汉口水塔，与10公里之外的水运工程学院主楼楼顶对传激光信号，又一次获得圆满成功。

然而，赵梓森并不满足，他发现尽管他们的研究验证了激光可以大容量承载信息，但是经过"净空远程"实验，激光大气传播面临很难突破的瓶颈。一旦遇到雨雪天气，干扰严重，几乎不能通信，这将大大束缚激光通信的实用价值。于是，赵梓森开始思考一个问题：是否可通过有线介质实现激光信号远距离传送？

就在赵梓森寻找激光通信出路的时候，一则探索光纤通信的信息引起了他的注意。他根据这条信息在市图书馆查找到英籍华裔专家高锟博士于1966年发表的关于光纤通信的论文。论文指出：只要设法降低玻璃纤维中的杂质，就能获得用于通信传输损耗较低的光导纤维。这一预言表明用玻璃光纤做长途通信介质是可能的。如果将玻璃纤维的光传输损耗降到每公里20个分贝，就可以用于通信。不久，赵梓森还得到信息，美国康宁公司通过提高石英玻璃的纯度已经能使激光玻璃光纤的传输损耗不断降低，接近了实用水平。这两个信息给赵梓森很大启发，使他看到了激光通信的发展方向和前景。

恰在此时，中共中央决定恢复邮电部，上级部门要求所属各单位制定未来十年的规划。在这个过程中，赵梓森向528厂的领导建议将光纤研究纳入科研规划。经过不懈争取，他的建议被采纳，"积极创造条件开展光导纤维的研究工作"成为528厂的科研规划中的一个条目。

1973年5月，厂里让赵梓森随院里的另一位同志，带着争取把光纤通信研究列入电信十年规划的任务，参加了邮电部科技司召开的科研规划会。他们的发言引起了科技司副司长周华生的注意。会议期间，周华生还和赵梓森等人一起到清华大学拜访了刚刚访美归来的钱伟长教授。钱伟长告诉他们，自己从美国同学那里了解到美国光纤通信在提速，光纤的传输衰耗已经降到4个分贝，近期将突破2个分贝，只是暂时还没有公开发布信息。

于是，经过周华生和赵梓森的相互配合，会议文件加上了一句"并积极创造条件开展光导纤维的研制工作"。这是第一次把光纤通信列入部级电信科研规划。

1973年6月1日，邮电部正式挂牌恢复，随后展开附属单位调整。1974年2月23日，邮电部发文确定：在原528厂的基础上，筹建成立武汉邮电科学研究院。这样，光纤通信研究也就纳入了邮电部的科研体系。

二次互动拉成光纤

正式开启光纤研发后，赵梓森发现情况并没有想象中那么乐观。建院初期，虽然光纤通信研究列入规划，但因为院里的人力、物力所限，仅在第二研究室里设立了一个光导纤维研究组。全组人员加上赵梓森一共10人，大多是没有科研经验的化学、物理老师，大家对石英玻璃了解甚少，只知道一些基本的化学公式。

最开始，他们想用酒精灯熔炼玻璃棒去除杂质，结果温度不够，原料毫无反应；后来，他们设计出能够产生高温的石墨电炉，玻璃棒仍无反应；于是，他们将石墨电炉的数量增加到12个，终于得到了一些白色粉末。结果一化验，发现白色粉末是硅胶，不是石英，整个团队心凉半截。

在一次实验中，四氯化硅从管道中溢出，生成的氯气和盐酸冲进了赵梓森的眼睛、口腔中。由于氯气释放浓度太大，赵梓森顿感眼睛剧痛，晕倒在地。同事们连忙将他送进医院。医生愣住了：没见过这种情况，根本不会治。赵梓森就跟医生说："用蒸馏水冲洗眼睛，然后打吊针消炎就行。"眼睛刚一消肿，赵梓森又带着满眼血丝回到了实验室。

为攻克难关，赵梓森让同事到上海、沙市石英玻璃厂找专家请教，才知道熔炼石英需要用氢氧焰烧到1400—2000摄氏度的高温才能化开。显然，用手工辅助操作无法实现，研制陷入了困境。

为改变科研条件，第二研究室的负责人和赵梓森在系统分析基础上，向院筹备组组长做了一次专题汇报，提出想再去上海、福州、西安做一次调研，搞一个系统突破的方案。

院筹备组组长听了汇报后，提出4点指导性意见：一、调研后，搞一个总的方案；二、在具体做法上，要自己搞全套，争取部牵头组织大协作；三、上报有关部门，争取列入国家计划；四、6月底前向部里写出一个书面报告。

经过系统调研，1974年8月，赵梓森等人撰写出了《关于开展光导纤维研制工作的报告》，系统提出了石英光纤作为传输介质、半导体激光器作为光源、脉冲编码调制作为通信制式的整体技术方案。筹备组立即召开武汉院筹备领导组会议，认真研究了他们的报告，认为开展光导纤维的研究符合通信事业发展的方向，应抓紧进行。当日就将报告签发上报邮电部科技委，希望部里能尽快批准武汉院引进一批跨界技术骨干并给予400万项目启动资金。后来武汉院和我国光通信的发展实践证明，当年的4点意见，极具战略眼光且完全符合后来的实际。

邮电部科技委对武汉院的报告十分重视，很快指示他们派人到部里面谈。赵梓森等人赶到北京后，部科技委又协助他们直接向国务院科技领导小组办公室有关同志作了一次专题汇报。这次关键的汇报，引起了国家科技管理层的关注。

不久，武汉院提出的光纤通信科研方案，在国务院科技办组织的"背靠背辩论"中，超过了中国科学院物理结构所、清华大学、成都电讯工程学院的方案，获得了国家有关部门的支持，列为国家"五五"计划的重点赶超项目，并拨发了400万元科研经费。

有了第一笔经费后，1975年，赵梓森等人和院金工班工人结合，利用旧车床和旧机械零件，经过几个月的会战，成功改制一台可供熔炼和拉丝的专用玻璃车床，还研制出寿命为1小时的超高温加热炉，并在国内第一次选用化学气相沉积法进行熔炼试验，解决了管路系统堵塞、石英棒出现气泡、变形等一系列"拦路虎"。经过几十次试验，1976年年初，终于熔炼出沉积厚度为0.2—0.5毫米的石英棒。接着，经过持续奋战，又用自制的玻璃棒拉制出了第一根长度为17米、衰耗为300分贝/公里的短波长阶跃型石英光纤。国庆前，又拉出了衰耗在80分贝、长度达到400米的光纤，实现了电视彩条标准信号的传输。到年底，又拉出了最低衰耗20分贝、长度达到960米的第一根可实用光纤，实现了黑白电视信号的光纤传送。

三次互动铸就基业

为了总结科研经验，1977年元旦，武汉邮电科学研究院召开了科研工作会议。

1977年5月，全国工业学大庆会议第二阶段会议在京举行，在会议期间举办的展览会上，武汉邮电科学研究院用自己拉制的光纤做了传送黑白电视信号的演示。这个项目引起了很多参观者关注，其中就有邮电部部长。

邮电部部长一共来参观了两次。第一次参观时，他对赵梓森等人这么快就取得的成果半信半疑。让他们先拿掉玻璃丝，看看电视是否会中断；然后再放回去，看看变化。赵梓森表示由于没有精密的微调设备，信号中断后需要1个小时的对准时间。但是，赵梓森对自己的成果很有信心，承诺会对系统校准方法进行改良。果然，一周后，赵梓森娴熟地演示了光纤断开再接上的变化效果，坚定了邮电部高层支持武汉邮电科学研究院的决心。

此前邮电部领导层把科研主攻方向定在"一线两波"（即同轴电缆和载波、微波）方面，光纤通信仅被列为远期跟踪项目。从此，光纤通信从储备课题上升为重点攻关项目。1977年9月全国科学大会预备会——全国科学技术规划会议在北京前门饭店举行，会上关于光纤通信的趋势和现状的介绍引起很大震动。11月12日，邮电部副部长再次深入武汉邮电科学研究院考察，对武汉邮电科学研究院的科研、基建、设备进口和落实知识分子政策作了一系列重要指示。

1978年3月18—31日，全国科学大会正式在京召开，大会把光纤通信确定为我国要优先发展的几个新技术之一。国务院对光纤通信提出了"1980年突破关键技术，1985年建立试验线路"的要求。会后又把光纤通信列为全国重点攻关项目之一，还决定每年给武汉邮电科学研究院直接划拨500万元经费，集中用于光纤通信攻关。不久，国家科委又牵头成立了国家光纤通信科研领导小组，办公室就设在邮电部科技局。

为了贯彻全国科学大会精神，集中力量攻关，邮电部于1978年4月23—28日在武汉召开了光纤通信会战会议。会上成立了会战领导小组，通过了会战方案，经过80多位代表的深入讨论，明确了光纤通信的攻关部署，提出"三年突破，八年应用"的目标。

具有战略意义的"78·4"会议一结束，邮电部副部长又来到武汉邮电科学研究院，召开干部会议进行会战动员。

会后，院党委和领导班子开会作出了主攻光纤通信的一系列决策：撤销原来主要从事毫米波研究和大气激光通信的第一、第二研究室，成立邮电部激光通信研究所；撤销原从事空气燃料电池和电源变换器及电信传真项目研究的第三、第五研究室，成立面向光纤通信的自动控制与计算机应用研究所；原从事微波相关器件研究的第四研究所改为主攻光纤通信器件的邮电部固体器件研究所。相关科研人员全部向光纤通信及其配套设备方面转移，任命赵梓森为武汉邮电科学研究院副总工程师。

在部领导的亲自动员和组织领导下，武汉邮电科学研究院与兄弟单位一起，制定了120路光纤通信线路的总体方案。明确由邮电部组织邮电502厂、515厂、519厂，研究院五所、六所、九所、传输所，北京市电信局，通建三公司，北京邮电学院、南京邮电学院，邮电部设计院及武汉大学化学系等单位开展大会战。

1978年，会战的第一年，光纤通信研发就实现初战告捷。

在光纤研究方面，1978年熔炼和拉丝工作环境大大改善，自制了具有一定自控能力的玻璃拉丝车床，拉出光纤的特性和结构不断提升。1979年光纤衰耗从20分贝/公里降到5分贝以下；有效数值孔径从0.09提高到0.15，最高可达0.20；光纤长度达到1公里以上。光纤的提纯、分析、熔炼、拉丝、套塑工艺水平也取得进展。

在光纤通信器件方面，1978年研制了2种激光器，一种是质子轰击型激光器，在温室条件下可连续工作400小时以上；另一种是沟道衬底激光器，从远、近场图像看模式稳定清晰，寿命100小时。此外，"78·4"会议要求研制的20只硅雪崩探测器，实际完成了200只，在光端机中试用，性能良好。

在光端机和光中继设备研制方面，1978年研制成功2部120路光端机安装联试，接收信号良好。

1980年，武汉邮电科学研究院的MCVD、PCVD预制棒熔炼系统，以及骨架式光缆等，先后通过了部级鉴定和验收。这些科研成果，打破了国外的技术壁垒，为中国光纤通信从理论走向实际奠定了基础。

中华之光　光耀世界

正是凭着对祖国的一腔深情，以赵梓森为代表的武汉邮电科学研究人，在此后的岁月里，一路高歌猛进，取得了中国乃至世界的一系列"第一"，成为我国与世界先进水平咬得最紧的科研领域。

1993年，中国第一套565Mb/s PDH设备在这里诞生。

1996年，中国第一套2.5Gb/s SDH设备在这里诞生。

1997年，在国内首次开发出应用于超大容量超长距离光传输的EDFA产品；中国第一套DWDM系统在这里诞生。

1999年，中国第一套10Gb/s SDH系统和32×2.5Gb/s DWDM系统在这里诞生。

2000年，中国第一套32×10Gb/s DWDM系统在这里诞生，并在国内首次开发出OXC、OADM设备；向国际电信联盟（简称国际电联，ITU）提交中国第一个IP国际标准（ITU-T X.85）并获批准。

2001年，全球第一套互连互通的全光网设备在这里诞生并开通实际工程；向国际电联提交第二个IP通信标准（ITU-T X.86）并获批准，这是全球MSTP领域的第一个国际标准。

2002年，中国第一套1.6Tb/s DWDM系统在这里诞生。

2003年，向国际电联提交第三个IP通信标准（ITU-T X.87）并获批准；中国第一套具有自主知识产权的超长距离光传输系统（ULH）在这里诞生。

2004年，中国第一套具有喇曼光纤放大器的商用水平的实际光纤WDM ULH和光纤到户EPON系统，中国第一个由运营商主导成功的FTTH工程诞生。

2005年，世界第一个符合ITU-T标准的STM-256帧结构的40Gb/s SDH设备、中国第一套3.2Tb/s（80×40Gb/s）DWDM传输系统在这里诞生。

2006年，集团承建的世界上容量最大、传输速率最快的首个商用光传输系统——"80×40Gb/s"DWDM系统在上海到杭州之间的通信干线网上投入使用，并获得2007年度中国通信学会科学技术奖一等奖。

这无数的"第一"，引领中华之光、光耀世界的辉煌。正是在武汉邮电科学研究院的带动下，如今中国的光纤、光缆产量全球占比超过了60%，中国的光纤通信技术一直处于世界的领先地位。

CHAOYUE

第三编
改革开放 规模跨越

由于西方国家的持续封锁和"文化大革命"的干扰,中国通信业发展创新错过了20世纪60年代末至70年代初的第一轮数字和电信普及化浪潮。先前经过艰苦努力已经缩小的与国际先进水平的差距再次拉大了。

为了摆脱通信落后的突出问题,党的十一届三中全会后,邓小平高屋建瓴地提出,中国发展经济、搞现代化,要从交通、通信入手,这是经济发展的起点。

在中共中央和国务院对邮电部门的"两个六条指示"的指引下,通信部门解放思想、实事求是,选择了"三步并成一步走"的技术路线,实施了"借钱买鸡、下蛋还钱"的负债经营方式,经过近20年的艰苦奋斗,摆脱了"严重落后"的局面。中国通信网络和通信产业一举实现由小到大的规模跨越。

第一章　高屋建瓴绘蓝图

　　1979年4月，被称为中国通信业的"十一届三中全会"的第十七次全国邮电工作会议在北京举行。中国通信人重新认识了通信发展的定位、使命，开启了依靠政策加快发展服务改革开放大局之路。

压力，扑面而来

　　1978年，党的十一届三中全会前后，随着经济工作的恢复、真理问题的讨论和商品经济的逐步活跃，各行各业都在逐步好转，但是，邮电通信行业的日子却很难熬，社会各界的批评之声，一浪高过一浪。一贯勤勤恳恳的邮电人成了保守落后的典型。

十年动荡，耽误发展

　　旧中国通信业起点很低。新中国成立以后，尽管通信人一直在努力奋斗，从1949年到20世纪70年代中期，中国的邮电通信业务综合能力和年业务收入，比新中国成立之初增长了近10倍，长途微波和载波的技术创新一直在坚韧推进，与国际先进水平的差距一度缩短到10年左右。但是，由于投资不足，通信的发展远远落后于工业的发展；尤其是当时社会需求最旺的电话发展严重落后。

20世纪50年代中后期，中国电信产业体系形成并开始追赶的时候，世界电话交换技术正在从步进制进入纵横制时代，但是，因为当时发达国家对我国进行技术封锁，苏联及东欧社会主义国家还没有掌握纵横制和长途自动电话网的技术，能援助中国的仅有步进制技术。加之20世纪50—60年代，市话管理体制两度下放，尤其是受"文化大革命"严重干扰，中国自主研发的纵横制交换机直到20世纪70年代中后期才定型生产。到1978年年底，全国境内电话用户总数只有369万户。虽然用户总量比新中国成立前夕增长了10倍，但是当时中国人口已增长1倍多，全国每百人拥有的电话数量只有0.38部，不到当时全球电话平均普及率的十分之一。

"徘徊"遭遇"浪潮"

就在中国通信业发展受到严重干扰的10年里，在计算机革命的带动下，世界通信业发生了一场以程控数字电话交换机为代表的数字通信技术革命。

程控交换机是一种利用电子计算机编程来控制的交换接续的技术。1964—1974年，以集成电路为代表的第三代计算机取得突破，开始在通信领域推广应用。1965年，美国第一台规模较小的局用程控交换机3ESS在贝尔公司总部所在的新泽西的一个小镇开通试用。程控交换机以其体积小、接续质量高等优势，迅速在全世界推广开来。

通信技术数字化在这10年的突飞猛进，极大地提高了全球信息意识，世界电话普及率迅速高增，很快突破了5%，进入电话倍增的阶段，进而引发了通向信息社会的"第三次浪潮"。

随着社会经济逐步恢复发展，中国商品经济开始活跃起来，尤其是党的十一届三中全会后，对内改革、对外开放的浪潮汹涌而来。

企业产前产后对市场信息的需求越来越多，无论是工程师下乡，还是乡镇企业的产品进城，都对电信提出迫切的需求；走南闯北的商品采购经营者，更是不满足于只能传递简短信息的电报通信，开始尝试用电话做生意。从通信发达国家到中国来投资兴业的外商更是一天也忍受不了没有电话的日子。

其实，面对当时突起的需求浪潮，别说新中国成立以来增长了10倍的通信业无法应对，即使当时的通信能力增长20倍，恐怕也招架不住。后来经过20多年的持续努力，通信能力和业务在1980年的基础上又"翻了三番"，到1997年邮电体制改革时，供需矛盾才基本解决。

1978年，那样的网络基础、那样的中外反差、那样的需求浪潮，怎能不对当时的通信业形成令人窒息的压力。

追赶，路在何方

一面是空前增长的需求爆炸，一面是积重难返的历史欠账，中国邮电通信面临着令人窒息的巨大压力。

1978年10月，党的十一届三中全会前夕，为了解决"文化大革命"遗留问题，中央决定任命王子纲担任邮电部党组书记、部长。

重新认识"我是谁"

1979年年初，邮电部办公厅设立了一个"政策研究室"，任务是开展邮电理论及方针政策研究，从理论上拨乱反正，用正确的理论指导邮电建设实践。

同时，邮电科学技术研究院成立了"邮电经济研究中心"，负责跟踪国际通信发展信息，开展邮电经济技术理论研究，用以指导实践。

经过紧张筹备，停刊10年的邮电部党组机关报《人民邮电》于1979年4月正式复刊。不久，专门探讨邮电经济管理的《邮电企业管理》杂志也正式出版。

两个理论研究机构成立和一报一刊出版后，立即开展了对"邮电的商品经济属性""邮电的社会效益研究""邮电通信与对外开放"，特别是"邮电是社会生产力"等重大理论课题的研究。一批关于通信的社会地位、作用的理性探讨性文章陆续见诸部内报刊和中央权威报刊。[1]

恰在此时，学者范东升著文对中译本《资本论》里一段有关交通通信的翻译提出了质疑。文章指出《资本论》中，"有一些独立的产业部门，那里的生产过程的产品不是新的物质的产品，不是商品。在这些产业部门中，经济上重要的，只有交通工业，它或者是真正的货客运输业，或者是消息、书信、电报等等的传递"，这段译文中的"只有交通工业"的译法有误，联系上下文，这里的"交通工业"应当译为"交通通信"才对。而这一误译很容易导致人们忽略对邮电通信行业重要地位的认知。

正本清源后，再读《资本论》等理论著作，研究人员发现，马克思对通信生产力要素的论述很多，马克思一贯认定通信是现代社会赖以生存发展的一般的基础条件，在《共产党宣言》里就将电报列为巨大生产力之一。

在当时全国关于"实践是检验真理的唯一标准"讨论的氛围中，重温马克思对通信行业性质、定位的论述，对通信行业内外解放思想，确立通信是社会基础设施，必须加快发展的认识形成，确实发挥了重要的理论先导作用。

---

[1] 《邮电部沿革史略》编委会：《邮电部沿革史略：1949—1998》，人民邮电出版社2019年版，第105页。

正是理论的探讨，开启了通信人对"我是谁"的深层思索。当研究人员带着这些理论根据，重新审视我国通信业发展的方针、政策时，大家逐步认识到，实际上导致公共通信发展长期严重落后的一个重要原因，是长期以来我们仅仅把通信作为"无产阶级专政的工具"，把保证党政军的重要通信几乎当成了通信全部，忽视了通信为经济社会服务的职责，从而导致公共通信基础设施因投资太少、发展慢，落在了经济发展的后面，成了经济社会发展的瓶颈。

行业"十一届三中全会"转观念

1979年4月1日，第十七次全国邮电工作会议召开，本次会议被誉为中国邮电系统的"十一届三中全会"。

在深入展开理论准备的基础上，邮电部部长在会上作了题为《坚决贯彻党的十一届三中全会精神，正本清源，拨乱反正，为实现邮电工作重点的转移而奋斗》的工作报告。这份长达40余页、2万多字的报告，分析了"文化大革命"给邮电工作造成的严重破坏，澄清了一系列重大认识问题和理论问题，深入分析了长期以来邮电工作的基本经验与教训，从战略高度研究制定了邮电工作的新思路、新方针。报告着重指出，保证党和国家以及人民群众的需要，是邮电部门的根本任务；加速改变当前的通信落后面貌，保证社会主义现代化建设的通信需要，更是当务之急，是邮电部门最大的政治。

这次会议确立了以通信为中心的邮电发展方针；在以往的只强调通信"为党政军服务""为人民服务"的基础上，遵照党的十一届三中全会提出的"以经济工作为中心"的宗旨，提出了"邮电通信是社会生产力"的观点；树立了独立自主、自力更生、艰苦奋斗、奋发图强，积极争取外援，引进国外先进技术，迅速改变邮电落后面貌的邮电建设思想；提出了调整邮电管理体制的设想；等等。①

1979年4月20日，邮电部向国务院上报了《关于调整邮电管理体制问题的请示报告》。6月28日，国务院批转了这个报告，体现了中央对通信工作的高度重视和对邮电部工作思路的充分肯定。

政策配套促发展

改革开放以来，党中央对通信业加快发展的指导和方针政策内容丰富、成龙配套，成功地驱动了通信业的大发展。

党的十二大以后，"加强邮电通信建设"成了从党代会的政治报告到两会政府工作报告的保留话题，而且这个时期中央对通信发展的指示也特别多，逐步形成了"一个中心""两个六条""三个依靠""四个一起上"等成龙配套的方针政策体系。

"一个中心"，就是一再强调，邮电工作要坚持发展为中心。党的十二大以来，不论是国民经济发展的提速时期，还是调整压缩时期，中央对加快邮电通信发展方针始终如一。中央提出，要保证国民经济以一定的速度向前发展，须大力加强邮电通信的建设。一段时间后，中央提出调整速度、缩减基建规模时，仍然坚持邮电发展不能减、不能停。在讨论行业、企业体制机制改革的问题时，中央也明确指示，通信业的改革进程要服从发展的大局，并批准邮电部门"在发展中改革""用邮电的发展支撑国家改革开放""邮电体制改革按发展的需要分三步走"的工作思路。正是在中央的这个精神的指导下，从1979年到1998年，邮电部始终"咬住发展不放松"，一直把发展作为邮电部工作的"一号工程"。

---

① 本书编委会：《大跨越——中国电信业三十春秋》，人民出版社2008年版，第17页。

"两个六条"指示,是指在全党开展以"端正业务指导思想"为内容的整党活动期间,中共中央书记处和国务院在分别听取邮电部门工作汇报时所作的"两个六条"指示。党的十二大提出到20世纪末,力争使全国工农业的年总产值翻两番的战略目标后,邮电部结合实际提出了"以通信发展翻三番保国民经济翻两番"的想法。中央领导明确表示支持邮电通信翻三番的思路和目标,并对邮电工作作了一系列重要指示。后来形成了两个各有侧重的"六条指示",系统体现了中央对邮电工作的指导意见。"两个六条"指示明确,邮电通信是国民经济的基础设施和社会发展的必要条件,在当今经济社会发展中起着极其重要的作用。必须十分重视邮电通信的建设,把它放在同能源、交通一样重要的地位优先发展。要利用自筹、集资和引进外资形式筹措建设资金,充分利用党中央和国务院所赋予的权限,加快发展步伐;还提出了国家财政优惠、调整邮电资费、引进技术和设备、发挥地方积极性、抓紧人才培养等一系列政策要求。

"三个依靠",是在1985年邮电工作会议上,根据"两个六条"指示的精神提出的。核心内容是强调推进邮电发展,一要靠中央的政策支持,二要靠科技进步,三要靠社会支持。"三个依靠",后来也成为推动邮电发展工作的重要方针。

"四个一起上",就是强调通信发展要国家、地方、集体和个人一起上。在"两个六条"指示之前,各地通信发展已经出现了国家、企业和个人一起上的势头。国家支持通信发展的政策越来越多;在农村,一些乡镇集体企业开始和邮电一起联建企业通向市场的电信网络;还有一些个人,也通过租用的电话用户线,开办城乡小电话交换所。邮电部对此都表示支持,逐步形成了国家、企业、个人"三个一起上"的局面。中央书记处在听取邮电部汇报后形成的"两个六条"指示的第二条中,又加进了调动地方参与通信建设的内容,这样就形成了国家、地方、集体、个人一起上的"四个一起上"的方针。

中央书记处、国务院作出"两个六条"指示后，邮电部把这个时期中央对邮电的指示系统梳理成"一二三四"体系，一方面在邮电内部传达贯彻，另一方面积极向相关部门和地方政府宣传，对开启邮电通信的大发展起了引导和推动作用。

改革开放之初中央财政很困难。一方面历史欠账很多，另一方面中央对改革开放起步最早的广东、福建等省实行财政"大包干"，财力没有向中央集中。中央虽然知道通信行业家底薄、欠账多，没有自我发展能力，亟须"输血"，但是中央手中没有钱。对此，国务院和邮电部商量想出一系列积极用好政策产生效益的好办法。

征收电话初装费。1978年青岛市政府联合邮电和企业，在外贸港口附近建立纺织基地。建设中，通过预收电话初装费的方法，建设了一个电话三分局，很快改变了基地的通信面貌。邮电部发现后，及时总结了他们的做法。于是，1979年4月，邮电部在向国务院报送的《关于调整邮电管理体制问题的请示报告》中，提出了收取电话初装费的建议。1980年6月20日，国务院下发165号文件，批转了邮电部、财政部、国家物价总局《关于对市内电话新装户收取初装费的联合通知》。收取初装费的目的就是通过收取初装费用于市话发展，收取的初装费直接用于电话建设，实现"以话养话"，不计入通信企业的收入和利润，形成的资产归国家。由于这种定向收费的方法，筹资投入的效率高，很快便得到迫切需要装电话用户的积极响应，成了电话网建设的重要资金来源。

实施"三个倒一九"的财政政策。改革开放之初，一方面国家拿不出支持通信发展的资金，另一方面通信的收入盘子很小，即使把邮电的收入都纳入国库，再全部返给通信部门也形不成多大投资能力。于是，在国务院的指导下，财政部门提出了一个促进做大蛋糕的"倒一九"的分配办法。一是规定邮电部门当年利润的90％留给邮电部门用于通信发展投资；二是把通信部门国际业务的外汇收入的90％留给邮电部门，用于引进技术和设备；三是根据国家加大对邮电基建投资力度的"拨改贷"资金，实行90%免还本金的政策，由邮电部门自行滚动使用。政策形成的资产都纳入国家对邮电投入的资本金账户。由于政策透明度高，很快就调动了邮电企业的积极性，成为邮电系统资金快速循环的雪球效应的起点。

收取长话附加费。20世纪90年代初，长途通信需求形成新的需求高峰，而干线建设成本巨大，为了促进长途建设资金的积累，经财政部批准，邮电部和长话需求旺盛、经济实力雄厚的一些省市的地方财政部门协商，在这些地方实行了一段时间的长话附加费政策。在沿海地区建立长途附加费政策后，邮电部就集中资金优先投入建设沿海光缆。反过来沿海光缆开通后，又迅速通过暴增的长话业务量，大幅度增加了附加费的收入，为全国长途网的建设注入了活力。

第二章　电话一步跨百年

改革开放20年，中国电话"三步并成一步走"，率先实现程控化，从全球电话普及率最低的国家之一，一跃成为世界领先的"电话大国"。

寻找电话突破口

电话系统通常由三部分组成，一是电话机，二是线路，三是电话交换机。交换机是核心，电话系统的通话容量、质量，很大程度取决于交换机的技术水平。

世界固定电话发展已经有一百多年，交换技术主要经历了人工式、步进制、纵横制、准电子、程控五个阶段。

人工电话，也叫"摇把子电话"，最早出现于19世纪，那时的交换链接，是由话务员用一条条导线作塞绳，手工将电话的呼叫方和被叫方连接起来的，一般容量只有几十门。

步进制电话交换机是世界上最早的自动电话交换机。这种交换机以机械动作代替了话务员的接线操作。当用户拨号时，交换机相应的选择器就随着拨号时发出的脉冲，用机械的办法，一步步"上下楼梯"似的找到呼叫对象的线位，然后将主叫和被叫用户间的电话线路自动接通。因为最早的发明人叫史端桥，所以人们也把这种机械的自动电话交换机叫史端乔交换机。新中国成立前后直到20世纪70年代中期的自动电话，大都属于这一类。

纵横制是一种机电结合的电话交换机，由纵横接线器为主要接续设备，通过纵横控制电磁元件一次接续到位，效率进一步提高。首部纵横制电话交换机于1926年诞生在瑞典，第二次世界大战以后，西方国家开始大规模商用。我国20世纪50年代末开始跟踪研制，由于国外技术封锁，直到1976年后，设备技术才过关，开始定型生产。

准电子电话交换机又称半电子交换机，因其在控制部分实现了电子化而话路接续部分仍用机电式元件而得名。1965年前后准电子电话交换机在美国试验成功，并在全球有过一些推广，但未广泛使用。我国邮电科学研究院十所在1975年也做出了小容量样机，进行了通话试验和很少量的试用。

程控电话交换机是控制与交换完全电子化的电话交换机，所以早期也被称为"全电子"或"纯电子"交换机。因它是以预先编好的程序来控制交换机的接续动作的，所以称为程控电话交换机。程控电话交换机接续速度快、功能多、效率高、声音清晰、质量可靠，其容量可大至万门以上，且占地小，同样容量的程控电话交换机机架数仅为纵横制的十分之一，每个机架的重量又减轻了一半多。世界上首部程控电话交换机于1966年在美国出现，1969年法国人研制大型程控交换机获得成功。20世纪70年代末80年代初，设备开始成熟，进入规模商用阶段。

我国的电话发展起步并不晚，1882年3月，外国人就在上海租界建立了中国境内第一个人工电话交换所。但是到新中国成立时通电话的城市不到三分之一，市内电话交换机总容量仅31万门，其中自动交换机总容量为20.8万门，其余都是人工接续的"摇把子电话"。

新中国成立后，我国电话总量增长了10倍左右。然而，由于西方国家的技术封锁和产业基础薄弱，加之研制难度大，我国对电话交换设备的科研，明显落后于载波、微波。直到20世纪70年代末，国产的纵横制设备才刚刚成熟，定型生产。因为纵横制设备所需机房面积大、承重要求高，一个电话局土建就要四五年。所以，直到1980年，我国电话交换机总容量仅为300多万门，大部分县以下的电话还是人工交换，城市的自动交换设备主要还是步进制，导致中国每百人平均拥有电话不到半部，成了电信和社会发展的瓶颈。

改革开放后，我国就开始认识到程控化是方向，也开始筹备个别大城市引进程控电话交换机，但是，考虑到当时我国刚刚掌握纵横制技术并实现产业化，而对程控技术了解很少，从生产、安装、运维到引进商务，及原有网络与新一代程控交换机的互联问题，都没有经验。所以在发展步骤上，争论很激烈，大致有三种观点：一是按部就班分三步走，纵横制、准电子、程控；二是分两步走，先上纵横制再跳过准电子上程控；三是一步到位上程控。

1981年7月7日发布的我国《"六五"通信技术发展政策纲要》规定：长、市交换在较长时间内要自动、半自动、人工接续并存。在业务需要和经济许可的条件下，要积极地向自动、半自动方向发展。市话自动交换设备近期主要采用纵横制，辅以中小容量的布控版电子交换机。

随着改革开放的推进，通信的需求日益高涨，尤其是沿海地带已成燃眉之急，形势不允许一步步走！

三步并成一步走

全国第一套引进的万门程控电话交换系统，于1982年11月27日在福州开通。

勇冒风险吃螃蟹

改革开放之初，省会福州全市仅有7000门市话交换机，其中，4000门步进制，2000门准电子，还有1000门是20世纪20年代的旋转制。

改革开放后，中央决定对福建实行特殊的经济政策，并把厦门辟为经济特区，福建一下子从战备前线变成了改革开放前沿。席卷而来的改革开放大潮对落后的通信立即形成了巨大的压力。市话待装户急剧增长，脆弱的电话网繁忙不堪。许多华侨、外商来闽考察投资项目，因为电信通信条件落后，只能失望而去。离开时，都留下了话：没有便利的电话通信条件，就不能实现国际、国内的信息沟通，搞不成现代经济。

福建省委省政府对通信发展更是寄予殷切的期望，省会福州市尤其迫切。当时福州市电信大楼仅剩200平方米的机房场地可以利用，如按照既定的"六五"发展规划搞纵横制，顶多建一两千门，根本不够用。

福建省邮电管理局从科技处了解到近期国内外通信技术设备的资料，第一次发现了全电子交换机——也就是今天所说的程控交换机。不久，局里开了一个关于程控交换技术专题研讨会。长期的封闭不但让人们对程控交换技术不甚了解，在思想认识上也还囿于旧的思维方式。会上提出了很多尖锐的问题：刚刚开始改革开放，一下就跨这么大的步子，是否太过冒险？中国有中国的国情，搞那么先进干什么？好不容易有了国产的纵横制交换机，为什么一讲对外开放就要引进，是不是有点崇洋媚外？……种种担心、怀疑纷至沓来。

改革开放对于长期落后的邮电通信的要求是"超常规"的，必须超越行业和短期得失的局限，才能真正完成历史所赋予自己的责任。面对激烈的争论，邮电管理局决定：高起点、跳跃式，一步到位上程控！

研讨会后，邮电管理局领导班子成员研究决定，立即向邮电部提出引进程控市话交换机的申请，同时向福建省政府汇报争取支持，很快得到了地方政府的支持。1979年11月20日，福建省政府批复：同意在福州引进国外先进市话通信设备。在福州先初装程控自动交换机1万门，列入地方建设项目。引进所需600万元外汇指标，省政府帮助解决。

1979年11月，邮电部派邮电科学研究院的高级工程师来到福州，给福建省邮电管理局的同志做市话程控交换技术的知识普及、辅导、帮助他们完成了一个初步方案。12月上旬，福建省邮电管理局向邮电部寻求对于引进程控的进一步支持、指导，并落实初步规划。邮电部对引进程控，虽然有一些不同意见，但大方向还是比较统一。不过，仍表示了对福建技术力量不足，国内又没有新老设备配套运行经验的担忧。

邮电部计划局要求尽快提供福州市内电话的现状、测算每线话务量需求、中继方式、局所结构、主要性能要求，以便着手向外商询价。1979年12月13日，福建省邮电管理局向邮电部正式提交了《关于福州引进程控电子交换机初步工作计划的报告》。

锱铢必较探新路

紧接着，福州引进程控电话交换系统工程领导小组成立。1980年1月25日，福建省邮电管理局把邮电部引进办公室、电信总局、科技局、设计院、研究院等机构的十几位专家请到福州，开了一次方案研讨会。整个方案研讨非常深入细致。经过激烈的争论和推敲，一个引进数字程控的系统方案很快形成。

决策明确后，福建省邮电管理局便展开了艰苦的选型与技术、商务谈判。邮电部对此事非常重视，指派了各方面专家直接参与谈判。

我国第一次大容量引进程控交换机的信息一经传出，就引起国际电信设备市场的关注。尽管那时程控数字式电话交换系统设备还在"巴统"的限制范围，但许多厂商急欲在中国程控交换机市场抢得先机，纷纷提出合作意愿。在半年的时间里，福建省邮电管理局在技术专家的直接参与下，与日本富士通公司、日本电气公司（NEC）、法国阿尔卡特（CIT）公司、法国汤姆森公司、瑞典爱立信公司等8家厂商同时展开谈判。

经过半年时间的谈判,福建省邮电管理局初步筛选出日本富士通、日本NEC和瑞典爱立信3家厂商。相比之下,爱立信设备最贵,NEC比较傲慢,富士通则富有诚意,愿意提供他们最新的F-150型设备技术,在价格、技术培训等方面也都愿意作出较大让步与优惠,于是双方就形成了合作意向。但是当时富士通的设备尚未完全定型,在日本国内也未推广使用,无开局经验,可靠性便无从谈起。这是一招有风险的棋,走不走呢?

1980年8月4日,福建省邮电管理局邀请的技术专家及技术谈判专家组成的考察组抵达日本,到富士通的小川工厂考察将要引进的F-150型程控交换机。日方以最高规格接待了考察组,不过却没能提供与招待规格匹配的样机和介绍材料。考察组一行在现场看到的样机,背板后面还拖着大把的导线,心生疑虑。当被问到设备研制生产情况时,几个年轻的日本技术人员抱来了一摞摞厚厚的技术资料。在短暂的考察时间里,并不精通日文的考察组技术人员怎么可能查阅完这么多日文资料呢?考察组凭着对技术的了解,隐隐从日方的态度中感到潜藏着问题。他们绕开这些具体的技术方案,直指要害,要日方拿出研制进度表来。推托无效之后,日方只好答应第二天交出进度表。

第二天,当考察组拿到进度表后不禁吃了一惊,原来日方的设备研制才刚刚完成了市话部分,距离他们所承诺的拿出一个成熟的实验样机还有相当的差距。富士通能否在约定期限内提供设备,甚至能否提供合格的设备都成了问题。如何应对?考察组连夜紧急商讨各种可能出现的问题、后果及应变对策。次日,富士通的社长紧急从外地乘机赶回,向考察组坦诚了研制进度滞后之失,情愿作出补偿,但恳请能够给予他们这一次机会。

据此前了解,富士通是日本主要的电子计算机厂商,虽不是以研产通信设备为主但却是以此起家,其电子计算机技术、集成电路技术、PCM技术等基础都比较好,尤其是电子计算机在日本处于领先地位,有研制数字程控电话交换机的坚实技术基础，近年开始向研产通信设备发展，已拥有小容量程控交换机的制造技术与经验，并形成了小容量全数字交换机生产线，元器件自给率也较高，这些都是研发大规模F-150系列交换机的有利条件。考虑到这些，考察组决定暂不"关门"，但提出赔偿要求，同时通过多种渠道进一步了解富士通的履约供货可能。

考察组随即向中国驻日使馆了解富士通的产品信誉和商业作风。使馆方面告知，该公司业绩、信誉都还不错，与中国也有比较良好的商业关系。通过旅日华侨的商业组织得到的该公司的信息也比较正面。在回国返闽途中，利用在上海转机的机会，考察组又走访了上海邮电管理局，因为中日海缆在上海的终端设备也是富士通生产的，获知其产品质量可信。

回来后，福建邮电管理局还从相关渠道获得了一个信息，富士通不久前与香港电讯公司达成了一项出售5万门同类产品的意向，不过香港方面提出了一个前提条件——该型设备必须有在国际上某一国家正常运行一年以上的纪录。换言之，富士通是要借着福州引进的这个万门程控的正常运转生成事实，来给今后香港更大规模引进其产品铺路。

为了确保引进设备的可靠性，在与富士通签订合同和技术规范书的过程中，福建省邮电管理局紧紧围绕"性能可靠性"，订立了许多补充条款。一是参照世界上已开通的程控交换机作了明确规定，提出了略高于国外已开通的程控局的各种质量验收指标。要求按照正式产品要求，对富士通的设备必须严格验收。二是规定设备安装验收后，由富士通派人来福州免费协助维护一年。三是设备保用期限为2年，在期限内设备出现任何问题由富士通负责解决。四是若干年后设备容量满负荷或自验收之日起的20年间，如由于设计上的原因而引起的故障，均由富士通解决。为了防止因设备性能问题而影响如期开局，合同中还规定：如延期开局，在开始的3个月内每天赔偿设备总价的0.07%，3个月后每天赔偿设备总价的0.14%，赔偿总额可高达总价的50%。

尽管订了这些条款，但是富士通若真的违约，会支付罚款并偿还已付货款吗？福建省邮电管理局认为必须有更加严格有效的规定加以保障，于是要求由东京银行出具《履约保证书》和《偿还保证书》，担保在因卖方原因造成延期开局或不能通过验收时，只要福建省邮电管理局开出证明，即可通过中国银行福州分行向东京银行索回所付的全部货款，并得到合同规定的损失补偿，而无须经过富士通签字认可。

在国际经济交往中，合同规定如此高的罚款率是少有的，由卖方国家银行出具如此担保就更少见。

在邮电部和福建省委省政府的支持下，福建省邮电管理局终于完成了一次极为精彩的引进谈判。1980年12月24日，福建省邮电管理局与富士通签订了引进FETEX-150程控交换机系统的合同，全部设备包括程控市话交换系统1万门、长途自动交换系统500线、脉码调制（PCM）60个系统、一个计费中心，还有2000部电话机，总价几乎为当时国际市场价格的一半。日方还为中方"赠送"若干培训名额，作为延误实验机研制的赔偿。

引进合同签订之后，一系列配套的施工以及开通新设备之前的准备工作也紧锣密鼓地展开。配套工程包括机房的改造、电源电力设备的增装、有关市话分局和长途台设备的配设等，工程时间紧迫。这些项目都要赶在国外设备到货或开始调测之前完成。这也是一场比拼，日方设备一到港，就要运得进、安得上、开得通，保证系统顺利开通。福建省邮电管理局调配人员明确分工、各司其职、夜以继日地组织配套工程的实施。

1982年11月27日，中国第一套万门程控电话交换系统在福州开通了，为中国当代通信史写下了浓重的一笔。一夜之间，福州的电话通信水平实现了历史性的跨越，一下子从第二代的步进制跃升到国际上还没有普遍采用的第五代全数字程控交换。

福建邮电30年没建过机房，连纵横制的设备都没有，都是步进制的。通信基础薄弱、严重落后，技术力量也十分薄弱。在全国各省通信实力的排位中，福建省只能排在末尾几位。至于引进、与外商较量，也是初次尝试，全靠各方支持和胆大心细善用市场规则去争取。

在新老设备的兼容、接口以及机房建设问题上，福州的老步进制机房里新装的8000门程控设备与步进制的老设备分装共处，运作协调无碍，一同发挥作用。新老设备能否兼容已经不成问题。而没能装下的另2000门程控设备，则利用原来台江分局步进制交换机测量台的一角，建了一个远端模块局。在一个只有20多平方米的弹丸之地，竟放了2000门程控交换设备。

1983年3月，福建引进的第二个万门程控项目——厦门万门程控的实施也已近尾声。邮电部召开了部长办公会议。部领导提出，程控是迅速解决通信紧张、严重落后的办法。对上程控遇到的难题，用福建的事实一个一个作出解答。福建的第一炮已经打响了，别的地方也能做到，我们要跳过纵横制，普遍上程控。

4月1日，在福州召开了引进程控交换机经验交流会，参加会议的有各省市邮电管理局和省会电信局及科研、设计、规划等单位的主要负责同志共百余人，国家计委、国家经委也派人参加了会议，现场说法，事半功倍，福州市引进程控交换设备的经验迅速推广。

高起点、跨越式发展，避免了资源的浪费，少走了许多弯路，使底子薄、基础差的中国通信一步实现了交换技术的百年跨越。

三盘饺子一锅煮

交换机可以集中改造，用户却需一户一线通达。程控交换机突破推广后，与之配套的线路发展成了主要问题：是一个一个煮饺子，一盘一盘煮饺子，还是把昨天、今天和明天的用户聚在一起，三盘饺子一锅煮？

"电话街",一片一片"下饺子"

福建经验推广后,各地放手引进了先进的程控交换机,用户可以申请到号了,可是,全国仅有的几十万管线资源,远远满足不了急剧增长的需求。先行先试的广东,通过推广"电话村",很快突破了被动。

要装一部电话必须有两个条件:一要有号,二要有线。号是指交换机上必须给用户留的一个号位,线是指将用户申请到的号位与用户家里的电话机连接起来的线路。在改革开放前沿,交换机问题刚解决,线路配套问题就浮出水面。

解决管线配套问题需要大笔投资,而且,更难的是,当时的用户仍比较分散,密度也较小,如果预先去拉线,拉多了没有用户,造成有限的线路资源闲置,拉少了不够用,要反复施工。

以前邮电局拉电话线的方法是哪里有用户申请,就去哪里设计、施工。这种被动的小生产的运作方式,效率、效益都很低,装机的速度远远赶不上用户增长的速度。有了号却长时间装不上电话的用户数量不断增长,"待装户"这个专用词也由此而生。

地处我国珠江三角洲腹地的广东省佛山市,1987年只有不到3000门电话,引进了一套万门程控交换机后,容量一下就增加了3倍多。但当时佛山市邮电局资金紧缺,管线资源匮乏,且全科只有20多个装机人员。哪里有用户申请,装机人员就赶到哪里去,搭了不少资金,但装机的速度远远赶不上待装户增长的速度。如何在财力、人力都不足的情况下,解决每天都在增长变化的用户需求?

这时,在一条街上集中了50个待装户的"公正路现象"引起了电话科的注意。为什么这里一下出现了这么多待装户?带着疑问,佛山邮电局市话科的同志们到公正路实地调查。

城区的公正路是一个集中进行纺织品交易的集市,500米的街道集中了

300多家经营布匹的商铺。在公正路走访时，几次听到一个同样的故事：

一天，一位店铺老板从街头走到街尾，发现不同店铺卖的同类商品存在差价，根据敏锐的商业算计，这位老板马上拿起电话调拨商品，街头买，街尾卖，坐地就赚到了一笔可观的利润。就是这个简单的故事一下引爆了电话热！

回到局里，大家分析认为，这条街有300多家类似的商铺，目前虽然仅有50个待装户，但是通了线路，很可能引爆两三倍的用户。与其到时再安排线路工程一户一户地去装，不如一次安排一条大容量电缆过去，成批解决这里现有的和可能潜在的需求。

于是，他们就按一次到位的原则，安排了150户的线路工程。建成后，全科干部职工到现场，一边给待装户装机，一边受理新客户。结果几天下来，安装了100多部电话，迅速回收了全部机线建设资金。

正为解决"装机难"问题着急的佛山邮电局就此组织了专题业务研讨会，并分析了佛山的市场特征：整体来看，佛山的用户虽然比较分散，但分散中也相对集中，呈豹斑状分布。如果按小生产方式，有一户拉线装一户，一步步跟在市场后面走，很难摆脱被动，只有按市场的聚集度，集中力量一片一片搞，才可以获得主动。

于是，佛山邮电局决定根据用户申报的集中度和市场调研分析，排出一片片开发计划，据此安排线路建设工程，并把"电话一条街"的经验向城乡交错的"电话村"推广。

佛山邮电局的做法不仅可以解决燃眉之急，还可以摊低资金、人力、物力和时间成本，获得规模效益。

1991年，佛山发展电话的经验，上升为全省成片开发战略，推动全省邮电机线配套资金，很快走上良性循环之路。不久，广东的做法就在全国得到推广。

"电话市",一城一城装电话

进入20世纪90年代,装电话成了中国东部发达地区老百姓的普遍需求。如何让"旧时王谢堂前燕,飞进寻常百姓家",成了新的社会问题。

20世纪90年代,中国城市建设进入高速发展时期,新的高层建筑和住宅小区拔地而起,一座接着一座,企事业单位办公条件和人民群众居住条件不断改善,装电话成了普遍的需求。但是由于规划部门没把通信设施纳入土建规划,道路和楼房建设过程中没有为通信线路的铺设预留通道,客户需要电话,只能在新铺设的柏油路面上开沟铺设管道,打洞立杆,在已经装修好的墙上打洞、布线……装一部电话不仅费时费力成本高,而且电话线像蜘蛛网一样拉得到处都是,成了社会关注的问题。

江苏邮电管理局电信处线路主管调查发现,在南京三条巷98号有4幢七层住宅楼,共住有120多户居民。在这4幢楼的中间有一根电线杆,上面有一只30对线的分线盒,这里的40多个用户家的电话线,就是从这个分线盒拉出的。辐射状拉出的一根根皮线织成了巨大网伞。

1990年12月,在江苏省通信学会年会上,在深入分析的基础上,线路主管提出了一个"户线工程"合理化建议,引起了主管部门的高度重视。

江苏省邮电管理局在进一步调查分析中发现了一个关于用户群的明显变化:江苏省南京市1984年申请装住宅电话的用户不到居民户数的10%,而到了1990年,申请装住宅电话的用户占到了总户数的60%;常州市1983年住宅电话有330部,而到了1989年年底,住宅电话上升到3297部,6年住宅电话数量净增9倍。

调查显示,当时大部分城市已装、待装和明确表示要装电话的用户数已经超过了城市住户总数的70%。显然,此时的城市潜在用户达到80%到90%。市场正在出现"家家装电话"的飞跃。

江苏省邮电管理局分析认为,"哪里用户多就往哪里临时调集资源打局部歼灭战"的做法已不能适应，局部、逐步解决问题的方法也已经落后了，必须采取更主动、全面的办法彻底解决待装户问题。而且，经过前一时期的发展，已经有了一定的积累，具备了线路提前到户实施"倒装机"战略的条件。这个战略的核心就是用户还没提出申请，就将电话线接到用户家中，等待用户随时启用。

1993年年初，江苏省邮电管理局提出，大规模实施城市居民住宅一户一对线的户线工程，目标：到"八五"末，全省各市和沿江各县基本实现每户一对电话线。

这一期间，江苏省邮电管理局积极争取地方的支持。江苏省建设委员会与江苏省标准委员会联合发出关于发布江苏省地方标准《城市公共建筑和住宅小区通信设计标准》的通知，邮电部门还细化了各种管线工程的标准。从此邮电局确定了管线工程项目后，就将标准公布招标，用社会化的生产方式解决装机难等问题。邮电局不用为工程施工人手不足等问题发愁了。

与此同时，苏南的农村市场也出现了用户需求超过50%的态势。江苏邮电部门决定加快农村通信的发展步伐。他们确立了以实施"杆线到村"和"电话村"战略为主线的主动发展、规模开发农村通信市场的思路，并制定了明确的标准及投资奖励政策，提出要用5年时间使50对以上电缆通达每一个行政村（即"杆线到村"），大力推进以装机农户占全村（行政村）农户总数60%以上为标准的"电话村"建设。

1993年年底，"杆线到村"发展战略启动，在全省掀起了"杆线到村"工程的建设高潮，1995年完成"杆线到村"工程5800个，1996年完成10027个，1997年完成8000个，全省"杆线到村"率达到97%。

户线工程、杆线工程，使城市新建楼房及经过改造的小区，家家都有预留的电话接口；乡镇村村通了线路，城市、乡村互动，形成规模效益。从此结束了邮电部门装机难的历史。

1997年4月底，随着江苏一个又一个电话村镇的建设，太仓市所有村镇均已建成电话村、电话镇,成为全国第一个"电话市"。

在江苏省政府的大力支持下,江苏邮电管理局积极推动全省各地向"电话市"大步迈进。6月20日,扬中市建成全国第二个"电话市"。

1997年9月29日,江苏省委领导在全省电视电话会议上拨通了东海县安峰乡杨村的电话,向农户们送上了省委省政府亲切的问候。至此,江苏35649个行政村提前3个月实现了村村通程控电话的既定目标,成为全国各省、自治区、直辖市中"行政村村村通电话"的第一家。从此以后,在江苏的任何一个村,电话都可以直接通往全国和世界各地。

广东、江苏的大胆实践,不仅借鉴发扬了福建电话交换技术"三步并成一步走"的宝贵经验,而且通过电话街、电话村、电话市、电话省的创立,开创了把昨天的用户、今天的用户和潜在的用户"组织起来","三盘饺子一锅煮"的用户发展新经验,大大促进了电话用户发展的步伐,使我国电话发展全面驶入快车道。

率先实现程控化

随着福建、广东、江苏在实践中积累的宝贵经验,从南到北、从东到西,在全国辐射推广,中国的电话全面进入了跨越发展的新阶段。

1997年8月26日,北京人民大会堂嘉宾、记者云集,气氛热烈。人们在等待中国通信业发展史上一个重要时刻的到来。这一天,我国最后一个没有通程控电话的县——四川凉山彝族自治州普格县也圆了程控电话梦。

上午9时许,邮电部部长通过普格县刚刚开通的程控电话,与当地进行了通话。随即他向中外记者大声宣布:至此,中国县以上城市全部实现电话交换程控化,国家公用电信网电话交换机总容量突破1亿门!

中国通信业不骄不躁,继续乘胜追击,到2002年年底,中国的电话交换机总容量和电话用户总数,双双突破了2亿户。

中国以巨人般的步伐,迈向"电话王国",成了世界上电话最多的国家。

第三章 八纵八横贯神州

随着市场经济的日趋活跃，长途电话需求急剧飙升。如何突破"长"梗阻？中国通信人以前瞻的眼光、系统的思维，统筹条块、东西、军民关系，一步到位上光缆，展开了八纵八横贯神州的干线决战。

长途需求呼声疾

1987年前后，随着市场经济的日趋活跃和对外开放的推进，长话通信需求异峰凸起，上升为通信业面临的主要矛盾。

通信遭遇"长"梗阻

我国覆盖全国的长途通信网，起于新中国成立之初。1949年，首都北京与全国各中心城市，都没有一条畅通的长途有线杆路。1950年，在党的领导下，国家投入巨资，电信部门组建了8个长途干线总队，奋战一年，新建线路8154公里、修复线路4027公里，还修建了从北京到满洲里的2400公里国际干线，开通了北京与莫斯科全长近12000公里的有线长途报话电路，从而形成了以北京为中心的新中国第一代干线网。

朝鲜战争爆发后，我国通信干线建设重点被迫转向以国防为主的时期。20世纪60年代初开始，随着经济的发展，邮电部开始自力更生，研发以大容量微波和电缆载波为重点的第二代长途干线设备并进行通路建设。由于帝国主义的封锁和"文化大革命"的干扰，到改革开放之初，我们虽然掌握了同轴电缆载波的技术，但是仅仅修通了京津沪杭一条1800路长途载波干线，全国大部分区域的长途电信，主要还是靠不断通过载波增容的第一代架空干线勉强支撑。

统计资料显示，到1980年，我国的长途干线通信电路总数仅3万条左右，约为当时日本的1.2%。1983年，我国省会城市之间大多也只有三五条直达电路相连接，而当时日本仅东京一地就有长途出口电路40万条。

改革开放后，我国通过大规模引进程控电话缓解了市话紧张局面，而市话发展极大地刺激了长途电话的需求，干线能力不足的矛盾更显突出。有资料记载，在长江流域，地处上游的西南最大的工业重镇重庆，至武汉、上海只有8条长途电路，到南京的长途电路只有区区2条，供需之间存在着巨大反差；纵贯我国南北的北京、武汉、广州的架空电路，由于沿线长途电话业务量猛增，超负荷严重，长途呼损率高达97%；深圳打出的长话接通率平均也不到4%……

脆弱的通信干线，随着长话通信需求急剧飙升，面临千万条电路需求的"钱江大潮"，形成了上下关注的"长"梗阻。

"十六字方针"解难题

解决长途问题复杂，首先必须解决条块协调发展问题。

改革开放前的一段时间，邮电企业长期下放各地，党的十一届三中全会后，虽然明确了条条为主管理体制，但是为了解决当时最突出的市内电话问题，采取了类似"大包干"的"以话养话"政策，初装费等政策形成的资金都留在各地滚动使用，部里掌握可用于干线建设的资金很紧张。

1987年5月，江苏邮电管理局邀请邮电部领导到南京出席由地、市、县政府领导参加的条块共商发展通信的会议。

此前，邮电部已表示支持江苏通信发展的想法，并特别强调江苏提出的"条块携手，分层解决通信紧张"的办法具有普遍意义。5月14日，会议开幕。省政府各有关部门领导，各市县政府主管邮电的市长、县长，以及市县计划委员会主任、邮电局长等100多人出席会议。

分管通信的江苏省副省长提出，邮电通信具有全程全网的特点，属于条条管理。但是，邮电通信主要任务是为繁荣经济、方便群众生活服务，和块块是不可分割的。要变条块分割为条块结合，条条和块块携起手来，共同致力邮电通信的快速发展。

邮电部认为江苏省发展邮电通信的做法对全国具有普遍意义。按照这个路子走下去，江苏有可能探索出一条从我国实际出发，加速通信发展的新路子来。这不仅是江苏的新路子，也是全国邮电发展的新路子。各地的积极性发挥出来后，不仅可以优先改善当地的通信条件，邮电部也可以多集中人力、财力、物力、精力，解决出省、出境、出国的长途网络建设问题。

江苏省政府表示不仅用省内回收的初装费解决省内市话问题，还愿意在本省范围征收长途电话附加费（每分钟长话加收1角钱），供部里解决一部分与本省相关的长途建设资金。这项政策建议后来也得到了财政部门的支持和推广。

会后，有关部门立刻将江苏的经验用简报的形式印发全国。同时组织相关人员总结提炼江苏经验，将江苏提出的"条块结合、分层负责"扩展为"统筹规划、条块结合、分层负责、联合建设"十六个字，并及时向国务院分管领导汇报。

1987年6月4日，全国电信工作会议在北京召开，推广江苏经验成了这次会议的一项重要内容。中央领导也全面肯定了"十六字方针"。

江苏省政府邮电建设工作会议起了很好的示范和榜样作用。全国有20多个省区市政府都按照"江苏模式"先后召开通信发展工作会议，贯彻"十六字方针"。

随后，全国大部分省区市政府都先后成立了通信建设领导小组；25个省区市或以人大常委会或以地方政府的名义，发布了支持邮电通信发展的法规，将对邮电的一系列优惠政策、措施从法规上予以固化和保护。"十六字方针"把我国通信带入了邮电部和地方政府相互支持、相互理解、协同推进的最佳状态。

正是有了这个大背景，邮电部得以腾出精力，系统而有力地展开全国长途骨干网的规划建设。

建铜缆还是上光缆

资金缓解后，另一个重大的问题被提上了日程：用什么技术建设新一代干线网络，是继续采用已经掌握的中同轴电缆载波，还是采用当时世界上开始规模商用的光纤光缆。一句话：建铜缆，还是建光缆？

宁汉干线新思路

其实，关于我国长途通信采用什么技术的讨论从20世纪80年代初就开始了。争论首先是围绕宁汉干线的技术抉择展开的。

建中同轴电缆网曾长期是我国解决长途通信的努力方向。1975年，我国用2年4个月的时间建成了全长1700多公里的京沪杭1800路中同轴电缆干线，这也是我国第一条纵贯南北的干线。我国第二条同轴电缆干线——京汉广工程计划1987年完工。早在1981年，我国邮电部门就提出了一个用中同轴技术建设"井"字形全国通信干线的规划。宁汉渝工程就是规划中的第一"横"。开始，宁汉干线采用中同轴电缆是主流意见。1983年5月20日，一份建设"南京—武汉—重庆"1800路中同轴电缆干线的计划方案，由邮电部报到了国家计委。

当决策者与设计者们为这条沿长江、横贯腹地东西的干线建设苦心筹谋之时，世界光通信科技发展日新月异，展现出强劲的商用前景，给宁汉渝干线提供了另一种可能的选择——能不能用光缆代替电缆？于是邮电部和国家计委有关负责同志就宁汉渝工程计划提出了一个全新的思路。

光纤通信起步于20世纪60年代。1966年，华裔科学家高锟从理论上论证了光导纤维作为信息传输手段的可行性。4年之后，美国康宁公司依据高氏理论，拉制出第一根可实用的光纤。由于光的传输速率快得多，所以光纤通信技术一问世，便突飞猛进，成为世界各国关注的焦点。至20世纪80年代初，世界发达国家已研制更新了4代光纤通信系统。已经可在每对只有头发丝三分之一粗细的光纤上以数字方式传输1920路电话，而且根据理论预测，随着复用技术的不断提高，光纤通信的容量可比电缆传输容量高出成千上万倍。

我国对光纤技术的研究起步也比较早，武汉邮电科学研究院1979年就拉制出了我国第一根具有实用价值的光纤。1982年，该院又在武汉市区研制、安装并开通了8.448兆比/秒的光缆市话通信工程，开创了我国光纤通信历史篇章。

在这样的背景下，宁汉渝通信干线上光缆的设想一经提出，立即在我国通信业的决策、科研、设计、基建等部门引起强烈反响。

1983年10月25日，来自全国各地有关单位的20多位专家、学者汇聚一堂，对这一涉及我国通信产业重大技术政策的课题进行研讨论证。

一些专家阐明了我国应尽早采用光纤技术的意见。他们认为，面对世界光纤通信技术快速发展，前景日趋明朗的现实，我们应当瞄准世界先进水平，打破常规，超常发展，否则便会坐失良机，使我国的通信水平更加落后于世界的发展。而另一些人却观点迥异，对1920路大容量光纤传输系统的技术成熟度提出了异议。他们认为，当时国际上在长途干线上才刚刚开始应用如此大容量的光纤通信系统，美国的第一条全长1251千米的"东北走廊"光缆干线和日本札幌至福冈全长3400千米的光缆干线都还在建设中。而我国科技力量薄弱，建设资金短缺，上光缆要承担巨大的技术和经济风险。相比较而言，我国建设同轴电缆的技术成熟、基础雄厚，更大容量的4380路中同轴电缆也已研制成功，并在上海至杭州100余千米的路段开通试运行。因而用国产电缆更为稳妥，同时也避免了大容量电缆系统刚试制成功便被弃用所造成的浪费。但支持上光缆的同志认为，大容量长途光纤通信系统的应用在国际上虽然刚起步，但却发展势头迅猛，也许只要短短几年就会完全成熟，大规模取代传统技术，如果我们不及时迈出这一步，风险将更大。此外，两者的经济合理性，也是争论的焦点。

当时的国际市场上，光缆和光端机的价格很昂贵，引进一条基本同等容量的光缆通信系统的一次性投入，明显大于同轴电缆通信系统。但引进一条四次群10芯光缆可以传递近万对电话，而建一条四管1800路中同轴电缆只能传输3600对电话。平均到每一对话路上的投资，光缆显然比电缆经济得多。

还有一个因素，也至关重要。据测算，南京至武汉全程不到1000千米，如建四管1800路中同轴电缆，需要1641吨高质量的电解导体铜和5470吨铅。我国是个贫铜国，每年需要从国外进口大量铜材。如果今后全国数十万千米的长途干线建设都用电缆，那铜的消费量将是一个巨大负担。而且作为战略物资，国际市场铜价一直居高不下，相反光缆通信系统的价格则在以每年15%—20%的速率下降。

有专家担心：干线光缆建设在我国是空白，技术力量薄弱，施工队伍没有，能否保质保量保工期完成？而另有意见认为：上一条中同轴电缆一般要三五年，而一旦紧缺的铜被"卡脖子"，三五年未必拿得下来。光缆搞好了，同样是三五年，但通过这个工程，我们可以锻炼出一支设计、施工队伍，消化引进技术，带动国内光纤通信的科研、生产，其意义远远大于建设一条宁汉渝光缆。

还有技术设备的引进问题。当时国际政治格局还处在"冷战"末期，美国严格控制光纤通信技术和设备的出口，并通过"巴统"竭力控制日本和西欧对社会主义国家出售技术和关键设备。但专家们分析后认为，中国改革开放巨大的市场前景，对西方而言，充满了诱惑，这为我们通过多种方式打破垄断，创造了有利条件。

简而言之，上铜缆，技术、设备、队伍成熟，易实施，但从发展方向上看，是落后的，逆势的；上光缆，没有成熟的技术、队伍，设备引进困难，而且价格难以承受，但是技术先进，是未来通信发展的趋势。真是两难！

1983年秋的这场"光"与"电"的争论终于有了结果，邮电部吸收各方意见，形成了一个稳妥而积极的建设方案：将宁汉渝工程分两段，先不考虑汉渝段用什么技术，"七五"前期在地理条件相对较好、需求最为迫切的武汉到南京段，采用技术引进、自行设计的方式，建设一条具有国际先进水平的大通路干线光纤通信系统，这就是宁汉光缆。

负责工程设计任务的邮电部设计院，经过反复斟酌论证，果断推翻了原来的中同轴电缆设计方案，于1984年7月28日向邮电部递交了《宁汉渝光缆通信工程技术方案》。这一凝聚着众人心血智慧与拳拳报国之心的技术方案，为宁汉光缆工程奠定了第一块基石。

1985年秋，国务院在批准建立长江流域经济协作区的同时，批准了宁汉光缆以技贸结合的方式引进建设的方案。1985年11月21日，宁汉光缆计划任务书正式下达。邮电部要求设计院必须在年内拿出初步设计方案，使工程符合列入国家"七五"计划的时限要求。

长近1000千米,投资1.4亿元,纵横鄂、赣、皖、苏4省的通信干线工程初步设计,按常规是半年的工作量,可交到设计院时,时间只有不到40天。为了捍卫荣誉,为了把握未来,设计师们废寝忘食、争分夺秒。

1985年12月26日,宁汉光缆工程初步设计方案完成,9个分册、17套设计文件全部装订成册,连夜直送北京。1986年1月5日,宁汉光缆工程初步设计方案在江西省南昌市通过了邮电部组织的专家会审,得到与会专家的充分肯定。

万事俱备,只欠东风。这一"东风"就是引进的时机和价格。因为当时国外对光纤通信技术的封锁虽有松动,但"巴统"还有许多限制。即使有一些国家愿意对我国出售光纤通信设备,也借"巴统"把价格提得很高。在这种情况下,邮电部的决策者一边展开站点的前期土建工程,一边寻找启动宁汉光缆建设的有利时机。

"汉荆沙"一箭三雕

时机并不是仅仅靠等待,还要靠争取。经过改革开放以后几年的摸索,中国电信人对于发达国家的出口战略有了一些认识:对中国没有掌握技术的设备的引进往往外方要价奇高,而一旦中国在技术和产业上取得了突破,国外对我国的出口战略立马由高价惜售转为降价打压和倾销。

兵来将挡,水来土掩,邮电部高层考虑了一招"暗渡陈仓"。1986年年初,湖北省邮电管理局向邮电部汇报通信干线极度紧张的情况,特别是省内二级干线传输空前紧张,从武汉出口到省内各地市的长途传输电路每条最大容量不过12路,加上载波设备,最多也不过二三十路,根本无法满足需要,并表示希望部里给点建设资金。对此,邮电部提议湖北建一条架空光缆。

国外长途光缆都是采用地埋方式建设的。若在原有的电信杆上直接加挂一条光缆，一下就可省去地埋光缆的研制、生产、埋设工期，既可缓解二级干线的困难，也可迅速为一级干线的建设提供经验。当时湖北省省内二级干线传输空前紧张，如果能建设一条34兆比/秒的光纤通信系统，一下子就可以开出480条电路，而且架空光缆可利用现有相关干线的杆路挂架，可以省去大量人力、财力、物力。

湖北省邮电管理局经过充分讨论，决定把这项工程选在全省电路最紧张的武汉至荆州、沙市方向，名称定为"汉荆沙长途光缆通信试验工程"，路由出武汉，溯长江而上，光缆架空，加挂在武汉至重庆的一级传输干线的杆路上，总长244.8千米。

工程开工后，湖北省邮电管理局与武汉邮电科学研究院携手拼搏，通力合作，汉荆沙长途光缆工程于1987年12月29日建成开通。国务院电子振兴办公室与邮电部在武汉为此工程开通召开了现场会。邮电部同时决定将这一解决省内干线紧张的应急模式向全国推广。武汉邮电科学研究院后来成立了光纤通信技术宣讲团，集中了院里光缆、器件、设备、系统等各个光纤通信专业的科研技术人员，奔赴全国各地，向潜在的市场用户大力宣传普及光纤通信知识和技术，为我国的光纤通信科研成果的应用推广立下了汗马功劳。

在汉荆沙工程积极筹备的同时，武汉邮电科学研究院的光纤通信研究和开发也在迅速推进。1986年，他们在实验室中成功建立了连接60.5千米光纤的传输系统，成为当时国内同类设备最长距离的光纤通信系统；1987年，他们研制的"长途单模140兆比/秒光端机和条架式光中继机"通过了部级鉴定，被认为具有20世纪80年代国际同类产品水平。这一系统还参加了当年的日内瓦世界电信展览会，引起了国际关注。

汉荆沙工程带来了"一箭三雕"的奇效：既解了二级干线之困，又推动了自主创新，还扫了"巴统"的傲气。我国光纤通信研发和光缆工程建设迅速推进、迅速实现实用化，使"巴统"对于光纤通信技术、设备的控制有所放松，加之国际通信设备市场竞争的加剧，国外光传输系统高昂的价格也出现了明显的下降趋势。

困局渐解，时机成熟，于是酝酿已久的宁汉光缆也在1987年10月开始了试验段的建设。1989年10月，宁汉光缆全线开工。1990年1月，九江至南京段竣工，历时2年3个月的宁汉光缆工程全面完工，初验认定，性能、效益均优于设计要求。

1991年1月15日，中央人民广播电台向全世界转播了《人民邮电》报的一则消息："邮电部决定，今后中国将不再建设中同轴电缆通信干线，并逐步建设以光缆为主的骨干通信网。"①

八纵八横起宏图

大规模长途光缆干线建设，首先从需求最迫切、地方领导支持力度最大的南沿海工程展开。

聚力首战南沿海

1989年12月，经过邮电部的规划、设计人员与沿线各省市的密切配合和共同努力，南沿海光缆工程规划书在上海通过了邮电部的审查，正式上报国家计委。规划书上的南沿海光缆像一条项链，自南京起，跨苏、沪、浙、闽、粤五省市，最终与深圳接通，将我国长江三角洲、闽南三角地带和珠江三角洲三个"金三角"及深圳、汕头、厦门三个特区和上海浦东开发区这沿海改

---

① 本书编委会：《大跨越——中国电信业三十春秋》，人民出版社2008年版，第104页。

革开放的一颗颗明珠串了起来。

在中国通信建设史上，这是一项规模空前的干线通信工程项目。光缆全长2800余千米，途经59个县以上城市，投资近4亿元，敷设24芯光缆，建成初期即可为南沿海地区提供8万多条长途电路，改造扩容后总容量还可翻一至两番。无论工程的长度或容量都是史无前例的。

1991年10月，建设指挥部一声令下，中国通信建设总公司所属的11个公司、42个工程队，3000多名技术员工和上万名民工，在东南沿海地带，一下摆开了几百个工地，划线、排障、挖沟、放缆、焊接、覆埋，2800千米的一条"银龙"穿山越岭，硬是在88天时间里安然植入了我国漫长的黄金海岸，创造了世界光缆史上的奇迹！

1992年12月24日，南沿海光缆全线开通。

谋划光缆目标网

1991年1月，在"八五"计划期间召开的第一个全国邮电工作会议上，邮电部正式提出建设国家光缆骨干网的概念。而在网络规划方面，逐步形成了建设安全性最好的格状网的思路。

当年11月，邮电部规划工作会议在成都举行。会议明确提出了目标网规划的思路和任务。提出要改变过去重计划轻规划的倾向，没有规划的项目，计划不能批准。此外，为了避免提前制定的网络规划与实际发展脱节，提出了实行五年滚动规划的创新思路。即每一年都要做出下一个五年计划的第一年的发展计划，同时对正在执行的五年计划进行微调。这样，每一个五年计划都是在执行中不断进行动态调整。这一规划工作模式的改变为后来的通信建设创造了极为有利的条件。由于有了明确的长期规划的指导，使具体的计划工作方向明确，许多项目的可行性研究都可以提前进行，当条件具备，可以迅速启动上马。

关于应当建设一个怎样的目标网，邮电部门经过仔细研究认识到，我国传统的通信网呈五级辐射状，从中央辐射到省会，由省会辐射到地区，再从地区辐射到市县，最后辐射到农村。这种网络架构已经不适应现实需求，弊端明显：第一，一旦某一级的辐射节点发生阻滞，不但导致经其上下行信息的阻断，还会造成以下各级间信息传输的阻断；第二，一些地理位置相邻的某两个级辐射节点下一级地区的信息交流，必须分别绕经其上级辐射节点后才能实现，造成不必要的通信资源及时间、物质上的浪费。事实上，当时各地飞速发展的通信建设已经开始打破这样的旧有模式，在经济活跃的东南沿海省份，如浙江、福建、广东的一些地区，农话、市话这两级网络已经合二而一，形成大本地网，旺盛的通信需求推进着各下级网都迫切希望减少层次阻隔，直接进入国家骨干网。而此时，"信息社会"已见端倪，"互联网"也已在快速的孕育之中。未来世界通信和社会发展的趋势，都需要中国在建的通信骨干网络不但要有宏大的发展规模，更要有适应未来通信使用与消费模式的构架。而在中国如此大的地域范围内建设环状网也是不可想象的。由此，目标网构架的思路逐步倾向于安全性最好的格状网。

邮电部计划司接着组织规划部门，根据这个总的思路，开始一条条勘察摸底，并听取业务司局和各地管局的意见，逐步形成了一个网状的规划图，在邮电部计划司领导和国家计委相关司局领导沟通时，大家一条条数下来正好是八纵八横，于是就形成了"八纵八横"的蓝图。

春风早度玉门关

"八纵八横"，如此浩大的工程资金哪里来？建设责任谁来负？工程贷款谁来偿还？怎么偿还？这些问题，邮电部早有考虑。

早在南沿海工程展开前,邮电部就按照条块分工的原则,对建设投资做出了明确、科学的划分。涉及干线规划设计、设备采购和安装等的费用,由邮电部统一出资、运作并负责偿还,确保工程质量最优化和招标采购的规模效益最大化。同时,把征地、拆迁、赔补、挖沟、埋缆及土建的费用和责任划给省市邮电管理局,以便发挥地方的职责,实现成本、效率的最优化。

其次,考虑到东部、西部对长途通信需求的迫切程度、电缆长度和工程的难度,以及后期经营还贷的能力大不相同,邮电部在干线建设铺开前,就做了一个有利于促进东西部协调发展的经济核算机制的重大调整。

邮电是典型的社会化大生产企业,任何一项业务都是通过异地联合作业来完成的,没有合作就无法开展业务。一处窗口受理的业务,需要全线联合提供服务。因此,世界上绝大多数通信运营企业都实行统收统支,窗口收到的钱,全部上缴;要花钱,一级一级打报告。如何调动企业的积极性?党的十一届三中全会后,邮电系统为了调动现业局的积极性,实行了经济核算制,基本原理就是把通信业务分为入口、转口、出口3段,每个环节都在成本核算基础上设定一个内部结算价格,然后据此进行收入再分配,各个环节多劳多得。这种方法虽然烦琐,但实施后取得了较好效果。

为了适应干线建设的需要,邮电部提出了一个以成本差异系数为主的经济核算新方案。先采集一批各地与通信生产有关的客观数据,比如,山区比重、无霜期天数、城市人口比重、城市职工人均工资、公路铁路密度、每平方公里使用邮电量等,再用函数回归方式计算出各地不同的地区差异成本系数,进而计算出各地不同的结算价格和结算系数。难度小、经济好的地方,系数就低,比如上海、广东的系数仅有0.8;而建设服务难度大、社会经济落后的地区,系数就高,比如,甘肃、青海、西藏,系数分别达到1.8、2.3、3.5。年度核算时,用各地窗口实际收入乘以系数,计算自有收入。

这个新办法公布后,很快激活了大部分省份的生产积极性和建设积极性。邮电的经济改革办法,从根本上解决了东西协调发展的机制问题,这种科学系统的改革思维，到今天都很有借鉴意义。

军民携手建国脉

邮电和通信兵本来就是一家人，不仅"同根生"，在新中国成立初期还是一个领导兼两头的状况。抗美援朝以后，虽然分别建网分别运行，但二者一直联系密切。新中国成立之初，最早的国防干线就是加挂在公网的杆路上的，后来部队组织通往西藏的西南干线，也是部队牵头，邮电参与施工，在国防线路上也加挂了公众电路。

军民共建达成共识

20世纪90年代后期，每年春节、中秋，邮电部领导都要带队到通信兵部开展"拥军爱民"座谈活动。在对口交流中，部队同志首先提出，能不能在"八纵八横"光缆网建设中，开展军民共建。具体的想法就是采用同沟或同缆方式，在"八纵八横"光缆网建设中，根据国防通信需要同步建设国防通信的光缆网。

这个意见立即得到了邮电部领导的积极响应。双方经过具体商量，很快给出了一个相得益彰的合作方案。

1991年6月7日，时任中共中央总书记、中央军委主席江泽民和其他军委领导以及中央和国务院有关部门的负责人，共同听取了总参通信部关于我国通信建设状况的汇报，提出要走军民结合、平战结合的道路。

中央领导对此给予了充分的肯定，强调要把通信建设放到关系国家安危的高度来认识，必须放到首位来抓，要把平时和战时的通信进行总体规划。

1994年3月10—22日，全国人大八届二次会议在京举行。会议期间，总参通信部部长作了《统筹规划、协调发展，建设军民结合、平战结合的国家通信网》的发言。中央领导进一步强调军民共建发展通信是一个方向，是一件利国利民利军的大好事。这一指示为动员军队和地方积极投入军民共建通信工程奠定了坚实的思想基础。一场声势浩大的军民共建光缆通信干线的世纪工程就此拉开了序幕。

军民携手创奇迹

1994年4月，兰州军区2万多名解放军官兵参加了"西—兰—乌"光缆工程的建设工作，负责兰州至乌鲁木齐2240千米的光缆土方施工工作，打响了军民共建国家一级光缆干线的战斗。

在全长2000多千米的"乌—兰"光缆线路上，自然条件恶劣，环境十分艰苦，大漠戈壁占整个施工线路的70%。4月初，工程刚刚开工，便遇上了大风。新疆境内的风区，风力高达12级。狂风裹挟着沙石漫天飞舞，10米之外不见人影。大风掀翻了卡车，人都站不住，只得趴在地上避风。刚挖好的缆沟瞬间便被掩埋。

几天下来，施工部队3000多名官兵的帽子、30多顶帐篷都被风刮跑。炊事班把煮好的饭送到工地上，还没吃就已是半碗米饭半碗沙，根本无法下咽。不得已，炊事员想办法，煮稀饭，大点的沙砾沉了底，剩下的沙尘就着稀饭下肚。

即便如此艰苦，部队也没停一天工。"奋战戈壁沙漠，建功百里风区"。官兵们以坚强的意志，实践着自己的誓言。

在困难面前，解放军官兵发扬了大无畏精神，千里施工线上，响遍"流血流汗不流泪、掉皮掉肉不掉队""宁肯多挖一方石、不让沟深浅一寸"的口号，他们用双手和血汗创造着奇迹。

新疆军区某"红军师"一位名叫刘兴栋的班长，一天苦干18个小时，创造了在戈壁滩上日挖砂砾土87米的最高纪录。该部战士方立军，忍受着右手拇指骨折的剧烈疼痛，也创下了日掘进84米的佳绩，被战友们誉为"挖土机"。新战士多尔坤的绰号叫作"铁榔头"。他一天在坚硬的石层上打出了40个深50厘米的炮眼，共计抡大锤约4万次。工地上，许多战士像他一样抡大锤，打炮眼，胳膊肿得连衣服都脱不下来，索性把衣服袖子剪了。

在工程施工过程中，1个多月下来，施工部队官兵平均每人穿坏了两双解放鞋，一身作训服。1.5米长的钢钎打得只剩下50厘米，12磅的大锤只剩下5磅。这些都充分展现了解放军"特别能吃苦，特别能战斗，特别能奉献"的光荣传统和精神风貌。如果没有解放军支援，在这样的条件下建设光缆是不可想象的。

正是有了解放军广大官兵以及中国通信建设总公司干部职工的顽强拼搏和无私奉献，"西—兰—乌"光缆工程全线施工进度之快、施工质量之优，大大超出人们的预估，仅用55天就完成了光缆铺设任务，120天就实现了全线贯通，创造了我国光缆施工速度新纪录。"西—兰—乌"工程的完成使我国拥有了第一条横贯东西的光缆大动脉，极大地促进了我国西部的经济建设和发展。

世界屋脊树丰碑

随着我国光缆干线建设的继续发展，拉萨已经成为我国各省会和自治区首府中唯一不通光缆干线的城市。邮电部认为从国家大局考虑，这条光缆一定要建，并且要快。就这样，为了进一步支援西藏地区的经济发展，邮电部决定同样以军民共建方式，建设兰州经西宁到拉萨的"兰—西—拉"光缆干线。

兰州经西宁至拉萨，全长2754千米的光缆路由，要跨越被称作地球第三极的"世界屋脊"——青藏高原。这是一条充满了挑战与艰难的"天路"。

有人曾预言，"兰—西—拉"光缆将是一项出"烈士"的工程。此话绝非危言耸听。20世纪50年代，慕生忠将军因率部历尽艰险修筑举世闻名的青藏公路，结束了西藏不通公路的历史而彪炳史册。为了修筑这12000千米长的公路，牺牲了1000多名筑路英雄。之后，国家又组织修建了格尔木至拉萨的输油管线，130多名建设者为此捐躯，长眠在雪域高原。

因此，"兰—西—拉"光缆被称为"八纵八横"光缆网建设中施工难度最大、条件最艰苦的一项工程。光缆路由跨甘、青、藏三省区，穿越千里戈壁、翻过昆仑山和唐古拉山，经可可西里无人区，涉过长江源头，所经之处90%以上位于高海拔地区，工程最艰难的昆仑山至西藏安多段，最高海拔达5231米，被称为"死亡地带""生命禁区"。艰险程度可想而知。

1997年6月，背负着祖国和人民的希望，3万多名解放军官兵及邮电基建战线的员工们，义无反顾地奔赴青藏高原上。在海拔4000多米的高原上，高寒缺氧，空气稀薄，其含氧量只有沿海地区的50%，徒手行走相当于在沿海地区负重35千克，更不要说进行高强度的劳动。如果没有对环境的适应，即使生存都不容易。而在这样的海拔高度，用人力开挖出1米多深的光缆沟，敷设数千千米的光缆，是对人类生理极限的挑战。当时有人计算过，打一个40厘米的炮眼，要抡动8磅的铁锤4000次。一个棒小伙儿，抡二三十下，就嘴唇发紫，喘不上气来，必须深深地吸上几口氧气才能接着干。

为减少伤亡，参加施工的部队特别规定晚上睡觉时，干部必须每隔2个小时查一次铺，用小棍拨醒战士，以免战士们因严重缺氧和超负荷的劳动，在夜间不知不觉窒息死亡。

工程建设的参战官兵，每个人脸上都脱了几层皮，手上满是血泡，老茧擦着老茧。

某部19岁的战士周光远，因强烈的高原反应和长时间高强度的体力透支，最终倒下了，一个年轻的生命在"兰—西—拉"光缆工程的建设中，化作了人们心中永久的怀念。

周光远的父亲和哥哥来到了高原，来到了他生前战斗过的施工现场。抹去悲痛泪水，父子俩谢绝了战友们的劝阻，接过烈士生前用过的工具，抡起了铁镐，为儿子和兄弟未尽的工作再出一把力，为"兰—西—拉"光缆建设再尽一份心。父子俩以这样的方式寄托对儿子、对兄弟的哀思，感动着每一个"兰—西—拉"光缆工程的建设者，并使这份感动成为千百万人心中的永恒。

中国通信建设战线的干部职工和英勇的解放军一样，战斗在青藏高原之上。

工程开工前，为了确保在严重缺氧的海拔5000米现场的人机正常工作和光缆接续质量，通建总公司安排第二工程局先期进行光纤熔接试验。副总工程师任亚林带领13名同志，在唐古拉山地区圆满完成了这一艰难的试验任务，为工程的顺利施工提供了可靠的数据。在施工过程中，通建四局上到海拔4800米的五道梁，因为高原反应强烈，一共19个人，当天就有16个人被送下了山。有人在高原因感冒引发肺水肿，口吐血泡，被送到医院抢救。第五工程局的医生张雪梅放下家中的幼子，毅然随队伍登上青藏高原，成为参建的唯一女性。

"兰—西—拉"光缆工程不仅以严酷的气候地理条件考验着施工队伍的坚韧与顽强，也以不同的工程合作协调难度考验着工程管理部门的能力。作为所有工程项目的最大的"甲方"代表，邮电部干线建设管理中心参与并承担了全部工程从争取贷款、项目招标、设备验收以及开工之后随时会出现的种种问题的协调工作。常常今天在这里审核设计，明天在那里搞安装示范，后天又去开协调会，所有人都忙得像上足了发条的钟表，拼命运转。

工期接近尾声时，因为低温，机房的建设极为艰难、缓慢。邮电部领导上工地找对策，居然想出了先在房址外搭建起巨大的帐篷，阻挡寒风，再在帐篷里盖房子的"绝招"。为了让新建的机房墙体尽快硬化，指导施工人员用火炉对机房墙体进行烘烤。

在军民双方的共同努力下，1997年9月15日，工程开工第85天，"兰—西—拉"光缆铺设完成，全线贯通。中国人民解放军官兵和邮电通信建设者们在"世界屋脊"再创奇迹，令世界惊叹。

1998年8月7日，"兰—西—拉"光缆工程竣工开通仪式在海拔5231米的唐古拉山山口隆重举行。

"兰—西—拉"光缆纪念碑由20多块花岗岩组成，通高8米，重100余吨。碑正面上部是江泽民同志题写的"军民共建兰州西宁拉萨光缆通信干线工程竣工纪念"碑名，下部是紧握风镐的解放军战士和手持电话的邮电建设者的雕像，碑背面刻有藏汉两种文字的题记，基座上雕有藏族的吉祥八宝图案。

"八纵八横"光缆干线网络高质、高速建成，对于中国通信建设具有跨越时代的意义。它不但从根本上改变了我国通信干线紧张的局面，而且为中国的信息化推进超前铺就了信息高速公路网。

第四章　移动通信新探索

邓小平南方谈话发表后，邮电部突破发达国家对移动电话的定位，领导通信业抓住移动电话数字化机遇，通过规模发展和资本运作，一举改写了中国移动通信发展的轨迹，让"大哥大"实现了大众化。

脱离大众难做大

"移动魔盒"的童话古已有之。人们千年企盼的移动电话，为什么技术突破10多年后，依然在全球稀稀拉拉不成气候？因为它曾被长期禁锢在少数人奢侈通信的狭窄范围里。

20世纪40年代，随着短波无线电技术的不断发展，世界上有了最早的无线报话机和需要双手捧着的大型手持电话机。

但是，因为那时的无线电话，采用的是广播式的通信技术，两台无线话机通话信号会"广播"出去，被处在同一个频段的收音机收到，很不安全，也不能保密。

在民用通信中，广播式的无线电话，要想独立地安全使用，必须通过独占一段频率资源并采用一对一的加密技术才能实现。而频率资源是有限的，某个频率被独占了，别人就不能再用。因此，民用手机通话，依然是一个可望而不可即的童话。

20世纪70年代中期,为了实现"随时随地的个人全球通信"的远景,贝尔电话实验室绕开限制,组建了地面移动通信研究部门,寻找新的机会。在这个过程中,贝尔实验室的科学家们在前人研究的基础上,发明了一个既可以保证无线电话安全通话,又可以实现频率重复使用的好办法——"蜂窝移动通信系统"。

它的原理就是用一个个无线铁塔基站,通过信号的强弱和特定的算法把地面空间分隔成一个个小区,这样就可以实现小区内外互不干扰地重复使用频率资源;同时,采用频分、时分等技术,对细分出的蜂窝内在每一个频段,再细分出很多可以分别承载电话信号的信道,使每一个小区内承载的电话用户随之大量增加。当100个基站和100个信道相乘,理论上就具备了一万个安全信道;随着网络基站密度和数量的增长,当人们把地面空间分割出一万个,甚至十万、百万个小区,每个小区内又细分出一万,甚至十万、百万个频点时,两者相乘就形成了海量安全可靠的无线电话话路。

因为这种隔开的小区组合在一起的样子很像蜂窝,所以科学家就把这种无线电话系统叫作"蜂窝移动通信系统"。

根据这个原理,1973年,美国摩托罗拉公司开发出了能使用这种网络的移动手机。1978年,美国在芝加哥建立了第一个"蜂窝移动通信"网络,能够为公众服务的移动电话网由此起步。

不久,"蜂窝移动通信"网络开始全球推广,"移动魔盒"由童话变成了现实!

本来蜂窝移动电话系统的原理,决定了这是一项可以广泛推广、规模发展的业务。但是,移动电话发展初期,人们缺乏对其广泛使用的认识和信心,一开始就把它定位成只有少数人才能使用的豪华通信。

通信是典型的规模经济,没有规模难以运营。因为预估客户少,所以开始时无论手机终端还是移动网络服务的定价都非常昂贵;反过来,因为价格昂贵,使用的人自然就少。全球移动电话,一开始就走上了为少数人服务的豪华奢侈的发展轨道。这种电话系统传到中国香港后，人们给它取了一个很能代表当时人们对蜂窝移动通信认知的名字——"大哥大"。

用户越少，价位越高；价位越高，用户越少……于是，本来可以广泛使用的移动电话进入了一个负向循环。正因这个错误的用户定位，直到20世纪90年代初，全球移动电话用户，10年才发展了1000多万，不到当时固定电话总数的千分之一。

改革开放之初，我国邮电部电信总局局长陪同国家经委领导一行访问瑞典时，曾想为广东引进模拟移动通信系统争取瑞典政府低息贷款，遭到了对方官员一口回绝。

一位金发碧眼的女国务秘书说："移动通信是'奢侈通信'，在我们国家使用的也仅仅是少数人，你们中国连固定电话都还没有普及，移动通信怎么会有市场？"[1]

一句话，把一单本来可以探讨的生意拒绝了。

广东省政府和广东邮电管理局偏不示弱，自己凑钱出资，从爱立信订购了中国大陆第一套大规模的移动通信系统。

广东是我国改革开放的前沿阵地，这里诞生了许许多多解放思想、敢为人先的动人故事。中国移动通信大规模发展史，也是从这里拉开帷幕的。

1987年，我国第一个规模商用蜂窝式移动通信系统借第六届全国运动会在广州举办的"东风"正式开通。邮电部、广东省政府、广州市委领导出席了开通典礼，并试用了手机通话。

此后五六年，经过各地邮电部门不断努力，中国才有20多个省陆续开通了这种称为第一代移动电话的模拟蜂窝移动电话网。

由于独家进入中国市场的爱立信移动设备价格居高不下，山东等省被迫把价格比爱立信低很多的摩托罗拉模拟移动系统也引了进来，这一招虽然把

---

[1] 本书编委会：《大跨越——中国电信业三十春秋》，人民出版社2008年版，第150页。

爱立信的价格压了下来，但是开通运营后才发现，两个移动网不能直联互通，更别说相互漫游了。

被分别称为A网、B网的两个制式的第一代模拟移动用户通话，必须通过固定电话网才能勉强连通。电信企业催促外商解决，而外方的技术代表只点头、不行动，催促、等待、再催促，他们才说出实情，原来这两个不同的模拟移动系统在设计时就没考虑漫游功能，互联漫游是无法实现的。

南下调研探新路

1992年春，邓小平在南方谈话时明确地回答了改革开放进程中遇到的许多重大问题，由此开启了新一轮改革热潮。

1993年7月初，邮电部在北京香山召开全国邮电管理局长座谈会。会议的主题是贯彻邓小平南方谈话精神和党的十四大提出的大力推进社会主义市场经济建设的新命题，探讨邮电通信发展的战略性、方向性、政策性问题。在这次会议上，邮电部系统地提出了全国邮电行业从面向市场、服务市场到全面进入市场经济的战略思路，旗帜鲜明地提出，要以市场需求为导向，坚持高起点，保持高速度，力求高质量，实行规模经营，实现超常规发展，吹响了通信大发展的进军号。

移动电话发展将成为一个亟待研究解决的大课题。

1993年，移动通信进入中国第六个年头时，中国的移动电话用户还不过30万户，仍然是"养在深闺人未识"。

鉴于"奢侈通信"的高门槛，当时世界上大部分国家仍认为普通大众的移动通信需求将通过无线寻呼，或用称为"二哥大"的"超级无绳电话"来实现。"二哥大"的学名叫"CT2"，是英国在20世纪80年代开发出的800兆赫兹数字无绳电话，是数字化过程中的一个过渡产品。虽然其单系统造价低，用户购买门槛不高，但致命的缺点是通话不畅，网络覆盖麻烦，一个中等城市就得建几千个基站。显然，"二哥大"在技术上的劣势是明显的，它不能代表世界通信技术的发展方向，现在贪图廉价上马，一时能够缓解通信紧张，用户也得到了眼前优惠，但最终还得过渡到更为先进的移动通信技术上。如果算总账，于企业、于用户肯定都是亏本的生意。

在香山局长座谈会上，邮电部提出：在建设好基础网的同时，要大力发展移动通信和数据通信，尽快推行专业化经营，加强组织协调，以最快的速度建成覆盖全国大中城市的移动通信网和数据通信网。

这一关于移动电话发展的新观点，很快成为会议讨论的热点，引发了一场"头脑风暴"。一时间，各种观点针锋相对，众说纷纭。

为了搞清楚移动通信发展的一系列问题，在香山会议后不久，邮电部部长就直奔广东。一方面，因为那里是改革开放的最前沿，得风气之先，市场上很多新情况、新问题都会在那里发现；另一方面，广东是全国开通移动电话最早的省份，移动用户超过全国总数的五分之一。

当时，广东的移动电话已经进行了"小步快走"的12期建设，全省地市以上的城市和部分重点县全部开通了移动电话，而且京、津、沪、粤四地刚刚实现联网漫游。

邮电部和广东省邮电管理局一行人深入东莞、番禺、珠海、揭阳、汕头、深圳和粤北的梅州等地展开调研，了解通信发展情况，特别是移动电话的发展进程。

广东在全国开通移动电话虽然最早，但是每块网络覆盖面都很小，容量有限，一直没大规模推广。而且，因为价格昂贵，老百姓用不起，市场一直没有打开，到1992年年底，全省的移动电话用户不到5万户，平均每年发展1万户。老百姓说"大哥大"是富人通信，电信经营管理人员也说这是少数有钱人的专利，是固定电话的补充，还没有把它作为一项普遍的电信业务来发展。因此，就形成了一种尴尬的局面：一方面是移动电话有着高高在上的

"门槛";另一方面是建起的网络里只有稀稀拉拉的用户,并不盈利。很多人想用,但因为费用太高,不敢用,转而求其次,去买BP机。BP机只能听到"BB"的叫声,没办法双向沟通。

为实现移动电话的快速发展,广东省邮电管理局曾进行了一个大胆尝试:1993年元旦刚过,为了实现首季开门红,试着将入网费由6000元降到了3000元,放开了自带机入网业务,并与手机经销商协商,对手机价格也作了相应调整控制。出乎意料的是,用户的消费热情一下被激发出来,短短3个月时间,就发展了近万个用户,是过去一年的总和。这种情形,就像是"水落石出",原来,水位太高,用户有多少看不清楚,现在价格的水面降下来,旺盛的市场需求就显现出来了。到了6月底,移动交换容量就满了,又得扩容,用户都是拿着现金在排队。面对这一情况,广东省邮电管理局判断不是移动电话没有市场,而是定位有问题,没有把广大消费者作为主要群体,一旦把身价放低,市场就爆发出强烈的需求。但这种情况也有一定问题:一是模拟移动电话基站和系统建设成本高;二是网络覆盖还有问题,出了城一般就很难打通;三是漫游要人工登记,出省漫游就更费事。因此,广东省邮电管理局想借机上第二代移动系统。

排兵布阵谋跨越

通过在南方的调研,邮电部搞清了移动通信进入中国6年却没有得以飞速发展的症结所在,于是立即召开会议研究移动通信的发展走向,很快形成了一套全新的发展思路。

一个观点:移动电话不应该是少数人的专享通信,而是公众通信的重要手段之一。随着改革开放的深入,经济生活的日益活跃,移动电话将成为人们工作生活中必不可少的通信工具,成为名副其实的大众通信。

一个决定：移动电话不是固定电话的补充，而是独立的通信方式，要尽快筹备成立移动通信局，将移动通信经营管理独立出来，实行专业化经营，让移动成为一支正规军。

三项举措：一、集中力量加强移动网络建设，对移动通信需求突出的热点地带实现网络无缝覆盖，用优质的网络为规模启动市场创造条件。二、及时引入第二代移动通信系统，为广大电信用户提供最先进的通信手段，逐步淘汰模拟移动通信，实现全网自动漫游。三、积极研究符合市场规律的业务发展模式，降低使用"门槛"，让大众用得起移动电话。

邮电是国民经济的"先行官"，中国加快改革开放步伐，经济发展驶入快车道，必须有全方位、多种类的通信手段予以强力支撑。在固定电话发展阶段，中国落伍了，而此时全球移动通信发展方兴未艾，中国不能再错失机遇，而要迎头赶上，跻身世界发展前列。

1994年3月26日，邮电部本着专业经营、专业管理的思路，在电信总局移动处的基础上成立了移动通信局，隶属中国邮电电信总局。移动通信局的成立，标志着移动通信业务已经从成立之初固定通信的"替补"跻身我国主要的电信业务之一。

移动通信局十几个人，先在北京电信管理局招待所租来的4个标准间里，开始了风风火火的创业路；随着人员增加，很快从招待所搬到了锦什坊街，租用了北京计算机研究所的一层楼。楼里冬天没有暖气，大家穿着大衣办公还要时常站起来跺跺脚；夏天虽然有空调，但那是机房里面的"宝贝"独享的，从局长到普通员工，全部在办公室里挥汗如雨。虽然硬件条件很差，创业初期很苦，但移动通信局的干部员工们却充满了工作的激情和热情。

移动通信局成立后，邮电部决定：放弃尚不成网的模拟移动通信，一步到位上数字移动，以实现全网自动漫游。

这个符合趋势的决定，很快得到了上上下下的响应。但是，对于具体上什么标准的数字设备，却意见不一致。

当时，国外第二代数字移动通信刚趋成熟，最主要的技术标准就是欧洲的GSM和美国的CDMA。

GSM是"全球移动通信系统"（Global System for Mobile Communications）。它是欧洲主导的、具有开放统一标准接口规范的数字蜂窝移动通信系统。

CDMA即码分多址（Code Division Multiple Access），是美国高通公司主导的，在数字通信技术的分支——扩频通信的基础上发展起来的数字蜂窝移动通信标准系统。它采用的CDMA扩频技术可以提高频谱的利用率，系统容量大，且具有软容量、软切换功能，技术优势颇受青睐。

为正确抉择中国的2G技术方向，邮电部成立了专题项目组，走出国门考察，对GSM与CDMA的优劣反反复复进行了调研比较。

在与欧洲的移动通信同行交流的过程中，专家们深深体会到，由于欧洲地域广阔、国家众多，GSM标准的出台充分考虑了各国的特点，又经过了长达10年的磨合试用，GSM已经成熟。产业链开放、成熟，欧洲能提供一流GSM设备和技术的国家不下四五个。

在美国、韩国，通过与高盛、现代、SKT等公司的交流，专家们发现，虽然CDMA技术上先进，但因为CDMA仅仅是美国一家主导的标准，设备的网络兼容互通性尚待检验，加上CDMA有美国军方的背景，那时"巴统"对中国引入先进技术仍持封锁态度，引入存在不确定的风险。

最终，专题项目组向邮电部领导汇报，建议选择GSM作为中国第二代移动通信建设的首选技术。但出乎专家们预料的是，在邮电部内部和国家科委、国家计委，对于选择上马GSM还是CDMA存在着很大的分歧。

关键时刻，邮电部坚持：当技术与市场发生矛盾时，要服从市场。CDMA有它的技术优势，但GSM在技术上并不逊色，况且经过了全球市场广泛的检验。在改革开放逐步深入，通信需求越来越大的形势下，上马GSM更适合中国国情。

这一决策，迅速拉开了大规模发展数字移动通信的帷幕，将移动通信发展引入了一条健康的发展之路。中国移动通信，在模拟移动通信网络和用户基数很低的情况下，一举实现了一代变二代的"华丽转身"。

大规模建网创奇迹

定位、机制和技术方向确定后，在邮电部的领导下，我国第二代移动通信迅速走上了规模建网、上市筹资、降价惠民的独特发展道路，从而彻底改变了世界移动电话发展的轨迹。

1995年7月，邮电部召开全国GSM系统建设动员电视电话会，吹响了大规模建设数字移动通信的号角。会议强调：全国邮电部门同心协力，加快发展，大规模铺开GSM的建设。1995年年底建成全国基础网，主要省市先期开通。到1996年，全国各省市省会以上城市和发达省市的部分地市要开通数字移动电话，依照"沿海、沿江、沿高速"的战略实施连续覆盖，重点覆盖大中城市和主要交通干线。

全国上下很快掀起了数字移动通信的建设热潮，从东海之滨的浙江、江苏到西部高原的新疆、青海，从暖风和煦的云南、广西到地域辽阔的内蒙古、黑龙江，建设者们夜以继日，争时赶速，写下了一页页辉煌的历史。

从1987年到1993年，广东采取"小步快跑"的策略发展模拟移动通信，扩容九期，全网才发展到8个交换局，92个基站，2588个信道，77640户容量。邮电部决定上马GSM后，广东省邮电管理局立即提出：要迅速行动起来，让先进的移动通信网络尽快覆盖珠三角地区，为改革开放插上翅膀。

随后，广东连续3个月以平均1周开通1个交换局和1天安装1个基站的速度加速布网。1995年7月，GSM数字移动电话系统正式开通，初期容量16万户，在珠三角经济发达地区实现了有效覆盖，市场反响火爆，很快就无号可放。为了满足市场需求，广东火速进行了第一期扩容，建成交换局38个，基站1822个，信道46810个，容量170万户。

苏州、无锡、常州是江苏省经济发展的重点区域，也是全国改革开放的示范区域之一。1995年，邮电部决定大规模发展GSM数字移动通信系统后，江苏省邮电管理局当即和移动通信局召开会议，研究建设方案：在规划布局时，第一期GSM建设一定要首先"重兵布防"苏南地区，让沿长江流域经济发展带的地市尽快实现无缝覆盖，为全省建一个"样板田"。经过半年的紧张建设，1995年年底，GSM数字移动电话网首先覆盖苏州、无锡、常州等沿长江经济发达地带，进而向全省各地市县扩展，有力地推动了地方经济发展，全方位融入百姓工作生活领域。1998年3月，江苏移动用户总数突破100万户。

20世纪90年代初，山东省内第一条、全国第三条、全长318千米的济南至青岛的高速公路建成通车。但是，由于模拟移动通信无法实现畅通漫游，行驶在济青高速上根本无法自由地使用移动通信电话。

当邮电部决定引进GSM，规模发展数字移动通信后，山东迅速行动起来。GSM一期工程的3台交换机分别安装在济南、青岛、烟台3市，设基站66个，载频252个。在济南、青岛、烟台、淄博、潍坊、威海、泰安、德州等地市各设1个基站控制器（BSC）。经过争时抢速的连续奋战，仅仅用时2个月，GSM一期工程就于1995年7月全面开通。到1995年年底，全省移动电话交换机总容量达到38.6万门，建成基站240个，信道6669个，初步形成一个通信范围覆盖全省、实现省内乃至全国联网自动漫游的数字移动通信网络。尤其是对高速公路的连续覆盖，充分彰显了移动通信的优势。

从广东、福建等省的沿海覆盖，到江苏、浙江等省的沿江覆盖，山东、辽宁等省的沿高速公路覆盖，移动通信建设紧紧扣准经济发展的脉搏，服务改革开放大局，在短短几年的时间里，就构筑了一张自由通信的"神网"，让中国步入移动通信大国行列。到1996年年底，全国各直辖市、省会城市全部开通了GSM系统，总容量突破520万，比1994年增长近10倍。

如此大规模网络建设铺开后，移动通信要名副其实地成为大众通信，一定要让老百姓用得起，价格问题成了关键。移动电话开办初期，由于网络规模小，建设投入大，成本很高。根据邮电部指示，电信总局展开了降低移动资费的研究。

1994年5月，邮电部决定全面下调移动通信资费。首先，放开手机入网，手机完全交给市场，由用户按"丰俭由人"的原则到市场选购，电信局只收取网络服务相关费用。同时，入网费由过去每户一次性收取6000—10000元向下浮动至3000—5000元，基本月租费由每月150元大幅下调为每月50元，本业务区内通话费由每分钟0.60元下调为0.50元，人工漫游费由每分钟1.10元下调到0.60元。

民众的消费热情一下子就释放了出来，各地电信营业厅出现了排队办理移动电话入网的火爆景象。1995年，全国移动电话用户数扶摇直上至362.9万户，一年猛增了206.1万户，增长率达到131%。

1995年年底，随着各地大规模铺开GSM建设和开通，邮电部根据市场实际和成本核算，第二次统一下调移动电话入网费标准，最低入网费由3000元降到2000元。1996年的移动电话用户数增加了322.4万户，增长率高达89%。

随后，邮电部在全网推出了第三次大规模资费下调，最低入网费降到1000元。1999年3月，邮电部第四次下调入网费标准，最低入网费由1000元降到500元，全年移动电话用户数达到3900万户，较上年增加1480多万户。

墙里开花，墙里墙外一片香。中国移动通信的飞速发展也引起了国际同行的高度关注与称道。2000年夏，国际电联组织的世界邮电部长会议在墨西哥著名国际旅游城市坎昆召开。改革开放20多年发生的巨变让中国成为会议的焦点。

经过改革开放22年的努力，中国的通信业已经跻身世界先进之列。当时中国GSM网络用户超过5000万户,且每年都以翻番的速度高速增长。在中国,不论是经济发达的城市,还是相对偏远的乡村,不单是政府和企业用上了移动电话,连普通百姓也开始用上了手机。

面对中国创造的移动通信发展的奇迹,国际电联惊叹:中国改写了移动电话的身份和发展轨迹,使"大哥大"走向了大众化。[①]

[①] 本书编委会:《大跨越——中国电信业三十春秋》,人民出版社2008年版,第170页。

第五章 一步到位上程控

20世纪80年代初，当邮电部决定"一步到位上程控"的时候，实际上最担心的问题不是能不能运营引进的程控设备，而是国产通信设备制造业能不能跟得上！

令人欣慰的是，中国通信业完美地谱写了"引进、消化吸收、创新"的"三部曲"！

联袂引进生产线

中国在采购引进程控交换设备的同时，就开始了合资生产程控电话交换机的努力。

沉重的"两全"抉择

1979年1月，邮电部收到北京市电话局一份关于引进程控电话交换设备的紧急报告。此前，上海、天津、广州等大城市，也都提交了类似的报告。

这不仅是运营的大事，还涉及技术、制造等方方面面的问题：引进程控会给国内产业带来什么影响？如何实现电信运营与制造业的同步跨越？必须厘清前因后果及过程中可能出现的问题才能决断。邮电部对此十分重视，立即组织计划、科技、工业、电信总局等单位，专题研讨程控交换机相关问题。

根据产品生产部门的跟踪研究，国外从纵横制交换机发展到程控交换机用了30年左右的时间，即使到现在，发达国家纵横制交换机占比超80%，仍然是现网主流通信设备。我国通过几十年的艰苦努力，刚刚研制出完全国产化的纵横制设备，因此产品生产部门建议：目前应先把重点放在推广应用纵横制交换机上，同时展开程控交换机技术研究，待掌握技术后再推广程控交换机。

但由于当时全国各地电话供需矛盾巨大，解决通信能力不足问题的时间非常紧迫。纵横制交换机容量小，体积大，征地拆迁和局房改造周期太长，靠纵横制交换机在短期内缓解供需矛盾不可能。因此，通信运营部门倾向快上程控，抓紧引进一批程控交换机。

而推广程控交换机还存在现实难题：若引进程控交换机，价格昂贵，并且从国外大量进口会对国内的制造企业产生影响。若选择自行研制，经过科技局专家们的论证，按照国内现有的科技基础，大约需要10年时间。因此，当时我国要想尽快摆脱通信瓶颈，缓解供需矛盾，除了走引进程控技术之路，别无选择。虽然当时在国外电信网上纵横制还占大头，但升级换代的速度很快。我国如果继续大规模地推广纵横制，几年之后再换装程控，建了拆，拆了再建，代价更大。不过，若只是单纯采取购买进口设备，不掌握技术，难免会出现重复引进、重复落后的被动局面。因此，按中央提出的"市场换技术"的方针，把引进设备和引进生产线相结合、引进程控与改造国内邮电工业相结合，使工业制造水平同步跨越，才是出路。

绕开"巴统"寻突破

就在邮电部紧锣密鼓筹备引进时,国外一些大公司嗅到了中国改革开放的气息,主动派员到中国考察并寻找商业机会。具有100多年历史的比利时贝尔公司就是较早与中方接触的公司之一。

1979年11月,比利时贝尔公司对华贸易代表莫瑞尔来到北京。他的任务是来向中国推销一种名为10C的半电子制式电话交换机,并有意在中国建立一家这种产品的生产工厂。来前他了解到,当时拥有9亿人口的中国的电话少得可怜,而他所带来的技术,在同等经济发展水平的东南亚国家很受欢迎。但他在与邮电部的中国同行会谈后发现,中国想要引进的是比利时贝尔公司刚刚研制出的S1240数字程控交换机,甚至在比利时还没有建成实验局的情况下,中国还要引进生产线,这让莫瑞尔深感意外。

邮电部经多次研究,并与国家计委会商后,拟定了引进的三条原则:一是引进代表世界先进水平的全数字程控交换系统和年产30万门的生产线;二是引进程控交换机的核心——大规模集成电路生产线;三是用部分产品返销来补偿技术转让和进口物资所需支付的外汇,实现外汇平衡。

1979年年底到1980年年初,怀揣"引进程控三原则",邮电部陆续派出由部领导带队的考察团,分赴欧美、日本,开始了行程万里的"引进之旅"。

然而,引进技术的谈判出乎意料地艰难。

考察团在美国接触的厂商是AT&T。得知该公司的5号机技术全球领先,而且已比较成熟,中方代表提出,希望参观考察5号机。但美国人似乎很忌讳中方的要求,根本没让看5号机且表示只有半电子的1号机。

在加拿大,中方代表与北电公司的代表进行了洽谈,目标是北电最新的DMS系列。但加拿大开出的交换条件是拿我国的钨矿石作为交换,对方开出的价码令人望而却步。

在日本，一家公司的负责人一听说中国不仅要求引进程控交换机生产线，而且要同时引进交换机的核心技术——大规模集成电路，马上就表示集成电路无论如何也不能转让。

在西欧的法国等国家，凭借友好的国家关系，主人热情地向中方介绍了几种程控交换机，但当中国考察团提出引进要求时，他们都面露难色，表示：出售整机设备可以，但引进集成电路的要求不能考虑。中国考察团再三追问原因，才得知是"巴统"在从中阻挠。

20世纪60—70年代，在"巴统"禁运清单上，程控电话交换机和大规模集成电路都赫然在列。20世纪80年代初，虽然东西方矛盾趋于缓和，中国也已实行改革开放政策，但西方"冷战"思维和机制仍在持续，对中国在高技术方面的封锁和限制政策并没有改变。"巴统"依然是一道密不通风的铁幕，中国要撕开一道缺口，其难度可想而知。

谈判屡屡受阻，把程控交换机生产线的引进工作逼进了死胡同。然而，天无绝人之路。中国考察团并没有灰心丧气，他们怀着一线希望来到了欧洲考察的最后一站——比利时。此前，考察团已了解到，比利时是中立国家。而且比利时人素以思维方式独特闻名于世。中国考察团热切期待的奇迹，果然在这里发生了。

比利时政府和比利时贝尔公司负责人明确答复：愿意就转让程控交换机技术与中方进行谈判。引进工作迎来了希望的曙光！

你来我往好艰难

1980年7月，比利时贝尔公司应邀正式派出贸易代表访问中国，原则上同意了中方关于技术引进的要求，双方的正式谈判相继在北京、上海、洛阳等地频频举行。1980年10月，中比双方在洛阳签订谅解备忘录。

邮电部引进程控交换机工作得到了中央的支持，中国政府提出，希望引进比利时贝尔公司程控电话生产线，并获得相关技术转让，包括64K大规模集成电路技术。

曾担任过比利时驻中国大使的马尔滕斯首相表示，虽然有"巴统"的严格限制，但世界贸易自由是大势所趋，比利时和中国的友好合作也是大势所趋。马尔滕斯允诺，由比利时政府负责，与"巴统"幕后控制者交涉。此后，马尔滕斯三次赴美，与美国政府首脑进行协商。

1982年3月底，邮电部组建高级政府代表团远赴比利时，此行使命就是前往比利时贝尔公司，商谈引进程控交换机具体事宜。

在比利时贝尔公司总部，中比谈判在轻松愉快的气氛中开始了。但当谈判进入实质性议题时，气氛一下变得紧张起来，矛盾和冲突开始出现。

比利时贝尔公司的代表提出了6项条款：一、中国先购买10万线S1240直供设备，作为建立合资企业的先决条件；二、设备款的30%可用比利时政府向中国提供的无息贷款支付，其余70%由中国方面自行解决；三、技术转让费总额按合资企业营业额的5%提取，不设置上限；四、合资公司成立3—4年后，再考虑产品外销以取得外汇平衡的问题；五、大规模集成电路生产线的引进，由比利时贝尔公司德国工厂负责承办；六、软件开发中心设在比利时首都。

10万门直供、5%技术转让费且不设置上限，比利时贝尔公司要价不低！

针对比方开出的合作条款，中国代表团进行了深入研究。多数同志认为，S1240和大规模集成电路确实是当时世界上很先进的技术，为此我们花一些代价是值得的，这是我们学习高新技术必须交的学费。但是，引进的技术一定要代表世界最高水平，且要货真价实。这是引进工作的核心也是最后的底线。

谈判桌上，中比双方你来我往，争论得十分激烈。在涉及钱的问题上，中国代表团做了一些适当的让步。例如，同意购买10万门直供设备，但要求全部用比利时政府贷款支付设备款；同意支付技术转让费，但应该设置一个上限。最终由比利时政府副首相出面协调，比方同意以1500万美元作为技术转让费总额。

在转让技术的问题上，中国代表团坚持既定原则，寸步不让。中国代表提出，要求比利时贝尔公司转让S1240最新版本的E型机，同时转让软件技术、转让3微米大规模集成电路技术（当时国内集成电路的最高水平为7微米），把软件开发中心设立在中国，购买一台当时世界上最先进的IBM大型计算机。

比利时贝尔公司起初有些不情愿。但中方态度坚决，比方负责人建议请示比利时政府之后再做答复。

艰苦的谈判整整持续了10天。所幸，后来谈判终于有了结果：比利时贝尔公司基本同意了中国代表团的意见。

1983年1月，合资公司的可行性报告由邮电部上报国务院。可行性报告建议：合营年限为15年，总投资7000万美元，固定资产5500万美元，股金2200万（后改为2280万）美元，中方占股60％，比方占股40％，引进外资金额包括912万美元股金和卖方信贷3850万美元，技术转让费1500万美元，由合营企业按每年净销售额4.75％提取，比利时政府提供无息贷款。

同年2月，国家计委批准了该项可行性报告，并把合资公司的名称由中国贝尔改为上海贝尔。

1983年7月30日，中比双方在北京人民大会堂签订《上海贝尔电话设备制造公司合营合同》。

创新资源总动员

签约不易,把合同变成现实更难。全靠上下齐心、巧用资源,S1240合资项目才成功落地上海。

移花接木解难题

按照合同,上海贝尔公司的三方股东中国邮电工业总公司、比利时贝尔公司、比利时合作发展基金会,按60%、30%、10%的比例共同投资,按此约定,邮电工业总公司需要投资1300多万美元。

当时的邮电工业总公司没有出口,拿不出这么多外汇,只得向邮电部求援。

邮电部计划局为此仔细研究了合资合同文本。根据合同,中方须首先购买比利时贝尔公司10万门的直供设备。比利时政府将分3年每年提供3亿共9亿比朗(约1800万美元)的无息贷款,供采购方支付10万门的直供设备款。在具体操作中,邮电部已确定由北京、上海两个邮电管理局共购买安装5.2万门直供设备,因此,比利时政府先后将6亿比朗(1200万美元)贷给了北京和上海的邮电管理局。而当时它们作为国际出口局,有一定的外汇积累支付能力。因此,可以采用"移花接木"的方案,请北京、上海邮电管理局用留成外汇分步还。

各方人才大汇聚

人才紧缺是创建上海贝尔公司面临的另一个巨大难题。

代号为520的上海电话设备厂作为S1240项目的落地单位，是国内纵横制交换机厂家中的佼佼者。当时，520厂生产的纵横制交换机，已安装到了服务党中央的中南海电话局，还获得国家银质奖，市场十分红火。520厂听从邮电部S1240工程局的召唤，"壮士断腕"，放下正火爆的纵横制，腾出车间场地，做好了转产S1240生产线程控交换机的准备。

当然，光靠掌握机电制的技术力量，肯定难以消化程控技术。搞程控交换机，没有一批高水平的专业人才是不可能的。因此，在1984年至1987年8月的3年多的时间内，邮电部从邮电科学研究院、邮电部设计院、邮电工厂企业和高校等单位，抽调了大批技术专家到上海贝尔公司工作。其中，高级工程师、研究员、教授及以上级别的高级专家10余人，工程师、讲师、研究生60余人，各类管理干部70余人。一时间，新中国培养出来的一大批行业高、精、尖人才云集到了上海贝尔公司。

上海贝尔公司创立之初，大批人才进沪，解决户口是一大问题。当时，上海人口控制很严，尤其是对企业人员入沪审批十分严格。但对上海贝尔公司，上海市政府破了例。1985年4月，上海市一次就特批S1240工程局从外地引进120名高中级技术专家的指标，按每户平均3.5人，相当于一下子就给了400多个户口指标。这批专家后来大多成了上海贝尔公司的高层技术和管理人员。

改革开放后科技创新的突破，离不开新中国成立以来创新体系的积累，如果没有这一大批宝贵人才参与，不可能迅速实现对程控技术的消化吸收。

在帮助上海贝尔公司充实人才队伍方面，上海市政府还额外送了另一份"大礼"。1985年，为了落实发展高科技的战略，上海市财政借款100万美元，由上海市科委和复旦大学共同开办了3个专攻计算机技术的研究生班，共100名学生，学制2年，全部教授和教材均来自美国斯坦福大学。1987年，这100名学员毕业，上海市从中分配了60人到上海贝尔公司，可谓"雪中送炭"。

部委协力克难关

然而，上海贝尔公司刚起步时，因技术"水土不服"和外商的群起挤压，险些"胎死腹中"……

屋漏偏逢连夜雨

嗅觉灵敏的外商，知道中外合资的上海贝尔公司启动后，迅速调整对中国市场的策略，抢滩登陆。

国外厂商为了抢占市场，竞相采取低价倾销策略。有的外商直接告诉销售人员：凡和上海贝尔公司一起竞标，报价都要比上海贝尔公司低30%，大有把上海贝尔公司扼杀在摇篮之势。

20世纪80年代初，国家对进口程控交换机整机实行免税优惠政策，而对进口散件则征收高达20%以上的关税。而上海贝尔公司，必须从进口散件组装起步摸索技术。

为获取订单，上海贝尔公司决策层被迫将报价从原合营合同规定的每门280美元，压低到每门180—210美元，这个报价比散件成本还低了50%，真可谓"赔本练手艺"。但即便如此，这价格仍然比日本富士通等外国公司的报价高不少。

上海贝尔公司的销售人员四处碰壁，纷纷铩羽而归，偶尔有一两个单子，订货数量也少得可怜。1986年，全国订货量仅为3万门。

此时，上海贝尔公司的产品自身也出了"水土不服"的技术问题。

1986年12月的一个深夜，山东邮电管理局向邮电部反映，青岛电信局安装的6000门S1240交换机刚刚割接，很快出现了话务量骤增、电路严重堵塞的状况。现场的上海贝尔公司的技术人员解决不了问题，而用户申告排山倒海。山东邮电管理局顶不住了，连夜将S1240割接回此前开通的NEC交换机上去。

邮电部连夜协调相关方面实施补救措施。几日后，问题找出来了，原来确实是S1240软件设计有漏洞。S1240的质量问题，使用户对这种机型在网上的适用性、稳定性、安全可靠性产生了极大的怀疑。不满、抱怨，甚至彻底否定之声从四面八方传来。

本来已是"赔本练手艺"，卖出去的又开不通；失去了信誉，合同越来越少；没有合同，群发资金，如何组织生产？从1984年到1987年，上海贝尔公司3年销售程控交换机17万门，亏损高达1575万美元，到1987年年底，上海贝尔公司硬件生产车间处于半停产状态，部分工人只能回家待岗。

董事会上，中外双方董事争论不休；公司外部，舆论哗然；"上海贝尔就要关门倒闭"的言论铺天盖地。比利时政府因支持该项目，受到本国反对派严厉谴责。

在国内，原来就反对合资引进S1240程控交换生产线的声音也占了上风，上海贝尔俨然成了"盲目引进的反面典型"。

部委联袂出重手

1987年6月初，国家经委在北京主持会议，听取邮电部和各地用户代表的汇报。

邮电部表示帮助上海贝尔公司尽快摆脱困境最具体、最能见效的措施是提高用户购买S1240的积极性。为此邮电部拟对国内购买上海贝尔公司交换机的用户给予资金补贴。

国家经委十分认可，引进的S1240是高新技术，并附带引进在国际上处于领先水平的3微米微电子技术，符合国家产业政策，应该予以大力支持。

8月18日，财政部和邮电部决定各拿出3000万元，分2年专项用于补贴用户购买S1240。

1988年5月，邮电部向各地邮电管理局正式下发了"关于购买上海贝尔S1240交换机实行财务补贴的通知"，规定：合同总金额600万美元以下者，每1美元补贴人民币0.65元；总金额在600万—1000万美元者，每1美元补贴人民币0.8元；总金额超过1000万美元者，每1美元补贴人民币1元。当时美元兑人民币汇率约为1∶4，相当于每门设备补贴了25％；先订合同先补贴，多订合同多补贴，补贴政策实施两年。

紧接着，海关、银行、上海市政府的支持也接踵而至：海关总署对1988年度上海贝尔公司进口的22万门程控电话交换系统散件，特准免征进口关税和工商统一税；中国银行、建设银行以优惠利率的贷款，为上海贝尔公司提供了发展生产所必需的建设资金和流动资金；上海市政府通过久事公司贷款5000万美元给上海邮电管理局，专项用于"七五"期间订购上海贝尔公司的近20万门交换机。

政策的频频出手，使处于危机之中的上海贝尔公司终于获得了喘息之机。

前引后推上大道

买方补贴是鼓励，订单突破才是关键。电信运营企业的大量采购，最终把上海贝尔公司推上了成功的大道。在最困难的时候，来自安徽省邮电管理局的鼎力支持，起了重要的领先示范作用。

坚定挺"国产"

自1982年福州开通全国第一个万门程控交换系统之后，全国各省会城市掀起了上程控的热潮。安徽省政府也在1984年3月作出了首先在合肥上1万门程控的决定，并将其列为安徽招商引资的重大举措，责成安徽省邮电管理局尽快落实。

论基础和条件，安徽上程控很吃力。当时安徽省电话交换机总容量不足10万门，全省16个地市有三分之一是磁石电话，省会合肥的市内电话也以步进制为主。购买万门程控交换机按当时的价格需要外汇450万美元，相当于人民币2000万元，这大约是当时安徽邮电两年的业务总收入。但是邮电部和省政府对安徽省上程控的决心已定。

经过半年多紧张的设备选型，最终，安徽省邮电管理局决定购买上海贝尔公司的首批S1240设备。

1984年12月，安徽省邮电管理局与上海贝尔公司签订了1万门交换机合同，并要求在1985年开通投产。然而，由于比利时贝尔公司在软件开发和硬件交货期上的延迟，安徽省在1985年年底开通程控的计划落空。当时，不仅是安徽，还有南京、太原、青岛等地的用户，都先后与上海贝尔公司签订了S1240供货合同。因交货期延迟，不少地方要求退货。

安徽省邮电管理局。就S1240系统的技术和性能征询过技术专家的意见，专家明确表示，系统的整体结构和技术设计方案没有问题，并且在启动S1240筹备工作后，局里紧急打造的人才队伍初具雏形。因此安徽省邮电管理局最终决定，仍以上海贝尔公司的S1240设备上程控。

经历了无数艰难曲折后，1986年12月15日，中国第一个1240万门局，终于在安徽省合肥市宿州路电话局宣告正式开通。

上海贝岭落地开花

在邮电部的有力推动下,上海贝尔的市场终于打开,进入了高速发展期。1988年以后,上海贝尔公司借势发力,加快国产化率进程,市场竞争力不断增强。

1988年9月10日,在上海市政府的积极支持下,由上海贝尔电话设备有限公司与上海无线电十四厂共同组建的上海贝岭制造有限公司成立。

1990年,6种专用大规模集成电路试制成功并实现量产。国产化后,上海贝尔公司的电话交换机的芯片成本从每门50美元下降到每门10美元,大大提升了上海贝尔公司设备的国产化率和市场竞争力。

1992年12月8日,为了支持上海贝尔公司扩大生产能力,邮电部和上海市政府又特批,在浦东奠基新建规模宏大的新厂区。

到1998年年底,上海贝尔公司累计生产程控交换机3300万门,占我国市话交换机总数的25%,而且开始出口,年生产和销售程控交换机总量一度达到了世界第一。

"巨大中华"群体突破

上海贝尔公司的成功引进,揭开了程控技术的神秘面纱,经过培训、安装、调测、维护,一大批中国程控技术人员迅速成长起来,消化吸收很快带来了连锁溢出效应。

自主创新同步启动

早在"六五"期间,国家就将中等容量数字程控交换机的研究开发列为重点科技攻关项目,并由邮电部第一研究所来承担。在时间紧、任务重、科研经费少的艰苦条件下,第一研究所广大科研人员怀着"为国家通信科研争口气"的豪情壮志,奋力拼搏、刻苦攻关,终于在1986年9月,成功研制出容量达到2000门的数字市话程控交换机。这套系统于1986年年底通过国家鉴定,并荣获当年国家科技进步一等奖。

1988年1月,邮电部第十研究所成功研制容量达1024门的程控数字长途交换系统,同年2月,通过国家级鉴定。在邮电部统一组织和协调下,第一研究所与第十研究所的科研人员又合作攻关,于1989年年底,成功研制出容量为10000门市话、8000门长途的长市合一的中大容量数字程控交换机样机。中大容量程控交换机上的自主开发,为后来超大容量程控交换机的开发奠定了雄厚的技术和人才基础。

从20世纪90年代初期,以巨龙、大唐、中兴、华为等为代表的一大批国内设备制造企业异军突起,乘势而上,敏锐地抓住了难得的历史机遇,形成了国产程控交换机的群体突破。从巨龙、大唐、中兴、华为4家公司名称中各取前一个字,称之为"巨大中华"现象。

1991年11月,由中国邮电工业总公司出资,解放军信息工程学院为研发主力,双方联合研制成功的HJD04型大容量程控数字交换机通过了邮电部组织的鉴定。1995年3月,巨龙信息技术有限责任公司(简称巨龙)在北京挂牌成立,拉开了04机大规模装备我国电话网的序幕。

1995年6月,西安大唐电信有限公司通过国内深厚的科研基础与世界先进的设计思想的智力嫁接,研制成功了SP30超级数字程控交换机,技术达到了20世纪90年代国际先进水平。

1995年11月,中兴通讯(简称中兴)历时2年多成功开发出ZXJ10大容量局用数字程控交换机,并获得邮电部电信总局颁发的入网许可证。

1995年7月,华为技术有限公司(简称华为)敏锐地抓住国内通信建设对于大型程控交换机的需求机遇,历时3年成功开发了C&C08数字程控交换机。1995年8月,C&C08通过邮电部组织的科技成果鉴定。

鼎力扶植自主创新

1995年年底,"巨大中华"几乎同时掌握了万门程控交换机生产技术,具备了展开自主创新大决战的实力,邮电部不失时机地加强了推广工作。

为了支持民族交换机产业发展,邮电部从1995年年底开始,不再安排贷款进口程控交换机,要求运营企业在性能价格比相当的情况下,优选国内厂家的产品,且各省、自治区、直辖市在本地网交换机的选型中至少要有一种国内自主研制开发的交换机。一系列支持政策给民族交换机产业开创了更大的发展天地。

到1996年年初,除中比合资的上海贝尔公司之外,西门子在北京、NEC在天津、北电在广东、朗讯在青岛、爱立信在南京……相继建立了一批程控交换机合资企业。一时间,几乎所有的世界知名公司都在中国展开了合资生产。

如何帮助国内设备企业尽快成长壮大起来,最终实现通信技术引进、消化吸收再创新"三步走"战略的既定目标,是邮电部在思考的问题。在市场开放条件下,不能再简单照搬计划经济时代的一些做法。但扶持的责任没有变,也不能变。能否由政府主管部门出面搭台,组织程控交换机的供需双方直接见面并签订供货合同呢?经过研究之后,部里把这件事交给了计划司具体操办。计划司经过一番紧锣密鼓的筹备后,在1996年3月陆续向6家国产程控交换机企业发出了邀请函。看到邀请函,设备企业简直比过年还高兴。

1996年4月初,由邮电部计划司牵头主办的"国产程控交换机用户协调会"在北京低调举行。参加此次协调会的厂家只有6家:邮电工业总公司、华为、中兴、西安大唐、巨龙和金鹏的前身之一——北京华科。而全国30多个省、自治区、直辖市的运营企业相关领导则悉数到场。

协调会共开了3天。经过努力,这次协调会签订的订货总量超过700万门,平均每家企业获得的订单超过100万门。

第二年,1997年7月底,北京国际通信展在京举行。已在市场站住脚的"巨大中华"意气风发,悉数闪亮登场,展台面积和气势,与国外大公司不相上下。开幕的当天,邮电部又举办了第二次国产程控交换机用户协调会。参观了"巨大中华"展台的各地运营商,怀着满满的信心出席了会议。

这次协调会签订订货协议达1700万门,比首次协调会的订货量又翻了一番多。

1998年,"巨大中华"等国内厂商在第二代移动通信技术上取得关键性突破,相继推出GSM交换系统。不久,政策的扶持又及时跟进了。这年的11月3日,"国产移动通信系统设备用户协调会"在京举办。这是新成立的信息产业部(简称信产部)举行的一次重要的扶持移动通信设备制造业发展的会议。

信产部对设备生产厂家和运营企业都提出了明确的要求:对于厂商生产的通信设备,在技术上,要符合国内通信网的规范和要求,并要不断创新,不能停留在一个水平上;在质量上,要稳定可靠、工艺好;在价格上,要通过加强管理,控制成本;在服务上,要进一步重视售前和售后服务,包括网络优化、网络设计、用户培训。对于运营企业,首先,要站在国家的高度支持制造业的发展,包括提供必要的信息支持;帮助制造业开发适销对路的产品,国内和国外生产的设备在技术性能相当的情况下,应优先选用国产设备。其次,由于制造业刚刚起步,自主研究开发企业,面临更多的困难,运营企业应给予更多的帮助,扶持制造业发展。再次,运营企业要严格按合同履约，以免影响设备生产企业的持续发展。最后，要进一步坚持公平、公正、公开的原则，规范市场行为。

更高层次的 95%

3次用户协调会的成功举办，给正处在成长期的国内设备制造商提供了难得的发展机遇，为他们的整体突破和快速发展壮大奠定了坚实的基础。1998年之后，中兴、华为、大唐等企业迈过了创业初期的门槛，实现了与运营业的同步起飞。10年之后，华为、中兴双双进入全球十大电信设备供应商行列。

1997年8月，国务院对邮电部、国家计委《关于程控交换机在我国公用通信网上使用情况的报告》作出重要批示，并指出：改革开放以来，程控交换机有了飞速发展，把我国通信事业推上了一个新的台阶，是有目共睹的，程控的发展说明了改革开放的成功。中国通信设备制造业终于与电信运营业一起，实现了历史性的跨越！

历史常常会出现惊人的巧合。1978年改革开放之初，我国电话交换设备除去极少量旧中国遗留下来的进口设备之外，国产化率已经达到95%。但那时95%的"含金量"却低得可怜，整体的技术水平落后发达国家至少20年。

CHAOYUE

第四编
双轮驱动　标准赶超

作为世界文明古国,中国曾经是世界通信文明发源最早的国家之一。我国古代第一部通信"标准"——秦朝《行书令》的颁布,比欧洲罗马帝国的建立还要早约200年。然而,在世界通信进入电信时代的时候,由于清政府的愚昧、保守,中国错失了电信技术进步的机遇,一步步沦入"落后挨打"的悲惨境地。

中华人民共和国成立后,经过几代通信人的不懈努力,中国终于实现了通信网络和通信设备制造从无到有、从小到大的辉煌跨越,为中国创造了技术追赶和超越的机会。

1998年,就在国内外对中国通信业的巨变感到惊讶之时,中国通信业抓住国际电联征集第三代移动通信(3G)国际标准的机遇,瞄准创新皇冠上的明珠——全球移动通信标准,勇敢地开启了"问鼎国际标准"的追梦历程;并充分发挥社会主义国家集中力量办大事的体制优势和中国特色社会主义道路的机制优势,双轮驱动、弯道超越,在移动通信技术这个全球竞争最激烈的领域之一,从3G追赶到4G并跑,最终实现了5G领跑的超越。

第一章　国际标准中国造

1997年，就在世界同行惊讶于中国通信业的跨越发展时，中国通信业抓住国际电联征集第三代移动通信国际标准的机遇，瞄准创新皇冠上的明珠，勇敢自信地开启了"问鼎国际标准"的逐梦之路。

机遇，汇聚在1997

1997年，也就是香港回归祖国那一年，中国通信业的发展和创新进入了又一个跃升的拐点。

难忘百年沧桑

作为世界文明古国，中国曾经是世界通信文明发源最早的国家之一。我国古代第一部通信"标准"——秦朝《行书令》的颁布，比欧洲罗马帝国的建立还要早约200年。史料记载，正是汉朝的丝绸之路将当时世界上最先进的通信方式——邮驿，由中国传入了西方。

然而，100多年前，在全球通信业进入以电报、电话为代表的电气通信时代的关键时刻，由于晚清政府的愚昧、保守，中国通信业在那个重要的技术进步的拐点上落伍了。

鸦片战争前后，世界列强在对华侵略中开始使用电报通信，而晚清政府对电报与传统邮驿的巨大差距视而不见，愚昧地认为自己"日行600里"的邮驿依然世界第一，盲目抵制，致使中国的电报、电话起步就比世界晚了几十年。

1837年莫尔斯有线电报在西方诞生，中国大陆直到1873年才建成第一条电报线，比西方晚了近40年。而此时，西方已经发明出更先进的电话并开始推广，中国却因忙着回购外国在中国非法建立的电报线，建设全国的电报线，又一次丧失电话起步阶段的发展机遇。直到帝国主义国家抢占了中国开放口岸租借区域的电话市场20多年后，光绪皇帝才于1899年批准了盛宣怀的奏折，中国"官办电话"才开始起步。但此时，在中国电话出现最早、电话数量最多的上海，外商电话局已经在闹市区"鸠占鹊巢"，将中国的官办电话挤成了绕着租界的城郊电话。几十年的机遇错失，留下了一部百年追悔莫及、被动挨打的惨痛历史。

直到1949年，在中国电话网络和用户最多的城市——上海，闹市区的电话仍然被美商电话垄断，而且两个同城自动电话网不能自动拨打。中国其他地方的电信状况更加落后，还有三分之一的县城不通电报，三分之二的市县连"摇把子"人工电话都没有。

迎来跃升拐点

中华人民共和国成立后，在中央政府的重视下，中国通信业白手起家、筚路蓝缕，从无到有、艰苦创业，创立了包括设计、施工、教育、科研和制造在内的完备的通信产业建设发展体系，实现了对旧中国通信业的体系性超越。

党的十一届三中全会后，选择了"引进消化吸收再创新"跨越式发展之路的中国通信业，抓住新一代电信技术机遇和改革开放的政策机遇，解放思想、顽强拼搏，成功实现了中国通信业由小到大的规模超越。中国从世界上电信落后的国家，变成了世界上电信网络规模和用户总量领先增长的电信大国。

1997年，已实现由小到大跨越发展的中国通信业，终于有了一个由规模领跑到技术领先的跃升拐点。

在电话交换领域，中国所有县以上城市一步到位全部实现了电话交换程控化。不仅交换机总容量已经达到1亿门，而且进入规模发展阶段。中国一年新增电话用户800万户，比加拿大经过近百年积累起来的电话用户总数还要多。而且中国电话的程控化程度后来居上，超越了许多仍然程控交换、准电子交换和机电交换"几世同堂"的发达国家。

在电信传输领域，世界最先进的光缆干线通达拉萨。中国基本建成覆盖所有省会和大部分地市的"八纵八横"光缆干线传输网。干线传输的光缆化、数字化比率超过了发达国家。

在移动通信领域，中国移动电话用户总数突破了1000万户。从1987年到1997年，中国用10年时间发展的移动电话用户总数，超过了从1978年到1988年，全世界10年发展的移动电话用户的总数。而且从1997年开始，中国移动电话进入翻番增长的进程，年增长量超过了美国，为4年后总量超越美国奠定了基础。

更可贵的是，我们在科研制造领域也实现了被称为"巨大中华"的群体突破。一大批中国通信设备制造企业，在程控交换、光纤通信及数字移动通信领域的研发制造能力迅速提升。经过十几年的努力，到1997年，我国公用通信网新增程控交换机全面实现了百分百国产化，而且网上运行的国产程控交换机占比也达到90％；中国生产的程控电话已经开始出口海外。

随着中国通信业在国际电信行业实力和地位的变化，中国代表参与国际电联学术活动的状态，也悄然发生了变化。参会的中国专家变得活跃起来：讨论技术趋势、提交建议文稿、开展合作交流，有的专家还担任了国际通信标准化组织相关专题小组的主席、副主席。

就在这一时期，由中国政府派驻国际电联的工作人员赵厚麟，在国际电联领导机构的选举中，通过激烈竞争，当选国际电联电信标准化局候任局长（1998年开始正式履职），成为国际电联有史以来第一位非欧洲籍标准化局局长。

中国通信业辉煌发展成就和积极开放的国际战略，让中国人在国际舞台拥有了话语权。

机遇，总是青睐有准备的人。正当支撑创新飞跃的各种元素开始聚合的时候，世界给了中国一个参与标准创新的机会。

互动开启标准梦

1997年4月，国际电联向全世界发出通函，征集第三代移动通信的国际标准技术方案。这一公告点燃了中国电信人的激情，他们上下互动、相互激励，萌发了参与国际通信标准创新的梦想。

标准，皇冠上的明珠

通信，是人与人之间普适的远程沟通工具，所以通信技术的标准化十分重要。尤其是随着蜂窝移动通信技术的发展，世界正在进入"个人全球通信"的时代，而支撑这种服务的正是通信技术的全球化和标准化。

因此，进入移动通信时代，参与国际通信标准的创新成为全球电信技术创新的制高点。未来围绕标准的知识产权成本将成为通信设备成本的重要组成部分。

美国的高通公司没有厂房、没有流水线,像是一所大学,但是,由于掌控了数字移动通信的最基础的标准——CDMA的主要知识产权,其创新收益一直处在整个产业链的最顶端,市值甚至一度超过了美国信息技术(IT)业的资深龙头企业英特尔。

显然,通信标准已经成为电信行业创新皇冠上的明珠。

1997年,在国际电联征集第三代移动通信国际标准的关键时刻,实力、机遇、渴望和责任终于汇在一起,中国通信人自信的火花,一下子点燃了跃跃欲试的标准梦。

信息传来,当时主导中国通信技术创新的两个最主要的单位,首先活跃了起来。一个是主管中国通信业的邮电部。国际电联开始征集3G标准以后,邮电部内部针对这一话题,展开了激烈的讨论。另一个是担负我国通信科技创新研究的原邮电部邮电科学研究院。1957年正式成立的邮电部邮电科学研究院,建院几十年来,"总院"及其分布在各地的10多个研究所曾经完成了许多国家重点科研项目,创造了数不清的"第一"。

1993年,为了适应通信的大发展和国家科研体制的变化,这个"总院"及其所属的10多个研究所重组为3个研究院。邮政部分组建了单独的科研体系。电信部分重组为2个研究院,一个叫邮电部电信科学技术研究院,史称"硬院",继续专注于电信科学技术研究,后来这个院转制为国务院国有资产监督管理委员会(简称国资委)所属的大唐电信集团(现属中国信息通信科技集团,简称大唐);另一个当时叫邮电部电信科学研究规划院,主要负责电信网的规划、网络标准及相关政策等软科学的研究,史称"软院",它就是后来直属信产部与工业和信息化部(简称工信部)的电信研究院。2014年该院更名为中国信息通信研究院。

国际电联征集3G标准的消息,最早就是由"软院"的专家获得并建议邮电部领导关注的。而提交国际电联的技术方案，则首先是"硬院"在已有技术储备的基础上酝酿提出的。

SCDMA 技术引关注

1997年5月，在邮电部科技司标准处的支持下，"软院"主动联络国家"863"计划无线组成员召开了一次小型会议，邀请了来自政府、运营企业、科研院所等单位的知名专家参加会议，就参与国际3G标准申报的可能性、路径和技术进行了开放式的交流，提出并形成了按国际电联程序和惯例建立一个技术评估协调组的建议。

1997年7月，邮电部批准成立了由政府部门、运营企业和研究机构人员组成的3G无线传输技术评估协调组（简称评估组），并在国际电联进行了注册，成为全球参与国际电联3G标准创新的第11个评估组。从此，中国3G标准的申报工作进入筹备期。

在进一步的研讨交流中，一项正在研发的技术引起了大家的关注。这项技术叫时分双工同步码分多址数字无线接入技术，英文缩写名称是TD-SCDMA。这项技术的基础是由大唐和一个以中国留学生为主的海外创业公司组成的合资公司共同发明并拥有自主知识产权的SCDMA技术，还被评为国家科技进步一等奖。

TD-SCDMA技术的三个特点受到人们的特别关注：一是这项技术采用时分双工（TDD）通信技术，可以在同一个无线频段上，通过时隙间隔，让上行和下行的信息实现同频传输，具有比较优越的频率适用能力。当时频率资源日益紧张，这项技术比起欧美正在推进的频分双工（FDD）3G方案，具有频率利用灵活性更高的优越性。因为FDD通信在频率使用上采取的是将占用的频段事先分成上行、下行两个"单行道"来实现通信，所以它要求运营者必须拥有足以构建双向"单行道"的、宽阔的、成对的频段，而TDD技术在频段的要求上灵活就多了。二是通过时隙控制，TDD技术可以在同一个频段的不同时间，根据需求灵活地动态调度上下行带宽，实现数据上行量和下行量的非对称传输，特别适合互联网等数据通信上行命令短促、下行数据海量的需求，可以比较经济地利用频率资源和信道带宽。其增效原理很像可根据早晚进出城的车流量灵活调整的"潮汐公路"。三是由于大唐的SCDMA拥有独创的同步智能天线核心技术，在覆盖空间时可动态地形成"抓取、跟踪目标用户"的定向波束，在基站覆盖的小区内实现高质量移动跟踪。当时，作为一项无线宽带接入新技术，SCDMA已经在大庆油田等地建过试验网，一个基站的有效覆盖范围已达二三十平方千米。

实际上，随着第二代蜂窝移动通信（2G）技术和网络的发展，当时全球人与人的话音通信问题已经解决，开展第三代蜂窝移动通信技术（3G）研究的主要目的是推动移动通信由话音领域拓展到宽带数据通信领域。如果把SCDMA作为一项特色的基础技术，拓展成为3G标准，正好可以满足这种创新趋势和需求。

香山会议果断抉择

标准创新意义大，风险更大。面临全球激烈的竞争，中国标准创新到底有没有实力和可能？

申报进入倒计时

通信标准创新是一个复杂的系统工程，要把一项单独的技术变成一个系统化的蜂窝移动通信标准是十分艰难复杂的创新；而要把一项建议变成一个能被世界同行接纳的国际标准，更是一件复杂的多边国际合作工程。

尽管大家紧锣密鼓、马不停蹄地努力，但是当专家们摸清国际3G标准的进展情况并形成初步设想时，已经到了1997年年末。此时离国际电联接受3G提案的最后截稿日1998年6月30日，仅剩半年时间了。

这么短的时间，这么难的工作，这么大的工作量，中国能行吗？为了解开人们的疑虑，1998年1月，评估组和国家"863计划"通信专题组，在北京香山联合召开了一次专题研究会议。

会议一共开了3天。第一天请国外知名机构和企业的专家介绍国际无线通信技术趋势和3G研究动向；第二天请国内各方面专家交流无线通信技术发展趋势和国内自主的技术创新成果。整整两天会议下来，当收集来的国外同行的标准研究动向信息和国内各单位拿出的技术报告被同时放到专家们面前的时候，大家热情一下子冷了下来。

来自国外的大量信息表明，虽然国际电联征集3G标准的正式文件是1997年4月发出的，但是，国外3G标准的研究早在20世纪80年代就起步了。实际上到1997年年初，美国和欧洲早已形成了各自的主流方案。当时，美国提出的CDMA-2000标准方案已经在进行设备试验；而欧洲为了统一全欧的标准，已经进行了一轮关于FDD和TDD的3G标准的竞选，并形成了以FDD阵营的WCDMA为主的欧洲标准建议。而中国的3G标准研究于1997年刚起步，显然已经在起跑线上与欧美国家存在较大差距。

同时，在深入研究中，人们越来越清醒地意识到，通信换代的标准的创新，绝不同于一般的单项技术的创新，它是一项包括无线接口、物理层、网络层、核心网、无线接入网在内的系统创新。改革开放以来，中国虽然在某些领域有了一些技术的积累，但在很多领域尚属空白，要形成一个完整的体系并实现系统创新，难度可想而知。

差距如此巨大，时间如此紧迫，中国提出自己的国际标准，国际电联能接纳吗？即使国际上接受了，我们首先必须建试验网，这可能有成百上千亿元的投资风险。面对这些严峻的问题，"863"专家组依旧明确支持TD-SCDMA技术研究并向国际电联提交标准。

香山会议的第三天，邮电部科技委、评估组和电信科学技术研究院的领导和专家开了一个闭门小会。经过反反复复、深入细致的交流，电信科学技术研究院在SCDMA基础上提出的第三代移动通信标准技术草案，渐渐获得了大部分与会专家的认同。

会议最终得出了重要的结论：中国发展移动通信事业不能永远依靠国外的技术，支持把TD-SCDMA提到国际上去。

中国标准闯关入选

TD-SCDMA技术在香山会议上涉险过关时，离提交3G标准的最后时限，只剩下几个月了。

中国虽然有包括智能天线在内的SCDMA核心技术，但是把一项技术扩充为一项移动通信标准方案，工作量和工作难度都是巨大的。电信科学技术研究院紧急采取措施，把信威公司的SCDMA团队集中到院里，展开攻关。

底子薄、人手少、时间紧，是评估组面临的最大问题。当时整个团队几乎没有人在3G标准上有开发经验，所以一方面技术骨干进行研发，另一方面专业人员同步展开标准文本的起草工作。

山再高终究被踩在了脚下。随着难题一个一个被攻克，文稿一页一页艰难累进，3个月后，最初几十页的中文方案终于变成了几百页的纯英文标准提案。

到1998年6月底，国际电联共收到了10个3G候选技术标准，其中美国4个、欧洲2个、韩国2个、中国1个、日本1个。

中国人要参与国际标准竞争，对于其他国家来说，是出乎意料的。中国评估组不但提交了1个候选技术标准，而且还提交了2个重量级的评估报告，在对欧美提出的WCDMA、CDMA-2000这两个热门候选技术进行仿真计算的基础上，提出了很多关键的技术问题，国际电联专家由此对中国评估组刮目相看了。

此后一段时间，一方面由"硬院"团队在国内夙兴夜寐、继续攻关；一方面由"软院"专家组成的中国代表团在国际舞台上纵横捭阖、积极争取。两条战线紧密配合，硬是在这个高端创新领域获得了中国有史以来第一张国际标准的提案参赛入场券。

作为联合国所属权威专业机构——国际电联的工作方不仅严谨苛刻，而且程序复杂，甚至有点烦琐，中国标准能闯关成功吗？

中国提出的标准要想在国际电联的机制中胜出，首先，必须通过其无线电通信局第八研究组TG8/1设置的评估和融合两道技术关口，也就是对所提标准的技术价值进行评估和筛选。相关技术只有通过筛选才有入选标准的可能，如果在筛选中技术被淘汰，就没有入选标准的可能了。

恰在此时，按国际电联工作计划，预定于1998年11月在伦敦召开第十五次会议，进行技术筛选。为准备伦敦会议，第八研究组在之前的第十四次会议上，研究决定在其下设立一个前期工作小组，负责3G候选技术的评估筛选及关键参数的确定。经过前期工作小组与大唐、邮电部移动通信局等单位的努力，伦敦会议取得了对中国很有利的协调结果，认为TD-SCDMA技术符合3G的要求。中国提出的技术标准顺利通过了第一关。

1999年3月，国际电联在巴西举行会议，研究确定无线接口的关键参数，TD-SCDMA的关键参数只有列入其中，才能不被抛弃。如果关键参数被"融合"掉了，这项技术和标准也就不存在了。在这次研讨中，邮电部科技司率领中国代表团参会，并在会上积极宣传中国TD标准的频率优势，说服各国专家支持中国标准。最终，TD-SCDMA的关键参数被完整保留了，TD-SCDMA又过了第二关。

顺应规则建"标协"

中国代表团在深入参与国际标准制定的过程中，敏锐地发现了一个以前重视不够的新课题：中国标准要成功，还必须获得产业标准组织的支持。

实际上，在市场经济条件下，一个国际标准要真正成功，必须获得两个力量的支持和认可。一个是官方组织的认可，一个是产业链的认可。标准的真正形成是官方和市场两种力量互动博弈的结果。国际电联实际上是以各国政府为主的组织，这个机构在标准的制定和统一中发挥着官方作用，但国际电联并不制定具体详细的技术标准。标准的细化和产业认可主要是通过产业标准组织来实现的。一项标准如果仅仅是获得国际电联的通过，而没有得到产业标准组织的支持，这个标准仍然仅仅是一张纸，不可能形成实际生产力。只有当国际产业标准组织接纳了这个标准，该标准的相关技术才会被写入设备和系统标准版本之中，方可形成使用功能和专利。而且，从发展趋势来看，产业标准组织的力量和影响越来越大。

显然，要想让TD-SCDMA成为真正可商用的标准，中国必须加入当时最具影响力的两个产业标准组织：3GPP和3GPP2。3GPP，即"第三代合作伙伴计划"，是一个成立于1998年的国际通信标准化组织，它是3G标准全球移动通信系统通用陆地无线接入标准（UTRA）的产业化组织。3GPP2则是致力于推动美国主导的CDMA-2000标准产业化的组织。实际上，这两个组织是第三代移动通信标准的具体制定者。两个组织均由跨区域、跨国家的标准化组织联合支持成立，欧洲主导3GPP，美国主导3GPP2，日韩标准化组织都已加入其中，成员几乎交叉涵盖了世界上所有一流电信运营商和设备制造商。

由于产业标准组织是"民间"组织，它由标准化组织发起成立，成员为业界运营商、制造商。为了适应这种机制并参与其中，终于在1999年4月，中国成立了第一个通信标准组织——无线通信标准研究组（CWTS），后来这个组织发展为中国通信标准化协会（CCSA）。同年5月，中国无线通信标准研究组先后签署了正式加入这两个国际组织的协议，为我国产业界实质参与国际标准制定，特别是促使TD-SCDMA成为3GPP标准奠定了基础。

就这样逢山开路、遇水搭桥，闯过了一关又一关。1999年11月，国际电联在芬兰召开会议，中国提出的TD-SCDMA提案以其独特的技术优势，终于从10个候选提案中脱颖而出，正式得到国际电联认可，成为与欧洲提案、美国提案三足鼎立的国际3G标准之一。

2000年5月，在伊斯坦布尔召开的ITU-R全会上，国际电联正式宣布包括中国的TD-SCDMA等3G标准成为国际标准。

经过持续不断的努力，2001年3月16日，TD-SCDMA又被产业标准组织3GPP接纳，成为3GPP标准的重要组成部分。这标志着TD-SCDMA真正成为全球可商用的标准。

古人云，"人不自信，谁人信之？"就在国外同行还没有完全反应过来的时候，凭着实力和自信，中国通信业联手闯过数道关，破天荒一举获得了有史以来第一张国际电信标准的入场券。

第二章　克难攻坚闯新路

技术跨度极大的中国3G标准创新，孕育在通信业"政企合一"的行业体制下，却出生在行业体制"天崩地裂"的巨变之时。新旧体制的转换空档，青黄不接的资金尴尬，使TD-SCDMA标准一出生就走上了一条艰难坎坷的探索之路。

突如其来的巨变

1998年3月9日，全国人大九届一次会议批准了国务院机构改革方案，原政企合一的通信主管部门——邮电部宣布撤销，与同时撤销的电子部等机构一起组建为政企分开的新的政府机构——信产部。

从长远看，政企分开符合市场经济条件下政府机构改革的大方向，将通信运营和电子制造融合管理也有其道理，但是对于正在踏上创新之路，迫切需要政府"扶上马、送一程"的TD-SCDMA来说，突如其来的变化无异于"天崩地裂"。

第一，随着邮电部的撤销，主导并支持TD-SCDMA标准的原有顶层体系发生了根本性变化。原来每年入账数千亿元的邮电部财务司，一下变成了没有收入来源的"财务清算司"；原来负责邮电扩大再生产和科技进步投资的邮电部计划司，随之变成了只负责宏观规划、身无分文的"发展规划司"；

原来手里握有每年至少数亿元创新资金使用权的邮电部科技司,变成了手里只掌握技术标准和规划的"清水衙门"。此前,邮电部每年至少要从行业总收入中拿出2%的资金(一年至少几个亿)用于科技创新,现在变成了纯行业主管部门。

第二,此前积极支持TD-SCDMA标准创新的整个产业体系也发生裂变。原来在邮电部直接统一管理的通信产业链上的各邮电科研单位、制造单位和运营单位陆续在"人财物"方面与政府脱钩,成了各自独立的市场主体分别承担起严格的利润考核指标。原来可以从应用角度支撑科研创新的运营部门,变成了各自独立、自负盈亏、相互竞争的企业。

面对突然断裂的产业链,担纲标准创新大梁的大唐面临孤军奋战的境地。更为严重的是,大唐与原行业的资金脐带已经剪断,而与国家综合部门又没有建起"输血"管道,TD-SCDMA创新必需的经费来源彻底断了。在这场巨变中,TD-SCDMA从此走上一条艰难的创新之路。

没有走通的捷径

就在TD-SCDMA走上艰难创新之路的时候,来自欧洲西门子公司的合作意向引起了大唐的兴趣。

西门子公司作为德国一个老牌的电信设备研发公司,此前也一直在参与3G标准的研发和竞标,并且较早提出了与中国标准相近的基于TDD的3G标准方案。但是,由于欧盟此前做出决议,明确要求欧洲国家在3G方案竞标中只能主推一种标准,加之西门子提出的TD-CDMA技术标准没有像中国提出的TD-SCDMA技术标准那样,找到通过智能天线和联合检测技术解决同步难题的办法,所以在国际电联组织的3G标准方案表决之前,西门子的方案就在欧盟内部组织的投票中败给了以爱立信、诺基亚为主导的WCDMA

技术，不久被淘汰。然而，当中国提出的TD标准过关斩将列入国际3G标准后，对TDD技术优越性笃信不疑并围绕TDD相关标准进行过大量前期技术研发的西门子公司，又一次燃起了参与TDD创新的热情，并向中国伸出了开展合作的橄榄枝。

相近的技术取向使双方一拍即合。于是，大唐拿出了自己几乎全部的"家当"，集中了全公司从事无线技术研究的科研力量，于2000年组建了专注于此项研究的大唐电信集团中央研究院，并把矗立在北京海淀区学院路东侧的大唐电信集团总部主楼押上，向银行举借了巨额贷款；西门子公司也投入了一些技术力量和资金，双方组建了一个创新团队，合作展开研究。

经过艰苦努力，2001年4月11日大唐和西门子在大唐电信集团总部合作完成了全球首次TD-SCDMA试验系统的呼叫演示，验证了TD-SCDMA物理层技术和软件技术方向的正确性。

之后不到一年，2002年2月3日，大唐和西门子又在北京成功进行了TD-SCDMA首次户外移动呼叫演示，验证了TD-SCDMA接入系统设计的正确性。

然而，标准创新是一项"大投入、大产出，中投入、小产出，小投入、没产出"的创新事业。当TD标准的合作研发一步步艰难推进的时候，资金困难问题再一次凸显出来。

怎么办？继续贷款，银行已经亮起了"红灯"；引进外资，西门子不愿意继续加大投入。无奈之下，双方商定了一条"捷径"。具体办法就是把原定的技术标准分成两步做，第一步先把已掌握的基础性技术特别是接入层的技术，研发出一个"简版"的TD 3G系统（TSM），提前推向市场，一方面以此迅速验证技术的可行性，另一方面可以回笼一些资金，再投入进行第二步核心网的研发。

然而，当他们在为TSM联系上网试验时，这个方案遭到了运营企业的"集体躲避"：没有一家愿意提供上网试验的环境。

运营企业当时的顾虑主要有两点。一是，这个简版方案只解决了网络接入部分的升级问题，核心网还用2G的设备系统，即使建成开通，也只能提供2G网络此前已经完全满足需求的话音服务，而对建设3G网络的主要目的——提供宽带移动数据通信，不能实现比2G网络更明显的提升。二是，2000年中国已经加入世界贸易组织WTO，在信息技术市场开放方面，美国盯得很紧、要价很高，一旦发放3G牌照，必然要考虑同时向国际上另外两种标准发放准入证。中国的标准本来就不如国际上另外两种标准成熟，如果功能上进一步简化，无论哪家运营企业接手运营中国的3G标准的网络，都很难与采用已成熟的国外3G标准的网络相抗衡，最终将导致运营企业在运营竞争中处于劣势。

挺身舞龙的努力

当大唐考虑放弃"捷径"、回到全系统创新"大路"的时候，他们面对的则是一个无路可走的窘境。

"无中生有"，极地求生

2003年下半年，当大唐经过分析和调研，决定启动符合3GPP标准的TD-SCDMA全系统研发时，西门子明确表示只同意继续参与简版设备的研发，致使大唐陷入了双线作战的窘境。大唐决定向重庆邮电学院（现重庆邮电大学）借力，动员一支近百人的科研力量参与TD-SCDMA科研会战。

重庆邮电学院是1950年就建校的老牌邮电专业院校，"文化大革命"期间曾先后转型为通信设备制造企业（529厂）和通信技术研究所（邮电部第九研究所)。重庆邮电学院藏龙卧虎，拥有一支包括我国无线通信、网络信令网技术等领域权威专家在内的技术队伍。

调动这么大的人力，经费从哪里来？当时大唐、重庆邮电学院都囊中羞涩。于是，双方商议向重庆市政府求援，商量从TD-SCDMA标准创新的总课题里分出一个子课题在重庆市立项，由重庆邮电学院来组织实施。当时，刚升格为直辖市不久的重庆，正在寻找提升城市科技含量的突破口，TD标准的研究正好与其努力方向相吻合，政府当即表示出资支持。

这一合作探索不仅缓解了研究一线的燃眉之急，同时也拓宽了TD-SCDMA借助外力的思路。

为了坚定产业信心，大唐借鉴欧洲推广GSM的经验，积极呼吁主管部门尽快为TD-SCDMA标准规划使用频率，也得到了信产部无线电管理局的积极支持。2002年10月23日，信产部发布了479号文件《关于第三代公众移动通信系统频率规划问题的通知》，为TD-SCDMA标准划分了总计155M的频段资源。次日，西门子信息与通信集团宣布，追加TD开发投资5000万欧元。

另一方面，大唐在实践中悟到，TD-SCDMA研究在国内只有大唐一家是不可能取得成功的，必须建立一个产业群体。为此，大唐在调集精兵强将组建专门的移动公司的同时，提出了建立一个以知识产权为纽带的产业联盟，推动TD-SCDMA产业链的思路。

为了实现这一目标，成立不久的大唐移动公司邀请相关企业加入TD-SCDMA产业联盟发起者的行列。一开始，许多企业对参加产业联盟了解不够，兴趣并不大，因此工作推进困难。但经过其不屈不挠的努力，2002年10月14日，在国家发展和改革委员会（简称发改委）、科学技术部（简称科技部）和信产部的推动下，TD-SCDMA产业联盟成立预备会在深圳举行，相关企业在会上确定了联盟章程，组成了筹备小组。2002年10月30日，TD-SCDMA产业联盟正式宣告成立。

艰难重启创新路

在国内探索陷入困境的时候，TD-SCDMA又收到了一次来自国外的挑战，在国际上经历了险遭扼杀的危机。

春荒偏遇"六月雪"

国际电联早在1992年就已经统一规划了FDD和TDD的3G核心频段。但是2003年6月，在瑞士日内瓦举行的国际电联世界无线电大会上，日本突然提出要在已经分配给3G TDD的频段上发展数字卫星广播业务。这一提案若被大会通过，将严重影响TD-SCDMA的国际推广空间。

为此，中国代表团坚决反击，在TD这一事关国家利益的问题上绝不让步。中国代表团在会上据理力争，最终使日本代表团的提案未获通过，成功维护了TD标准的频率空间和国际地位。

虽然代表团经过"一致对外"的共同努力，扳回了一局，但并没有从根本上解决TD创新的生存和发展问题。大唐单靠自己的努力，根本不可能承担和完成通信标准创新的重任。如果不能迅速采取积极措施，这项国际标准很可能流产。

2003年6月底，中国代表团在国际电联世界无线电大会上打赢TD频率保卫战回到北京后，向信产部通报了国际上的风云变化。为扭转被动局面，信产部研究后做出决定，成立以相关部门领导为成员的TD-SCDMA推进领导小组。领导小组成立后，首先委托信产部通信科技委组织了一次行业内部的专题调研，梳理出了TD创新面临的内外矛盾和问题，然后逐一研究。

问题摸清后，领导小组很快决定组成一个由信产部电信管理局、科技司和电信研究院三个部门负责人组成的"三人工作小组",针对TD创新面临的问题,一个个、一步步地扎实推进问题的解决。

三部委联手挽狂澜

2003年10月,信产部、科技部和发改委共同组织了一次业内外专家参加的TD-SCDMA创新发展战略研讨会。经过与包括运营商在内的相关专家反复研究、分析和充分论证,各方逐步形成共识:决定放弃TD-SCDMA过渡性"简化版"的开发,三部门各尽其责,全力扶持符合3GPP标准的TD-SCDMA的系统研发。

2004年2月,发改委、科技部、信产部共同启动了"TD-SCDMA研发和产业化项目",并决定一次性安排项目经费7.08亿元,扶植TD-SCDMA产业创新。

为了保证TD-SCDMA标准创新工作落到实处,国务院批准组成了由科技部牵头,科技部、发改委、信产部三部委参加的TD-SCDMA产业化项目领导小组,并由三部门相关的司局负责人组成了"三人协调小组"。三部委期望以此调动各方面的积极性,共同拉动TD-SCDMA的创新。在后来的推进工作中,这个"三人协调小组"对TD的创新发展起到了中流砥柱的作用。

部际和部内两个"三人小组"的成立,把TD-SCDMA产业创新推到了一个新的阶段,也把同时担任部际和部内两个"三人小组"组员的信产部科技司推到了两套环的中心。在部际协调机制中,信产部虽是组员单位,但是因为3G标准是通信领域的创新课题,实际上具体实施工作都要由信产部来组织执行;在部内协调机制中,科技司虽然也只是成员单位之一,但是从职能分工的角度,具体产业创新的组织也得落在科技司肩上。两环相扣,科技司成了关键中的关键。

因为2000年国际电联正式发布3G标准后，欧美分别主导的两种3G标准开始大规模建网商用，TD-SCDMA标准的设备研发已经严重地落后，要追上全球3G创新的进程，首先必须发动以"巨大中华"为代表的设备制造企业联手会战。关于这一点，在7.08亿元项目确定时，上上下下已形成共识。

但是，怎么让大家都参与进来，并让大家在大唐共享已有成果的基础上合力登高，各企业却各有各的想法和难处。当根据部际协调组意见，推动大唐向各企业开放已有成果的时候，大唐出现了不同的声音。因为从大唐的切身利益来看，在TD-SCDMA标准的前期研究中，每一项成果都是大唐人全力以赴、千辛万苦取得的，现在"白白"拿出来"分享"，大唐上下自然心有不甘。但是，如果大唐不开放已经掌握的技术成果，其他企业再从零起步，那么技术会战不就变成没有意义的重复研发了吗？若如此，何谈加速？

为了解开这个扣，在各部委领导的支持下，科技司提议：先从项目经费中拿出7500万元资金，资助有志于参与TD-SCDMA系统设备创新的企业，同时限定他们用这些资金向大唐购买前期科研成果和技术，并规定接下技术给钱，没有接下技术不给钱。此招一出，矛盾豁然而解。本来就对3G自主创新怀有热情的中国普天和中兴首先提出了合作申请，而大唐立即积极响应。

在科技司和TD-SCDMA产业联盟的促进下，不到一个月，大唐就分别和普天、中兴达成了合作意向。普天的前身是中国邮电工业总公司，在邮电部时期就与大唐的前身——邮电科学研究院有过成果转手、接续创新的合作经验，所以双方很快就达成了具体的合作协议，并商定尽快签约。TD-SCDMA产业联盟把这个信息通报给了中兴后，中兴高层不甘落后，提出一定要和普天同时与大唐签约。

为了方便合作单位尽快进入TD研发前沿，大唐毫无保留地把技术转让的配合工作做到了极致：他们把自己前期研究出的成果，从硬件到软件、从系统设备到软件源代码及详细文稿都一一梳理出来,并手把手地向普天、中兴的技术人员演示移交。对于软件,他们不仅一件件梳理移交,而且用设备一一现场进行安装测试,开通一件移交一件,确保万无一失,充分体现了中国企业合作创新的诚意和风尚。

普天、中兴与大唐签约带动了整个系统设备产业链的全面参与,紧随其后,华为鼎桥、上海贝尔等中国企业,甚至诺基亚、爱立信等跨国公司也相继加入了其行列,从此TD-SCDMA系统设备的创新步入了快车道。

移动通信是一项端到端的系统通信,因此3G移动系统的创新不仅需要进行系统设备的创新,还必须同步推进从芯片到终端以及测试仪表在内的整个产业链创新。因为当时我国通信设备企业大多起步于20世纪90年代程控系统的研发,而那时固定网络的创新对终端、芯片要求不高,直到21世纪初,我国通信产业在终端和芯片及相关仪器、仪表的创新能力基本是一张白纸。所以,在启动设备创新的同时,三部委项目组充分吸取各方专家的意见,同步展开了全产业链的谋篇布局。在项目经费的安排上,专门拿出了相当部分用于终端、芯片、仪表、软件、天线产业的培育,甚至连输入法这个影响用户体验的小领域,也预先做了部署。

由于这些短板领域产业基础太弱,信产部科技司和TD-SCDMA产业联盟为此付出了很大的心血。到2004年下半年,覆盖TD-SCDMA创新的整个产业链逐步形成了。

为了鼓舞士气,2004年10月,TD-SCDMA产业联盟首次以联盟的形式参加了信产部和贸促会联合主办的北京国际通信设备展览会。TD-SCDMA产业联盟和TD创新成果的集体亮相,成了那届国际通信展的一道引人注目的风景线。时任国务院总理温家宝等领导,都先后参观了TD-SCDMA产业联盟的展区。温家宝在此次大会上强调:中国通信产业发展到今天,应该联合起来做大做强，一定要努力掌握关键技术。①

联盟的这次集体参展极大地推动了TD-SCDMA产业链的发展，也进一步引起了国家高层对TD创新的关注和支持，使TD-SCDMA的产业创新全面驶入了快车道。

---

① 武锁宁等：《中国TD标准创新之路》，人民邮电出版社2017年版，第39页。

第三章　临危受命挑大梁

由TD创新前期的跌宕起伏可见，TD这样重大而复杂的标准创新，不能单靠市场机制驱动，必须国家出手、央企担纲。在党和国家的关注和指引下，TD建网大任落到了全球移动用户规模最大的中国移动的肩上。

春风得意马蹄疾

2006年年初，第一代符合国际标准的TD-SCDMA系统设备陆续走出了试验室，具备了上网试验的条件。就在这个关键时刻，全国科学技术大会的召开给TD创新送来了东风。

2005年召开的国家973顾问组会议期间，中国科协与973顾问组共同探讨移动标准创新的重要意义和TD-SCDMA的研发进展及困难。会后，中国科协与国务院发展研究中心进行了一次小范围的交流，一致认为TD标准创新事关大局、机会难得，需要党和国家最高层领导出面支持指引。

2006年1月9日，全国科学技术大会在北京举行，胡锦涛在会上作了《坚持走中国特色自主创新道路，为建设创新型国家而努力奋斗》的报告。在大会精神的鼓舞下，三部委"TD推进协调组"积极响应中央领导的指示、批示，迅速做出了组织展开TD-SCDMA规模试验的决定。

2006年春节前夕，在信产部的协调推动下，各电信运营企业随即展开了配合TD-SCDMA上网试验工作。中国电信在保定、中国网通在青岛、中国移动在厦门，很快为符合国际电联标准的TD-SCDMA第一代系统设备提供上网试验环境，由此拉开了TD-SCDMA三城市规模技术试验的大幕。

保定试验，突破难题

2006年2月，为了与全球3G技术竞争的大市场赛跑，大唐移动公司会同相关设备企业的技术人员，带着刚刚通过电信研究院检测的系统设备，动身前往河北保定展开了建网试验工作。

由于起步早、技术熟，加之TD人的创新激情，仅用了1个月时间，他们就在保定电信公司的配合下，用12套核心网设备、几十个宏基站搭建起了TD-SCDMA规模试验局域网。

设备连上后，信道很快打通了，一线科研人员连夜把喜讯报到北京。为了鼓舞一线士气，信产部通信科技委闻讯后，很快组织一批老技术专家到保定现场考察。但是，在专家们到了保定后，坐上移动测试车到试验网覆盖区视察时，发现测试车停的时候信道能打通；但车一动，信号就开始波动；车一开快、开远，信号便断断续续乱了套。专家们指出，SCDMA最初是一项同步宽带接入技术，此前已能在一个固定的小区范围内实现同频宽带通信，但是要把这项技术应用到3G领域，最大的挑战就在于能否实现跨小区同频切换。此前的试验室检测是在较小的空间范围内静态进行的，问题没显露；试验网建成后，固定或低速移动状态下，问题也不大，但是移动速度一快，问题就暴露出来了。而蜂窝移动通信必须实现快速移动状态下的自由通信，如果这个问题不能被很好地解决，对TD-SCDMA技术的挑战将是颠覆性的。

问题反馈后，大唐的专家立即赶赴现场展开了一个月的现网测试，很快发现了两个关键问题：一是同频组网时公共信道干扰严重，信噪比低于-3dB，超标10%；二是在京石高速保定段的沿线基站与50千米外的城区基站存在远距离干扰。

关于第一个问题大唐在此之前已有相关研究。针对这个问题，他们通过对1.6兆赫同频组网和5兆赫同频组网的详细测试对比和性能分析，形成了新的"N频点"组网方案后，问题很快解决了。

第二个问题是一个全新的问题。面对这个难点，攻关团队远赴江苏，在苏北大平原上展开了横跨400千米的大范围远端信号传播的特性测试，历时一个月的时间终于摸清了信号大范围传播与距离、天气等因素的相互影响特征。并在反复测试的基础上，提出了解决方案，化解了TD-SCDMA系统大规模组网的关键问题。

两个问题的解决，避免了TD-SCDMA技术体系出现颠覆性问题。之后大唐移动公司又牵头提出了多小区联合检测，进一步抑制了业务信道的小区间干扰，提升了TD-SCDMA的频谱效率，为后来成功实现规模组网奠定了基础。

青岛试验，车轮滚滚

通信系统创新还有一个重要的任务就是必须确保技术的高可靠性和高可用性，这是民用高科技创新的特点。一项通信新技术不仅要在闲时打得通、覆盖好的地方打得通，还必须忙时要通畅，在各种场景下都打得通、通得好，每一项功能都要在网络覆盖的区域全程全网流畅连接。因此，任何一项应用功能和技术，不仅要在理论上设计好的仿真环境下行得通，还必须在海量试验的过程中逐步完善。

要完成这种试验，按常规首先必须拥有测试仪表和终端。但是，当TD展开现场测试时，不仅终端和仪表没有研制出来，就连用于制造终端和测试仪表的核心元器件——芯片也还没有设计出来。因为芯片的设计必须建立在系统方案成熟的基础上。现在系统方案还在摸着石头过河，哪来芯片？

如何化解这个难题？唯一可行的办法就是在笔记本电脑上安装上网设备和应用程序拓展功能代替终端和仪表，大量测试人员需要通过笔记本电脑一个点一个点地测试。

青岛网通是当时网通集团的标杆企业，对配合TD-SCDMA试验任务很重视。他们不仅为中兴等企业派来的科技人员提供方便，而且动员、调集了本公司的大量员工来配合试验。他们每天带着小板凳、抱着笔记本电脑，在路边一盯就是一天，发现断码掉线立即记录下来，反馈给设备研发企业。为了测试多人行进环境下的网络状况，他们组织员工骑着自己的电动车参加会测。一声令下，近百辆电动车载着测试电脑，同时朝一个方向出发，一时间成了青岛大街上一道风景线。

厦门试验，实现互通

中国移动协助的试验点选在厦门。由于当时只有中国移动公司有移动通信网络，所以就把TD网络与2G网络切换性能的试验选在厦门的中国移动公司网络上进行。为此，中国移动派出熟悉这项工作的集团研究院无线所负责人现场办公，配合试验。

在大唐、华为、中兴和中国移动的密切配合下，厦门马巷TD试验网交换机房里，中国第一个3G-2G的互联电话成功拨通。虽然当时连通的仅仅是声音信号，距离3G的图像通信还有较大差距，但那尚显单调的声音信息的沟通，标志着TD的新转折。

借力奥运推 TD

发达国家在2001年就开始建设3G网络，而中国为了等待自主创新的TD-SCDMA系统成熟，一直没有发放3G牌照，直到北京奥运会进入两年倒计时，才拉开中国3G建网序幕……

早在2000年，中国在进行北京2008年奥运会申办时，信产部就签署了支持北京申奥的《通信机构、设施和服务保证书》，承诺北京获得奥运会举办权后将提供第三代移动通信服务。

然而，直到2006年年末，中国标准的3G网络才刚刚通过三城市外场试验。要在2008年8月8日之前，实现向奥运各相关城市同时提供3G服务的目标，时间十分紧迫。

奥运会，既给中国3G带来了一个挑战，也给中国的TD-SCDMA试商用带来了一个难得的机遇。

2007年1月15日，中国移动召开电视电话会议，启动了北京等8个城市的TD-SCDMA网络建设项目。3月，中国移动公布TD-SCDMA招标建网方案，投入资金近267亿元，建设TD-SCDMA扩大的实验网络。

北京是2008年奥运会的主赛场。作为北京奥运会的唯一移动通信合作伙伴，此前北京移动已经按照全面支撑奥运通信的保障计划，排兵布阵做了大量准备工作。为了弥补中国3G牌照未颁发、宽带移动通信能力不足的缺憾，他们不惜重金把原有的2G网络全面升级到2.5G，还布放了大量WLAN接入网络，对奥运场馆不留死角地全方位覆盖。正当他们分秒必争全力奋战的时候，TD-SCDMA扩大实验网建设任务又压了下来。

按照中国移动的要求，在奥运会开幕之前，不仅在各奥运场馆、设施内实现TD-SCDMA密集覆盖网络，而且必须覆盖北京市五环以内及首都机场等区域；覆盖各郊区县城关及连接城区和郊区县城的主干道；实现重要交通干线、重要旅游景点的全覆盖；室内覆盖到党政军机关、三星级及以上酒店、商场、机场、交通枢纽内。

据测算,要满足这些需求,一年时间内须建成4232个基站,其中宏蜂窝基站2492个。而截至2006年年底,经过近20年的发展,当时北京移动2G宏蜂窝物理站址总数仅为1919个。由于3G的宏基站单站覆盖范围比2G小,2G、3G理论上可共用站址率仅为40%。也就是说,北京移动要在一年多的时间里完成比公司过去近20年基站建设总量还要多很多的工程量。对于当时压力巨大的北京移动来说,这个任务真是一个天大的难题。但是北京移动的员工们没有打退堂鼓,在中国移动设计院的鼎力支撑下,通过与设备企业密切合作,很快掌握了设备安装技术。

2007年4月26日6时27分,北京地区TD-SCDMA扩大实验网工程首个可视电话顺利打通,这是北京TD-SCDMA网络建设的一个历史性时刻。

当时3G设备还不很成熟,尤其是基站天线,"架子"特别大,一组多面覆盖的天线横七竖八要占20多平方米,致使大量即使可同站的2G站址也不能兼用,只能找有足够面积的平顶楼才能甩得开。好不容易找到一个合适的站址,老百姓一看那么大一套架子,一会儿怕楼塌,一会儿怕辐射,有的不让进楼查勘,有的刚刚装上架子,就被要求撤出。2007年一年召开的TD建设协调会议就超过120次,平均3天一次,其中多数是研究如何解决居民阻挠施工的问题。但是,不管有多难,北京移动的员工们扛着服务奥运的大旗,在集团设计部门配合下,硬是把几千个基站一个个立了起来。

2008年奥运会会场所在的各个城市,都必须提供3G网络服务。由于此前国家并没有明确由中国移动来承接建设运营TD-SCDMA网络,所以中国移动相关分公司一点基础都没有。但是在国家急需的时候,中国移动人没有一个掉链子。

2008年8月8日晚8时,在漫天盛开的烟花中,一场恢宏的奥林匹克盛会在北京拉开了帷幕。中国自主创新并入选国际标准的TD-SCDMA,终于交上了一份答卷,为精彩的奥运之夜,增添了一抹耀眼的光彩。

两千亿拉动一万亿

2008年,就在拥有中国自主知识产权的TD-SCDMA标准经历北京奥运会大考的时候,全球经济遭遇了几十年以来最惨烈的金融风暴。

紧急发牌挽大局

2008年3月11日,全国人大会议通过国务院机构改革方案,决定在合并原信产部、国务院信息化办公室、发改委工业管理相关部门职能基础上,组建主管中国工业和通信业的工信部。

组建这个大部委的宗旨是从领导机制上融合推进工业化和信息化,没想到的是工信部刚刚完成内设机构组建和电信运营企业的重组,全球金融危机就呼啸而来。

从2008年秋到2009年年初,管理领域涉及国家70%GDP的工信部,在调研基础上减税、投资,一连出台了包括汽车、钢铁、纺织、轻工、石化、船舶、有色金属、装备制造、电子信息,共9项产业振兴计划。但9个"方子"也未能阻止GDP下滑势头。

在此严峻形势下,有研究机构提出,如果启动中国的3G业务,一年就可撬动2000多亿元的直接投资,还可带动上下游相关产业间接投资以及居民消费,总规模可达1万亿元。基于以上分析,国务院要求工信部尽快拿出3G发牌的方案。

工信部随即就中国3G牌照发给谁、怎么发、何时发等问题展开研究。

发给谁?2008年5月24日,工信部、发改委和财政部三部委联合发布《关于深化电信体制改革的通告》,第三次电信重组正式启动:中国卫通的通信板块并入中国电信,中国铁通整体划归中国移动,中国联通和中国网通合并组成新的中国联通。中国电信运营业形成了三个运营主体——中国电信、中国移动和中国联通。而这三个运营主体都拥有移动业务牌照，显然也都有申请3G牌照的资格。

怎么发？当时世界上共有三种3G国际标准，一种是欧洲主导的WCDMA，一种是美国主导的CDMA-2000，还有一种就是中国自主创新的TD-SCDMA。欧美主导的两种标准已经在世界上投入使用了近8年，而中国为了等待TD-SCDMA产业成熟，一直没有发放3G牌照。为了扶植自主技术，很多专家提出三家移动运营公司都优先颁发TD牌照。为此，12月22日，在支持TD发展和3G牌照发放专家座谈会上，来自相关产学研各界的十位专家展开研讨后形成了倾向性意见：希望中国移动扛起TD运营的重担。

何时发？其实，在中央作出决策之前，中国移动对担纲TD已经有所准备，通过奥运通信的实战，他们对TD产品的成熟度及其与国外标准的差距已有进一步了解，因此在内部做了一个三年规划。但是，国家经济大局等不及。

2008年12月31日，在国务院常务会议中，工信部向国务院做了关于发放3G牌照的建议报告。国务院指示：3G牌照的发放，意义重大，影响深远；政府当前启动这项工作，对于应对国际金融危机的冲击，千方百计保增长、保发展、保民生有着直接的带动作用，要当机立断，立即发出。[1]国务院常务会议通过了3G发牌方案，并指示工信部3G牌照的发放要越快越好。十年来悬而未决的中国3G发牌问题就这样一锤定音了。

2009年1月7日下午2时30分，工信部正式颁发了中国3G牌照。中国移动、中国电信、中国联通分别获得TD-SCDMA、CDMA-2000、WCDMA网络及业务运营牌照。

3G牌照发放一年后，3G建设和经营取得显著进展，完成网络投资1609

---

[1] 武锁宁等：《中国TD标准创新之路》，人民邮电出版社2017年版，第66页。

亿元，建设基站32.5万个，用户超过1500万户，累计创造就业岗位67万多个；基本实现了3G网络覆盖主要城市和东部发达地区，拉动了通信设备制造、芯片研发、测试仪表等产业的发展，带动了信息通信、商务金融、社会管理、文化娱乐等业务应用和创新，丰富了人民群众的物质文化生活；3G的建设和发展，对有效应对国际金融危机和扩内需、保增长、调结构、促就业、惠民生发挥了积极作用。

一连攻克三难题

TD重担移交中国移动之前，权威专家对TD技术和设备的鉴定结论是：没有颠覆性的问题。但要采用这项技术建设一张实实在在可运行、高质量、具有竞争力的网络，还面临着许多问题。

"五子登科"变"短小精悍"

TD-SCDMA设备前期研发留下的第一个突出问题，是天线系统的"面子""瘤子""胡子""辫子"和"架子"问题。

天线，在移动通信的1G、2G时代，是一个技术含量较低的简单外设装置。但是，在中国主导的TD-SCDMA系统中，为了实现天线在蜂窝内高效跟踪目标用户，赋予了天线更多智能需求，由此引发了一场智能天线的革命。

智能天线是通过分布在天线面板上的导向振子的信息互馈形成的波束来实现对用户的高效跟踪的。这项功能，必须通过分布在天线面板上的振子触角来实现。由于电磁干扰规律，一旦国家划定TD-SCDMA频段，如果天线结构不变，波长就决定了阵元的振子分布的间距，从而决定了天线面板的面积。因此，TD-SCDMA创新之初，按照原有的智能天线结构和国家划定的频段，制造出的TD-SCDMA的室外天线面板大如门板，安装困难而且隐患很大，这一问题被专家形象地称为TD-SCDMA天线的"面子"问题。

智能天线不同于以往的"傻瓜天线"，每个阵元都需及时收发处理信息，为了保证反馈速度，就需要将收发放大器从机房设备中分离出来，移到靠近天线面板的地方，这样就给天线额外地增加了一收、一发两个几十千克重的附带设备箱，由此形成了所谓的"瘤子"问题。

同时触角的智能化，还需用二三十条连线馈线来回对应连接天线面板的各个振子，这样又形成了上上下下、前前后后众多的线缆构成的"胡子"和"辫子"问题。

智能天线的宽带覆盖功能还需要将3个巨大的面板，朝着不同的方向不受阻挡地安装布放，这就造成了一套TD天线常常需要像建筑施工的脚手架似的横七竖八搭起庞大的定位支架，于是就形成了占楼顶面积较大的"架子"问题。

这些问题叠加在一起，被人们称为TD天线的"面子""瘤子""胡子""辫子""架子"，"五子登科"的问题。

如何克服"五子登科"，实现天线的"短小精悍"，成了TD-SCDMA推广必须克服的一个工程技术难题。从奥运TD扩大试验开始，中国移动就注意到了这个问题，并很快发现，通过工艺的小改小革，虽可以适度缩小"瘤子"的大小，通过线路合并也可以减少"胡子""辫子"的数量，但天线面板缩微确实难度很大。

面对"五子登科"的严重困扰，中国移动设计院提出了一个通过改变天线矩阵的分布结构实现天线面积的压缩的方案。改进后的天线面板从"门板"缩成了"窗户"，以前"上门板"需要两个人爬塔安装还很费劲，现在一个人也能轻松安装了。

接着，中国移动研究院牵头，组织天线厂商和设备厂商，按照电波磁场的规律，联合展开了科技含量更高的双极化天线的科研攻关。通过对相邻振子辐射方向的左右45度偏转，把原来单一垂直的阵列变成了相互垂直双极阵列，在确保振子工作质量的同时，巧妙地从根本上解决面板缩微问题。此外，中国移动又联合设备厂家及光缆厂家会商，采用高性能射频光缆集成拉远的办法，解决了"胡子""辫子"和"瘤子"问题，"五子登科"的天线终于变得"短小精悍"。

"小人物"破解"大天机"

智能天线是TD-SCDMA最有特色的核心技术。这个技术实际上就是一个智能的目标跟踪器，当用户进入并在小区范围内移动时，它可通过测向功能立即确定信号来源，并根据"触角"回馈的信息，迅速调整各振子强弱，形成一个动态跟踪用户的信道。

根据这个原理，智能天线的关键技术是"波束赋形系数"的调控。然而，TD-SCDMA设备创新阶段，厂家并没有真正掌握赋予天线智能的波形系数的优化调控办法。

设备厂家在脱离应用环境"闭门设定"参数后，又"画蛇添足"地进行了加密，不支持后期修改，导致智能天线变成了呆板天线，因此这被列为影响网络质量和效率的第二个重大难题。

为化解这个问题，河北移动公司曾组织一些本省的技术尖子，带着测试设备到最早开通TD的保定分公司"会诊"。

从不同的角度进行了好几天的野外测试后，一位年轻的工程师突然发现一个问题：按设计原理，TD智能天线最大的优点就是可以调动波束自动锁定用户，像探照灯似的跟踪用户。可是在实际网络测试时，天线系统反应迟钝，要么"视若无睹"，要么"东张西望"，就是找不到目标用户。

会不会是天线的振子、阵元的参数设置不准确，导致"视力"不聚焦呢？然而，当他沿着这个思路试图探寻设备智能天线的参数设计方案时，发现厂家并没对设备参数进行过推敲。他试图针对基站的不同场景来调整参数时，又发现设备的软件是加密的，没有给安装和维护人员留出调节的"活口"。这个问题可能就是智能天线"不智能"的关键！他终于揭开了智能天线的参数谜底，提出了设备改进的方案，并和大家一起建立了智能天线根据不同的场景设置参数的优化体系，终于给智能天线戴上了可灵敏调节"度数"的"赋形眼镜"。

过去，每次调整或更换参数首先需要关掉基站、中断客户服务，再由施工人员赶到现场，并爬上高高的铁塔进行人工作业。调整一次，即使顺利也要半天时间。掌握了波束赋形调节手段后，技术人员只需坐在机房利用计算机调整一下参数，短短几分钟即可完成，效率提高了几十倍。后来，该研究成果获得了中国移动通信集团公司科技进步一等奖，也为我国智能天线核心技术优势的形成做出了贡献。

三招突破终端瓶颈

2009年1月，中国发放3G牌照时，外国主导的WCDMA和CDMA-2000的终端已有上百款，而TD-SCDMA的终端仅有寥寥几款。终端短缺是TD-SCDMA商用之初与其他两种国际标准相比，最突出的短板。

发牌前夕，中国移动提出了突破TD-SCDMA终端困境的新想法：由中国移动出资，建立专项激励基金，支持终端厂商参与TD-SCDMA终端的研发，加大用户终端补贴，通过经济手段鼓励社会渠道销售TD-SCDMA终端。

2009年3月13日，中国移动正式启动"TD-SCDMA终端专项激励资金联合研发项目"的招标。5月17日，招标结果公布，摩托罗拉、三星、LG、中兴、华为、宇龙、多普达、新邮通、海信共9家手机厂商，还有展讯、联芯、天玑3家芯片厂商中标。中国移动投入6.5亿元，带动了合作厂商的投入，形成了总计超过12亿元的TD-SCDMA终端产业链研发资金。

7个月后，中国移动终端专项激励资金联合研发项目瓜熟蒂落，首批11款G3手机于2009年12月17日在北京发布。又经过一年多的艰辛努力，到2010年年末，TD-SCDMA的手机种类突破了100款。

然而，数量不等于质量。当中国移动"连拉带拽"把一批未经过市场磨合、优化的TD终端投放市场后，终端短缺的呼声很快变成了对终端质量的投诉。一时间，呼声四起、难题成堆，不成熟的网络遭遇不成熟的终端，各种问题搅在一起，就像一团难解的乱麻。

江苏移动首先根据切实提升服务热线质量的要求，先从10086呼叫中心的数百名话务员中遴选出6名熟悉终端业务的"尖子"，经过专门培训后，设立了终端服务专家台席；接着，又从大专院校和社会上招聘了一批爱玩手机的"理科男"，组成一个终端问题研究组。他们从市场中买回各种3G终端，针对服务台收集到的问题，把手机开了关、关了开，"揉碎了"、合起来，练出了一批"手机通"。

他们很快发现TD手机与其他制式手机的差距其实不在技术原理，而在完善成熟程度低，其中大部分问题是可以通过指导操作来弥补的。于是他们把掌握的技巧，一条条、一项项地梳理出来，支撑终端专席对外服务，很快化解了大多数申告投诉。

2010年5月，在中国移动的终端服务技能大赛中，江苏移动代表队以优异的成绩胜出。不久经总部批准，江苏移动成立了面向全国的终端服务基地。受集团公司总部委托，终端服务基地还承担起全网TD终端入库测试和体验测试工作，嵌入了终端产品的上游环节。

为了进一步实现终端瞄准国际一流水平的突破和超越，2010年年初，中国移动决定，在集团公司成立终端部。

终端部很快发现，TD终端发展之所以与其他两种标准终端的差距突破不了，存在三个重要的原因：一是初期为了吸引终端厂商的参与，入网门槛定得偏低；二是单款终端的批量规模小，支撑不了厂商更多人力物力进行"精雕细琢"的成本；三是国际一流终端企业"袖手旁观"，高端芯片等上游领域厂商配合不够。

为突破这种局面，在深入调研的基础上，终端部有针对性地出台了三项重大措施：一是改变终端分库制，通过制定严格统一的入库标准，开展全面、深入、高水平的测试，促进终端上层次；二是实行全国集采，通过规模上量培育优质产品；三是动员国际领先厂商加盟。

从2010年到2013年，中国移动终端发展团队与国内外芯片、终端、仪器仪表厂家开展了艰难的沟通、谈判，一步步推动产业成熟。

经过艰苦不懈的努力，TD终端创新终于逐步实现了与其他两个3G标准终端的同时、同质、同价，为TD在中国的成功运营又攻下一城，

第四章　冲出狭路加速度

历经千难万险，中国的TD-SCDMA刚刚具备了上网条件，而世界已开始研发全球新一代宽带无线通信技术（4G）……不过，学费没有白交，所有的前期付出，都为TD的4G创新积累了经验、探明了道路，成就了中国主导的TD-LTE的狭路突破、加速创新。

合纵连横绝地逢生

就在中国的3G标准经过起起落落，艰苦探索，刚刚摸到门道、开始规模试验的时候，世界已进入"4G时间"。一系列"两难选择"，更加严峻地摆在了中国通信业的面前……

"三国"烽烟起

2006年前后，以图像、视频为代表的移动数据业务和移动互联网应用刚刚让3G看到盈利的希望，爆炸式增长的移动数据洪流就很快突破了3G的设计带宽极限。新技术带动新应用，新应用又在催生新一代技术。当中国的3G标准设备走出实验室的时候，后3G、超3G、3.75G技术在国外纷纷崭露头角，把尚未成年的中国TD创新提前推到了4G抉择的关口。

对全球3G提出挑战的，首先是来自IT阵营的黑马——WiMAX。这项宽带无线接入技术由美国电气和电子工程师协会（IEEE）提出。其率先采用了正交频分复用技术（OFDM），使数据传输速率数倍于同期的其他标准，达到了国际电联早年提出的4G技术的相关性能指标。

作为宽带移动化的新兴技术，WiMAX在美国的拥趸和主要推动者是以英特尔、思科领衔的IT厂商。英特尔借助其在笔记本终端领域无人可比的市场优势，首推"所有应用英特尔芯片的笔记本都预装WiMAX"的战术，铺平了WiMAX进入消费领域的道路。2004年前后，WiMAX相关标准化工作迅速推进，产业化势头迅猛，相继在美国芝加哥、巴尔的摩、达拉斯建起了三个网。

因为国内市场不能充分满足其技术和产业扩张的胃口，向来推行"以IT技术和产品攻占全球市场"策略的美国政府，竭力支持WiMAX向全球开疆拓土。

WiMAX这一匹从IT业杀入通信业的"黑马"给原本多种标准共存的移动通信市场带来了更激烈的竞争，尤其对以传统电信运营商、设备制造商和其他通信业企业为主组成的3GPP阵营构成了实质性的威胁。

WiMAX来势汹汹，让欧洲主导的传统通信产业感受到了前所未有的挑战。作为全球最成功的GSM和WCDMA标准制定者的3GPP，此前，总是以"一直被追赶，从未被超越"的从容心态，按部就班推进着3G标准的升级工作。WiMAX的闯入使其意识到必须尽快建立一个符合"宽带移动化、移动宽带化"趋势的新标准，与WiMAX抗衡！

2004年12月，3GPP正式设立了"长期演进"项目（Long Term Evolution，LTE）。因为通信业认为从预研开始搞了15年的3G网络刚刚初见成效，希望3G继续存在并发挥作用，所以当时并未把创新的目标明确地命名为4G，而称之为3G"长期演进"方向。

LTE由欧洲主导，它沿着2G时代的GSM、3G时代的WCDMA路线演进而来，同时和WiMAX一样，采用了OFDM和多进多出天线系统（MIMO）等关键技术。名义上，LTE是3G的演进技术，但事实上，它对体系架构也进行了革命性的变革，逐步趋近于典型的IP宽带网结构。

3GPP提出的LTE主要性能目标包括：在20MHz频谱带宽内能够提供下行100Mbit/s、上行50Mbit/s的峰值速率；改善小区边缘用户的性能；提高小区容量；降低系统延迟，用户平面内部单向传输时延低于5ms；支持100千米半径的小区覆盖；能够为每小时350千米高速移动用户提供大于100kbit/s的接入服务；支持成对或非成对频谱，并可灵活配置1.25—20MHz多种带宽。这样一来，LTE标准将使网络峰值速率、时延、同时在线用户数等系统性能比3G有了极大的提升，也与国际电联早年提出的4G技术要求相当。因此，很多国家为推进商用，也将LTE称为4G技术。

在3GPP推出LTE的同时，高通主导的3GPP2则推出了与LTE的演进路线类似的超移动宽带（Ultra Mobile Broadband，UMB）标准。同样流淌着电信血液的UMB沿着2G的CDMA、3G的CDMA-2000标准演进而来。同WiMAX、LTE一样，UMB也采用了OFDM/MIMO作为物理层的核心技术，不同的是LTE不再支持CDMA，而拥有CDMA基础技术产权的UMB阵营，为了保持良好的兼容性，仍然支持在总带宽中分出一部分带宽来支持CDMA。

在各方技术力量、市场利益的博弈下，一场由WiMAX、LTE、UMB角力的"准4G"三国争霸战很快不宣而战。

早在2005年就发布了相关标准的WiMAX，不仅有英特尔等IT界的力挺，而且还吸引了通信阵营的一些厂商的加盟。2006年，加拿大北电公司宣布将其3G业务部门出售给法国阿尔卡特公司，并全面向WiMAX技术转型；摩托罗拉公司因受到全球CDMA阵营的市场出现萎缩的影响，以及来自GSM阵营不断加大的竞争压力，也于2006年宣布将重点转向研究WiMAX

等下一代无线通信技术；英特尔更是全力押宝WiMAX，将其作为进军通信业的"利器"，在全球积极部署WiMAX试验网。为了加快推进WiMAX，英特尔等厂商不惜重金在欧洲竞拍2.6GHz的频谱，并在2007年世界无线电大会期间全力推动，最终统一了TDD频谱。到2007年年底，WiMAX已在全球多国搭建了数百个网络，可谓发展得顺风顺水、如日中天。

WiMAX的高歌猛进给LTE阵营带来了极大的压力。为了追赶WiMAX的步伐，LTE阵营也制定了相当激进的标准化时间表，整个工作计划被压缩在两年半内完成。而同期，UMB标准的步伐却过于稳健，直到2007年4月3GPP2才发布UMB标准的1.0版本。

中国TD前程受阻

群雄并举，相互竞争，客观上把4G的课题提前摆到了全球通信业面前。而此时，中国才刚刚启动3G试验网建设，还没有一个正式的3G商用网络。面对4G的激烈角逐，中国的TD标准的发展空间被严重挤压，几乎陷入绝境。

2005年年底至2007年年初，在WiMAX、LTE、UMB三雄激烈角力中，隶属于UMB演进路线的CDMA阵营的数家运营商相继"逃离"，分别投向WiMAX和LTE，导致UMB最先沦为3G技术演进赛场上的"出局者"。这样一来，4G的竞争实际上形成了LTE和WiMAX两强对决的态势。

本来，随着全球移动通信市场进入移动互联网阶段，对带宽的需求量显著上升，越来越难以获得大段的对称频谱，因此TDD技术的应用前景被看好。美国的WiMAX本身就属于TDD制式，其标准一形成就在全球大举收购TDD非对称频谱，并在2007年控制了全球TDD频谱；欧洲3GPP也看到了TDD的前景，在自己主导的LTE战略中，同时规划了相互融通的LTE FDD

和LTE TDD。

没承想由于两强都强势部署了各自的TDD技术，TDD热了，中国力主的TD标准的演进空间却被迅速分割了。

摆在信产部面前的中国TD演进之路很复杂：一些已投资TD-SCDMA研发的企业担心启动4G会使他们的3G投入不能回收，主张中国先集中精力搞好TD 3G的推广，以后再说4G的事；在TD 3G标准竞争中一路打拼过来的大唐则对标准的提前介入和部署有着更深的理解，认为如果不提前布局TD的4G竞标，TD 3G就没有未来，因此早在2005年年初就展开了TD长期演进方案的研究；而已经被推上TD-SCDMA运营主体轨道的中国移动，当然更关心TD的演进前景。

严峻的现实要求中国通信业必须两线出击，在继续推进TD 3G的同时，立即启动TD的4G竞标，从而相互接应、弯道追赶、摆脱被动。沿着这一思路，信产部科技司、电信研究院、大唐以及产业各方展开了深入研究。

为推进TD在国际标准化组织内的顺利演进，2007年3月，在组织TD-SCDMA扩大的规模试验的同时，信产部成立了IMT-Advanced推进组，果断启动了4G竞标之旅。

连横合纵，谋求突围

纵观全球通信发展史，从分散到集中统一是通信标准的大势所趋。面对4G标准两强雄起和技术融合的态势，如果中国主导的TD标准故步自封，很可能成为下一个被甩出去的。

面对两强对垒之势，在3G时代已处于明显弱势的中国TD技术，独树一帜已无可能，中国TD的演进之路实际上只剩两种选择：一是加盟LTE阵营，并主导其TDD标准；二是联合WiMAX阵营，通过推进WiMAX技术的电信化，在其中实现中国TD技术和知识产权的演进延续。

其实，早在两大阵营形成之初的2005年，主导TD-SCDMA标准的大唐就在3GPP的技术大会上提出了继承TD-SCDMA帧结构和智能天线等特色技术的LTE TDD方案。但是，这一倡议没有得到3GPP阵营的重视，他们一开始就支持另一种与他们的FDD"差异最小化"的LTE TDD方案。以大唐为代表的中国企业提出的LTE TDD提案，不仅考虑了与TD-SCDMA良好的兼容性，而且具有独立组网的能力，显然对中国在这个领域的竞争发展有利；而另外那个所谓"差异最小化"的TDD方案，是一家叫IP Wireless的欧洲公司提出的，特点是由FDD广域覆盖，TDD做热点补充，这个方案实际上扼杀了TDD独立规模组网的可能，有利于WCDMA阵营平滑地占领更大的LTE市场。

因此，尽管我国企业、机构与国际运营商和产业界主动交流沟通，但在2005年10月的3GPP会议中，大唐提出的"TD-SCDMA演进"LTE TDD标准方案仅仅争取到与"差异最小化"两方案并存的结果。而且在形成文件时，3GPP坚持把欧洲厂商的"差异最小化"方案命名为主导的A方案；将中国大唐等提出的LTE TDD方案，命名为备选的B方案，显然一开始就把中国的方案置于"备胎"的位置。

在中国代表的强烈反对下，虽然最终两种LTE TDD被分别改称为模式1（Type1）和模式2（Type2），中国方案由"B方案"变成了"Type2"，但是从属、备选的地位实际上没有变化。

就在中国在LTE阵营艰难博弈之时，WiMAX阵营向中国这个全球最大的移动通信市场发出了积极的信号。2006年，中国政府主导的"4G推进组"成立后不久，当时英特尔的"二把手"罗尼随即到访中国。

在长安街13号院，信产部外事楼，罗尼道明来意：英特尔希望在中国用分配给TD-SCDMA的频段开展WiMAX试验。英特尔的意图相当明显：UMB散伙之后，美国WiMAX和欧洲LTE正在激烈争夺市场。如果中国倒向美国，在市场上美国将取得优势；如果中国倒向欧洲，美国的优势将被削弱。因此，中国市场筹码分量举足轻重。

而对于正在艰苦推进TD-SCDMA的中国来说，如果在WiMAX网络的802.16m标准中加入TD-SCDMA的核心技术，实现802.16m与TD-SCDMA的兼容，既可以增加WiMAX的电信功能，也可以使TD-SCDMA未来之路得到延续。罗尼的到访给了中国一个重要的选择机会。

谈判总是从利益共同点切入。WiMAX标准组织在802.16m标准中的一项建议成为双方合作的一大"拦路虎"——实现802.16m对802.16e的双向兼容。这项提议相当于直接切断了TD-SCDMA在保持特色的前提下向WiMAX技术演进的道路。信产部提出，如果美方同意在802.16m标准中删除该建议，将TD-SCDMA纳入，进而带动WiMAX与电信网络的融合，作为交换条件，中国将欢迎英特尔在中国用TD-SCDMA频率建设WiMAX试验网。会后，中美双方初步达成共识，信产部科技司迅速组织相关专家开展技术准备工作。

就在中国热情而真诚地探索与WiMAX合作的时候，在美国旧金山召开的IEEE会议却给参会的中国代表当头浇了一盆冷水。那次会上，中国代表的提议，除一位英特尔的工程师支持外，无人响应！不久，在国际电联的一次会议上，WiMAX联盟的代表又单方面取消了与中方举行双边"中间会议"的约定，直接发布了他们的演进方案。

但是，事关中国4G标准前途，中国并没有轻言放弃。2007年8月，中国代表团赴美参加中美电信合作高层论坛，其间，再次和英特尔、摩托罗拉高层进行深入商谈。会谈从晚上10时持续到次日凌晨4时，对方仍不让步。最终中国主导的TD技术创新与WiMAX的融合发展之路结束。

WiMAX阵营就这样以其出尔反尔的固执，葬送了一次与TD，也是与全球电信技术融合发展的机会。

实际上，中国通信业在与WiMAX阵营探索合作的同时，并未放弃与

LTE阵营合作的探讨。尤其是对LTE创新方向情有独钟的大唐一直没有停止对TDD演进标准的研发，并认为TD与欧洲主导的LTE合作相对更优。2007年年初，中国与WiMAX旧金山会谈受挫的消息传回后，大唐进一步加强了与LTE阵营的交流。

那段时间，全球LTE阵营与WiMAX阵营的力量对比失衡。不仅北电、摩托罗拉此前已经加盟WiMAX阵营，诺基亚、西门子、阿尔卡特—朗讯、三星等通信设备公司也开始参与以IT为主的WiMAX研发，LTE阵营曾面临严重危机。

这种情况下，主导LTE标准的爱立信与中国的合作态度出现了微妙变化。2007年3月，爱立信来访中国，与大唐高层会谈，表达了加强合作的愿望。2007年9月，大唐高层又访问了爱立信瑞典总部，表达了"希望爱立信支持大唐的TDD方案作为LTE阵营的TDD主导方案，大唐将推动中国信产部支持LTE在中国的发展"的意向。爱立信高层对大唐的意见很快做出积极回应。双方承诺都不加入WiMAX阵营，并成立"大唐—爱立信LTE联合研究中心"，在推进LTE标准和参与国际电联的IMT-advanced 4G标准上开展合作。

此后不久，在信产部IMT-Advanced推进组与爱立信的交流中，爱立信正式向中国伸出了有条件的橄榄枝，表示只要中国的LTE TDD方案在帧结构上与他们的LTE FDD实现融合，他们将支持中国TD的4G方案成为LTE TDD的唯一方案。

通信标准全球化是方向，从趋势上看，统一两种制式的帧结构有利于长远融合创新；从策略上来说，在非原则问题上做出让步，加入LTE阵营并主导其TDD制式标准，有利于TD-SCDMA的持续演进。基于这个判断，推进组形成了"以融为进"的谋略。

2007年10月底，信产部与来自电信研究院、大唐、中兴、华为、普天及中国移动等产业界的技术专家就帧结构融合的3种方案进行了探讨。当时在与LTE阵营的合作谈判中，中国标准的帧结构面临3种不同的选择方案。方案一，坚持已"沦为"Type2的帧结构，不做改变；方案二，对原有Type2帧结构中的3个特殊时隙进行改进；方案三，在保留TD-SCDMA平滑升级和智能天线等技术优势和特点的基础上，将原有Type2帧结构的时隙分配向LTE FDD靠拢。因为世界无线电通信大会和一个3GPP相关会议召开在即，中国必须尽快做出抉择。

第三个方案看似是一种退让，但实际上是面向国际主流"融合"方向的格式约定的调整，有利于LTE TDD与LTE FDD的业务融合，有利于产品的研发生产，有利于中国标准长远发展和全球推广。互联互通是通信网的必然要求，LTE TDD与LTE FDD帧结构的统一，从全球化的角度看，是一种进步。同时，从策略角度看，此前中国提出的LTE TDD方案在全球的支持者寥寥无几，已被列为备选，如果中国固执己见坚持方案一，谈崩的风险极大。

最终，以融合为最大特征的方案三获得各方一致同意。但作为交换条件，我方明确要求对方必须接纳我方拥有的知识产权核心技术。

2007年11月，中国代表团出席在瑞士举行的世界无线电通信大会并访欧，爱立信对此密切关注。得知中国政府代表团会后将访问英国，爱立信提出在伦敦安排一次双边高层会谈。由于准备充分、方案合理，中国"以融求进"主导LTE TDD的方案得到了爱立信的全面认可，双方一拍即合、一锤定音。

在这次会谈的推动下，经过双方的共同努力，2007年11月底，在韩国举行的3GPP大会通过了中国公司提出的融合后的LTE TDD帧结构方案，使之成了LTE阵营唯一的TDD模式技术方案。

TD-LTE，入选国际标准

中国提出的TD 4G技术方案获得爱立信主导的3GPP的支持只是成功的一半，要真正成为国际标准还必须通过来自国际电联的官方正式认可。而要成为国际电联的标准，必须先通过国际电联组织的相关核心技术评估。

2008年6月，进行LTE技术评估的ITU-R 5D第二次会议在迪拜召开。在这次会议上，大唐提出了8×2智能天线配置的提案。这是我国在总结TD 3G智能天线实践的基础上，根据LTE TDD的演进需要，经过深入研究和试验形成的。但是，除中国以外的所有国家的公司全部提出反对意见，他们要求LTE TDD和LTE FDD的最大天线数统一限制为4振子结构。这实际上是把中国提出的8振子智能天线排除在候选技术之外。

智能天线是TD-SCDMA的核心技术之一，也是TD-LTE-Advanced的优势技术。融合后的LTE阵营已经实现了核心网部分的融合统一，如果不能把8振子天线配置写入IMT-Advanced的评估文件，不仅意味着中国在TD 3G时代积累的核心知识产权大量流失，而且将威胁到整个TDD智能天线技术体系，最终会危及TDD的独立组网能力。如此，中国主导的TD的4G国际标准将名存实亡。

智能天线是实现TDD组网的关键技术。TDD与FDD技术的主要区别就在于，TDD是要通过调控时序实现上下行信息在同一个频点进行；而TDD在天线侧处理信息的难度比FDD复杂很多，也正因为这样，中国主导的TD 3G标准首先发明并引进了智能天线技术。没有智能天线就不可能真正实现端到端多入多出。

会议开始后，由于双方都有准备，讨论很快进入白热化状态。对方人多势众，大唐技术专家则稳扎稳打，拿出一条一条的理由进行反击。经过激烈的辩论，最终形成了包括支持4—8天线配置在内的天线外设技术的方案。我方的主张终于守住了！

后来的发展结果证明，中方关键时刻的坚持，不仅守住了自己在标准中的核心知识产权，也为TD-LTE的独立组网乃至后来5G基站实现端到端多收多发成为主流奠定了重要基础，给世界通信文明做出了关键性贡献。

2008年12月，3GPP正式宣布LTE第八版标准（Release 8）冻结。TD-LTE顺利完成帧结构融合的所有工作，并与FDD LTE同步完成标准的制定。

随后，中方代表团乘胜进取，提议将LTE TDD更名为TD-LTE，明确了其作为TD-SCDMA后续演进、可独立组网的技术地位，这一想法得到信产部的认同。

2009年10月，另一场决定中国主导的4G标准命运的较量已在国外悄然展开。在德国德累斯顿，ITU-R WP5D工作组第六次会议正在进行中。这是IMT-Advanced候选技术提案截止时间后的第一次会议，重点讨论IMT-Advanced候选技术和移动通信频谱规划。由于此次会议将决定未来全球4G技术走向和市场格局，意义重大，影响深远，吸引了来自33个国家和36个企业的218名代表参加。我国政府对此次会议非常重视，派出了由信产部科技司、电信研究院、无线电监测中心等单位，以及中国移动、华为、中兴、大唐等企业的30名代表组成的代表团参会。

会上，有关4G国际标准候选技术的讨论热烈而紧张。我国提交的具有自主知识产权的TD-LTE-Advanced技术方案与来自日本、韩国和IEEE的其他5项方案，展开了激烈角逐。最终，中国主导的TD-LTE-Advanced，作为LTE的TDD分支，获得欧洲标准化组织3GPP和国际通信企业的广泛认可和支持。经过磋商与博弈，包含中国4G标准的TD-LTE-Advanced和WiMAX阵营的802.16m一起胜出。

2010年10月，在中国重庆举行的国际电联会议正式确定了4G（IMT-Advanced）国际标准，TD-LTE-Advanced正式被接纳为4G技术，TD-LTE终于成为继TD-SCDMA之后我国主导的又一个国际通信标准。

双驱发力弯道提速

中国的TD-LTE创新起步后,进展神速。TD-SCDMA,从1998年提出国际标准到2006年完成技术测试;而TD-LTE,从2007年提出标准到2010年完成技术研发和技术测试,这之间近3倍的提速,得益于TD-LTE创新从一开始就形成了一整套双管齐下、双轮驱动的创新体系。

珠联璧合的指挥体系

2006年1月,新中国历史上第三次全国科学技术大会在京召开,正式颁布了《国家中长期科学和技术发展规划纲要(2006—2020年)》,明确提出充分发挥科技对经济社会发展的支撑引领作用,深化科技体制改革,加快国家创新体系建设。全国科学技术大会后,国家很快提出了60条配套政策,其中力度最大的是设立国家重大科技专项推进工程。这是在市场经济条件下,充分发挥社会主义国家集中力量办大事的优势,把国家战略转化为产业创新实践的重要举措。这一工程不仅扶植基础性跟踪科研,还特别注重自主创新成果的产业化,而且其资金和政策的扶植力度也是前所未有的。

2007年11月7日,中国主导的TD-LTE标准在国际会议上被正式列入国际4G标准的捷报一传来,信产部立即在前期专家研究准备的基础上,第一时间向国家提交了正式被命名为"新一代宽带无线移动通信网"的专项申报文件。

2007年12月26日,国务院召开常务会议,审议并通过了"新一代宽带无线移动通信网"国家科技重大专项实施方案,并将这个专项列为当时确定的16个国家重大专项中的第三项。因此,后来业内同行都骄傲地将这个专项工程简称为"重大三"。

"重大三"项目确定后,信产部正式组建了总师团队。团队一组成,就迅速集中到北京顺义的发改委培训中心,展开了多轮封闭研讨。他们深入系统研究了国际移动通信发展的趋势、国内移动通信技术和产业的现状,厘清并提出了"重大三"创新"两链一网"的总体思路,一要打造从"系统、终端、芯片、网络到业务"的完整产业链;二要打造从"技术、标准、研发、试验到应用"的系统创新链;攻克一批关键核心技术,实现产业群体性突破,国际标准话语权获得历史性提升,建成新一代移动宽带无线通信网络。

为了把战略目标落到实处,他们又将战略思路和产业现状相结合,提出了一个具体可行并可明确考核的"1225"指标体系。"1",是在全球4G标准体系中,中国的核心专利占比要超过10%;第一个"2",是在新增国内出货终端中,国产芯片占比超过20%;第二个"2",是国产系统设备出货量全球占比超过20%;"5",是国产系统设备在国内市场占比超过50%。

标准确定后,"重大三"总师团队每年都要根据技术的进步和推进实际,进行密切跟踪、滚动推进,确保国家的"重大三"引导资金全部用到刀刃上,取得空前显著的成效。

由于技术路线正确,推进举措紧凑,"重大三"最后仅仅用了13年的时间、70%的国家专项预算资金,不但圆满实现了4G创新预定目标,而且还"超额"完成了5G技术标准的创新。当初设定的"1225"目标中,在4G标准创新阶段,全部超额1倍左右完成;到5G时代前三项目标均超额2倍完成;第四项设备国产化率,预定目标50%,结果4G达到81%,5G达到了91%。

聚合平台高效运行

通信标准创新是一个复杂的系统工程,TD创新的持续高效推进,还得益于行政技术指挥部的思路和方案,有一套"有形的"落实机制。

"重大三"顶层机制、目标和方案确定后,2008年3月,刚成立的工信部组建了一个涵盖TD创新产业链各环节、各相关部门和企事业单位的TD-LTE推进工作组,形成了一个以工信部电信研究院(今中国信通院)为聚合平台的TD创新组织落实体系。

TD-LTE推进工作组成立后,电信研究院在TD创新中的具体组织和聚合的职责和地位更加明确。电信研究院不辱使命,在总结TD-SCDMA推进中摸索出的经验的基础上,很快形成了一套"从标准到产品、从设备到组网、从技术到应用、从分散产业链到完整产业链"协同创新的思路和做法。他们一方面依托挂靠在该院的中国通信标准化协会,打通了前期技术创新聚合及与国际标准组织衔接的通道;另一方面组织院内标准所的专家迅速展开标准的深入、系统的支撑研究。

据统计,2008—2013年,TD-LTE推进工作组在组织TD-LTE关键技术和组网性能的研究中,先后制定了100多项技术规范,组织100多家系统、芯片、终端、仪表企业提供设备、参与试验,完成了超过54000个测试项,发现和解决各类问题3000多项,另起草技术规范24册。

通信技术创新是一项系统创新,任何一项创新发明不仅要实现单个设备的概念验证,而且产业链上不同的设备必须能够互操作,不同厂家的设备必须能够互联互通,因此各种设备必须通过严格的检测验证,才能上网互联运行。由非营利性的工信部电信研究院搭建一个专业聚合平台是应该大力支持的创举。后来,发改委资助研究院在办公大楼东侧建起了条件更加完备、专门用于设备交互检测和试验的"3G大楼",不过,由于工期的原因,这个大楼没能赶上3G设备检测,倒给4G的设备和终端的试验提前准备了一个优越的测试平台。

正是这样一个全能的大平台,极大地改善了中国通信业协同创新的条件,把科技创新领域的"政府主导"落到了实处,使大大小小的企业都可以通过这个平台参与国际标准的创新,有条不紊地凝成了巨大的创新合力。

应用信号鲜明前置

对TD-LTE这样需要上千亿元的投入才有可能成功的标准体创新工程来说，国家专项扶植资金，在数量上其实不及企业前期创新所需资金的十分之一。真正使国家的专项资金发挥出"四两拨千斤"效果的，还是主管部门从TD-LTE创新一开始就发出的强烈的市场应用信号。

怎么才能找到一个既符合市场经济规律，避免简单的政府指令的计划经济时代的做法，又能让设备制造企业看到希望，把TD创新各环节由三心二意变成勠力同心？信产部领导经过反复思考，采取了两个高招：一是，根据国务院领导的指示精神，并根据TD-SCDMA前期在北京、上海，后期在青岛、厦门和保定进行的"2+3"规模试验的进展情况，力主把TD-SCDMA的扩大试验任务交给当时已是我国实力最强、全球领先的中国移动一家央企来承担，这样做既给了TD-SCDMA一个加快成熟的机会，又给了中国移动一个全面深入了解TD的机会；二是，动员3家运营商从一开始就加入TD-LTE推进工作组，并指定中国移动为推进工作组的副组长单位。

2007年，就在TD-LTE获得国际认可并被列为国家专项的时候，中国移动事实上已经担起了包括奥运会各主办、协办城市在内的10个城市TD-SCDMA扩大试验的任务。中国移动既然挑起了TD创新的3G重担，必然要关心和关注TD的长期演进战略。

市场经济条件下，"产、学、研、用"这个创新产业链中，虽然"用"排在最后，但是，因为它离市场最近，运营企业的取向对设备研发制造产业链有着实际的引领作用。运营技术取向前置，这一具有特色的产业创新推进模式，不仅是通信行业创新经典案例，而且对很多行业的系统创新具有示范意义。

充分激活竞争机制

自主创新是国家由大到强的必由之路和全局战略，而盈利是企业的现实追求和责任。从长远看两者是一致的，但在创新初期，两者是矛盾的。如何把国家的创新意志转变成众多创新主体——企业的自觉行动呢？这就需要一套激发和保护企业创新活力的市场机制。

通信标准创新是一个巨大的创新工程，需要科研、制造和运营部门协同创新。

在计划经济体制下，类似这种协同创新的机制是通过指令性计划分工来实施的。那时，邮电行业创新链条各环节的分工是清晰的，电信总局提出需求，科技局组织研发，成果出来后交给工业局组织制造，最后把产品交给物资局分配给电信运营企业。那套体系看来配套齐全，但是实际运行起来效率不高。改革开放后，打开国门一看，我们与国外的技术创新水平差了两三代。一个重要的原因是企业创新活力不足、效率不高。

事实证明，没有竞争就不能形成激励创新的机制。为此，TD-LTE的创新过程中，主管部门从一开始就强调全面引入竞争，从系统设备到终端设备，直至芯片、仪表，各环节必须引入竞争。在设备研发阶段，推进工作组坚持吸引各环节多厂家参加的策略，每一阶段的标准方案形成后，都将标书发给所有相关企业，室内外试验平台也向所有相关设备的企业公平开放，而且室内外测试平台提供服务的顺序严格遵守"先到先得"的公平原则，谁先申报谁先获得服务，谁先通过上一环节的检测，就优先给谁提供下一个环节的服务。甚至后来规模试验时，试验网地点的选择，也坚持执行这个公平的原则，谁先通过前一阶段的测试，谁就获得选点的优先权。总之，谁积极，谁领先，谁投入力度大，谁就获得更多、更优先的公共支撑资源，为创新注入了持续的动力和活力。

技术测试开始阶段，测试仪表很贵，只有个别企业买得起，大部分企业被难住了。测试设备时，只好另外拼装一个模拟的系统，用平板车拉着，代替仪表进行设备对测，体积大，效率低，进展困难。工信部科技司了解这一情况后果断决策，用专项资金购买仪表，供各企业共用。当然，原则也是"先到先用"。

设备进入产业化推进阶段后，芯片成了创新的瓶颈，开始只有一家企业做出了芯片，而且这家企业既造系统设备又造终端，其他企业就很难获得其芯片资源。面对这种情况，工信部科技司动员另一家专业芯片企业参与进来，解决了各设备企业、终端企业和仪表企业的燃眉之急。

破了芯片独家垄断的局面后，工信部科技司紧接着提出了一个强制的"2×2"验证规定，即每个系统厂商的设备至少与两家芯片企业的设备进行互操作测试。同样，每家芯片企业的产品至少与两家系统厂家的设备进行互操作测试。这样一来，原来封闭的局面就变成了开放、合作与竞争的格局。在TD的创新链条中，每一个环节都活跃着两家以上的企业，这样一种"全程2×2"的格局，使整个TD-LTE的创新链自始至终保持着充分的竞争活力。

当然，引入多家竞争，并不是要多个企业进行低层次、重复的研究和开发，竞争是建立在对知识产权维护和充分共享的基础之上的。

通信领域的创新成果都必须标准化、公开化，不仅自己生产的设备要具备创新的功能，而且必须让其他厂家生产的设备也能识别。因此，其创新成果只能通过知识产权保护来维护，只有实现了知识产权的保护，才可能保持企业创新的热情和动力。

当时，致力于推进专利共享与合作的TD产业联盟已经由成立之初的8家发起单位发展到97家成员单位。成员既包括国内领先的设备商、最大的电信运营商，还包括大型跨国企业，业务范围涵盖系统设备、天线设备、芯片、终端和测试仪器仪表、软件、系统集成和终端服务提供的企业。

随着"技术专利化、专利标准化、标准产业化、产业市场化、市场国际化"战略的推进，TD产业联盟启动了联盟内部成员相关专利的评估工作，摸清了TD相关专利的家底，并根据拥有专利的数量，在不同层级的成员间推进多种形式的专利合作。TD产业联盟理事会还批准注册了专利公司，以便开展国际专利合作和专利维权。TD产业联盟专利维护方面的不懈努力，也进一步激发和维护了创新主体——企业持续创新的积极性。

同时，我国通信主管部门从一开始就明确，尽管对于符合创新方向的技术设备国家都给予相应资助，成果通过检测后，政府还为设备颁发入网证，但是，在设备商用时，则强调由运营企业根据前期试验的结果和厂家报价，通过运营企业组织的公开、公正的招投标方式择优选用。

这样一来既促使设备研发企业自始至终地重视设备性能合标、质量完善，同时极大地保护了设备企业合理控制研发成本的内动力。这样，中国企业参与标准创新的过程，也变成了企业做大、做强、做优的过程。

政府主导，平台聚合，运营牵引，竞标上网，在"政产学研用"各方珠联璧合的创新体系的驱动下，TD-LTE前期试验很快就驶入了快车道，仅用短短3年的时间就追上了全球4G创新的步伐。

2010年4月13日，第一张TD-LTE演示网在上海世博会开通；同年12月28日，工信部批复电信研究院组织开展TD-LTE规模技术试验。

第五章　跟跑并跑到领跑

美国为首的少数西方国家之所以对中国通信企业竭力打压排挤，说到底，是因为他们不愿意看到中国信息通信高科技企业的崛起和全球化战略的成功。然而，中国4G、5G全球化合作包容战略的成功证明：一切狭隘的阻挠都是徒劳的。

同步启动"全球化"

全球化是国际标准创新成功的标志。经历了TD-SCDMA "国际标准国内化"的孤岛风险后，受工信部TD-LTE推进工作组委托，中国移动从参与4G创新之始，就展开了TD-LTE的全球化努力。

"全球化"，从头抓起

进入全球化时代，通信全球漫游已不是业务品牌、市场份额问题，而是事关生存的问题。

早在移动通信的2G时代，日本依仗其具备的产业和科技实力，曾独树一帜研发了一个PDC数字移动技术，这个技术应该说是符合当时移动数字化的基本要求的，但因为仅在日本使用，没有实现国际化，成了名副其实的"岛国"通信技术。那时，PDC移动用户，一出国门就"抓瞎"。后来，日本运营商只好花重金订购一批"岛内无网、出国必需"的外网手机，供用户出国时租用应急。"临时租用"决定了手机只能选低端机，性能自然不好；即使进一些高端的手机，临时租用也难以现学现用；而且临时配置手机号码，还增加了用户的负担。出一次国，为手机就要忙活好几天，用户苦不堪言。最后，日本只好全部放弃，重新引进可以世界漫游的数字移动系统。

3G时代，担纲TD-SCDMA标准创新的中国移动，虽然通过推广终端"双卡双待"和"2G、3G不换号"等方式，大大改善了对TD-SCDMA用户的国际漫游服务，但也很难摆脱通信孤岛的梦魇。

为避免4G时代重复3G时代的曲折和短板，中国通信主管部门在推进TD-LTE标准创新之始，就确立了技术创新和国际推广同步展开的方针，并明确由中国移动凭借其雄厚的市场实力，承担起TD-LTE全球化推进重任。

一年一度的巴塞罗那世界移动通信大会（MWC）是当时全球通信界最具规模和影响力的大会，每年2月召开。中国移动决定借力世界移动大会，推进TD-LTE国际化。在2008年2月11日开幕的世界移动大会上，中国移动主办LTD产业峰会，宣布将开展TD-LTE联合测试，并向全球产业界发出了参与TD-LTE创新的倡议，得到来自国内外产业界20余家公司的一致响应。TD-LTE面向全球的首秀成功了。

2011年2月，巴塞罗那世界移动通信大会上，全球移动通信系统协会（GSMA）第48次董事会如期召开。中国移动提出，从手机芯片开始，推动TDD/FDD融合发展。运营商仅需在手机终端环节增加少量的投入，甚至不用花钱，只发一个联合倡议，就可从芯片环节入手，轻松实现不同模式、不同频率的手机终端的快捷互通，从而用最低成本实现同属LTE阵营的TDD和FDD手机全球无障碍漫游。

这个议题成了那次董事会议讨论时间最长、热度最高的议题，而且最终得到了一致认可。闭门会的这个"信息"经大会理事机构披露后,立即震动了巴塞罗那移动大会和全球移动产业界。

在市场驱动的通信产业创新链条中,运营商的选择对设备开发走向具有巨大的引导作用。因为在产业市场中,运营商是技术和设备的采购方,设备创新既要跟踪技术趋势,更要关注市场龙头的选择。

中国移动在巴塞罗那董事会发起并引起了共鸣的倡议,强势激活了国际通信产业兼容TD-LTE创新的热情,开创了移动终端芯片多模多频、互利共赢的时代。产业源头一次看似轻松的握手,为处于弱势的TD-LTE开辟了一条全球漫游的捷径。

GTI,聚力成势

欧洲大运营商主导的LTE FDD网络,要求运营者必须拥有大段的对称专属频率;由于TD-LTE可以在同一频段分时序上下动态调节信息通道,频段资源多的、少的,集中的、分散的,都可灵活适用。所以,当时世界上最关注TDD技术的,不是大企业,而是频率资源比较紧缺或零碎的新兴移动通信运营商。"身单力薄输不起"的他们,知道TD-LTE更适合自己,却担心中国主导的TD-LTE产业链成不了气候,因此在同属于TDD技术的TD-LTE和WiMAX之间摇摆观望。TD-LTE如何才能在全球市场聚云凝雨、聚沙成塔?在全球4G步伐异常紧迫的情况下,TD-LTE仅仅依靠"搭车"推广还不够,应该建立一个TD-LTE"聚力成势"的全球化推进机制。

在2012年年初的世界移动通信大会期间,在各大通信巨头的见证下,中国移动携手日本软银、印度Bharti Airtel、美国Clearwire、英国Vodafone、德国E-plus和波兰Aero2共6家全球最活跃的新兴电信运营商,共同发起成立了TD-LTE国际合作平台,即GTI。

2012年2月的GTI产业峰会至今让人记忆犹新。中国移动在峰会上发布了中国移动下一步的TD-LTE规模部署计划，印度Bharti Airtel、日本软银、美国Clearwire等公司也纷纷发布其参与TD-LTE创新的商用计划。在此基础上，GTI运营商又联合产业界发布"GTI宣言"，明确了"2014年TD-LTE基站达到50万个，覆盖人口20亿"的商用目标。这一重要发布使与会运营商和产业界都倍感振奋。TD-LTE产业链随之迅速活跃了起来。

到2013年，GTI国际产业峰会已经火遍巴塞罗那了。从此，GTI主办的产业峰会，成了巴塞罗那世界移动通信大会开幕当天举行的、规模和影响力仅次于开幕大会的峰会。

此间，GTI还联手进行了多次TD-LTE设备展示和业务演示，积极宣传LTE TDD/FDD融合发展的理念、方案和产品：全球首个LTE TDD/FDD融合演示网、全球首批多模芯片、全球首次TD-LTE与LTE FDD网络漫游、全球首批TD-LTE多模多频段智能手机……GTI成了凝聚阵营和开展"外协"的创新引擎。

50家、100家、500家……通过中国移动担纲的这个平台的运作，全球与TDD有关的网络运营、制造企业，很快聚集起来，形成了聚力成势的产业生态。

挺身而出托大盘

2010年世博会在上海举行，为了扩大国际影响，中国移动主动争取，通过这个面向世界的新技术之窗，用已经研发出的系统设备，在浦江两岸建立了一个TD-LTE试验展示网。

4月15日，"科技光耀世博TD-LTE启航活动"在"全球通"号游轮上拉开帷幕，TD-LTE的演示不仅是世博会的亮点，而且象征着我国通信行业可以走在世界前列。

由于移动互联网业务持续暴长，在国际电联正式批准4G标准之前，在需求的驱动下，很多国家就开始了4G网络的部署和抢跑。

早在2011年年底国际电联正式发布4G标准之前，美国的两大主要的电信运营商就已经启动了LTE FDD网络的建设，日本、韩国的LTE FDD网络已经覆盖到所有的县市。有数据显示，截至2011年年底，全球有超过248家运营商已确定部署LTE FDD商用网络计划。

然而，因为种种原因，中国颁发4G牌照比国际电联晚了一年，在全球TD-LTE市场的实际占比呈现明显的下落。截至2012年年末，在已经建成并开始商用的35个LTE网络中，LTE FDD网络超过30个，而TD-LTE商用网络只有沙特电信及Mobily、波兰的Aero2、日本软银等寥寥几家。

用得少，产业链成长就慢；产业链成长慢，平均造价就高；成本高，用得就更少。曾有一段时间，积极支持TD-LTE标准并在日本和美国都有运营公司的软银公司的立场也开始发生动摇。

为了逆转滞后局面，在2012国际电信世界大会期间，工信部宣布：为满足现阶段产业快速发展的需要，加快TD-LTE规模部署，中国政府已经明确了相关频谱规划。我国决定将2.6GHz频段的2500—2690MHz，全部190MHz频率全部规划为TD-LTE频谱。

2013年2月，GTI再次在西班牙巴塞罗那举办了LTE TDD国际峰会。中国移动发布了中国移动TD-LTE"双百"计划：2013年TD-LTE将发展覆盖100个城市、建设20万个基站、可以服务5亿用户，TD-LTE终端采购量将超过100万部。

"双百"计划对整个TD-LTE产业链犹如一节助推火箭，芯片、终端及设备厂商乃至整个产业链立即闻风而动，竞相投入资源，加大TD-LTE相关产品研发制造，进而有力地推动了更多运营商选择和部署TD-LTE。

风借火势，火助风威。TD-LTE全球市场的发展迅速提速。日本、印度、中国香港先后在2012年开通了TD-LTE商用网络。截至2013年6月，全球TD-LTE商用网络已达17个，覆盖亚洲、欧洲、北美、南美、大洋洲的10多个国家和地区。同时，全球还有30家运营商已签署46个TD-LTE商用设备合同，已建设TD-LTE试验网65个。

2013年12月4日，中国发放首批4G牌照，给中国移动、中国电信和中国联通都发放了TD-LTE牌照。

2013年12月18日，中国移动连续举办多次的"终端产业链大会"和"开发者大会"合并成的"中国移动全球合作伙伴大会"，在广州保利世贸博览中心开幕。中国移动在会上发布了中国移动2014年TD-LTE网络发展的宏大目标：中国移动年内将用50万个TD-LTE基站建成世界上最大的4G网络。

考虑到发展用户才是检验网络技术的关键，2014年3月20日，中国移动在香港向股东发布了用户发展的目标：全年发展5000万4G用户。由于TD-LTE技术的成熟，移动宽带客观需求不断上升，TD终端产业链已历经多年磨合，再加上中国移动在总结TD-SCDMA经验教训的基础上，从TD-LTE建网一开始就采取了"建优同步"的举措，中国主导的TD-LTE网络以优越的技术、优质的网络面市，赢得了用户的认可。从2014年2月开始，中国移动每月新增4G用户数节节攀升，商用不到半年，用户就突破了1000万户；进入第三季度，月均新增用户很快就超过千万。而且江苏、浙江、广东等移动大省的用户发展更是超过了规划预期：江苏率先建成5.4万个基站，用户很快达到700万；浙江建成基站6.5万个，用户很快发展了800万；广东建成基站7万个，用户很快接近了1000万。用户数增速很快超过基站数增速，充分验证了TD-LTE标准技术的成熟。

经过2014年前三个季度的努力，中国移动当月将提前完成建设50万个基站的预定建设目标。

2015年1月，中国4G的基站和用户总数双创奇迹，双双达到世界第一。在此带动下，中国TD-LTE的基站总数超过了全球4G移动基站总数的50%。

CHAOYUE

第五编
数字时代 5G 超越

党的十八大以来，以习近平同志为核心的党中央高度重视网络安全和信息化工作，习近平总书记就网络安全和信息化工作提出了一系列原创性的新理念新思想新战略，形成了内涵丰富，科学系统的习近平总书记关于网络强国的重要思想。

从2013年3月起，习近平总书记先后在100多次讲话、报告、演讲、指示、批示、贺信中，对建设网络强国的思想进行了系统阐述，为我国信息通信产业和数字经济实现全面超越指明了方向；从"十三五"规划到"十四五"规划，习近平总书记为我国信息通信产业和数字社会发展，擘画了从建设"宽带中国"到建设"数字中国"的宏伟蓝图。目前，"宽带中国"工程已经初战告捷，我国在全光网和移动宽带网领域已经实现全球领先；在新一代数字经济网络基础设施的代表性龙头领域——5G网络的创新发展已经实现全球超越；以5G应用为先导的数字应用正全面铺开，开始向经济社会各行业渗透，初步展露出"数字中国"全面超越的美好前景。

第一章　网络强国筑基业

党的十八大以来，习近平总书记从实现中华民族伟大复兴的中国梦的高度，提出网络强国的重要思想，并领导全党、全国，一步步把这一重要思想变成了国家战略和伟大实践。

早在2012年年中，中国主导的4G标准——TD-LTE的创新胜券在握的时候，已经形成完整创新矩阵的中国信息通信业，不骄不懈、乘势而上，又率先启动了全球5G之旅。

领跑 5G 做贡献

2012年夏，一则参考信息引起了工信部的注意。报道称，在英国某大学召开的科技会议上，外国专家开始讨论5G创新方向的动态。科技司建议在"重大三"的政策体系下，提前启动我国5G标准的前期研究工作。

该建议得到认可后，科技司立即组织召集"重大三"专项推进组开会研究，接着向工信部、发改委、科技部发出了组建我国5G标准推进组的报告。在讨论推进组的名称时，他们参考4G标准推进组的名称"IMT-Advanced（演进）推进组"，又按照移动通信标准大约十年一代的规律，预测大约到2020年5G实现商用，提出中国的5G推进组名称——IMT-2020（5G）推进组。

2013年2月，三部委正式批准成立了由工信部科技司主管、部研究院领导中国各大电信运营和制造企业高管组成的中国"IMT-2020（5G）推进组"。4月19日下午2时，在工信部召开了推进组成立后的第一次全体会议。就这样，中国信息通信业就在全球范围内率先启动了5G创新的系统推进工作。

经过近两年的超前研究，到2014年年末，中国已经形成了以"5G之花"为代表的一系列比较成熟的成果：明确提出了5G发展前景、业务、频谱与技术需求分析；研究提出了5G主要技术的发展方向及使能技术，5G移动通信技术框架；同时，通过参与国家863计划，于2014年1月和2015年1月先后启动了两个5G前期技术重大项目研究，积累了一批拥有知识产权的技术成果。

当国际电联开始向全球征集技术方案与标准内容和名称时，中国很快就把研究成果积极地报送到国际电联，为世界通信文明贡献了中国方案。

2015年10月，国际电联在瑞士召开国际电联无线电通信全会，重点研究5G愿景和指标。在这次会议上，中国提出的"5G之花"的9个技术指标中，有8个被国际电联采纳。而且，在确定全球5G名称时，由于中国申报的建议名称——"IMT-2020"的定位和内涵均与国际电联会议的研究预测高度一致，因此其被选为全球5G的"学名"。

国际电联确定了5G标准演进的目标、指标和名称后，中国"IMT—2020（5G）推进组"立即在前期预研的基础上，发挥3G、4G创新实践中形成的产业创新体系和机制的优势，分三个阶段有序展开了环环紧扣的5G技术和产品的研发。

2016年1月7日，工信部在北京召开了"5G技术研发试验"启动会，首先启动了第一阶段"关键技术试验"。在3G研发时，处于跟跑位置的中国信息通信业，只能按国际电联确定的框架，找符合标准要求的已有技术"拼凑"方案；4G时代也是一路紧赶慢赶地追；而5G创新时代，由于起步早，前期研究充分，中国提出的方向指标又大多被全球统一的5G指标采纳，中国信息通信业得以在大规模天线、新型多址、新型多载波、高频段通信，以及网络切片、移动边缘计算、支持吉比特用户体验速率、毫秒级端到端时延、每平方米百万连接等5G场景需求的领域，从容展开前沿技术研究。

2016年9月，第一阶段测试完成后，"IMT—2020（5G）推进组"又及时启动了第二阶段"技术方案测试"。这个阶段主要是对各厂商面向5G移动互联网和物联网不同应用场景的技术方案进行测试验证。对包括连续广覆盖场景、低时延高可靠场景、低功耗大连接场景等七大场景性能进行现场测试。由于有了电信研究院在3G、4G时期建成的测试平台环境，中国5G"技术方案测试"很快就进入了"统一平台、同一频率、统一规范"的测试状态。同时，因外场测试环境提前到位，芯片、仪表厂商等产业链要素的提前参与，整个技术方案测试工作起点高、进展快，提前两个月就顺利完成预定计划，技术设备基本达到了预商用的水平。

第三阶段是"系统验证阶段"。由于前期研究顺利，在电信研究院的有力支撑下，"IMT-2020（5G）推进组"在全球率先完成了符合国际电联规范的5G系统规范文本。在此基础上，2018年1月16日，"IMT-2020（5G）推进组"向各申请参加系统测试的中外运营制造企业颁发了系统规范的5G系统检测"标书"，正式启动了"系统验证阶段"的测试工作。

由于各单位前期技术设备研究工作扎实、网络测试方案完善和测试平台支撑有力，第三阶段的系统验证工作顺风顺水，到2018年年底，不到3年时间，中国就率先完成了5G技术和设备的研发工作。

2018年8月，应深入参与了5G前期创新全过程的中国电信运营企业的要求，工信部、发改委做出决定，支持中国电信、中国移动和中国联通面向全国十多个城市展开5G规模试验。一番争先恐后的5G网络建设和应用创新局面在中国率先形成。

中国移动打通全球首个基于5G独立组网系统的全息视频通话。

中国联通打通了全球首个室内数字系统5G电话。

中国电信打通了全球首个基于5G独立组网系统的语音通话。

北京打通第一个5G电话，山西打通第一个5G电话，福建打通第一个视频电话；全球首个5G国际漫游演示成功。

2019年2月4日，央视春晚主会场与广东深圳分会场的5G超高清4K直播视频传送成功！

《2019年百度两会指数报告》显示，5G热点话题资讯指数达到4269万，数量远超第二名！

合作包容天地宽

中国通信标准的创新一直秉持顺应全球化趋势的开放合作方针。从3G到4G标准和产业链合作中，尤其是在全球统一的5G标准形成进程中，中国一直是融通创新的积极推动者。

3G时代，我国政府主管部门在给中国自主的TD-SCDMA颁发运营牌照的时候，也同时给欧洲主导的WCDMA和美国主导的CDMA-2000两个3G国际标准分别颁发了在中国的运营牌照；4G时代，中国政府主管部门在颁发中国主导的TD-LTE运营牌照前后，又给欧洲主导的LTE FDD标准颁发了两张牌照。

从3G、4G到5G，中国始终敞开胸怀真诚欢迎国外设备制造企业参与中国主导的TD创新。3G创新中，主导TD-SCDMA标准的大唐，一开始就积极与西门子展开深度合作；后来由于外国公司都不愿意参与，才只好由中国产业链独挑TD-SCDMA创新。4G时代，中国政府和企业也一直与同属LTE阵营的FDD模式的设备企业、运营企业积极开展融通合作；在终端和芯片创新方面，中国运营企业积极推动欧美主要芯片和终端企业参与TD-LTE创新，促成了多模芯片、多模多频"全网通"智能手机的成功问世。

5G创新时代，在5G标准前期研究起步的时候，中国就积极支持华为同步参加欧盟组织的简称为METIS的"下一代无线移动通信系统"的研究项目。华为作为该项目的主要发起方和承办方之一，在其中投入了大量的人力物力，做了大量工作。正是这种积极的开放合作，为全球统一的5G标准的形成发挥了重要的推动作用。

在全球统一的5G标准形成后，中国政府又向外国企业同步开放设备检测平台和外场试验环境，真诚地欢迎国外通信企业来中国参与技术和系统的创新合作。

2019年1月23日，中国通信主管部门在向中国制造企业颁发5G设备入网证书的同时，也向爱立信、诺基亚、英特尔、高通等国外知名通信设备企业及安捷伦、罗德、施瓦茨等国外通信仪表企业颁发了证书。

2019年6月6日，在中国5G牌照发放仪式上，工信部表示，5G牌照发放后，我们一如既往地欢迎外资企业积极参与我国5G市场，共谋共享5G发展成果。后来，在中国5G网络建设中，很多企业通过参与竞标也都获得了订单和收益。

同样，从3G、4G到5G创新过程中，中国政府也积极支持本国企业贯通内外、走向世界，广泛开展国际合作。以华为、中兴为代表的中国通信设备制造企业，正是在扎实的自主创新和积极的开放合作中，形成了自己的技术优势，获得了在国际市场的快速成长。

直到21世纪初，中兴的移动通信设备国内、国际的市场份额都很低，只有寥寥几个点。在中国TD创新的过程中，中兴积极响应政府号召，踊跃参与TD-SCDMA创新，在一期工程招标中就一举获得了50%的市场份额。二期工程中，为了攻克TD-SCDMA基站最初的"胡子""辫子"问题，他们率先开启了软基站创新研究并形成了自己的特色产品，使中兴在整个中国移动通信市场的份额从7%跃升到30%左右。

中兴在全程参与了从TD-SCDMA到TD-LTE的创新的同时，也参与了从GSM到WCDMA，从CDMA到CDMA-2000，再到LTE-FDD等欧美主流通信产业链从2G、3G到4G技术设备的研发制造。在此期间，他们在总结TD软基站研究成果的基础上，创造性地运用控制和运算分离理论，有效解决了灵活编排与单兵运算最优化的矛盾，率先发明并成功开发称为SDR的、可以"以一当十"的智能综合软基站系统，化解了传统架构下，一种基站系统对应一种制式设备系统的投资巨大、运维复杂的难题，从而大幅度降低了基站开发、建设及运营维护的成本。这项创新不仅推进了中国主导的TD创新与欧美主导的标准体系的融通，也形成了中兴在全球移动设备市场的核心竞争力。从此，中兴移动基站设备不仅保持了国内30%左右的份额，还成了全球第二的基站设备出口企业。

华为则是在广泛参与各种国际标准制式技术和设备的研发过程中，实现了自己的国际化进程。2G时代，华为就积极参与欧洲主导的GMS标准设备的研发，并最早开发出移动智能网技术，为GSM的发展和推广做出了重要贡献；3G时期，他们成了欧洲主导的3G标准WCDMA的全球主要设备供应商之一；4G时代，华为既是中国主导的TD-LTE标准的全球销售额最大的设备供应商，也是欧洲主导的LTE-FDD标准最主要的设备供应商之一，两种制式的产品订单各占华为销售总额的一半。

双管齐下，引来内外开花。到2014年年底，华为的TD-LTE设备，先后签订了87个商用合同，也获得了大量LTE-FDD订单，足迹遍布六大洲。正因为坚持开放包容、比翼双飞的战略，截至2014年一季度，华为2013财年销售收入达到2390亿元人民币，约合395亿美元，超过年销售353亿美元的爱立信，成为全球第一大通信设备生产企业。

到2018年年底，华为已经向全球客户提供1万套5G基站，基站发货量保持全球领先。截至2019年5月，华为已经在全球30个国家获得46个5G商用合同，5G基站发货量超过10万个，居世界首位。

海纳百川、有容乃大。正是因为坚持了开放包容的战略，中国通信设备制造业，在当今世界最活跃、最重要的移动通信领域实现了全球性超越。目前，我国企业声明的5G标准必要专利占比达到38.2%，居世界第一。

然而，在开放包容战略下实现自身成功，并对世界通信文明做出越来越大贡献的中国信息通信业，却在这个走向"地球村"的时代，遭到了美国为代表的西方国家的无理打压。

虽然早在2018年年底，中国已经具备了在全球首先启动5G商用的条件，但为了避免刺激中美贸易战升级，中国有关部门两次推迟颁发5G商用牌照。然而，美国不仅无端撕毁已有协议，竭力排挤中国电信运营企业在美正常业务，还以所谓的"安全隐患"为由，动用所谓的"同盟条约"，在全球范围对中国生产的5G设备围追堵截，并蛮横地破坏WTO规则，动用所谓的"长臂管辖权"，在高端芯片及信息技术领域，对中国科技企业实施严厉封锁。但在全球化时代，开放合作不可逆转。

深谋远虑的战略

党的十八大以来，习近平总书记准确把握信息时代的"时"与"势"，紧密结合我国互联网发展治理实践，就网络安全和信息化工作提出了一系列原创性的新理念新思想新战略，系统回答了为什么要建设网络强国、怎样建设网络强国的一系列重大理论和实践问题，形成了内涵丰富、科学系统的习近平总书记关于网络强国的重要思想，为做好新时代网络安全和信息化工作指明了前进方向、提供了根本遵循。[①]

作为我国通信产业和信息化工作的政府主管部门，工信部对于学习贯彻习近平网络强国思想，担纲建设网络强国和实施"宽带中国"工程非常

---

① 中央网络安全和信息化委员会办公室：《习近平总书记关于网络强国的重要思想概论》，人民出版社2023年版，第2页。

重视。

2015年10月29日，中国共产党第十八届中央委员会第五次全体会议通过《中共中央关于制定国民经济和社会发展第十三个五年规划的建议》，明确提出，实施网络强国战略，加快构建高速、移动、安全、泛在的新一代信息基础设施。

同年12月，工信部召开全国工业和信息化工作会议，明确提出要把网络强国战略与制造强国战略一起，作为统揽工信部各项工作的中心。会议指出，网络发展是网络强国的基础，通信网络的建设发展是国务院定机构、定职责、定人员的"三定方案"赋予工信部的重要职责。建设网络强国是党中央赋予全系统的重大使命，关系到工信部举旗定位的问题。

2016年3月16日，包含"网络强国战略"在内的《中华人民共和国国民经济和社会发展第十三个五年规划纲要》获得全国人民代表大会通过。网络强国正式成为国家战略。

2016年4月19日，习近平总书记主持召开网络安全和信息化工作座谈会并发表了重要讲话后，为网信事业发展明晰了方向，坚定了目标。工信部于5月4日召开的党组理论学习中心组（扩大）会议上，明确提出，准确把握落实习近平总书记重要讲话精神，推进网络强国建设的重点任务有：一是加快宽带网络基础设施建设，二是大力促进网络经济发展，三是狠抓信息领域核心技术的突破，四是健全网络安全综合保障体系，五是依法加强和改善互联网行业管理。

2016—2020年的"十三五"时期，是全面建成小康社会、实现我们党确定的"两个一百年"奋斗目标的第一个百年奋斗目标的决胜阶段。制定和实施好"十三五"规划建议，事关全面建成小康社会、我国经济社会持续健康发展和社会主义现代化建设大局。

在习近平新时代中国特色社会主义思想特别是在习近平总书记关于网络强国的重要思想的指引下，党对网信工作的全面领导不断加强，网络内容建设和管理、网络安全、信息化、网络法治、网络空间国际交流合作等取得新成效，我国网信事业取得历史性成就、发生历史性变革，探索走出了一条中国特色治网之道，正从网络大国阔步迈向网络强国。

第二章 "宽带中国"砥砺行

党的十八大以来,在习近平总书记关于网络强国思想的指引下,肩负建设"宽带中国"和提速降费双重使命的电信行业,以推广全光网和铁塔共建共享为突破口,勇于创新、砥砺奋进,提前一年多实现了"十三五"规划确定的"宽带中国"发展目标。

中国宽带,负重启程

在中央提出和实施网络强国战略之前,中国的宽带发展曾面临巨大的压力和挑战,一度还成为社会热点。

中国宽带,提速受阻

当时,中国的宽带用户绝大部分是基于铜线的数字用户线路(Digital Subscriber Line,DSL)用户。而从2009年到2011年年底,世界上有82个国家,纷纷出台了以推广光纤到户为重点的国家宽带战略。这些国家光纤入户比重迅速提升,一些本来宽带发展刚起步的国家,也跳过铜线,一步到位实现了宽带接入光纤化。

光纤接入的起步带宽就是每秒10兆比特（Mbps），配套设备和网络稍作扩容调整就可以达到50Mbps、100Mbps，甚至更高。而基于铜线的DSL，起步速率不到1Mbps。随着终端设备不断改进和光纤不断向用户端延伸，接入带宽可以从1—2Mbps逐步提升到7—8Mbps；只有在光纤延伸到楼面，而且入户铜线质量很好的情况下，铜线接入带宽才可达到10Mbps；但要是光纤已经到达楼面，再进行光电转换在经济层面上没有意义，所以8Mbps实际上已经是DSL接入速率的天花板。

因此，尽管中国的宽带用户数多达1.5亿户，数量规模居世界前列，但中国宽带用户中90%以上都是基于铜线的DSL用户，所以中国宽带接入的平均速度比世界大部分国家慢很多。中国宽带用户的平均接入速率世界排名也一路下滑：2010年为71位，2011年为90位，2012年下滑到96位。

专项行动，坚韧出征

2012年3月，在国务院的支持下，发改委、工信部，会同财政部、科技部、住房和城乡建设部（简称住建部）、国资委、国家税务总局、国家广播电视总局等部门共同组织成立了宽带发展研究工作小组及专家组，开始研究制定"宽带中国"战略规划和实施方案。

2013年2月25日，由中国电信、中国移动、中国联通、工信部电信研究院、中国互联网协会等28家单位发起，组成了宽带发展联盟。工信部对联盟提出了团结中国信息通信产业界，加强协调、建言献策和推动创新的期望和要求。

2013年2月26日，工信部在北京举行"宽带中国2013专项行动"动员部署电视电话会议。会议提出了年度宽带提速的任务，并作出专项行动部署。

2013年4月1日，经工信部和住建部联合推动，《住宅区和住宅建筑内光纤到户通信设施工程设计规范》和《住宅区和住宅建筑内光纤到户通信设施工程施工及验收规范》正式发布。"光纤入户"被纳入我国新建住宅楼宇验收标准,这对推进全光网的建设具有重要意义。

2013年8月,国务院正式印发《"宽带中国"战略及实施方案》,明确宽带网络是新时期我国经济社会发展的战略性公共基础设施,提出了到2015年和到2020年的发展目标,明确了加快宽带网络建设的技术路线和发展时间表,以及五项重点任务和七个方面的政策措施。

2014年,工信部提出第二个"宽带中国"年度专项行动计划,并组织开展"宽带中国示范城市"评选活动,发布了《关于向民间资本开放宽带接入市场的通告》。

在各方的协同努力下,到2014年年底,中国固网的宽带接入速率从2012年以前的平均速率不足1Mbps,提升到4Mbps。

提速降费,助推宽带

2015年5月13日,国务院常务会议提出重点研究加快建设高速宽带网络,促进提速降费工作,明确指出要鼓励电信企业发布提速降费方案,使城市宽带接入速率得到提升,同时宽带资费大幅度降低。

5月20日,国务院办公厅印发了《关于加快高速宽带网络建设推进网络提速降费的指导意见》,明确提出到2015年年底,直辖市、省会城市等主要城市宽带用户平均接入速率达到20Mbps,其他设区市城区和非设区市城区宽带用户平均接入速率达到10Mbps;将具备网络条件的4Mbps以下铜缆用户接入速率免费提升到4—8Mbps,下调百兆光纤接入费用。

2016年3月,在第十二届全国人民代表大会第四次会议上,表决通过的《中华人民共和国国民经济和社会发展第十三个五年规划纲要》,将网络强国战略和宽带网络提速降费列入其中。"提速降费"首次被写入政府工作报告,并被列为年度工作目标。

战略领航,全光开路

最初,有专家对提速降费同步推进不理解,并有专家在宽带发展研讨会上提出,提速需要电信企业加大投资,降费又要求企业压缩成本,这不是"又要马儿好,又要马儿少吃草"吗?通信运营企业更是感到宽带发展"压力山大"。然而,仅仅几年时间,中国家庭的固定宽带接入水平竟然从1—2Mbps跃升到50—100Mbps,增长了几十倍,资费降幅却超过90%。这个"两难"的课题是如何破解的?

这首先得益于通信行业把落实网络强国战略和提速降费结合起来,抓住网络技术升级和产业成熟的契机,依托国家政策支持,在实践中闯出了一条"全光网之路"。

青白江试水全光网

"全光网之路"最早起于四川电信在成都远郊区青白江的探索。

作为西部最大规模物流园区,"十二五"以来,青白江区按照国家关于"四化同步""两化融合"的战略部署要求,统筹推进城乡通信基础设施建设,围绕"五区"发展战略,积极构建全区信息高速公路。

2013年5月16日,由青白江区经信局牵头召集城区各街办及9位乡镇领导召开"光网青白江"专题会议,将推进方案全面宣贯,并落实相关责任人,全力配合中国电信进行全光化改造,拉开了青白江区全光网建设帷幕。

为推进光网入户和光网普及，中国电信多管齐下：在城区，开展"千区万户、点亮光网"活动，将住宅小区用户和沿街商户宽带升级到光纤宽带，让他们亲身体验20Mbps极速带宽。在乡镇和村（社区），开展"宽带镇、信息村"活动，投入专项资金用于农村光宽带网络的改造建设，为农村群众提供资费更加优惠的光网服务和高清电视服务。在产业园区，加快信息基础设施建设，通信管道铺设入园区，实现了无通信盲点，3G网络全覆盖，根据用户需求提供多种信息服务。

截至2013年9月，光纤到户光纤网络已覆盖青白江区13万用户，城区实现100%覆盖，9个乡镇的场镇全部具备光纤安装能力，部分乡镇已覆盖到村院落一级，其余村院落实现光纤接入覆盖。光纤到户用户占宽带用户比例已达80%，乡镇（场镇）光纤到户用户占宽带用户比例达75%，光纤到户端口占用率等相关指标居全省第一。

光纤到户局面形成后，中国电信关闭了区公司机房原有的程控电话交换机，宽带接入系统从原来的程控电话网上的外挂"补丁"，变成了网络的主体。个别剩下的单一电话用户则变成了宽带网附带的网络电话用户。青白江区一举成为全国第一个名副其实的全光网区。

"示范城市"，引领推广

青白江的试验展开后，四川电信公司就选择地方政府对推进信息化和宽带战略高度重视的攀枝花市和阿坝州进行了扩大试验。

攀枝花是位于川西南的一座钢城，面对资源城市转型创新的趋势，市委、市政府对宽带信息化建设很重视。青白江光网建设展开不久，中国电信四川公司就与攀枝花市人民政府签署了"宽带中国·光网攀枝花"战略合作协议，决定共同打造全国第一个"全光网市"。

2014年10月，在工信部组织的第一批宽带示范城市评选中，全国共评出了39个宽带示范城市，四川申报的成都、攀枝花和阿坝3个不同类型的城市，凭着突出的宽带发展数据全部入选。

这极大地鼓舞了四川全省各地市建设全光网的积极性。不到一年时间，全省各地州市政府都相继出台了支持光网城市建设的文件，竞相和四川电信签订了建设全光网的协议。

到2015年9月10日，四川全省所有地市及行政村镇均实现了100%全光网覆盖。四川建成了全国第一个"全光网省"。

为了总结推广四川"全光网"经验，2015年，在工信部通信发展司的支持下，人民邮电报社联合工信部电信经济专家委，组织了两次"四川光网调研行"活动。邀请10多位权威专家和多家中央媒体的记者，到四川实地调研，并召开现场研讨会，一起总结、分析、传播四川经验。经过研讨，大家一致认为，中国要实现固网宽带化目标，用网络强国战略统领"宽带中国"和提速降费工作，走全光网之路。

强制贯标，全面突破

四川电信"全光网之路"的成功经验传开后，中国电信各地的公司纷纷向四川学习取经，全光网创新做法很快在广东、陕西、宁夏等20多个省、自治区、直辖市落地开花。

政府营造环境、企业积极参与。很快，全国各地形成了全光网建设热潮。到2018年6月，我国光纤宽带用户占宽带用户比重达到87%，其中速率50Mbps及以上的用户比例超过80%，全国固定宽带用户的平均速率达到21.3Mbps，比2015年二季度末提高了3.5倍，比2013年年底提升了5.6倍，比2012年年底提高了近20倍。提前一年半完成了国家"十三五"规划确定的光纤用户比重提升到87%的目标。同时，2018年每兆宽带的资费，比2015年下降了90%。

2018年5月，工信部、国资委联合发布了《关于深入推进网络提速降费加快培育经济发展新动能2018专项行动的实施意见》，提出推动基础电信企业部署更大容量光纤宽带接入网络，在超过100个城市试点向用户开通千兆宽带业务。

2019年5月，工信部、国资委又联合发布了《关于开展深入推进宽带网络提速降费　支撑经济高质量发展2019专项行动的通知》，对千兆宽带作出了详细部署，提出开展千兆宽带入户示范，推动基础电信企业在超过300个城市部署千兆宽带接入网络，千兆宽带覆盖用户规模超过2000万。

全光网——这个中国通信人后来居上、领先全球的创新，不仅解决了提速降费的燃眉之急，而且使我国固定电信网络涅槃重生。通过普及光纤入户，关闭程控电话交换机，我国电信网实现了由窄带到宽带的全面飞跃。

"全光网之路"不仅使电信企业的降费空间拓展了十倍，提速空间增长百倍，而且使电信公司的创新空间增长了千倍。电信网成了通向千家万户的信息大网络。

铁塔公司，出手不凡

在固定网全光网实现突破的时候，世纪之交以来一直引领风头的移动网，却一度在提速降费方面落后于固定网。

怎样才能既加快宽带移动网络发展，又降低企业网络建设成本，在有效竞争中实现用户可感知的流量提速降费？在国务院的指导下，通信行业逐步找到了通过铁塔共建共享摊低基站建设成本，实现移动宽带提速降费的突破口。

其实，早在中国4G牌照发放前，我国就存在全国移动基站比例失衡和铁塔重复建设的问题。当时，中国移动通信一方面面临基站选址难的问题，一方面存在严重的重复建设问题。在很多城市，一眼望去都是林立的铁塔，既有碍观瞻，又浪费土地资源，而且因为"一个铁塔只放一只羊"（一座铁塔只加挂一个运营商的天线装置），所以网络运营成本高、效率低。

能不能推动铁塔资源共享，让一个铁塔"放一群羊"？2011年年底，全国通信行业的年度工作会议提出了推动移动铁塔共建共享课题。工信部从此开始了铁塔基站共建共享的探索，规定各地通信企业凡有新建基站计划的，必须提前报告当地的通信管理局，管理局收到后，立即征询其他两家运营企业在同一区域有无建设基站的需求，如果有，就必须通过成本分担方式，实现新建铁塔共建共享。

但是，这种一事一议的铁塔共建模式，协调效率比较低。加之当时三家移动运营公司的铁塔需求反差已经拉大，中国移动铁塔已经开始向乡镇拓展，而中国电信和中国联通还在主攻城市覆盖。到2014年，全国共建铁塔总数只有10%左右。

为解决这个问题，工信部电信研究院研究了国外的模式，发现欧美等国有委托专业公司来建设运维铁塔的业态，但规模较小，最大的一家专业铁塔运营公司的经营规模仅有10万个铁塔。

2013年党的十八届三中全会召开后，电信行业深化改革的课题又被提上了议事日程。经工信部与国资委沟通，工信部通信发展司牵头起草方案，请国资委为主、工信部全力配合，采用将三家移动运营公司的存量铁塔资产全部作价折股方式，组建股份制信息基础设施专业公司。国务院对此方案作出批示，同意组建筹备组开展工作。

在国资委和工信部的密切配合下，第一次筹备会议于2014年3月26日召开，组成了由国资委和工信部相关领导为组长，各大运营公司相关领导为委员的铁塔公司筹备领导小组。2014年6月16日，国资委和工信部《关于铁塔公司组建进展情况的报告》很快得到批示：抓紧推动，各方面都要支持。

2014年7月18日，中国铁塔股份有限公司（简称中国铁塔）正式揭牌成立，并迅速开始承接铁塔新建工作。

2015年10月14日，中国铁塔与三家移动运营公司及中国国新控股有限公司签署交易协议。三家移动运营公司的存量铁塔资源，全部折股注入中国铁塔，同步引入新股东中国国新。最终决定中国铁塔由中国移动持38%股份、中国联通持28.1%股份、中国电信持27.9%股份、中国国新持6%股份。

2017年3月24日，在中央全面深化改革领导小组的第三十三次会议上，中国铁塔得到了中央的肯定。在党中央、国务院强有力的领导下，中国开辟了具有中国特色的铁塔共享之路。

中国铁塔成立后，勇于创新、不辱使命，很快打开了局面，进而从源头上驱动了移动宽带网络发展，摊低了基站建设成本，拓宽了提速降费的空间，促进了移动业务资费竞争。

2015年10月，中国铁塔在完成了各家运营企业原有的138.8万座存量铁塔的接收任务后，立即展开铁塔资源的全面共享。经过6年时间的努力，全国通信铁塔的共享水平从2014年年底的14.3%快速上升，2015年达到40%，2016年达到60%，2017年大幅提升到80%，三年全行业少建铁塔84万座，节省行业投资1505亿元。

2018年8月8日，中国铁塔在香港联交所主板上市，融资总规模达74.9亿美元，成为当时最大的非金融中资企业香港IPO项目，圆满完成党和国家交给的"三步走"发展改革任务。

铁塔共建共享节约的1500多亿元的投资和上市融得的近75亿美元资金，有力地支撑了我国移动基站的建设发展。到2020年，中国铁塔拥有的铁塔总量达到了200多万个，不仅总量全球第一，而且占到了全球铁塔总量的50%。

充足的基站供给、摊低的铁塔成本和优化的市场结构，为中国移动宽带提速降费开辟了持续拓宽的空间。

"十三五"期间，我国移动4G用户占移动用户总数的比例从7.6%增长到81%；流量单价从2017年的35元/GB、2019年的5元/GB，下降到2020年的3.8元/GB，移动流量平均资费累计降幅超过90%。

"十三五"期间，移动铁塔的全面共建共享，不仅突破了提速降费的资源瓶颈，建成了世界上规模最大、用户最多的移动宽带网络，而且为"十四五"期间我国5G移动宽带网络的建设，准备了充裕的站址资源，为未来"宽带中国"的不断升级积累了基础和活力。

5G站址，提前备足。由于积极推进铁塔共建共享，到"十三五"末，中国铁塔已经为5G基站提前备足了能满足90%以上需求的铁塔资源。2019年6月6日，中国发放5G牌照、启动5G建设，当年年底中国的5G基站总数就达到了世界第一。

社会铁塔，"兼职"通信。在以专业规模运作通信铁塔的同时，中国铁塔主动与拥有杆线铁塔资源的各行各业开展合作，展开铁塔资源共享。"十三五"以来，通过广泛的开放合作，众多的电力杆（塔）、路灯杆、交通监控杆等"社会塔"，被中国铁塔租用转化成了"兼职"的通信塔。

"通信铁塔"变"数字铁塔"。中国铁塔在服务通信行业、支撑5G新基建的同时，还依托自有和合作拥有的300万个铁塔资源，积极拓展服务范围，赋予通信铁塔支撑各行业数字化需求的能力。中国铁塔已依托通信铁塔，形成了实用物联网共享网络和平台，广泛服务于水利、林草、农业、环保、交通、地震灾害预警等各行各业。以"铁塔视联"为中心的数字监控平台，已经承载着全国最大的环保监控、林草防火等视频监控系统。以自建铁塔和"兼职通信塔"相配合，组成了数字生态网络。以多功能"数字塔"为载体，开辟了一塔多用新时代。

第三章　宽带架桥越鸿沟

"十三五"期间，在网络强国战略的指引下，工信部、财政部和通信央企联手，闯出了一条具有中国特色的农村宽带普遍服务之路，为全世界跨越数字鸿沟贡献了中国方案。

开启跨越鸿沟路

党的十八大以来，以习近平同志为核心的党中央把网络扶贫纳入精准扶贫总体战略，掀开了中国农村跨越数字鸿沟的新篇章。《中共中央 国务院关于打赢脱贫攻坚战的决定》《"十三五"脱贫攻坚规划》《中共中央 国务院关于打赢脱贫攻坚战三年行动的指导意见》《中共中央办公厅 国务院办公厅关于支持深度贫困地区脱贫攻坚的实施意见》等文件均对贫困村网络基础设施建设作出部署，要求完善电信普遍服务补偿机制，到2020年实现宽带网络覆盖90%以上的贫困村。宽带普遍服务和网络扶贫，成了工信部牵头承办的一项重要的任务。

中国农村行政村距城镇的距离平均在30千米以上，地理差距大大增加了网络建设成本，导致市场机制在广大的农村通信领域严重失灵，造成了中国的城乡二元结构和巨大的数字鸿沟。

早在"十五"中期，我国城市电话通信已经提前三年实现了规划目标，电话网络规模和用户总量达到世界第一。但是"十五"计划纲要提出的到2005年实现全国95%的行政村通电话的目标仅仅达成89%，全国还有7.5万个行政村没有通电话。为了改变这个状况，在通信主管部门的组织下，电信运营企业勇于承担社会责任，采取分省包干的办法实施了村村通电话工程。基础电信企业累计投资超过930亿元，终于在"十五"末完成了95%的行政村通电话的目标。又经过大约10年的努力，到2015年，基本实现100%行政村通电话的目标。

但是，电话的鸿沟刚填平，宽带的鸿沟又显现了。到"十二五"末，我国尚有10多万个行政村未通光纤宽带，建档立卡的贫困村几乎全都名列其中；有的即使通达了宽带，接入速率也均不足4Mbps。随着光网城市的推进，城乡数字鸿沟进一步拉大，亟须通过建立普遍服务机制加以解决。

跨越数字鸿沟，是个投资巨大的世界性难题。在"十五"期间我国村村通电话的工程中，电信运营企业包干投资总规模达到900多亿元，要实现村村通宽带，设备和工程费用至少也需要达到与之相近的规模。而此前一直在酝酿的普遍服务基金的力度，远远不能适应这个需求。此外，普遍服务基金的性质决定了它只能是一种"细水长流"的资助模式，很难支撑迫在眉睫的国家网络扶贫战略。

工信部通信司与财政部经建司经过探讨提出"财政补贴+央企承担社会责任"的思路。具体想法是，先根据跨越城乡数字鸿沟的目标，推算出全国村村通宽带的进度计划，然后由中央财政和电信运营企业按照比例配套投资，财政补贴百分之二三十，企业配资百分之七八十，双方共同发力、突破数字鸿沟。

2015年5月，国务院办公厅印发的《关于加快高速宽带网络建设 推进网络提速降费的指导意见》，其中第十一条明确提到，结合无线电频率占用费用统筹使用，发挥中央财政资金引导作用，持续支持农村及偏远地区宽带网络建设和运行维护，推进电信普遍服务工作。这样，网络扶贫工作搭上了宽带中国和提速降费的整体进程，中国农村有了与城市同网同速的可能。

随后，工信部通信发展司迅速向全国各地邮电管理局和各电信运营集团发出了调研函。各方随即展开了深入实地调研、数据收集和成本测算等工作。数据收回后，通信发展司又委托部属研究院的规划研究部门，对各地的自然条件、社会经济状况共几十万个数据进行汇总测算，推算出了东部、中部、西部和特殊地区建设的成本差异，并据此形成了不同地区财政资金和企业资金的投资比例意见。最终经与财政部协商，形成了东部、中部、西部和特殊地区分四种类型，由国家财政分别给予各地村村通宽带建设资金补贴的方案。

经过数月紧锣密鼓的工作，2015年10月14日，国务院常务会议正式审定通过了有关文件，第一期村村通宽带工程具备了申报启动条件。12月初，工信部办公厅和财政部办公厅审定并下发《2016年度电信普遍服务试点申报指南》，启动了电信普遍服务第一期试点工作。

各省通信管理局接到文件后，在前期准备的基础上立即展开申报工作。12月下旬，各省申报方案报回工信部后，发展司又连夜审核汇总并按招投标规则，配合招投标机构组织了专家评定，最终赶在当年国家财政截止的最后期限完成申报工作，第一批电信普遍服务补偿资金终于在当年年底获批。

巧干苦战过三关

用财政补贴和企业招投标结合的模式，推进电信普遍服务工程，注定是一条充满艰辛的探索之路……

一期试点工程下达后，为了方便企业降低投资风险，宁夏通信管理局把两部文件下达的以县为"标的"的招标方案，合并扩大为以地市为主方便成片建设的"标段"方案。这样，企业一旦拿下一个包括数县的成片"标段",就可以在较大的范围内实现网络和工程的统筹规划,既可大大减少局域配套成本,还可科学组织材料运输和施工力量,实现成片规模开发,进而也控制了分公司向集团申请资金的额度和难度。此外,宁夏通信管理局把地方政府积极性最高、当地产业发展势头也比较猛的中卫市选为一期工程的招投标试点城市,发标前先在中卫市举办了一场推介活动,请地方领导现场发布并支持电信普遍服务工程的具体措施,调动了企业参与竞标的积极性,一下打开了局面。

宁夏的经验做法也很快在全国推开,成功破解了全国网络普遍服务工程的开局难题。

一期工程展开后,工信部趁热打铁展开了二期工程的申报工作。当各地的二期申报材料陆续报到部通信发展司后,国家财政资金支持力度最大、普遍服务任务最重的西藏自治区通信管理局却交了"白卷"。原来,因为西藏地理条件特殊,基站建设和运维成本极高,尽管国家给的财政支持力度达到35%,但其余65%的投资还得靠通信运营企业负担。由于西藏普遍服务的"标的"大多处地边远、环境艰险,第一期工程开工后,企业一经核算发现,不仅建设资金根本不可能回收,建成后维持运营也相当困难。加上当地的三家移动运营分公司本来就都是亏损企业,参与电信普遍服务工程,不仅影响分公司的运营考核结果,还将拖累国资委对集团的业绩考核。于是,第二批招标文件下发后,当地的三家分公司不约而同地选择了放弃。为了化解各集团的考核压力,工信部与国资委进行沟通,希望国资委对西藏电信给予特殊处理。国资委对此给予了大力支持,为企业参与网络扶贫松了绑。

甘肃省委省政府根据党中央的统一部署,抢抓国家电信普遍服务试点机遇,着力补齐甘肃省农村信息通信基础设施短板,助力打赢脱贫攻坚战。2015年,甘肃全省农村地区宽带网络覆盖率仅为51.24%,其中建档立卡的6220个贫困村通宽带率仅为39.01%。6月,甘肃省委省政府出台了"1+17"精准扶贫方案(1个《关于扎实推进精准扶贫工作的意见》和17个专项配套实施方案），提出了2017年基本完成脱贫攻坚任务，经过3年的巩固提升，到2020年与全国一道全面建成小康社会的总体目标。实施方案在完善基础设施的部分明确提出了2017年年底实现全省80%以上行政村通光纤、95%以上行政村通宽带的目标。这对于农村信息化水平落后的甘肃来说，是个十分艰巨的任务。

经过认真准备与积极争取，甘肃省兰州、平凉、酒泉、张掖、武威5个地市于2016年获批国家第一批电信普遍服务试点地市，试点行政村2655个，中央财政补贴资金2.4亿元。甘肃省庆阳、天水、白银、定西、陇南5个地市获批国家第二批电信普遍服务试点地市，试点行政村7571个，中央财政补贴资金13.8亿元。甘肃由此成为全国第二批试点地市中试点村数量和补贴资金最多的省份。为加快推进试点项目建设，各地各部门加大工作力度，急事特办、并行交叉作业，分别于2016、2017年年底完成第一批与第二批基本建设任务。甘肃省试点行政村宽带速率均超过12Mbps，最高达到69Mbps。村委会、学校、卫生所等公共服务机构全部实现光纤接入，并建成一批信息化应用示范点，有效提升了基层组织公共服务水平，拓宽了农民脱贫致富渠道，助推当地特色经济发展。

几年来，经过不断组织实施电信普遍服务试点建设和电信企业自主建设，甘肃省行政村网络覆盖实现跨越式发展。截至2020年年底，甘肃全省农村地区光纤宽带网络端口数达到695万个，4G基站数达到6.6万个，全省行政村光纤宽带网络和4G网络覆盖率均达到99%以上，建档立卡贫困村光纤宽带网络和4G网络覆盖率同步达到99%以上，农村地区中小学光纤宽带网络覆盖率达到了99%以上。根据国家电信普遍服务试点支撑管理平台监测，全省农村地区光纤宽带网络平均速率达到86.84Mbps。其中，甘南、临夏两个民族自治州宽带平均网络速率达到了120Mbps以上。

在云南怒江州的独龙江畔有个贡山独龙族怒族自治县，独龙江乡深处峡谷，自然条件十分恶劣，基本处于"通信靠吼、放炮开会"的原始状态。

2004年，信产部组织分片包干的村村通电话工程，中国移动决定采用卫星中继的方式，建设连接独龙江乡的巴坡、马库、献九当、龙元、迪政共5个偏远山村的2G移动电话，结束了最后一个少数民族不通电话的历史。

2012年9月，含3G移动通信、宽带上网和三网融合电视业务的中国电信通信网络在独龙江乡开通。2014年4月，中国移动独龙江乡4G基站开通，独龙江乡成为云南首个开通4G的乡镇，同年实现4G网络全覆盖。2015年5月，中国电信在独龙江乡启动信息惠民示范工程，包括"智慧医疗"示范医院、"智慧校园"示范学校、农村为民服务站3个板块。同年，中国移动启动"宽带乡村"试点工程。2019年5月，独龙江乡成为云南首个开通5G网络的乡镇。2022年7月，5G网络覆盖该乡所有行政村。截至2022年9月，独龙江乡共开通2G基站16个、4G基站32个、5G基站9个。

四川凉山彝族自治州有个"悬崖村"。这个名叫阿土勒尔的彝族山村坐落在海拔1400—1600米的山坳之中，与外界联系靠的是一条800多米高、几乎与地面垂直的山路，年轻人上下一趟也需要4个小时。在全国率先建设全光网的四川电信，在城市全光网打开局面形成良性循环后，就开始了向农村推进光网。通过开展美丽乡村建设，把全光网一步步辐射到全省3万多个行政村和自然村，总量达到了全省行政村、自然村比例的85%。在"悬崖村"最初的搬迁规划推进过程中，四川电信凉山分公司就把全光网络提前铺进了山下的新村和附近新建的小学，还为已搬迁的部分村民提供了宽带服务，并决定投资100多万元，开展通往"悬崖村"的"信息天梯"攻坚战。

那时，通向"悬崖村"的铁梯还没有修建，电信员工攀着藤条，靠肩挑背扛，将通信设备一点点运到山上。通信职工冒着生命危险，克服千难万险，把网络通到了"悬崖村"，把"悬崖村"接入了信息时代。2016年12月底，基站架通后，凉山电信分公司又为村委会安装、调测、开通网络，还给村民们赠送了100部手机，免费给村民开通了宽带及互联网协议电视（IPTV）业务，让"悬崖村"村民们看到了外面的世界。

贵州贫困人口多、贫困面积大、贫困程度深，是全国脱贫攻坚的主战场，而黔西南州又是贵州脱贫攻坚的坚中之坚、难中之难。2016年6月，贵州移动先期承担了第一批在黔西南州的电信普遍服务站点建设任务，项目计划覆盖908个地区，其中579个行政村和17个工业园区实现有线覆盖，312个行政村实现"有线+4G无线"覆盖。试点项目中的所有行政村实现光纤通达，对于原来采用铜缆接入宽带的行政村，改造升级为光缆通达，行政村内光纤网络至少通达行政村驻地村委会、中小学、卫生所等。由于地理位置偏远、人口居住分散、村落布局不规则，在推进电信普遍服务试点的过程中，有多数行政村在施工方案确定及工程施工过程中遇到了较大困难。贵州移动黔西南分公司克服了山高路远、气候恶劣、协调难度大、建设任务重等困难，保质保量按时完成了项目建设任务，为当地村民铺设了信息高速公路的"最后一公里"。

在贵州移动黔西南分公司与当地村民的共同努力下，当地农民生活得到了极大的改善，村民致富也步入了快车道。望谟县油迈乡打寒村在安装光纤宽带后，信息通道打通了，信号也更加稳定了。此外，当地小学教师可利用云平台下载名师的教学课件，使当地学生像城市学生一样享受到优质的教学资源。晴隆县三合村在移动宽带覆盖后，成立了村里第一家农村淘宝店，让自家的农产品登上了互联网。

2018年5月，在三批电信普遍服务试点的基础上，财政部和工信部放眼网络发展趋势，又启动了主要面向农村、边疆、海岛等偏远地区发展4G移动通信的第四、第五和第六期普遍服务工程。在这个阶段，南海的海岛通信成了一个突出的亮点。在此之前，在三家移动运营公司的积极参与下，2013年三沙、永兴等几个主要岛屿靠卫星开通了固定和移动电话。随着南海开发步伐的加快，海上作业和过往的船只不断增加，带宽窄、速度慢、覆盖面小的问题逐步显现。

2018年年底，财政部、工信部决定投入1350万元电信普遍服务基金，用于解决南海北岛、西沙洲、羚羊岛、银屿岛、甘泉岛、鸭公岛共6个有人岛的4G覆盖。中国移动海南分公司，担起了建网运营的重任。这6个南海岛礁不仅远离大陆，而且距离三沙的中心区域还有较远距离。工程人员从三亚出发，经过十几天海上颠簸到达三沙后，须接着把建站物资搬到去各个岛礁的补给船，再在海上颠簸很久才能抵达作业岛屿。

2019年3月6日，工程正式开工。经过半年多时间的奋战，于9月下旬陆续完成了整体施工任务。10月16日，经过专业测试，所有站点的信号强度、下载速率均达到验收标准，三沙市下属的有人岛礁终于实现了4G网络全覆盖。发送图片、浏览网页、视频通话……如今在距离1000千米以外的远海，住岛居民和周边作业的渔民也能同内陆的居民一样，自由地享用现代通信。

网络扶贫架金桥

光网进村后，最先普遍应用的就是宽带网络电视。调查的数据显示，宽带进村后，农民一天收看电视节目的平均时长，要比城市高两倍。电视，让农村的孩子从小就看到了外面的世界；让庄户的当家人，更直接地听到了中央的富农政策；宽带电视还潜移默化地转变着村里人的观念。

网络购物可以说是当今较为普及的"互联网+生活"应用。调查显示，在开通4G宽带移动网络的农村，网络已成为农民致富的帮手、生产的工具。

网络是迭代的，应用创新也是迭代的，网络越先进，使用越简单。让农村应用人员在旧网络上开发应用、学习研究的成本要比新网络高几倍。若在个人计算机（PC）互联网上集成开发一个村务公开的应用系统，一个月搞定就不错了；而有了4G网络，在微信上拉一个公开村务的群，分分钟就可以搞定。创新都围着新网络在转，网络跟不上潮流，应用就跟不上"风口"。看似建网时可省点钱，开发应用时不知道要花多少冤枉钱。

同时，通信还可以大大减少盲目的人流、物流，让农民少跑路、让绿色山货直达餐桌。通过网络还可以预约乡村游、"农家乐"，就可以使绿水青山真正变为金山银山。至于网络教育、网络医疗的前景则更为广阔。

网络引来电商热

追溯中国农村电商的成长，一步也离不开"村通"工程。2004年1月16日，信产部下发了《关于在部分省区开展村通工程试点工作的通知》，同时出台了《农村通信普遍服务——村通工程实施方案》（简称《村通工程方案》），作为一个过渡时期的解决方案。《村通工程方案》要求6家基础电信业务经营者采取"分片包干"的方式承担电信普遍服务义务，以完成"十五"规划中农村通信发展目标。

自2005年开始，在我国江浙一带出现了最早的农村草根电商，由此引发农村电商的第一次大变局。在动力机制上，这标志着新出现了一种由市场驱动、民间投入、自下而上的农村电商；在核心业务上，农村草根电商们利用淘宝、支付宝等市场化的第三方平台，开网店做生意，进行在线交易；在应用效果上，他们利用东部农村较好的市场条件持续运营，以电商为业并获得成功。由此形成的赚钱效应吸引了周围乡亲们纷纷仿效，农村电商实现细胞裂变式的复制成长，进而推动农村电商产业群或产业链的发展。

2014年，政府主管部门决定开展电商进农村综合示范工作的试点。阿里巴巴、京东等电商巨头将各自的电商业务下沉农村，并陆续发布了相关的业务拓展计划。农村电商的发展由此迎来又一次新的重大变局。

重庆市秀山土家族苗族自治县位于武陵山区中心腹地，又是少数民族聚居区、革命老区。受内陆空间限制、交通落后制约，当地的辣椒、蜂蜜、茶叶等农特产品"沉睡"在大山中。近年来，秀山大力发展农村电商，把这些大山中的"沉睡资源"逐渐唤醒，使之变成了村民的"增收法宝"。

新兴业态快发展

随着光纤和4G网络在行政村的全覆盖，互联网与乡村特色产业深度融合，智慧旅游、创新创业等新业态进一步发展，乡村旅游知名度大幅度上升，创新创业政策日趋完善。

据统计，截至2022年9月，农业农村部通过官方网站发布推介乡村休闲旅游精品景点线路70余次，覆盖全国31个省（区、市）148个县（市、区）的211条乡村休闲旅游线路；利用"想去乡游"小程序推介乡村休闲旅游精品线路681条，涵盖2500多个精品景点等优质资源。乡村地名信息服务提升行动深入推进。截至2022年8月，互联网地图新增乡村地名达414.2万条，超200万个乡村、超2亿人受益。返乡入乡创业就业快速增长，2021年我国返乡入乡创业人员达1120万人，较上年增长10.9%，其中一半以上采用了互联网技术。市场主体数字乡村业务快速拓展，电信运营商、互联网企业、金融机构、农业服务企业等市场主体积极投身乡村数字经济，研发相应的平台、系统、产品，推动智慧种养、信息服务、电子商务等业务在农业农村领域不断拓展。

贵州安顺黄果树景区通过开展智慧景区建设使游客的购票和入园体验大大改善，实现了从"接待1万人次游客都要排长队"到"接待3万人次游客不用排队"的转变。黄果树景区所采用的数字技术包括：采用分时预约、刷脸识别的方式，买票无须排长队，使景区交通顺畅有序；对景区人员进行实时显示、智能调度，每一个工作人员都可以通过 App 实现和指挥中心的实时视频连线，以便出现紧急情况时上报信息、及时反应；生产智慧产品、多元服务，使旅游体验更加丰富。

敦煌共识，走向全球

数字鸿沟的概念最早是由美国等发达国家提出的。2002年，国际电联将当年的电信日主题定为"信息通信技术为全人类服务：帮助人们跨越数字鸿沟"。跨越数字鸿沟，由此成为全世界共同关注的课题。

此后的20年时间里，从发达国家到发展中国家都想了各种办法，试图弥合数字鸿沟。但是，直到如今，这仍然是一个任重道远的全球性课题。

中国，在21世纪前10年村村通电话的基础上，又用了6年多的时间，通过政府、企业和人民群众的共同奋斗，在世界上首先实现了农村百分之百通宽带，农村与城市"同网同速"，且资费更加优惠的信息通信服务。

据统计，2015年以来，工信部联合财政部深入组织实施电信普遍服务工程，中央财政补助超过200亿元，带动企业投资超过500亿元，累计支持全国13万个行政村光纤网络建设和5万个4G基站建设，其中包括4.3万个贫困村的光纤网络建设和1.5万个贫困村4G基站建设。贫困村通光纤比例由2015年年底的62%提升至2019年年底的98%，"三区三州"地区深度贫困村通光纤比例，由26%提升至98%；贫困村通4G比例由2017年年底的90%提升至2019年年底的98%，"三区三州"深度贫困地区由82%提升至98%。电信普遍服务试点支持的行政村，平均固定宽带下载速率超过70Mbps，与城市达到同一水平，实现了全国农村与城市、贫困地区与非贫困地区"同网同速"，而且贫困用户还可享受到五折甚至更加优惠的电信业务资费，数字鸿沟明显缩小。到2021年，在庆祝中国共产党成立一百周年之际，中国在世界上率先实现了农村行政村百分之百村村通宽带的目标。

中国电信普遍服务的成绩引起了世界同行和国际电联的关注。为此，2019年8月1日，国际电联与工信部在甘肃敦煌联合举办电信普遍服务与网络扶贫研讨会。

在这次会议上，与会的各国通信同行共同发起了基于中国实践的"敦煌共识"宣言。中国在网络扶贫领域的创新,又一次为全球减贫事业提供了新方法、新路径。中国经验走向世界,为世界通信文明贡献了中国力量和中国智慧。

第四章　数字底座正夯实

党的十九大以来，中国信息通信业按照党中央的战略部署，抓住新基建的机遇，开始扎扎实实地打造以可靠传输、"泛在感知"和智能敏捷为特征的数字经济"底座"，并在5G、工业互联网等重点领域都取得了领先成就。

数字经济关大局

党的十八大以来，党中央高度重视发展数字经济，将其上升为国家战略，从国家层面部署推动数字经济发展。这些年来，我国数字经济发展较快、成就显著。然而，同世界数字经济大国、强国相比，我国数字经济大而不强、快而不优，在快速发展中也出现了一些不健康、不规范的苗头和趋势。这些问题不仅影响数字经济健康发展，而且违反法律法规、对国家经济金融安全构成威胁，必须坚决纠正和治理。

发展数字经济是把握新一轮科技革命和产业变革新机遇的战略选择。数字经济健康发展，有利于推动构建新发展格局，有利于推动建设现代化经济体系，有利于推动构筑国家竞争新优势。不断做强做优做大我国数字经济要加强关键核心技术攻关，加快新型基础设施建设，推动数字经济和实体经济融合发展，推进重点领域数字产业发展，规范数字经济发展，完善数字经济治理体系，积极参与数字经济国际合作。

数字经济事关国家发展大局，要结合我国发展需要和可能，做好我国数字经济发展顶层设计和体制机制建设；要加强形势研判，抓住机遇，赢得主动。

2018年12月19-21日，中央经济工作会议在北京举行。会议提出要发挥投资关键作用，加快5G商用步伐，加强人工智能、工业互联网、物联网等新型基础设施建设。由此，"新基建"被列入紧迫的议事日程。

2019年3月5日，在第十三届全国人民代表大会上审议的《2019年国务院政府工作报告》中，明确要求加强新一代信息基础设施建设。此后，中央政治局会议、国务院常务会议、全面深化改革委员会第十二次会议，都强调要加快"新型基础设施"建设。"新基建"很快成为中国经济发展的热点、焦点和重点。

新型基础设施是指以信息网络为基础，以技术创新为驱动，提供数字转型、智能升级、融合创新等方面基础性、公共性服务的物质工程设施。当前主要包括三类：信息基础设施、融合基础设施和创新基础设施。信息基础设施、融合基础设施构成了数字经济底座，信息基础设施是新型基础设施的核心和使能者。

信息基础设施主要包括物联网感知设施、5G网络、固定宽带网络、空间信息基础设施、一体化大数据中心体系、人工智能基础设施、区块链基础设施、量子计算基础设施等。可以把信息基础设施按其功能划分为感知基础设施、网络基础设施、算力基础设施、数据基础设施和新技术基础设施等五大类。

2019年4月17日，为推动5G网络、工业互联网、数据中心等新型基础设施建设，工信部在北京召开了数字基础设施建设推进专家研讨会。会议指出，推动5G网络、工业互联网等加快发展，加快5G网络、数据中心等新型基础设施建设进度是推进新型数字基础设施建设的方向和目标。一众专家学者围绕数字基础设施的定义、范畴及分类，建设数字基础设施在当前形势下的重要作用，我国数字基础设施发展面临的问题和挑战等一系列问题展开了研讨。

2019年5月17日，中国电信、中国移动、中国联通三家移动运营公司发布了各通信企业围绕推动5G发展、实施5G+计划等加速新一代基础设施建设的思路。从此，以5G网络、工业互联网和云网融合数智网为代表的新一代信息基础设施发展进入了一个新时期。

2022年1月，《求是》杂志刊登文章《不断做强做优做大我国数字经济》，对新型基础设施做出了系统的阐述：要加强战略布局，加快建设以5G网络、全国一体化数据中心体系、国家产业互联网等为抓手的高速泛在、天地一体、云网融合、智能敏捷、绿色低碳、安全可控的智能化综合性数字信息基础设施，打通经济社会发展的信息"大动脉"。这"三个抓手"的部署和"24个字"的目标，高度概括了国家数字信息基础设施的重点和方向。

5G 引领数字基建

中国5G，不仅发展速度快，而且技术新。与3G、4G相比，5G的速度和带宽提高了两个数量级，更重要的是通过引入大连接、低时延和网络切片等技术，推动移动网络实现了面向行业应用的结构性变革。

连接万物是5G发展的新增主攻目标。4G的巨大成功，极大地满足了人与人通信的需求，也把人类全面带入了移动互联网时代。随着互联网渗透率进一步提升，互联网连接的重心将从"人"转向"物"。5G引入了大连接相关技术，可以支撑海量物联网信息瞬间并发；引入了低时延技术，可以使网络的数字信息传递时延缩短到0.1毫秒；更重要的是，5G引入了切片技术，在一张公共宽带移动网络上，可以根据不同行业用户的需求，随心所欲地"订制"出符合行业个性化需求的"行业专网"和"企业专网"，使通信网具备了"一网托百业"的能力，为工业、农业、能源、科研、教育、医疗、物流和城市管理，开辟了一个万物互联的新通道。

不过，根据需求的紧迫程度和技术的成熟进度，国际电联把5G标准的推进工作，分为非独立组网和独立组网两个阶段定型发布。非独立组网的5G标准称为R15，它实际上是由增强型4G核心网和5G空口部分拼合而成的。因此，它仅能提供比4G更宽更快的增强型移动带宽，而未对网络进行结构性变革，尚不具备面向行业应用的独立组网的能力。

而致力于通过数字基建提升行业应用、推动经济动能转换的中国信息通信业，对于具备5G独立组网功能的R16版本更为重视。2019年1月23日，中国IMT-2020（5G）推进组召开5G技术研发试验第三阶段总结会，明确宣布我国5G基站与核心网设备均可支持非独立组网和独立组网两种模式。2020年1月20日，工信部在国新办举办的新闻发布会上也明确表示，国际电联R16标准确定后，中国将重点加快独立组网的5G网络的建设。

国际电联原定于2020年年初全球发布具有独立组网全功能的5G标准的R16版，中国也把这个时间点作为5G爆发增长的发力点。然而，由于种种客观原因，R16发布时间一拖再拖。在这种情况下，前期深度参与了全球5G标准创新的中国移动，于2020年3月中旬就"抢先"启动了独立组网的5G设备的招标。4月份，独立组网的5G信号覆盖到海拔5200米的珠穆朗玛峰大本营、海拔5800米的过渡营地以及6500米的前进营地，为攀登、科考、环保监测和高程测量提供了高质量的通信保障。5月27日11点，珠穆朗玛峰高程测量队成功登顶并开始测量，其高清视频画面就通过5G网络成功传回并实现全球共享。

2020年6月，独立组网的5G国际标准发布后，中国信息通信业进一步发挥中国的产业优势，迅速展开5G独立组网系统的推广，当年年底就建成了覆盖全国各地市的独立组网的5G网络，取得了5G独立组网全球第一的佳绩。

5G网络功能是强大的，同时其造价、电能总耗和建维成本也大幅度超过3G、4G网络。

早在2018年的中国5G网络扩大试验过程中，中国联通发现：由于5G功能强大，加之基站所用芯片和技术更先进，每个基站的价格大约是4G基站的两三倍；5G基站的带宽能力比4G基站增加了近百倍，导致每个基站的电能消耗也比4G基站高出2倍；而由于中国的5G采用的是中频段频率，比从2G到4G的频段高了很多，而根据蜂窝移动通信的覆盖技术原理，频段越高，每一个基站的有效覆盖范围越小、需要建设的基站数量也就越多；按照国家分配给中国联通的频率计算，建一个相同覆盖范围的5G网络，最终所需要建设的基站数是4G基站数的3倍左右。由此判断，5G发展之初，无论综合带宽需求还是行业应用的形成，都会有一个培育过程。中国如果重复建几张5G网，运营风险很大。

能不能延伸铁塔共享的经验，实行5G基站的深度共享？经过中国联通的积极推动，一个符合新发展理念的倡议被提了出来。

2019年9月9日，中国电信和中国联通正式签订了《5G网络共建共享框架合作协议》，协议明确：中国电信与中国联通将在全国范围共建一张5G接入网络。双方约定，按照统一规划，各自负责划定区域的5G网络的投资、建设、维护，并承担所有建设维护的成本。双方5G频率资源共用，接入网络共享，核心网各自建设，双方用户归属不变，业务经营保持独立。

协议签订后，双方即按照分工展开建设，经过不到一年时间的紧张工作，到2020年6月，就累计建设开通30万个基站，建成了一张覆盖全国所有地市的5G精品网络。其中，北京5G室外覆盖率达到95%，平均下载速度超过450Mbps，并实现全球首例200Mbps带宽每秒下载2.7G的峰值速率，让用户畅快体验5G的大带宽、高速率。

在这个过程中，双方坚持技术进步引领5G发展，推动和主导了5G共建共享的相关国际标准和行业标准；在国际上首先提出2.1G频段50Mbps以上大带宽的5G国际技术标准，并在国际标准组织的R16中成功发布。在国内，双方牵头完成了5G共建共享系列标准项目，突破了15项关键技术，形成技术研究报告34册，专利族33项，CCSA行业标准7项。

双方坚持以独立组网的5G网络为目标，持续开展了独立组网共建共享性能验证与SA网络协同优化。为推动SA终端与网络同步商用，双方协同各芯片、终端厂家开展端到端交叉组网兼容性测试验证，共同推动了独立组网的5G相关产业链的完善。

30万、70万、100万，到2021年年底，我国基站总数达到110万个，全球占比超过了一半。作为"新基建"领头羊的中国5G，仅仅用时两年多时间，就实现了网络规模、技术水平和建维模式世界领先，开创了独立组网和网络云化的先河。

工业互联网悄然推进

在5G网络迅速发展使网络连接技术实现变革飞跃的同时，关乎应用侧功能跨越的中国工业互联网也在悄然推进。

全球5G，未见"风口"

全球5G网络问世后，5G目标市场——行业用户增长未出现4G初期"移动互联网+"那样呼啸而来的应用"风口"。

这是为什么？一个重要的原因是行业应用侧的条件尚未成熟。2015年前后，中国"互联网+"的大爆发，既得益于移动宽带加速普及，也得益于移动平台及移动支付体系的成熟，以及嵌入智能芯片的第二代身份证体系，共同形成了"人联网"的基础环境，助燃了"互联网+生活"类应用的火爆。

5G的使命是要把连接和应用的范围拓展到包括生产在内的全社会。而5G网络快速发展，如果仅提升了网络侧连接传输功能，而不具备应用侧物理世界的感知、控制条件，就很难形成应用"风口"。要实现万物互联，首先必须实现万物的"泛在感知"。如果物品没有被感知编码，就无法实现数字化连接。面对麻木无感的物理世界，高大上的5G连接功能，也难免成为空转网络。

对于这两方面的依存关系，相关产业界的有识之士早有认知。早在2005年国际电联提出物联网概念之时，业界就开始了对物体感知的研究。从2008年IBM提出的"智慧地球"，到2009年无锡开启的"感知中国"，其实质都是为了建立万物被感知的基础能力。2011年，德国在汉诺威工业展期间提出了"工业4.0"；2012年，通用电气（GE）提出了"工业互联网"（Industrial Internet）；2013年，德国联邦政府把工业4.0纳入《高技术战略2020》十大未来项目；2014年，GE联合AT&T、思科、IBM和英特尔组建了全球第一个工业互联网组织IIC（Industrial Internet Consortium，2021年更名为Industry IoT Consortium，IIC）；2015年，国际电联正式启动5G网络标准的征集，逐步形成了速率更高更快，且拥有大连接、高可靠功能，能够支撑万物互联和海量机器通信的5G标准。这也充分说明5G与物联网和工业互联网的依存关系。

然而，建立起一个各行各业"泛在感知"的融合支撑体系，要比建设一个传输网络更加复杂。所以，当全球5G标准和网络顺风顺水超前部署的时候，却因为应用侧"泛在感知"基础条件的滞后没有形成"风口"。

中国方案，超前起步

令人欣慰的是，支撑"泛在感知"的中国工业互联网体系，在5G网络研发的过程中提前起步并取得初步进展。

中国是世界上推进工业和信息化融合发展目标最明确和推进"两化融合"力度最大的国家。2002年，党的十六大提出以信息化带动工业化，以工业化促进信息化。2007年，党的十七大提出信息化与工业化融合发展，即被大众所熟知的"两化融合"。2008年3月，根据国务院机构改革方案组建了工信部，推进"两化融合"成为其最主要职责。2012年，党的十八大报告提出推动信息化和工业化深度融合，工信部按照党中央国务院的决策部署，在总结过往工作经验和产业发展规律的基础上，开始思考推进互联网和工业融合创新的课题。2013年，工信部发布《信息化和工业化深度融合专项行动计划（2013—2018年）》，其中"互联网与工业融合创新行动"将促进互联网与工业的融合发展作为政策着力点。

但是，传统互联网真的能够支撑工业转型升级的需要或满足"万物互联"的发展要求吗？互联网是一个按照TCP/IP协议实现信息分组交互的网络。其优点是在网络阻断和拥塞时，信息可以通过迂回方式继续传递；缺点是仅能提供"尽力而为"的传输质量。当全世界关于物联网和工业互联网的研究整体处在由概念炒作向"退而结网"、由一般感知向"泛在感知"方向探索的初期，很多产业界和学术界的专业人士就敏锐地认识到传统互联网体系的网址容量、信息传递模式、安全性能和组织架构方面已经严重不适应发展的需求。为顺应"万物互联"发展的要求，各国专家陆续提出了一些修补或替补方案。但因为缺乏实践基础和融合创新的推进机制，这些系统仍处在各自独立的研究阶段。

工信部从推进"两化融合"的角度，对电信研究院（2014年12月更名为中国信息通信研究院，简称信通院）做出明确指示，要求进行深入、系统的研究，支撑开展互联网与工业融合发展的体系化设计。信通院依托其在互联网和制造领域多年的跟踪积累，基于对全球研究方向的跟踪分析和趋势研判，结合我国制造大国和网络大国产业升级和安全保障的长远需求，提出我国应该加快构建支撑制造业数字化、网络化、智能化发展的网络设施和生态体系，通过构建人机物全面互联和数据互通的基础能力，推动制造业更大范围、更高层面、更深程度的信息化改造与智能化升级的思路。基于这一思路，信通院研究提出了一整套体系架构设计。在历经一年多的研究论证后，互联网与工业融合发展的体系架构方案最终形成，较好地回答了互联网与工业如何融合创新发展的关键难题。中国工业互联网方案由此逐步形成。

产业联盟，引领创新

为了更高效、更广泛地凝聚行业共识，加强产学研协同，为我国工业互联网创新发展营造良好的产业生态，2016年2月1日，在工信部的指导下，信通院联合中国制造业、信息通信业和互联业相关企事业单位、社团组织、高等院校、研究院所发起的中国工业互联网产业联盟（Alliance of Industrial Internet，AII）在北京成立。

考虑到工业互联网涉及复杂多元的技术、标准和产业生态，需要统领推进，全球主要国家和组织几乎都选择了共同的发展路径，即以体系架构为牵引，定义和设计工业互联网这个复杂大系统的基本功能、应用模式、作用主体等。2015年，德国率先提出了工业4.0的参考架构模型（RAMI 4.0），美国IIC也紧跟其后，发布了工业互联网参考架构（Industrial Internet Reference Architecture，IIRA），意图推动业界达成广泛共识。

2016年9月7日，在工信部的指导下，信通院以前期研究为基础，联合中国电信、华为、中国科学院沈阳自动化研究所、中国航天科工集团、海尔集团、三一重工集团、阿里云计算公司、奇虎360公司、中国移动、中兴、清华大学、网神信息技术公司、北京中数创新科技公司等十多家单位，在30多位院士和专家的指导和论证下，AII发布了《工业互联网体系架构（版本

1.0)》(简称《体系架构1.0》),提出了我国工业互联网体系架构,明确了发展的主要方向和路径。

2019年11月,AII又在进一步的产业实践基础上研究发布了《工业互联网体系架构(版本2.0)》,在对《体系架构1.0》继承和发展的基础上,融合了工业、通信和软件的架构方法论,进一步突出了数据驱动与工业知识、机理相结合,及其形成的优化新范式,并从业务、功能、实施、技术等多个视角完整定义了工业互联网的体系架构,被产业界广泛参考采用。整体看,两个版本的体系架构高起点地集中了全行业的智慧,在我国工业互联网高效、有序发展的过程中发挥了统领作用。

除体系架构外,AII还组建了网络、标识、平台、安全、需求、测试床、标准、产业、应用、国际合作等工作组,在需求识别、技术创新、标准研发、应用推广、安全保障、国际合作等方面为产业界专家搭建公开交流平台,加速形成合力,快速推进重点领域的发展。AII发布的网络、平台、安全、标识解析、标准体系等白皮书,成为产业界开展相关技术研发和应用推广的重要参考,并与美、德、日等国进行了对接。AII发布的测试床成为工业互联网技术试验和应用的重要载体。AII打造出全球最大的工业互联网技术产业生态,成为工业互联网跨界思想碰撞、技术融合创新、知识传播推广和专家人才培训的重要载体,有力推动了工业互联网创新发展。

标识注册,已过千亿

工业互联网标识解析体系是工业互联网网络体系的重要组成部分,相当于互联网领域的域名解析系统(Domain Name System,DNS),是工业互联网的"中枢神经",肩负着支撑工业互联网网络的互联互通和数据的共享共用的使命。工业互联网标识解析体系包括标识编码、解析系统和标识数据服务三部分。

2018年6月20日，在工信部的指导下，信通院成立工业互联网标识解析顶级节点工作筹备组，并分别与北京、上海、广州、重庆、武汉五地签署国家顶级节点部省合作协议；当年12月，五大国家顶级节点上线试运行。仅2021年一年，标识注册量增长6倍，日解析量增长5倍，接入企业增长4倍。标识在烟草、船舶、酒类、医疗器械、危化品等重点领域加速深化，标识服务已纳入行政许可监管，行业发展日益规范，产业供给能力明显提升，国际治理取得积极进展，并日益成为产业数字化的重要基础设施和数字底座，对推动网络强国和制造强国建设发挥了重要支撑作用。

到2022年6月，中国工业互联网标识解析体系已经完成夯基架梁工作，五大国家顶级节点稳定运行，二级节点基本实现全国省级地区全覆盖，马来西亚等海外超级节点已启动建设，节点规模和标码注册量均为全球第一。

第五章　数字中国已扬帆

应用，是数据转化成新动能的关键。为了深入推进数字经济与实体经济融合发展，培育经济发展新动能，近年来，中国信息通信业遵照党中央的指挥部署，抓住5G机遇，展开了从"案例试水"到"扬帆远航"的积极探索，开启了数字网络应用创新的新时代。

应用大赛催花开

根据中央网络强国和数字中国的战略部署，我国信息通信业在以加快5G为代表的信息基础网络建设的同时，同步启动了旨在培育和催生5G应用的"绽放杯"5G应用征集大赛。

超前开启"绽放杯"

早在2017年年末，我国5G设备研发刚刚完成单项技术通信测试、即将进入联网测试阶段，在工信部指导下，IMT-2020（5G）推进组和信通院就启动了"绽放杯"5G应用征集大赛活动。

中国的5G研发试验可以形象地分为三个阶段，第一个阶段是"幼儿园阶段"，主要是围绕国际电联确定的5G愿景，鼓励企业从"蹦单词"开始，进行新技术研发；第二个阶段是"小学阶段"，主要任务是"连词造句"，对亮点技术进行通信测试；第三个阶段是"连句成篇"的"中学阶段"，即按照国际电联统一发布的5G标准，对单项技术设备进行"系统联网测试"。由于组织科学、实施有力，经过几年奋斗，到2017年9月，中国5G已顺利完成第二阶段技术测试，并于当年11月23日，启动了第三阶段的网络测试工作。此时，工信部通信司提出了一个倡议：策划一个活动，发动业界提前开启应用创新探索，以免网络起来后应用跟不上。

经研讨，IMT-2020（5G）推进组和信通院拿出了一个由各省经信厅、通信管理局协助，发动通信运营、制造、科研及相关院校广泛参与的5G应用征集大赛的方案，取名"绽放杯"。2015年中国提出的5G标准技术指标方案就被形象地描绘为一朵"5G之花"，这朵花必须通过应用才能真正绽放，"绽放杯"正好能够体现这个愿景。

就这样，经过一个多月紧锣密鼓的筹备，2018年1月16日，在第三阶段的"课本"——5G联网测试规范文本发布会上，首届"绽放杯"5G应用征集大赛也同时启动了。

应用赛事，水涨船高

在"绽放杯"活动支撑下，随着5G网络分步渐进，中国的5G应用水涨船高，很快催生出了一片星星点点的迎春花。

虽然2018年年初全球5G的第一版标准尚未冻结，中国的5G设备还在接受联网性能测试，但是在各省经信委和通信管理局的推动下，5G应用征集大赛已在电信运营、设备制造、科研院所及各地双创园区悄然展开。到5月底，组委会就收到来自20多个省的334件参赛"作品"。

尽管这些"作品"大多还是处于需求调研、策划创意和初步建模阶段，但是，这些"作品"展现了高带宽、低时延、大连接及切片技术在内的5G主要技术亮点，涉及当时正处在"风口"的各类"互联网+"领域，达到了激活思维、引发创意的目的。于是，组委会就紧凑地展开了初选环节的工作，到6月初，评选产生了60个入围项目，其中30个经复评进入了决赛环节。

决赛前夕，组委会提前在网站展出了入围项目简介，并通过设立"最佳人气奖"的方法，吸引相关单位和人员积极参与网评。5天半时间，网站点击量累计超过1400万次，网上有效投票数超过500万张。

6月7日，首次"绽放杯"5G应用征集大赛决赛在北京举行。来自工信部、运营企业、互联网企业、通信设备和终端企业及大量应用开发企业的200多位代表应邀参会。尽管当时5G网络标准还未冻结，但5G应用创意已经蓬勃发展。远程医疗、移动医疗车、智慧油田、数字交通、无人机物流、空中基站、智能电网、远程驾驶、VR电竞、全景视频、地理建模、5G云眼、智能助残以及沉浸式军演等各类创意腾空而起，从一个全新的角度，演绎出很多奇思妙想……为了扩大影响，6月21日，组委会在IMT-2020（5G）峰会上进行了隆重颁奖。

2018年6月，国际电联第一阶段5G标准——R15正式冻结发布；中国电信、中国移动和中国联通，相继在18个城市展开5G规模试验。

"绽放杯"组委会不失时机，于2019年1月23日发起了第二届"绽放杯"5G应用征集大赛。第一届大赛的余热加上第一阶段5G标准的发布，再加上第一批城市的5G试验，使得第二届大赛一启动就受到业内外"热捧"。不到半年时间，组委会就收到3731个参赛项目，比第一届一下跃增了10多倍。

第二届参赛项目的成熟度也明显提升。2018年上半年的第一届参赛项目中，正在进行需求调研、刚完成初步功能设计的创意类项目占比高达67%，落地项目为"0"。到第二届，创意类参赛项目占比降到43%，降幅达三分之一；同时已完成初步开发、原型设计和解决方案的占比达到了57%。其中，已有第一版产品、正在寻求或正在商谈合作的项目占比达到33%。

第一届项目选题比较分散，一、二、三等奖共60件作品中，除了无人机、远程医疗和VR这3个领域有重复申报的项目外，其余基本是一个领域一项。作为5G重要目标的智慧工厂领域的作品，仅有一项入围，最终也因竞争力不强，无缘一等奖。到了第二届，参赛项目与此前活跃的"互联网+"内容开始拉开区隔，形成了朝着数字经济方向集结的势头，初步形成产业互联网、智慧生活和数字化治理三大板块，创新重点开始与5G的主攻方向接轨。其中产业互联网占比达到46%、智慧生活达到35%，数字化治理达到19%。面向企业的应用占比高达78.1%，其中，仓储物流、工业互联网、智慧电网项目数量领先。第一阶段较为活跃的高清视频类应用开始从广播电视领域向生产指挥调度领域探路。无人机也向物流运送、基础设施巡查、地理测绘、农林植保等实用方向寻求"着落"。

进入第二届后，深度参与5G建网试验的移动运营企业和设备制造企业成了项目报送主体，而且双方联合申报尤其活跃。北京电信与华为联合申报的积水潭医院5G远程手术项目、三一重工5G边缘计算项目，从初审、复赛、区域赛、专题赛、决赛等环节脱颖而出，双双进入了全国决赛一等奖。

2019年6月6日，工信部正式向中国电信、中国移动、中国联通、中国广电颁发了5G牌照；10月31日，在中国国际信息通信展览会开幕式上，中国电信、中国移动、中国联通和中国铁塔联袂启动了5G商用。

为适应网络快速发展的节奏，信通院、5G应用产业方阵、IMT-2020（5G）推进组、中国通信标准化协会在2020年6月6日，中国5G发牌一周年之际，启动了第三届"绽放杯"大赛。半年时间里，全国30多个省、自治区、直辖市的2388家单位参与申报了4289个5G应用项目。

5G与此前的3G、4G相比，最大的特点是实现了网络从人与人连接向万物互联方向拓展，不仅进一步增强移动宽带速率，还拓展了适应万物互联、机器连接的高可靠、低时延功能。尽管首期发布的5G标准，还没有引进切片技术，尚不具备为客户独立组网的功能，但是，在空口接入侧已经具备了增强移动宽带（eMBB）、超高可靠低时延通信（uRLLC）和海量机器类通信（mMTC）三大5G典型应用场景。

实实在在的场景促使创新的奇思妙想开始落地。这一届组委会收到的项目总数虽然比上年仅增长15%，但申报结构发生了重大变化。来自移动运营商的项目占比达到72%，行业应用单位和解决方案提供商的参赛项目数量达到900个，增长了3倍。针对典型场景的两类应用项目脱颖而出：一是可降低作业风险、改善劳动环境、提高管控效能的5G远程监控技术，在采矿、冶金、港口作业等领域的应用项目集中爆发；二是可以弥补视野局限、视觉疲劳、监测疏忽缺陷的5G智能检测功能，在精密和高档产品的生产运行检测环节，也涌现出不少成功案例。

尽管这些案例仍属于单个开发项目，大部分案例尚不能收回开发成本，属于非营利的"样板间"，但是经过三年持续推进，创意类项目已经由第一届的67%下降到16%，有31%的项目实现落地。

"得寸进尺"，矩阵推进

每届大赛启动之前，组委会都会根据国家数字经济发展方向和网络发展的进程制定竞赛主题。第一届主题为"绽放5G芳华，构建应用生态"，意在启动应用创意；第二届为"未来已来，5G赋能数字化浪潮"，把5G应用重点引向数字化大方向；第三届为"领航新基建，共创新时代"，进一步促进了各级政府参与和支持5G应用的热情。为了引导创新从无到有、从虚到实，组委会还会根据阶段创新重点，及时发布具有导向意义的赛事评分标准。比如，第一届为避免束缚人们的创新思维，鼓励放飞各种奇思妙想，评分标准设计得就比较宽泛；第二届为了引导创新朝数字经济方向发力，他们在标准中增加了数字化响应指标；第三届为了推进落地，又增加了应用落地的考评分。

大赛既是为了促进应用，也是在为应用创新探路。根据这个宗旨，每一次决赛之后，组委会不急于颁奖，而是发挥信通院专家资源优势，静下心来对参赛项目的结构变化、应用创新方向以及项目的成熟程度进行深入的数据分析，并对照国家战略、对标国际动向，找出存在的问题和不足，提炼并撰写出具有风向标作用的"5G应用创新年度白皮书"，在颁奖大会上发布，以此为5G创新探路。

为推动活动成果落地推广，第一届决赛后，IMT-2020（5G）推进组和信通院又牵头创建了推进5G应用创新方阵，并把"绽放杯"大赛结果放到应用创新方阵的年会上发布，为项目孵化落地，搭建产业链合作创新的平台。

正是这种专业化的理性探路和矩阵化的配套推进，使"绽放杯"活动变成了一个驱动5G应用进一步发展的放大机制。

组委会对每一项获奖成果的应用推广价值非常重视，研究得很深入。从第三届开始，每次表彰大会后，组委会会对获奖项目和案例进行深入的追踪研究，并围绕重点，对成果分专题进行梳理，将带有方向性的探索案例分类整理、结集出版、集中推介。

在结集出版的《第三届（2020年）"绽放杯"5G应用征集大赛优秀案例汇编》中，组委会重点选择了云南神火、湛江钢铁、河南千业、山东黄金、广西南南铝、江西星火、山西阳煤共7个来自矿山、冶金类行业的案例进行了集中推介，为形成矿山、冶金领域应用热起了重要的助推作用。

经过信通人的执着推进，中国的"5G之花"终于从无到有、从虚到实，一步步凿开了5G应用的先河。

系统规划起风帆

尽管"绽放杯"启动很早，通信产业投入力量很大，但是，5G应用推进仍然赶不上建网的速度、达不到人们的预期。应用，成了5G发展和动能转换成败兴衰的关键。

"以建促用、以用促建"

尽管通信产业投入力量很大，但我国5G建设与应用存在"系统不平衡"的隐忧：一方面，移动运营企业响应国家号召大力投资，加快了5G建网，到2019年年底，中国5G基站总数就达到了30多万个，跃居世界第一；到2020年年底，中国的5G基站总量超过70万个，建成覆盖全国所有地市、全球规模最大、具有独立组网功能的5G网络。另一方面，5G业务增长不理想。尽管5G带宽速率比4G增长了100倍，但是现有带宽需求，4G已能满足还略有富余；新的超高清视频应用，又因高清拍摄制作设备依赖进口、价格昂贵，内容供应严重不足。尽管中国的5G建设一开始就十分重视面向行业应用的独立组网能力的建设，但是由于新产品、新业态和新模式没有形成。

加之，5G基站由于技术先进、功能强大，不仅建设投资提高，而且基站的运行能耗也比4G明显增加。5G应用增长滞后，而维持5G网络运行的电耗却一开通就形成了，居高不下的电费给电信运营带来很大压力。

2020年10月14日，一年一度的北京国际通信展在北京开幕。工信部强调，信息通信业要深入贯彻落实习近平总书记关于网络强国的重要思想，坚持新发展理念，在新起点上加快信息通信业高质量发展。一要坚持网络建设适度超前原则，稳步推进5G网络及千兆光网、数据中心、物联网、工业互联网建设发展；二要发挥信息通信业赋能作用，深挖行业需求，加强应用模式创新，培育可规模复制的应用方案，通过大力构建融合应用生态，着力培育新增点、形成新动能，持续壮大数字经济规模。

次日，在同期举办的5G创新发展高峰论坛暨第三届"绽放杯"颁奖大会上，工信部再次强调，要保持战略定力，尊重技术演进规律、网络建设规律、市场发展规律，全面加快5G应用创新步伐，助力经济高质量发展。

统筹规划谋破局

2020年10月26日，中国共产党十九届五中全会在北京举行，会议审议通过了《中共中央关于制定国民经济和社会发展第十四个五年规划和二〇三五年远景目标的建议》，对发展数字经济、建设数字中国提出了明确系统的目标和要求。

10月30日，工信部召开会议传达党的十九届五中全会精神，提出要以全会精神为指导，抓紧抓好"十四五"工业和信息化发展规划编制工作。强调编制信息通信业"十四五"规划，一要主动对接国家总体规划的方向和目标，瞄准网络强国、数字中国的大目标制定信息通信业的规划；二要增强规划的系统性，不仅要做好已列入工信部规划工作的两项信息通信业的相关规划编制工作，还要根据国家和行业规划提出的重点工作，制定包括双千兆网络、5G应用、工业互联网、新型数据中心、网络安全、IPv6等9项互相配套的行动计划。后来这个统筹协同的思路概括成了"1+2+9"的通信发展系统规划体系。

2020年11月4日，5G终端座谈会召开。工信部听取了来自中外终端、模组企业负责人关于5G终端产品进展情况的汇报，并展开深入交流。会议指出，作为新一代信息技术主要方向之一，5G在稳投资、促消费、助升级、壮大经济发展新动能等方面潜力巨大，是构筑经济社会数字化转型的重要基础设施，作为5G产业链的重要环节，5G终端的创新至关重要。建议终端产业加快5G终端研发，强化关键技术攻关，为垂直行业5G应用提供多形态、多种类、多功能终端产品。

11月11日，互联网企业技术应用发展座谈会召开。工信部专题听取了互联网企业关于5G技术应用进展情况及发展意见建议，并与参会企业代表座谈交流。会议指出，5G作为新一代信息技术演进升级的重要方向，是"人""机""物"全面互联、构筑经济社会数字化转型的新型基础设施。当前我国5G建设处于世界领先地位，推动5G技术跨领域、多场景创新融合应用，对于助推经济高质量发展、更好满足人民对美好生活的需要具有重要意义。

2021年5月17日，世界电信和信息社会日大会召开，工信部发布了《奋力开创5G融合应用新格局》主旨报告。

报告分析了5G融合创新面临三个突出的新特点。一是5G融合应用具有阶段性。5G标准分为R15、R16、R17，三个版本梯次导入，逐步形成全功能5G标准体系。标准导入的阶段性，决定了5G应用将分阶段满足各行各业的应用需求。二是5G融合应用具有创新性，需要加大资源投入壮大新动能。5G集成了人工智能、大数据、边缘计算等信息通信领域最先进的技术，又是推动信息通信产业链向前迈进的强大动力，需要产业链各方攻坚克难打硬仗。三是5G将通过数字产业化拉升我国产业数字化整体水平。预计到2025年，5G将带动1.2万亿元网络建设投资，拉动8万亿元信息消费，直接带动经济增长29.3万亿元。但在推进数字产业化转型进程中，必须与各行业特有的技术、知识、经验紧密结合，复杂性增加、难度加大。不能指望"忽如一夜春风来，千树万树梨花开"，更不能浅尝辄止、遇难却步，要坚定信心、持续发力、久久为功。

报告指出，3G时代中国比第一批商用的国家晚七八年，4G时代中国比第一批商用的国家晚三四年，中国起步时，产业已经相对成熟，消费应用有先例可循，跨过了探索阶段直接切入规模化商用。5G时代，我国是首批商用的国家之一，技术、产业、应用已迈入"无人区"，特别是在工业及实体经济的融合应用领域，无先例和经验可以借鉴，必须立足国情，走一条具有中国特色的5G之路。

工信部希望业界按照"1+2+9"规划体系，系统推进5G应用发展：要夯实产业基础、提升网络供给能力、产业创新水平和安全保障能力；要丰富融合创新，拓展行业应用，提炼典型场景，推进5G赋能千行百业；要优化生态环境，进一步加强部门间以及与地方政府的统筹协调，激活市场能动性，打好"团体赛"；要加强国际合作，打造5G高水平开放体系，培育全球化开放合作新生态。

扬帆计划激情出炉

为了攻克5G应用的难题，工信部给通信司下达了制订"5G应用三年行动计划"的任务。

通信司组织5G专家进行了多次可行性论证，研究5G应用的关键指标体系，合理设定年度考核指标，并在详细测算的基础上，设定创立了关于"虚拟专网"数、物联网终端连接量等促进"两化融合"的关键指标。

随着指标不断优化，文稿不断完善，大家对推进5G应用的重要性、必要性和系统性的认知不断深化，对打造5G应用新产品、新业态、新模式的热情也越来越高，对5G赋能百业千行、重塑千行万企的美好憧憬更加激情向往。

2021年7月5日，工信部、中央网信办、发改委等十部门联合印发《5G应用"扬帆"行动计划（2021—2023年）》（简称《扬帆计划》）。

《扬帆计划》结合当前5G应用现状和未来趋势，确立了未来三年我国

5G发展目标：到2023年，我国5G应用发展水平显著提升，综合实力持续增强。打造IT（信息技术）、CT（通信技术）、OT（运营技术）深度融合新生态，实现重点领域5G应用深度和广度双突破，构建技术产业和标准体系双支柱，网络、平台、安全等基础能力进一步提升，5G应用"扬帆远航"的局面逐步形成。

《扬帆计划》充分考虑了当前我国5G的发展水平，统筹公众和行业两个应用领域，兼顾深度和广度两个衡量维度，从用户发展、行业赋能、网络能力三个方面提出了七大量化指标。

在衡量5G用户发展方面。《扬帆计划》提出了5G个人用户普及率、5G网络接入流量占比两项量化指标，推动5G应用逐步在消费市场普及，进一步渗透到社会生活的方方面面。

在衡量5G行业赋能方面。《扬帆计划》提出了5G物联网终端用户数年增长率、重点行业5G示范应用标杆数、5G在大型工业企业渗透率三项量化指标，着力推动5G应用在垂直行业形成规模化发展态势。

在衡量5G网络能力方面。《扬帆计划》提出了每万人拥有5G基站数、5G行业虚拟专网数两项量化指标，着力提升面向公众覆盖和行业企业覆盖的5G基础设施供给能力。

直挂云帆济沧海

《扬帆计划》计划发布后，工信部主动与全国各省市地方政府领导联系，在多地展开了《扬帆计划》宣传贯彻座谈活动。中国的5G应用，呈现出"直挂云帆济沧海"的态势。

部省携手鼓风帆

2021年7月24—25日，工信部在广东深圳召开了一次规模较大的全国5G行业应用规模化发展现场会。

会上，工信部指出。推动5G应用规模化发展，是推动经济高质量发展、赋能制造业数字化转型、提升产业链供应链韧性的重要举措，对于把握新发展阶段、贯彻新发展理念、构建新发展格局具有重要意义。工业和信息通信业要以《扬帆计划》为抓手，把5G建设好、发展好、应用好，全力推动5G行业应用创新，更好服务经济社会高质量发展。

要坚持需求导向，树立一批高水平应用标杆，形成一批成熟的应用解决方案，建设一批行业特色应用集群；要坚持问题导向，增强芯片、模组等关键产业环节的供给能力，提升5G网络的支撑能力，加强应用安全保障能力；要坚持成果导向，加快5G应用案例复制推广，加强跨部门、跨行业、跨领域的协同合作，加快建立产品共同创新、价值共同创造、利益共同分享的市场化合作共赢的发展模式。在实践中推动5G应用规模化发展，打造5G应用新产品、新业态、新模式，为经济社会各领域的数字转型、智能升级、融合创新提供坚实支撑。

满帆满舵向蓝海

《扬帆计划》发布后，我国移动运营企业更是从各自的资源优势出发，全力以赴投身数字化应用创新实践。中国电信依托自己网络资源优势，积极探索云网融合、天地一体的数字化网络创新，积极服务党政军和国家骨干命脉企业的需求，取得了数字化转型业务连续多年近三位数的增长，撑起了"国网"大局。中国移动依托自己最庞大的用户基础和科技创新的领先优势,积极拓展5G虚拟专网市场,在他们建立起来的全球规模最大的单一运营的5G网络上,以每年翻一番的速度,给数万家企业提供了可灵活满足个性化需求和安全可靠的企业、行业专网。中国联通结合联通实际很快启动了与行业"扬帆计划"紧密衔接的中国联通企业的"扬帆计划"。

据统计,2022年上半年,在传统业务中,语音业务持续下滑,对稳增长的贡献值为负数;固网宽带尽管增长9.2%,但对业务增长的贡献仅为1.4个百分点;而近年来的支柱业务移动流量业务收入的增速仅为0.7%,对电信业务收入的拉动贡献仅为1个百分点;整个中国移动运营业务近70%的增量来自数字化赋能业务。

中国移动运营企业正在升满帆、打满舵,全力驶向赋能数字经济的蓝海。扬帆计划的两个重要的考核指标——5G虚拟网用户数和物联网用户数都提前实现了预定目标:到2022年二季度末,5G虚拟网数量已经达到7000个,提前一年半、超额一倍实现了《扬帆计划》原定3000个的目标;截至8月底我国移动物联网连接数已达16.98亿户,超过了16.78亿的移动电话用户数,移动通信迈入"物超人"时代。

扬帆迎来花万朵

通过部省联手推进、运营制造协力赋能,从2021年下半年开始,中国5G的应用开始驶入了规模化复制、综合化应用的快车道。

2021年5月16日,为配合5G应用的规模化推进,深度参与了《扬帆计划》编制工作的信通院和5G应用产业方阵、IMT-2020(5G)推进组、中国通信标准化协会、金砖国家未来网络研究院中国分院联手启动了主题为"融惠百业,智享未来"的第四届"绽放杯"大赛活动。

第四届"绽放杯"大赛,迎着春风爆发增长,得到了全国各地的积极响应。参赛单位和项目数量，又比上届翻了一番。参赛区域覆盖了全国31个省、自治区、直辖市及香港特别行政区，参赛单位达到7000多家；参赛项目总量突破1万大关，达到12281个。

更为可喜的是，在《扬帆计划》的引领下，申报项目的成熟性和应用推广价值大为增长，2021年处于"原型设计"初级阶段的参赛项目数量下降为20.53%，已实现"商业落地"和"解决方案可复制"的项目总数接近50%，15%的项目已实现"解决方案可复制"。我国5G应用历经4年的发展，终于逐步实现了从"0到1"的突破，进入"1到N"的迭代发展新阶段。

相比于前三届，在第四届"绽放杯"大赛参赛项目中，虚拟专网（网络切片）、上行增强、5G LAN等比例显著增加，定位、大数据、边缘计算、云计算、人工智能技术的使用率均超过40%。随着独立组网功能的形成和边缘算力的下沉，工业行业围绕研发设计、生产制造、运营管理、产品服务等环节，形成5G+质量检测、远程运维、多机协同作业等局部综合化典型应用。

竞赛结果显示，全国已有覆盖22个国民经济重要行业的138个钢铁企业、194个电力企业、175个矿山、89个港口实现5G综合应用落地，有效推动了工业智能化制造、网络化协同、个性化定制、服务化延伸、数字化管理，助力工业企业数字化、网络化和智能化转型，展现了美好的复制推广前景。

长风破浪定有时

《扬帆计划》启动两年来，经过不懈努力，中国的5G应用案例数量从9000到12000再到20000，一步步走向繁荣。

在配件检测、强度试验、装配、试飞等多个环节，5G为国产大飞机冲上云霄助力；在白鹤滩首台百万千瓦水电机组的制造交付过程中，5G+电气装备制造智慧工厂，为东方电气打通了设备制造全流程，助力生产提质增效；在三一重工北京装机工厂里，人机协同、自动化、人工智能和工业互联网技术融合应用，将劳动生产率提高了85%，生产周期缩短了77%；在地铁隧道盾构施工中，5G助力中铁装备实现远程诊断、掘进数据无线传输，实时掌控隧道作业状况，提高了施工灌流精准与效率；在装备制造龙头中国一重轰鸣的车间内，通过5G与现场精益管理技术的融合创新，实现了生产车间的设备联网、数据采集、能耗检测和车间透明化管理。

为了配合各行各业应用的不断增长和升级，中国工业互联网的支撑体系迅速推进，已经走在了世界的前列。在各地政府的大力支持下，在信通院的主导下，目前，以武汉、广州、重庆、上海、北京为顶级节点，南京、成都为灾备节点的中国工业互联网标识体系已全面形成，开始稳定运行；中国工业互联网研究院积极打造工业数据要素赋能体系，已初步建成了国家工业互联网大数据中心，正在稳步推进9个区域分中心建设，致力于形成工业标准、算力、数据、安全和应用这五大支撑能力体系，正在积极构建数字供应链、双碳管理、数据确权、运行监测、能力测评和企业赋能共6类应用平台，促进数字技术与实体经济全面融合。

如今，在工信部的指导下，在工信部信息通信发展司和信息通信管理局的具体组织协调下，在信通院和工业互联网研究院等单位的支撑下，在中国电信、中国移动、中国联通、华为、中兴以及各工业产业、企业和机构的鼎力参与下，中国的5G在工业互联网领域的创新已经取得了一系列重大突破。

党的十八大以来，我国信息通信业取得了网络强国建设重大进展和显著成效。我国已建成全球规模最大、技术领先的光纤和移动通信网络，实现村村通宽带、县县通5G、市市通千兆，移动网络实现从3G跟随、4G同步到5G引领的跃升，光纤网络接入带宽实现从十兆到百兆再到千兆的指数级增长，打通经济社会发展的信息大动脉；信息通信技术创新能力大幅提升，5G移动通信技术、设备及应用创新实现了全球领先，超级计算机、卫星导航、量子信息等取得重大突破成果，智能手机等进入世界先进行列；数字产业化、产业数字化向纵深发展，移动支付广泛普及，网络购物、在线学习、远程办公等成为工作生活新方式，电子商务和移动支付交易额均居世界首位，5G、大数据、云计算、工业互联网、人工智能等新一代信息技术深度赋能经济社会各行业各领域。在实现第一个百年奋斗目标征程中，信息通信业充分发挥国民经济的战略性、基础性、先导性行业作用，为全面建成小康社会作出了重要贡献。